U0135553

1Q84

BOOK 2

7月／9月

村上春樹

賴明珠・譯

目次

第1章　青豆

那是世界上最無聊的地方

梅雨季節還沒正式宣告結束，天空已經晴朗得透藍了，盛夏的太陽毫不保留地普照大地。綠葉茂密的柳樹，久違地將濃密的綠蔭搖曳著投在路面。

Tamaru在玄關迎接青豆。穿著暗色夏季西裝，白襯衫繫素色領帶。而且沒流一滴汗。像他這樣魁梧的男人，無論多熱的日子都不流汗，青豆經常感到不可思議。

Tamaru看見青豆輕輕點頭，口中只說了聽不清的簡短招呼，之後就一語不發。也不像平常那樣兩個人會稍微交談一下。頭也不回地，領先走在前面穿過長廊，把青豆帶到老婦人正在等候的地方。她猜想他可能沒有心情跟人寒暄吧。狗死了一定很難過。他在電話上對青豆說：「需要換一隻看門狗。」好像在談天氣似的。不過青豆也知道，那並不是他的眞心話。那隻德國母牧羊犬對他是非常重要的存在，而且多年來彼此的心非常相通。那隻狗莫名其妙地唐突暴斃，對他來說是一種個人的侮辱，或挑戰。一面看著Tamaru那像教室黑板般寬闊無言的背，青豆可以想像他所感受到的安靜憤怒。

Tamaru打開客廳門，讓青豆進去，自己則站在門口聽候老婦人指示。「現在不用飲料。」老婦人對Tamaru說。

Tamaru默默地輕輕點頭，安靜關上門，房間裡留下老婦人和青豆。老婦人坐著的扶手椅旁的桌上，放著一個圓形玻璃金魚缸，裡面有兩隻紅色金魚正游著。到處可見的普通金魚，到處可見的普通金魚缸。水中自然也照例浮著綠色水藻。青豆造訪過這間方正而寬敞的客廳好幾次了，卻第一次看到金魚。冷氣設定成微風，肌膚偶爾可以感覺到輕微的涼風。她背後的桌上，擺著插了三枝白色百合花的花瓶。百合很大，像沉溺於冥想中的異國小動物般沉重。

老婦人以手勢示意，讓青豆在旁邊的沙發坐下。面臨庭園的窗戶白色蕾絲窗簾是拉上的，然而夏日午後的陽光特別強烈。在那陽光中，她看來有平常見不到的疲憊。用細細的手腕無力地撐著臉頰。身體落坐於大椅子上。眼睛凹陷，脖子皺紋增加了不少。嘴唇毫無血色，長眉毛外端，像放棄抗拒萬有引力般微微下垂。可能血液循環變差吧，皮膚看來好些地方像拍了粉般變白。比上次見面時至少老了五、六歲。而且今天，老婦人看來並不在乎顯露出那樣的疲憊。這是不尋常的事。至少在青豆看來，她經常都很留意保持外觀的美好，不惜動用自己內在的所有力氣，維持姿勢的筆直，表情的緊繃，絲毫不露一點衰老的徵候。而且那努力也經常令人刮目相看地收到成功的效果。

今天這個家裡，各種事情都和平常不同，青豆想。連房間裡的光線，都染成和平常不同的色彩。而且在這間充滿優雅古董家具，天花板挑高的客廳裡，居然有和這有點不搭調的，到處可見的金魚和金魚缸。

老婦人就那樣暫時沒開口。她在椅子的扶手上托著臉頰，眺望著青豆旁邊空間的某一點。不過青豆知道，那一點上並沒有什麼特別的東西浮在那裡。她只是需要視線的暫時落點而已。

「喉嚨渴嗎？」老婦人以平靜的聲音問。

「不，不渴。」青豆回答。

「那邊有冰茶。想喝就自己用玻璃杯倒來喝吧。」

老婦人指著入口附近的服務桌。上面放著加了冰塊和檸檬的冰茶壺。旁邊放著三個不同顏色的雕花玻璃杯。

「謝謝。」青豆說。但仍保持原來的姿勢。等她說話。

又過了一陣子,老婦人仍然保持沉默。雖然有不能不說的事情,然而恐怕說出口後,提到的事實會變得更確實。可能的話希望能把這盡量往後延。此時的沉默隱含有這種意思。她瞄一眼旁邊的金魚缸。然後好像放棄了似地,終於從正面看著青豆的臉。嘴唇緊閉成一直線,兩邊刻意往上提著。

「庇護所的看門狗死了,妳應該從Tamaru那裡聽說了吧?據說死因不明。」老婦人問。

「聽說了。」

「在那之後,小翼就不見了。」

青豆輕輕皺起眉頭。「不見了?」

「失蹤了。可能是昨天晚上的事。今天早上已經不在了。」

青豆噘著嘴唇,尋找該說的話。一時說不出來。「可是……上次我聽您說,小翼經常和誰一起睡的。在同一個房間,爲了小心起見。」

「是啊。可是那個女人,睡得非常熟,平常所沒有的熟,聽說連人不見了都沒發覺。天亮的時候,小翼已經不在床上了。」

「德國牧羊犬死掉,隔天小翼就不見了。」青豆確認似地說。

老婦人點頭。「這兩件事有沒有關連,現在並不能確定。不過我想應該有關。」

青豆沒來由地，看看桌上的金魚缸。老婦人也好像在追逐青豆的視線般，望過去。兩隻金魚一面微妙地搖擺著幾片鰭，一面在玻璃所形成的水池中涼快地游來游去。夏天的光在那玻璃缸中呈現不可思議的折射，產生像正在窺探著充滿神祕感的深海一部分般的錯覺。

「這金魚是為小翼買的。」老婦人看著青豆的臉，像在說明似地說。「因為麻布的商店街有個小節慶，所以我帶小翼去散步。我想老是窩在房間裡，對身體也不好。當然Tamaru也一起去了。在那裡的夜市連缸子一起買了這金魚。那孩子好像對金魚非常感興趣似的。放在自己的房間，一整天都看不膩地盯著瞧，可是那孩子不見了，所以拿到這裡來。我這兩天也經常在看著金魚。什麼也沒做，只是一直盯著看。真不可思議，確實好像看不膩。我過去從來沒有一次像這樣熱衷地看過金魚。」

「小翼的去向您心裡有譜嗎？」青豆問。

「心裡沒有譜。」老婦人說。「那孩子也沒有親戚家可去。就我所知，這個世界上她是無處可去的孩子。」

「有被誰強行帶走的可能性嗎？」

老婦人像在趕走眼睛看不見的蒼蠅般，微微神經質地搖動一下脖子。「沒有，那孩子只是從那裡離開。並沒有誰來強行把她帶走。如果有那種事，周圍那些人會醒過來。在那裡的女人通常睡得都很淺。我想小翼是自己決定出走的。躡著腳步下樓梯，安靜地打開玄關的鎖，開了門走出去的。我可以想像那樣的畫面。那孩子出去狗也沒吠。狗前一天晚上已經死了。她沒有換衣服。旁邊就疊放著可以換的衣服，她卻穿著睡衣就走掉了。錢應該也一毛錢都沒帶。」

青豆的臉上扭曲加深。「一個人，穿著睡衣？」

老婦人點頭。「沒錯。十歲女孩子一個人穿著睡衣，完全沒帶半毛錢，大半夜的到底能去哪裡呢？以常識很難想像。不過我不知道爲什麼，不覺得這件事有什麼特別不對勁。不，現在甚至覺得，那反而是該發生而發生的事了。所以我也沒去找那孩子的去向。什麼也沒做，只是這樣望著金魚而已。」

老婦人瞄一眼金魚缸。然後再度盯著青豆的臉。

「因爲我知道現在在這裡到處找也沒有用。那孩子已經去到我們找不到的地方了。」

她這樣說完，就不再托著臉頰，而把長久積在體內的氣慢慢往外吐。雙手刻意地放在膝蓋上。

「不過，她爲什麼會離開呢？」青豆說。「待在庇護所的話有人保護，而且也沒有別的地方可去。」

「不知道原因在哪裡。不過我覺得狗死掉，好像是導火線。自從來到這裡以後，那孩子非常疼愛狗，狗也特別親近她。好像親密好友的關係那樣。所以狗死掉，而且是那樣血淋淋，原因不明的死法，小翼受到相當大的刺激。這是當然的事。住在那裡的人全都受到衝擊。不過現在回想起來，那隻狗淒慘的死，可能像是對小翼發出的訊息。」

「訊息？」

「『不可以留在這裡』的訊息。我們知道妳躲在這裡。妳必須離開這裡。要不然周圍的人身上可能會發生更慘的事。這樣的訊息。」

老婦人的手指在膝蓋上細細地刻著虛構的時間。青豆等著她繼續說下去。

「可能那孩子理解了這訊息的意思，自己從這裡離去的吧。應該不是想離開而離開的。明知道沒地方可去，卻不得不離開。一想到這樣實在受不了。才十歲的孩子，竟然不得不下這樣的決心。」

青豆想伸出手握緊老婦人的手。但又作罷。她的話還沒完。

老婦人繼續說：「不用說對我是很大的衝擊。感覺就像身體的一部分被扯掉那樣。我還想把那孩子當自己的孩子般正式收養。當然我知道事情可能沒那麼簡單。明知不簡單還這樣盼望。就算不順利，我也沒有理由向誰訴苦。但老實說，到了這把年紀身體實在吃不消。」

青豆說：「不過小翼不久之後，可能有一天會突然回來也不一定。既沒帶錢，也沒地方可去的話。」

「我也希望這樣，但這種事大概不會發生吧。」老婦人以有點缺乏抑揚的聲音說：「那孩子雖然只有十歲，但也有她的想法，她是下了決心離開這裡的。自己可能不會回來了。」

青豆說：「失陪一下。」起身走到門邊的服務桌去，在藍色的雕花玻璃杯倒入紅茶。喉嚨並不渴，只是想站起來休息一下。她回到沙發喝了口冰茶，把玻璃杯放在桌子的玻璃上。

「小翼的事暫時就到這裡。」老婦人等青豆身體在沙發上坐定之後說。然後像要讓心情告一個段落似的，把脖子伸得筆直，雙手在身體前面緊緊交握。

「現在開始來談談『先驅』和那領導的事。我把對他所知道的事，說給妳聽。這是今天要妳來這裡最重要的事。當然結果也變成和小翼有關了。」

青豆點點頭。那也是她料到的事。

「就像上次說過的那樣，那位被稱爲領導的人物，我們無論如何都不得不處理。換句話說要請他到那邊的世界去。妳也知道，這號人物慣常強暴十歲前後的少女。全都是尚未迎接初潮的少女們。爲了讓這行爲正當化，還擅自捏造教義，利用教團的組織。我對這個盡量詳細地調查過。委託適當管道調查，花了點錢。事情並不簡單。比預料中需要更高額的錢。不過不管怎麼樣，總算可以確實掌握到目前爲止知道被那個男人強暴的少女有四個之多。那第四個就是小翼。」

青豆拿起冰茶的玻璃杯喝一口。沒味道。嘴巴裡像含著棉花，把所有的味道都吸掉了似的。

「詳細情形還不清楚，不過四個少女中至少還有兩個生活在教團裡。」老婦人說。「她們以領導的側近身分擔任類似女巫的任務。不會在一般信徒前面現身。那些少女是自己想留在教團，還是因爲逃不出來，所以不得不留在那裡，這點並不清楚。她們現在是否還和領導發生性關係，也無從得知。不過無論如何，領導和她們似乎在同一個地方生活著。就像家人一樣。領導所居住的區域完全禁止進入，一般信徒都無法接近。很多事情都包在謎裡。」

桌上的雕花玻璃杯開始流汗。老婦人停一會兒調整呼吸，然後繼續說。

「可以確定一件事。四個人中的第一個犧牲者，據說是領導的親生女兒。」

青豆皺起眉頭。臉上的肌肉自行動了起來，大大地歪斜扭曲。想說什麼，但話沒有化爲聲音。

「是的。據說那個男人第一次侵犯的是自己的親生女兒。七年前在那孩子十歲的時候。」老婦人說。

老婦人拿起對講機的聽筒，要Tamaru拿一瓶雪莉酒和兩個杯子來。在那之間兩個人一言不發地沉默著，各自整理著自己的想法。Tamaru用托盤將裝著一瓶雪莉酒的新瓶和兩個高雅的細長水晶玻璃杯送過來。他把這些排在桌上，然後好像扭轉鳥脖子般，以俐落確實的動作打開瓶蓋。接著發出聲音注入玻璃杯。老婦人點頭後，Tamaru便行個禮走出房間。他依然一言不發。連腳步聲都聽不見。

不只是狗的事，青豆想。少女（而且是老婦人最寶貝的少女）居然從自己眼前消失，這讓Tamaru深受傷害。正確說那並不是他的責任。他並不是因爲工作而住進來的，除非有特別的事，到了晚上他就走回離這裡約十分鐘左右的家裡去睡覺。狗死掉和少女失蹤，都是在他不在的夜間發生的。哪一件都是無法預防的事。他的工作只是護衛老婦人和「柳宅」，宅邸以外的庇護所的安全維護實在無法顧到。雖然如此，對Tamaru來說，他還是認爲發生這些事是他個人的過失，也是自己無法原諒的恥辱。

「妳準備好處理那個人了嗎？」老婦人問青豆。

「準備好了。」青豆清楚地回答。

「這不是簡單的工作。」老婦人說。「當然要妳做的事，每次都不是簡單的工作。不過我是說這次特別是這樣。我這邊能做到的已經盡力去做了，但能確實保護妳的安全到什麼地步，我也還沒有自信。那裡恐怕含有比以前更高的危險。」

「這個我知道。」

「我以前說過，我並不想把妳送進危險的地方去。不過老實說，這次的事件可以選擇的餘地很有限。」

「沒關係。」青豆說。「不能讓那個男人活在這個世界。」

老婦人拿起玻璃杯，嚐一口似地喝雪莉酒。然後又再看一會兒金魚。

「我從以前就喜歡在夏天午後喝常溫的雪莉酒。熱的時候不太喜歡喝冷的東西。喝完雪莉酒一會兒之後，躺下來休息一下。不知不覺間就睡著了。睡醒之後，暑氣就稍微消了。我想什麼時候如果能就那樣死去該多好。夏天的午後，喝一點雪莉酒，躺在沙發不知不覺間睡著了，從此不再醒來，就好了。」

青豆也拿起玻璃杯，只喝了一點雪莉酒。青豆不太喜歡那酒的味道。不過確實有想喝一點什麼的心情。和喝冰茶時不一樣，這次多少感覺得到一點味道了。酒精強烈地刺激舌頭。

「我希望妳老實回答。」老婦人說。「妳怕死嗎？」

回答並沒花時間。青豆搖搖頭。「並不特別怕。比起我對自己活著來說。」

老婦人嘴角浮起短暫的笑。老婦人從剛才開始看起來恢復年輕一些。嘴唇也恢復一點生氣了。或許和青豆的對話刺激了她。或許少量的雪莉酒發揮了作用。

「不過妳應該有一位喜歡的男人對嗎？」

「是的。不過我和那個人在現實中結合的可能性，無限接近零。因此就算我在這裡死掉了，因而失去的，也只有無限接近零而已。」

老婦人瞇細了眼睛。「妳認爲自己可能不會跟那個男人結合，有什麼具體理由嗎？」

「並沒有特別理由。」青豆說。「除了我是我以外。」

「妳不打算對他，做什麼努力嗎？」

青豆搖頭。「對我來說最重要的是，自己在心裡深深地需要他這個事實。」

老婦人很佩服似的暫時注視著青豆的臉。「妳這個人想法非常乾脆。」

「因爲有這個必要。」青豆說。然後把雪莉酒杯拿到嘴邊。「不是因爲喜歡而這樣做的。」

沉默暫時充滿房間。百合花繼續垂著頭，金魚在折射的夏日光線中繼續游泳。

「我可以安排一個只有領導和妳兩個人單獨相處的狀況。」老婦人說。「事情不簡單，而且可能需要花一些時間。不過最後，我可以辦到。到時候妳只要做和每次一樣的事就行了。只是這次，妳在事後必須消失蹤影才行。要請妳做臉部的整型手術。現在的工作當然也要辭掉，到遠方去。改名換姓。不得不請妳把以前所擁有的東西全部丟棄。變成別人。妳當然會得到一筆完整金額的報酬。其他事情全部交給我來負責。這樣可以嗎？」

青豆說：「就像剛才說的那樣，我沒有可失去的東西。工作、名字、在東京現在的生活，對我來說並沒有什麼特別的意義。我沒有異議。」

「面貌改變也沒關係嗎？」

「變得比現在好嗎？」

「只要妳希望，當然可能。」老婦人以認眞的臉色回答。「當然有所謂程度的差別，不過可以依照妳的希望來改造面貌。」

「或許可以順便做個隆乳手術喔。」

老婦人點頭。「這可能是很好的想法。當然我是說如果要欺瞞人家的眼睛的話。」

「開玩笑的。」青豆說，然後表情和緩下來。「雖然不能太自豪，不過以我來說保持這個胸部就可以了。又輕又方便運動這樣比較輕鬆，而且如今還要換買不同尺寸的內衣也太麻煩了。」

「那麼點小事，妳要多少我都買給妳。」

「這也是開玩笑。」青豆說。

老婦人也笑起來。「對不起。因爲我還不太習慣聽妳開玩笑。」

「對接受整形手術我不排斥。」青豆說。「雖然過去從來沒有考慮過要接受整形手術，不過現在也沒有理由拒絕。這張臉我本來就不喜歡，也沒有人特別喜歡。」

「妳這樣也會失去朋友噢。」

「我沒有可以稱得上朋友的人。」青豆說。然後她忽然想起Ayumi。我突然什麼也沒說就這樣失蹤的話，Ayumi可能會覺得很寂寞。或覺得被背叛了。不過要把Ayumi當成朋友從一開始就很勉強。把警察當朋友，這條路對青豆來說未免太危險了。

「我有過兩個孩子。」老婦人說。「兒子，和小他三歲的妹妹。女兒已經去世了。就像之前已經說過的那樣，自殺。她沒有孩子。兒子呢，因爲各種原因，跟我長久以來都相處不好。現在也幾乎都沒有說話。我有三個孫子，但很久沒見面了。不過如果我死了，我所擁有的多數財產，應該會遺贈給這個獨子，和他的孩子們。幾乎自動地。最近和以前不同，遺書這東西已經不太有效力了。雖然如此，我現在，還有很多可以自由使用的金錢。如果妳把這次的工作順利完成，我想把那大部分讓給妳。希望妳不要誤會，我並不是打算用錢收買妳。我想說的是，我感覺妳，怎麼說呢？就像我的親生女兒一樣。我想如果妳是我眞正的女兒該多好。」

青豆安靜地看著老婦人的臉。老婦人好像想起來似的，把手上的雪莉酒杯放在桌上。然後轉向後面，看著百合鮮豔的花瓣。聞一下那濃郁的香氣，然後再一次看青豆的臉。

「就像剛才說過的那樣，我考慮過收養小翼當養女。沒想到結果還是失去她。也沒能夠幫上她什麼忙。只有拱手目送她半夜一個人消失到黑暗中去而已。而接下來這次，則正要把妳送進前所未有的危險地方去。其實我並不想做這種事。不過很遺憾目前這個階段，找不到其他方法可以達成目的。說起來我所能做到的，只有那現實上的補償而已了。」

青豆默默地側耳傾聽。老婦人沉默下來時，便聽得見從玻璃門對面傳來鳥清晰的啁囀聲。啼過一陣之後又不知飛到什麼地方去了。

「那個男人無論如何都不得不處理。」青豆說。「那是現在比什麼都重要的事。妳把我看得這麼重，我很感謝。我想妳也知道，在某種原因之下，我等於是捨棄了父母的人。在某種原因之下，是從小就被父母遺棄的人。不得不走在和骨肉親情之類的東西無緣的道路。爲了一個人活下去，不得不讓自己適應這種心情狀態。這並不是容易的事。有時候會覺得自己像什麼的殘渣似的。沒有意義的，骯髒的殘渣似的。因此，妳能那樣說我覺得非常感激。不過要改變想法和生活方式有點太遲了。但是小翼卻不一樣。她應該還有救。請不要輕易放棄。不要放棄希望，去把那孩子找回來。」

老婦人點頭。「我的說法好像很不妥。當然我沒有放棄小翼。無論如何我都打算盡全力把她找回來。只是妳也看得出來，我現在實在太累了。因爲沒有幫上她的忙，讓我有很深的無力感。現在需要一點時間。等精力恢復一點。也可能我已經年紀太大了。怎麼等，那精力也已經無法再回來了。」

青豆從沙發上站起來，走到老婦人旁邊。在扶手椅的扶手坐下來，伸出手握住她纖細瘦長而高雅的手。

青豆說：「妳是一位堅強得不得了的女性。可以比其他任何人都活得硬朗。現在只是一時受到打擊，過度疲倦了而已。躺下來稍微休息休息比較好。醒過來之後應該就可以復元了。」

「謝謝。」老婦人說著回握青豆的手。「也許確實該睡一下比較好。」

「我差不多該告辭了。」青豆說。「我等妳聯絡。身邊也會先整理好。不過也沒有多少行李。」

「最好能方便移動。不夠的東西，我這邊可以立刻幫妳準備。」

青豆放開老婦人的手，站起來。「請休息吧。一切一定都會順利的。」

老婦人點頭。然後在椅子上閉起眼睛。青豆再一次看看桌上的金魚缸，吸進百合的香氣，離開了那天花板高高的客廳。

Tamaru在玄關等她。已經五點了，太陽還高高掛在天空，完全沒有失去威力。他的黑色哥多華皮鞋照例擦得晶亮，亮得耀眼。好些地方看得見夏天的白雲，但那並不妨礙太陽，只把身體往角落靠。梅雨季要過去還太早，不過這幾天卻連著有讓人覺得像盛夏般的日子。蟬的聲音從庭園的樹叢間傳來。聲音還不很大。說起來還算有點客氣。不過確實是前兆。世界的結構依然循著往例維持著。蟬鳴，夏雲流動，Tamaru的皮鞋一塵不染。世界就這樣不變地維持著。那對青豆來說，不知爲什麼竟感覺好像很新鮮。

「Tamaru桑，」青豆說：「可以談一下嗎？有沒有時間？」

「可以呀。」Tamaru說。表情不變。「有時間。因爲消磨時間也是我工作的一部分。」他坐在玄關外的一張庭園椅上。青豆也在旁邊的椅子上坐下。凸出的屋簷遮住了陽光，兩個人在涼快的陰影中。有一股新草的氣味。

「夏天到了啊。」Tamaru說。

「蟬也開始鳴了。」青豆說。

「今年的蟬鳴好像比往年開始得早一些。這一帶現在開始還會有一陣子很吵。吵得耳朵都痛起來的地步。我到尼加拉瀑布附近的小鎮住時，正好就像這樣的聲音。從早到晚不停的繼續。像幾百萬隻大小的蟬一起鳴叫的聲音。」

「你去過尼加拉啊。」

Tamaru點頭。「那是全世界最無聊的地方。我一個人在那裡住了三天之久，除了聽瀑布的聲音之外沒有任何事情可做。因爲很吵也不能讀書。」

「你在尼加拉一個人住三天都做些什麼呢？」

Tamaru沒回答。只輕輕搖搖頭。

Tamaru和青豆暫時什麼也沒說，只側耳傾聽著微弱的蟬聲。

「我想拜託你一件事。」青豆說。

Tamaru興趣似乎多少被引起來了。青豆並不是經常會拜託人的類型。

她說：「拜託的事情有點不平常。希望你不要覺得不愉快。」

「不知道我能不能辦到，不過聽聽看再說。不管怎麼樣，以禮貌上來說，女士拜託的事情不會覺得不愉快。」

「我需要一把手槍。」青豆以公事公辦的口吻說。「大小能放在皮包裡。後座力不大，雖然如此，仍然具有某種程度的破壞力，性能可靠。如果是模型槍改造的，或菲律賓製的複製品就傷腦筋了。只會用一次。子彈大概也只要一發就夠了。」

有一陣沉默。在那之間Tamaru眼睛沒有離開青豆的臉。那視線一毫米都沒動。

Tamaru慎重起見慢慢說：「在這個國家，一般市民擁有槍枝是違法的。妳知道這個吧？」

「當然。」

「爲了慎重起見我要事先聲明，我過去從來沒有被判過刑法。」Tamaru說。「換句話說，表示沒有前科。司法方面忽略的事可能有幾件，這點我不否認。不過從紀錄上來看，我是完全健全的市民。乾淨清廉，沒有任何污點。雖然是同性戀，但那並不違法。照規定納稅，選舉也去投票。雖然我所投的候選人從來沒有當選過。違規停車的罰單也全都按期繳納了。這十年來一次也沒有因爲超速被抓。也加入國民健康保險。NHK收訊費也從銀行自動轉帳付款，擁有美國運通卡和萬事達卡。目前沒有這個打算，不過如果要的話應該也可以申請到三十年的住宅貸款。而且我也常常爲自己有這樣的立場感到高興。妳正在對這樣一個被稱為社會礎石都不奇怪的人物，拜託他弄一把手槍來。這妳知道嗎？」

「所以我不是說，希望你不要不高興嗎？」

「啊，那我聽到了。」

「雖然覺得過意不去，不過除了你以外，我想不到一個可以拜託這種事情的人。」

Tamaru喉嚨深處發出含糊不清的微小聲音。聽起來也像是壓制住的嘆息。「假定我是站在能夠辦到這件事情的立場來說，以常識來想，我大概會這樣問：妳到底打算用那個射擊誰？」

青豆以食指指著自己的太陽穴。「大概是這裡。」

Tamaru暫時面無表情地望著那手指。「我大概會繼續問，理由呢？」

「因為不想被捕。我不怕死。到監獄去，可能很不愉快，不過也只能容忍吧。只是不願意被莫名其妙的人逮捕，被拷問就傷腦筋了。因為我不想說出任何人的名字。我的意思你懂了吧？」

「我想我懂。」

「我並不打算對誰開槍，也不打算搶銀行。所以不需要二十連發的半自動式大型傢伙。只要小型的，後座力小的就行了。」

「也可以選擇藥物。與其弄一把手槍，那樣反而實際。」

「要拿藥出來吃必須花時間。如果在咬破膠囊前被人伸手進嘴裡的話，就會變得動彈不得。但如果有槍，就可以一面牽制對方一面處理事情。」

Tamaru對這個考慮了一下。稍微抬高右側的眉毛。

「以我來說，如果可能不想失去妳。」他說。「我還滿喜歡妳的。也就是以個人來說。」

青豆稍稍微笑一下。「以一個人類的女人來說嗎？」

Tamaru不改表情地說：「不管是男的女的，或狗，我並沒有喜歡很多對象。」

「當然。」青豆說。

「不過和這同時，保護夫人的安寧和健康，是我目前最重要的工作。而且怎麼說呢？我是某方面的專家。」

「這不用說。」

「從這觀點來看，我想先調查一下，我能做到什麼。不能保證。不過說不定，有朋友可以找到能符合妳希望的東西，不過這是非常微妙的事情。和郵購買電毯是兩碼子事。可能要等一星期左右才有回音。」

「沒關係。」青豆說。

Tamaru瞇細了眼睛，抬頭看看蟬鳴的樹叢。「我祈禱各種事情能順利。如果這是妥當的事情，我會盡力去做。」

「謝謝。我想下一次應該是我最後的工作了。說不定也不會再見到Tamaru桑了。」

Tamaru攤開雙手，手心朝上。簡直就像站在沙漠正中央，正在等雨降下來的人那樣。不過什麼也沒說。大而厚的手掌。好些地方有傷痕。與其說是身體的一部分，不如說看起來更像巨大重機械的零件。

「我不太喜歡說再見。」Tamaru說。「我連向雙親說再見的機會都沒有。」

「過世了嗎？」

「連是活著還是死了都不知道。我是在薩哈林（庫頁島）二戰結束的前一年出生的。薩哈林南部成為日本的領土，當時稱為樺太，一九四五年夏天這裡被蘇聯軍占領，我的父母被俘虜。父親好像在港灣設施勞動。從民間俘虜來的日本人大半不久就被送回本國了，但我父母因爲是被送來當工人的朝鮮人，所以沒有讓他們回日本。日本政府拒絕接收他們。以戰爭結束，朝鮮半島出身者已經不是大日本帝國的臣民爲理由。眞過分。眞是沒有同情心。如果希望的話可以去北朝鮮，但不能回南韓。因爲蘇俄當時不承認韓國的存在。我的父母是在釜山近郊的漁村出身的，不想去北朝鮮。北邊也沒有一個親戚或朋友。還是嬰兒的我，就託給回國的日本人，帶到北海道。當時薩哈林的糧食情況幾乎是最惡劣的，蘇聯軍方對俘虜的待遇也很殘酷。父母除了我以外還有幾個小孩，很難在那裡養我。於是讓我一個人先回北海道，心想以後還可以再見面吧。或者只是想迂迴擺脫麻煩也不一定。詳細情況並不清楚。不管怎麼樣從此就沒再見了。父母可能現在還留在薩哈林。我是說如果還沒死的話。」

「父母的事什麼都不記得了嗎？」

「什麼都不記得。因爲和他們分開的時候我才一歲多一點。我先被那對夫婦扶養，後來就被送進函館近郊山中的孤兒院。那對夫婦可能也沒有餘裕可以一直扶養我。天主教團體所開設的孤兒院，是個很強悍的地方喔。戰爭剛結束有很多孤兒，糧食和暖氣都不足。爲了生存下去不得不做很多事情。」Tamaru瞄一眼自己右手的手背。「在那裡以形式上被認養取得日本國籍，取了日本名字叫田丸健一。我只知道本姓是朴。而姓朴的朝鮮人像天上的星星一般多。」

青豆與Tamaru並排而坐，各自聆聽著蟬的叫聲。

「最好養一隻新的狗。」青豆說。

「夫人也這麼說。公寓需要有新的看門狗。不過不太有這種心情。」

「我了解你的心情。不過還是找看看好。我雖然沒有立場提出忠告，不過我這樣想。」

「我會的。」Tamaru說。「還是需要訓練過的看門狗。我會盡量快一點聯絡寵物店。」

青豆看一眼手錶。然後站起來。到日落前還有一點時間。不過天空已經稍微帶一點黃昏夕暮的模樣了。藍色之中，開始混有別的色調的藍。體內還稍微留有雪莉酒的醉意。老婦人大概還在睡吧？

「契訶夫這樣說過。」Tamaru也一面慢慢站起來一面說。「故事裡如果出現槍，那就非發射不可。」

「那是什麼意思？」

Tamaru對著青豆的正面站著說。他的身高只比她高幾公分而已。「故事裡，不必要的小道具不要拿出來的意思。如果那裡出現槍，是因爲故事的什麼地方有必要發射。契訶夫喜歡寫去掉多餘裝飾的小說。」

青豆把連身洋裝的袖子拉好，肩包背在肩上。「而你在擔心這件事。如果手槍出場，那可能一定會在什麼地方發射。」

「如果從契訶夫的觀點來看的話。」

「所以如果可能，你不想把槍交給我。」

「既危險，又違法。何況契訶夫是可以信任的作家。」

「不過這不是故事。是現實世界的事啊。」

Tamaru瞇細了眼睛，一直注視青豆的臉。然後才慢慢開口。「誰知道呢？」

第2章 天吾
除了靈魂什麼也沒有

把楊納傑克的《小交響曲》唱片放在轉盤上，按下自動播放鈕。小澤征爾指揮的芝加哥交響樂團。轉盤以一分鐘三十三次的速度開始轉。唱臂朝內移動，唱針在唱片溝槽追蹤著。然後跟著管樂器的序曲之後，華麗的定音鼓鼓聲便從喇叭傳出來。天吾最喜歡的部分。

他一面聽那音樂，一面對著文字處理機的畫面打上文字。在早晨很早的時刻聽楊納傑克的《小交響曲》，已經成爲他日常的習慣之一了。自從高中時候以即席打擊樂者演奏過這曲子以來，那對天吾就成爲具有特別意義的音樂了。那音樂經常帶給他個人的鼓勵和保護。至少天吾這樣感覺。

也曾經和年長的女朋友一起聽楊納傑克的《小交響曲》。她說：「還不錯。」但比起古典音樂，她則更喜歡古老的爵士樂唱片。而且好像是越古老越好。以她這樣年代的女性來說興趣有點跟別人不同。她最喜歡的是，年輕時候的路易斯・阿姆斯壯收錄韓第（W. C. Handy）的藍調所唱出的唱片。巴尼・畢葛德（Barney Bigard）吹單簧管，楚米・楊（Trummy Young）吹長號。她送天吾那張唱片。不過那與其說爲了讓天吾聽，不如說爲了自己聽。

兩個人做完愛之後，還躺在床上聽那張唱片。那音樂她聽多少次都不膩。「路易斯的小號和歌聲當然沒話說，非常棒，不過如果讓我發表意見的話，在這裡你非用心聽不可的，還是巴尼·畢葛德吹的單簧管喏。」她說。話雖這麼說，但這張唱片裡巴尼·畢葛德獨奏的機會卻非常少，而且每段獨奏都只有短短一段而已。因爲那怎麼說都是以路易斯·阿姆斯壯爲主的唱片。但她卻把巴尼·畢葛德少許的每個獨奏片段都一一愛惜地記憶下來，每次都配合著那個哼唱。

或許有其他比巴尼·畢葛德優秀的爵士單簧管演奏者。她說，但卻哪裡也找不到能像他這樣溫柔纖細地演奏的爵士單簧管演奏者。他的演奏——當然指美好動聽的時候——每次都成爲一種印象畫面。她雖然這麼說，但天吾並不知道還有其他什麼樣的爵士單簧管演奏者。不過收在這張唱片中的單簧管演奏確實擁有美好的呈現，沒有壓迫感，富有營養和想像力，聽過幾次之後，天吾也漸漸可以理解了。不過爲了理解這一點，必須非常注意地側耳傾聽才行。也需要有能力的引導者。只是茫然地聽，很可能會聽漏。

「巴尼·畢葛德就像天才二壘手那樣演出漂亮。」她有一次說。「獨奏固然很好，不過他的優美品質表現得最好的，是在別人背後時的演奏。他可以把極其困難的事情，若無其事般地表現出來。那眞正的價值只有非常注意的聽者才會知道。」

LP的B面第六曲〈亞特蘭大藍調〉每次開始時，她總是握著天吾身體的某一部分，盛讚巴尼·畢葛德所吹的那簡潔而精妙的獨奏。那獨奏夾在路易斯·阿姆斯壯的歌和獨奏之間。「你聽，好好的聽。剛開始，像小孩子發出的那種，令人吃一驚的長叫聲噢。像吃驚，像驚喜的迸出，或幸福的傾訴。那化爲愉悅的嘆息，順著美麗的水路一面蜿蜒而下，一面在某個端正而無人知道的地方，又被悄然吸走了。你聽。這樣令人興奮的獨奏，除了他以外誰也吹不出來。雖然吉米·魯尼（Jimmie Noone）、席尼·畢雪（Sidney Bechet）、皮威（Pee Wee）、或班尼·固德曼（Benny Goodman）都是傑出的單簧管演奏者，卻沒辦法演奏出像這樣精緻的美術工藝品般的聲音。」

「妳為什麼對古典爵士這麼熟悉？」天吾有一次問。

「我有很多你不知道的過去。誰也無法改造的過去。」然後用手掌溫柔地撫摸天吾的睪丸。

早晨的工作結束後，天吾散步到車站去商店買了報紙。然後走進喫茶店，點了奶油吐司和白煮蛋的早點套餐，等候之間一面喝咖啡一面攤開報紙。正如小松預告的那樣，社會版上有深繪里的報導。不是太大篇幅的報導。版面下方，在三菱汽車廣告上刊登著那消息。標題是「話題高中生作家失蹤？」。

目前暢銷中的小說《空氣蛹》的作者「深繪里」也就是深田繪里子小姐（17歲）行蹤不明，於＊＊日午後案情有進一步發展。據向青梅署提出搜索申請的監護者，文化人類學者，戎野隆之氏（63歲）稱，六月二十七日晚間開始，繪里子小姐就沒有回青梅市自宅和東京都內的公寓，也斷絕聯絡。戎野氏接受電話採訪稱，最後見到繪里子時，她和平常一樣身體健康，並無異狀，完全想不到其失蹤理由，過去從未無故不歸，擔心可能發生意外。出版《空氣蛹》的＊＊出版社責任編輯小松祐二氏說：「書連續六週高踞暢銷排行榜深受矚目，但深田小姐不喜歡在媒體露面。這次的失蹤騷動是否和本人這樣的意向有關，出版社尚未能掌握。深田小姐年紀輕輕就擁有豐富才華，是前途無量的作家，希望早一刻見到她平安的身影。」警察已推敲出幾種可能性正進行搜查中。

天吾想，現階段報紙能寫的大概只有這樣。如果大肆渲染，兩天後深繪里卻平安無事地忽然回家，那麼報導的記者可能就要感到羞恥了，也會失去報紙的立場。警察方面也同樣可以這樣說。兩邊都先放出觀測氣球般精簡而中立的聲明，暫時觀察發展。看看社會動向。要等到週刊雜誌登出來，電視新聞節目開始騷動報導之後，事情才會鬧大。到那時候還有幾天緩衝時間。

不過不管遲早事態都將發燒，則沒有懷疑的餘地。《空氣蛹》大賣，作者深繪里是引人注目的十七歲美少女。她竟然行蹤不明了。騷動不可能不擴大。知道她沒有被誰綁架，只是一個人藏身在某個地方的，在這世界上可能只有四個人。本人當然知道。天吾也知道。戎野老師和他女兒薊也知道。然而其他人，都不知道這失蹤騷動只是爲了聚集世間耳目的一齣滑稽劇而已。

自己明知實情是該高興？還是該憂慮呢？天吾無法適當判斷。大概應該高興吧。因爲不必擔心深繪里的人身安全，她在安全的地方。不過同時，自己也確實被放進加入那麻煩陰謀的立場了。戎野老師想藉槓桿扳開巨大的不祥岩石，讓那裡照到陽光，等著看岩石下會爬出什麼來。天吾雖然無心卻站在旁邊觀望。天吾並不想知道，有什麼會出來。那種東西如果可以的話並不想看。出來的東西肯定是不好的麻煩東西。不過又覺得不看不行。

天吾喝了咖啡，吃了吐司和蛋之後，把讀過的報紙留下就走出喫茶店。然後回到公寓，刷了牙沖了澡，準備去補習班。

補習班的中午休息時間，有一個天吾不認識的人來拜訪他。上午的課結束，到教員休息室休息一下，正攤開還沒過目的幾種早報時。理事長祕書走過來說，有人想見你。她比天吾大一歲，是個能幹的女性。頭銜雖然是祕書，但有關補習班經營的所有實務幾乎都由她在處理。要說是美人，臉上五官有點不協調，但外型姣好，服裝品味也頗出色。

「一位姓牛河的男人。」她說。

沒聽過這個姓。

不知道爲什麼，她有點皺眉。「說有重要的事，希望跟你兩個人單獨談。」

「重要的事？」天吾吃驚地說。在這家補習班，從來沒有人來他這裡跟他談過重要的事。

「會客室空著，所以暫時帶他到那兒去。本來像天吾你這樣資淺的人，是不能隨便使用那種地方的。」

「眞是謝謝。」天吾道了謝。露出特別珍藏的微笑。

然而她對這東西卻不屑一顧，身上agnès b.的夏季新款西裝衣角飄起，快步走開了。

牛河是個個子矮小，看來大約四十五歲左右的男人。身體胖得已經失去一切該凹的地方，喉嚨周圍也開始長出贅肉。不過關於年齡天吾沒有自信。由於相貌奇特（或不尋常），使得推測年齡的要素變得不容易掌握。年齡也許更大，也許更年輕。要說是從三十二歲到五十六歲的任何年齡，都只能照著接受。牙齒排列得很糟糕，脊椎角度奇怪地彎曲。大大的頭，頂部卻不自然地扁平而禿，旁邊是歪斜的。那種扁平，令人想起在狹小的戰略布局的山頂搭蓋而成的軍用直升機停機坪。在越戰紀錄片電影上看過。扁平而歪斜的頭周圍像黏上去似的留下又粗又黑的卷髮，不必要地留得過長，並且亂七八糟地垂在耳上。那頭髮的形狀，恐怕一百個人中有九十八個都會聯想到陰毛。另外兩個人會聯想什麼，就不是天吾所能知道的了。

這人從體形到臉形，一切樣貌都長得左右不對稱。天吾第一眼首先注意到這點。當然人的身體多多少少都是左右不對稱的。這件事本身並沒有違反自然法則。他自己，左右眼皮的形狀就有一點不同。左邊睪丸，比右邊睪丸位置稍垂一點。我們的身體並不是在工廠依照規格製造的量產品。不過這個男人的情況，左右的差別卻超乎常識所及。誰都能立刻清楚辨認出那極度不平衡，不可避免地刺激著和他面對的對象的神經，讓對方感到不舒服。簡直就像站在歪斜的（那歪斜鮮明得令人厭惡）照妖鏡前時一樣。

他身上穿的灰色西裝有無數細小皺紋。令人想起冰河被侵蝕的大地光景。白襯衫領子一邊翻出，領帶結眼，好像對不得不在那裡覺得不愉快而扭起身子般地歪著。西裝和襯衫和領帶，都各自有點不合尺寸。領帶的花紋，可能是技術很差的學畫學生，以煮過頭糾結在一起的麵線爲形象所描繪出來的東西。全部都像是在便宜店裡湊合買的。不過雖然如此，看久之後，覺得被穿的衣服漸漸可憐起來。天吾的個性是對自己的衣服幾乎沒留意，對別人的衣服卻特別在意。他如果要在這十年間所遇到的人中選出衣著最差的十個，這人肯定可以入選前幾名。但不只穿著糟糕。其中甚至給人刻意冒瀆服飾般的印象。

天吾一走進會客室，對方就站起來從名片夾拿出名片，行個禮遞給天吾。名片上印著「牛河利治」。名字下以羅馬字印著Ushikawa Toshiharu的讀法。頭銜是「財團法人　新日本學術藝術振興會　專任理事」。協會地址在千代田區麴町，附電話號碼。所謂「新日本學術藝術振興會」是什麼樣的團體，所謂專任理事又是什麼樣的職位，當然，天吾不會知道這種事。不過名片既然是浮雕印了商標的氣派東西，看來不像是隨便湊合出來的。天吾看了名片一會兒後，再看一次那男人的臉。人跟「新日本學術藝術振興會專任理事」的頭銜，印象竟然這麼不搭，天吾想。

兩個人各自在單人沙發坐下，隔著矮桌，面對面。男人用手帕使勁擦了幾次額頭的汗後，把那可憐的手帕放回上衣口袋。櫃台接待的女性爲兩人送茶來。天吾向她道謝。牛河什麼也沒說。

「您正在休息，也沒預約就來打擾，哎呀，眞是非常抱歉。」牛河向天吾道歉。用語算是客氣的，但語調中卻微妙地帶有不拘形式的意味。天吾有點不喜歡那意味。「啊，您用過餐了嗎？如果方便，要不要出去外面邊吃邊談？」

「工作中我不吃中飯。」天吾說。「下午上完課後，會稍微吃一點東西。所以請不用擔心吃的事情。」

「知道了。那麼就讓我在這裡談吧。因為這裡好像可以慢慢安靜談的樣子。」他在會客室裡，好像在估價般環視一週。並不是多了不起的會客室。牆上掛著一幅畫了某個地方山的大油畫。除了所用顏料的分量大概相當大之外，並不令人感動。花瓶插著大麗花似的花。讓人聯想到不靈巧的中年女人般有點笨重的花。天吾搞不清楚，補習班到底為什麼需要這麼陰鬱的會客室？

「抱歉我還沒自我介紹。就像名片上也有的那樣，我姓牛河。朋友都叫我阿牛。沒有人好好叫我牛河君。只叫阿牛。」牛河說。露出微笑。

朋友？到底什麼樣的人，會主動當這個人的朋友？天吾忽然心生疑問。純粹從好奇心所產生的疑問。

天吾對牛河這個人的第一印象，老實說，讓他聯想到從地下的黑洞冒出來令人噁心的什麼。黏黏滑滑不明底細的東西，本來不可以出現在光天化日下的什麼。說不定，這個男人是戎野老師從岩石下引出來的東西之一。天吾無意識地皺起眉，把手中的名片放在桌上。牛河利治，就是這個男人的名字。

「川奈先生也很忙吧。所以在這裡多餘的開場白就容我省略。我只向您報告重要部分。」牛河說。

天吾輕輕點頭。

牛河喝一口茶，然後開始切入。「我想川奈先生可能沒聽過『新日本學術藝術振興會』的名字（天吾點頭）。這是比較新設立的財團法人，主要目的在提拔正在學術和藝術等獨自領域發光的年輕人，尤其選拔尚未被世人熟知的人給予援助。換句話說，我們的宗旨是想在日本現代文化的各種領域，培養擔負下一個時代使命的幼苗。在各個部門和專門的研究人員簽定契約，作爲候選人的人選。每年選拔五位藝術家．研究者，頒給補助金。一年之間，可以隨自己喜歡的方式去做喜歡的事。不會有任何約束或附帶條件。只是年底要交出形式上的報告。只要簡單寫出做了什麼樣的活動，得到什麼樣的成果就行了。那將刊登在本財團所發行的雜誌上。沒有任何麻煩事。這種活動因爲才開始，所以不管什麼實績都要留下形式，這首先就成爲重要工作。也就是說現在還在播種階段。具體向您報告，一個人一年我們出三百萬圓補助金。」

「相當慷慨嘛。」天吾說。

「要創造出什麼重要東西，或發現什麼重要東西，都需要花費時間，需要耗費金錢。當然並不是花了時間和金錢，就能成就了不起的事情。不過這兩者，有了總不會妨礙。尤其時間的總量有限。時鐘現在也正在滴答滴答地刻著。時間一直在流逝。機會也會失去。而如果有錢，可以用錢買時間。只要想買，連自由也可以買到。時間和自由，是人類能用金錢買到的最重要的東西。」

天吾聽到這裡，幾乎反射性地看看手錶。時間確實滴答滴答不休止地過去。

「抱歉占用了您的時間。」牛河慌忙地說。他似乎把那動作當成一種表演。「我趕快說吧。當然現在這種時候一年只有三百萬圓是不能過奢侈生活的。不過對年輕人的生活，應該很有幫助。不必爲了生活而辛辛苦苦工作，可以一年之間集中精神專心投入研究和創作，這是我們一開始的企圖。在年度終了評估的時候，如果理事會認定這一年之間已經獲得可觀成果的話，補助就不止一年，還可以繼續下去。」

天吾什麼也沒說，只等他繼續。

「前幾天我在這個補習班，聽川奈老師的課整整聽了一小時。」牛河說。「哎呀呀，眞有趣。我對數學可以說完全是門外漢，或不如說從以前就最不行的，在學校的時候也非常非常討厭上數學課。光聽到數學就要痛苦掙扎，經常逃學。不過川奈老師的課，啊，卻聽得非常快樂。當然微積分的理論我可是一丁點也不懂的，不過光聽您說話，就覺得如果這麼有趣，乾脆現在開始也來學數學看看吧。眞了不起。川奈先生擁有超出常人的才華。可以說是把人吸引進什麼地方去的才華。聽說您在補習班非常受學生歡迎，這也是理所當然的事。」

牛河什麼時候在什麼地方聽過自己講課，天吾並不知道。他在講課時，經常會仔細觀察教室裡有誰在。雖然並不記得全體學生的臉，但如果其中有像牛河這樣模樣奇怪的人物在，是不可能看漏的。應該是像砂糖罐裡的蜈蚣那樣醒目的。不過關於這一點他決定不追究。話已經夠長了，還要繼續拖下去。

「正如您所知道的，我只是補習班雇用的講師，」天吾想盡量節省時間，所以自己先開口，「並不是在研究數學。只是把已經眾所皆知的知識，對學生，以有趣而容易懂的方式說明而已。只是教他們大專入學考試的問題如何正確解答的方法而已。我也許適合做這種事情。不過很早以前就放棄成爲專門的研究員了。沒有經濟餘裕也有關係，不過我想自己並沒有足以在學術世界安身立命的素質和能力。因此，我對牛河先生實在幫不上忙。」

牛河連忙舉起一隻手，那手掌筆直朝向天吾。「不，不是這樣。我可能把話說得太複雜了。很抱歉。您的數學課確實很有趣。也很特別，又充滿創意。不過我今天並不是爲了想洽詢這個，而來到這裡的。我們所關注的，是川奈先生小說家方面的活動。」

天吾覺得像被刺中要害似的，數秒之間說不出話來。

「小說家方面的活動？」天吾說。

「沒錯。」

「我不太明白您說的意思。我確實這幾年在寫小說。不過還一次也沒印成書發表。這種人應該還稱不上小說家。這爲什麼會引起你們的關注呢？」

牛河看天吾的反應，一副很開心地嘻嘻笑。他一笑起來那糟糕的齒列就暴露出來。就像幾天前被大浪沖上沙灘的木樁那樣，牙齒往各種角度歪斜，往各種方向摸索，呈現各種髒污。就算現在要矯正恐怕也不可能了。不過至少，應該有誰來教他正確的刷牙方法才是。

「這方面嘛，是我們財團過人的地方。」牛河得意地說。「我們所簽約的研究員，是著眼於其他人還沒留意到的。把這當成一個目的。正如川奈先生說的那樣，您確實還沒有以完整形式，發表過一次作品。這我們很清楚。不過川奈先生過去以筆名，每年投稿文藝雜誌的新人獎。雖然很遺憾沒有得獎，但有幾次進入最終評審。而且當然，有不少人看過那作品。其中有幾個人對您的才華相當關注。不久的將來將拿到新人獎，以作家身分出道不會錯。這也是我們的研究者的評估。如果以買進期貨來比喻，雖然有點難聽，不過就像剛才說過的那樣，所謂『培養肩負下一個時代的幼苗』是我們最初的企圖。」

天吾拿起茶杯，喝了稍微涼掉的茶。「我以剛起步的小說家，成爲那補助金的候選人。是這樣的意思嗎？」

「沒錯。不過雖說是候選人，其實等於已經決定。如果說可以接受，我一個人就可以做最後決定。只要您在文件上簽字，三百萬圓立刻就匯入銀行。您可以把補習班停職一年半載，專心寫作。聽說您正在寫長篇小說。這個機會不是正好嗎？」

天吾皺起眉頭。「我在寫長篇小說，您爲什麼知道呢？」

牛河又露齒笑了。不過仔細看時，他的眼睛完全沒有笑。瞳孔深處的光到底都是冷冷的。

「我們的研究員既熱心又能幹。他們會篩選出幾個候選人，從各方面調查。川奈先生現在，正在寫長篇小說的事，身旁大概有幾個人知道吧。無論如何，消息總是會走漏的。」

天吾在寫長篇小說的事小松知道。他年長的女朋友知道。其他還有誰？應該沒有了。

「關於貴財團我想請教一點事。」

「請，什麼都可以問。」

「營運的資金是從哪裡來的？」

「是某位人士出的資金。也可以說是那個人所擁有的團體。以現實層面來說，只有在這裡說，這發揮了處理稅金措施的功用。當然和這沒有關係，那個人對學術和藝術很有興趣，想支持年輕世代的人。更詳細的事情不能在這裡說。那個人，包括他所擁有的團體，希望匿名。營運完全委任財團的委員會。而且本人，姑且也算是該委員會的一員。」

天吾考慮了一下。不過該考慮的事並不太多。他只是把牛河說的話在腦子裡整理過，就那樣排出一列來而已。

「可以抽菸嗎？」牛河問。

「請便。」天吾說。然後把沉重的玻璃菸灰缸往他那邊推。

牛河從上衣口袋拿出Seven Stars菸盒，嘴上叼一根，用金色打火機點火。細長的看來很貴的打火機。

「那怎麼樣啊，川奈先生。」牛河說。「可以接受我們的補助金嗎？老實向您報告，以我個人來說，在台下聽完那愉快的課之後，對您今後將追求什麼樣的文學世界，非常感興趣。」

「您帶來這樣的提議，我很感謝。」天吾說。「眞不敢當。不過我沒有理由接受這筆補助金。」

牛河手指還夾著正在冒煙的香菸，瞇細了眼睛看著天吾的臉。「怎麼說呢？」

「首先第一點，我不想接受陌生人的錢。第二點，我現在並不需要錢。每星期三天在補習班教書，其他日子專心寫小說，這樣也過得還好。並不想改變這種生活。這兩個理由。」

第三點，牛河先生，我沒有心情跟你這個人有任何牽連。第四點，這補助金的事怎麼想都很可疑。條件好得過分。背後好像有什麼。我雖然不是全世界第六感最靈的人，不過這一點小事聞味道就知道了。不過當然，這種話天吾並沒有說出口。

「原來如此。」牛河說。然後把煙充分吸進肺裡，一副極美味似地吐出來。「原來如此。您的想法我很能了解。您說的事也很合理。不過啊，川奈先生，那個歸那個，您也不必在這裡立刻回答。回到家，好好考慮個兩三天看看好嗎？然後再慢慢下結論就行了。我們並不急。請慢慢花時間考慮考慮。這不是壞事。」

天吾斷然地乾脆搖頭。「謝謝您這樣說，不過現在在這裡明白決定，彼此都可以節省時間和省掉不必要的麻煩。被選爲補助金的候選人我感到很榮幸。勞駕您特地來這裡一趟，也覺得很過意不去。不過這次請讓我辭謝。這是我最後的結論，沒有再考慮的餘地了。」

牛河點了幾次頭，把只吸了兩口的香菸在菸灰缸裡很可惜似地捻熄。

「很好。您的心意我充分了解了。我願意尊重川奈先生的意思。我才不好意思占了您的時間。雖然很遺憾，不過今天算了就此告辭。」

不過牛河一點也看不出要站起來的意思。只抓一抓後腦勺，瞇細了眼睛而已。

「不過啊，川奈先生，您自己也許沒注意到，您以一個作家，前途正受各方看好。您有才華。數學和文學可能沒有直接關係，不過聽您的數學課簡直像在聽故事般有趣。那不是一般人能輕易辦到的事。您一定有什麼特別的，要說的事情。這像我這樣的人都很明顯看得出。因此您還是應該盡量珍惜自己才好。雖然我多管閒事，不過還是要勸您不要被捲進不必要的事裡去，下定決心筆直走自己的路比較好。」

「不必要的事？」天吾反問。

「例如您跟寫《空氣蛹》的深田繪里子小姐好像有什麼關係的樣子。或者說，啊，到目前爲止至少見過幾次面。沒錯吧？而且根據今天的報紙報導，我碰巧剛才讀過那報導，她好像行蹤不明的樣子。媒體一定會紛紛擾擾地開始騷動起來，因爲是話題性特別突出的聳動事件哪。」

「就算我跟深田繪里子小姐見面，那又代表什麼呢？」

牛河再一次把手掌對著天吾。手雖然小，手指卻粗粗圓圓的。「好了好了，請別感情用事好不好？我說這個並沒有惡意。不，我想跟您報告的是：爲了生活而賤賣才能和時間，並不會有好結果。聽起來似乎很冒昧，不過我不願意看到像川奈先生這樣，只要經過琢磨就可以成爲明珠的優越才能，因爲被無聊的事所攪亂，而受到損傷。深田小姐和川奈先生之間的事如果被世間知道，一定會有人到府上去喲。而且一定會糾纏不休。有的沒的追根究柢。畢竟他們是很固執的傢伙。」

天吾什麼也沒說默默看著牛河的臉。牛河瞇細了眼睛一直猛抓著大耳垂。他的耳朵雖小，耳垂卻異樣地大。這個人身體的組合有怎麼看都看不膩的地方。

「不不，我對誰都不會露出口風。」牛河重複說。然後做了一個在嘴巴拉上拉鍊的動作。「我跟您約定。別看我這樣子，我口風很緊。人家說我大概是蛤蜊轉生的吧。這件事，我會放在心裡緊緊保留。以表示我個人對川奈先生的善意。」

牛河說到這裡，終於從沙發上站了起來，把西裝上細細的皺紋拉平幾次。然而這樣做皺紋還是拉不平。只有使皺紋更引人注目而已。

「補助金的事，如果您想法改變的話，請隨時打到名片上的電話號碼跟我聯絡。時間還很充裕。如果今年不行，啊，還有明年。」然後他以左右食指，做出地球圍繞著太陽團團轉的動作。「我們這邊不急。至少有機會這樣見到面談過話，我們要給川奈先生的訊息您也收到了。」

然後再次嘻笑，像要誇示那毀滅性齒列般暫時咧著嘴，然後牛河才轉身走出會客室。

下一堂課開始前，回想牛河說過的事，試著在腦子裡重現那台詞。那個男人似乎掌握住，天吾參加《空氣蛹》的製作計畫的事了。從他的口氣中有要讓人嗅出那氣味的地方。**為了生活而賤賣才能和時間，並不會有好結果**，牛河故意暗示地說。

我們知道這件事——這就是他們所傳遞的訊息嗎？

有機會這樣見到面談過話，我們要給川奈先生的訊息您也收到了。

就爲了傳遞那訊息，只爲了那個，他們就把牛河送到天吾眼前來，一年要提供三百萬圓「補助金」嗎？那太說不通了吧。沒有必要準備這麼麻煩的劇本。對方把握了這邊的弱點。如果要威脅天吾的話，可以一開始就把事情抖出來。或者他們想用那「補助金」收買天吾嗎？不管怎麼樣，一切都太戲劇化了。到底他們是誰？所謂「新日本學術藝術振興會」這財團法人是不是和「先驅」有關係呢？實際上眞的有這樣的團體存在嗎？

天吾拿著牛河的名片，到女祕書那裡去。「嘿，我還有一件事想拜託妳。」他說。

「什麼事？」她還坐在椅子上，抬起頭來問天吾。

「我想請妳打電話到這裡去，問那裡是不是『新日本學術藝術振興會』。還有姓牛河的理事現在在不在那裡。他們應該會說不在，那麼請妳問什麼時候會回來。如果問這邊是哪裡妳就隨便亂編一個。我自己打也可以，不過如果聽出是我的聲音可能不太妙。」

她在按鍵上按了號碼。對方接起電話，說了該說的應答。專家和專家之間的一問一答，所濃縮的簡短對話。

「『新日本學術藝術振興會』是實際存在的。接電話的是女接線生。大約二十出頭。應對相當沉穩。姓牛河的人也真的在那裡上班。預定三點半左右回辦公室。並沒有問這邊是哪裡。如果是我的話一定會問的。」

「當然。」天吾說。「總之謝謝妳。」

「不客氣。」她一面把牛河的名片遞給天吾一面說。「那麼牛河先生，就是剛才到這裡來的人嗎？」

「是啊。」

「我只稍微看了一眼而已，不過總覺得是有點可怕的人。」

天吾把名片放進皮夾。「就算花時間看，我想那印象大概也不會改變。」

「我常常想，不要光憑外表判斷一個人。因爲以前曾經因此弄錯而後悔過。不過這個人，我看一眼就覺得這傢伙不可信。而且現在還這樣覺得。」

「不只妳一個人這樣想。」

「不只我一個人這樣想。」她好像要確認那文字結構的精密度般反覆說。

「妳的外套很漂亮。」天吾說。並不是爲了討對方歡心而讚美的話，完全是眞誠的感想。眼睛看過牛河那滿是皺紋的廉價西裝之後，這時髦的亞麻外套，看來就像無風的午後從天國飄下的美麗羽衣一般。

「謝謝。」她說。

「不過並不能因爲打電話到那邊有誰接起電話，就說『新日本學術藝術振興會』是實際存在的。」天吾說。

「這倒也是。當然也可能是設計週到的騙局。因爲只要裝一線電話，雇用一個接線生就行了。就像電影《刺激》那樣。不過爲什麼要做到那個地步呢？天吾，我這樣說很冒昧，不過看不出你擁有足以榨取的大錢哪。」

「我什麼也沒有啊，」天吾說：「除了靈魂之外。」

「好像浮士德中的惡魔要出來的故事。」

「也許要親自去一趟這地址，確認那辦公室是否實際存在比較好。」

「結果知道了要告訴我噢。」她瞇細眼睛，一面檢視著指尖的指甲油這樣說。

「新日本學術藝術振興會」實際存在。下課後天吾搭電車到四谷站，從那裡走到麴町。造訪名片上的地址看看，是一棟四層樓建築，入口掛一塊寫著「新日本學術藝術振興會」的金屬招牌。辦公室在三樓。那個樓層另外有「御木本音樂出版」和「幸田會計事務所」。以建築物規模來說，應該不是多大的辦公室。從外觀看來，都不是生意多繁忙的樣子。不過當然光從外觀是不知道內部實際情況的。天吾想搭電梯上三樓。看看到底是什麼樣的辦公室?只要看到門也好。不過如果在走廊和牛河照面又有點麻煩。

天吾轉搭電車回家,打電話到小松的公司。難得小松居然在,立刻接了電話。

「現在有點不妙。」小松說。口氣比平常快,音調有點提高。「抱歉,現在這裡什麼也不能說。」

「非常重要的事情。小松先生。」天吾說。「今天,有一個奇怪的人到補習班來。那個男人對我和《空氣蛹》的關係好像知道什麼。」

小松在電話上沉默了幾秒。「我想二十分鐘後可以打給你。你現在在家嗎?」

是啊。天吾說。小松掛斷電話。天吾在等電話之間用砥石磨了兩把菜刀,燒了開水泡了紅茶。準二十分之後電話鈴響了。這對小松很稀奇。

電話上的小松,口氣比剛才鎮定多了。好像換到什麼安靜的地方,從那裡打的樣子。天吾把牛河在會客室說的話,長話短說告訴小松。

「新日本學術藝術振興會?沒聽過啊。說要給天吾三百萬圓補助金,也是莫名其妙的事。當然我也承認天吾以一個作家來說是有未來展望的。不過還沒有一部作品印出來喲。這是不可能的事。一定有什麼內幕。」

「這正是我的想法。」

「給我一點時間。那『新日本學術藝術振興會』的東西我這邊來調查一下看看。如果知道什麼我會跟你聯絡。不過那個姓牛河的男人,總之知道天吾和深繪里有聯繫對嗎?」

「好像是。」

「這可有點麻煩了啊。」

「有什麼開始動起來了。」天吾說。「用槓桿把岩石扳開固然好，不過有什麼莫名其妙的東西可能會從那裡爬出來的氛圍。」

小松在電話上嘆一口氣。「我這邊也被逼得很緊。週刊雜誌正在攪局，電視台也來了。今天早上開始警察就來出版社，調查情況。他們已經掌握了深繪里和『先驅』的關係。當然也知道行蹤不明的雙親的事。媒體可能也會開始寫出和這外圍相關的事。」

「戎野老師現在怎麼樣呢？」

「我跟老師從前一陣子開始就聯絡不上了。電話打不通，他也沒跟我聯絡。那邊情況可能也變得很糟糕。或者還在悄悄策畫著什麼。」

「不過小松先生，問個有一點不同的話題，請問我現在正在寫長篇小說的事你有跟誰提過嗎？」

「不，我沒跟誰提過這種事。」小松立刻說。「這到底有必要跟誰提呢？」

「那就好。只是問一下而已。」

小松沉默一下。「天吾，事到如今我說這種話也沒有用，不過我們可能一腳踩進什麼不妙的地方了喔。」

「不管踩進什麼地方，只有現在已經沒辦法回頭了是可以確定的。」

「如果不能回頭，無論如何只好往前進了。就算像你說的有什麼莫名其妙的東西出來也要面對呀。」

「安全帶要繫好。」天吾說。

「正是。」小松說著掛上電話。

漫長的一天。天吾坐在桌子前，邊喝涼掉的紅茶邊想深繪里。她在藏身處一個人躲著，一整天在做什麼呢？不過當然，誰也不知道深繪里在做什麼。

Little People的智慧和能力可能會傷害到老師和你也不一定，深繪里在錄音帶中這樣說。**在森林裡要注意喲**。天吾不由得看一看四周。對了，森林深處是他們的世界。

第3章　青豆
出生的方法無法選擇，但死的方法卻可以選擇

七月將近終了的那一夜，長久覆蓋著天空的厚雲終於放晴時，兩個月亮清晰地浮在天空。青豆從房間的小陽台眺望那樣的光景。她現在很想立刻打電話給誰，跟他說：「請把頭伸出窗外一下，抬頭看看天空？天上有幾個月亮？從我這裡可以清楚看到兩個月亮喔。那邊怎麼樣？」

但她沒有可以打這種電話的對象。也許可以打給Ayumi。不過以青豆來說，不想再加深和Ayumi的關係。她是現職警察。青豆可能在最近還要殺一個男人，變臉，改名換姓，搬到別的地方去，消聲匿跡。跟Ayumi當然不能再見面。也不能聯絡。一旦跟誰親近之後，要切斷那聯繫的結還眞難過。

她回到房間，關上玻璃門，打開空調。拉上窗簾，隔開月亮和自己。天上浮著兩個月亮，讓她心煩意亂。那些讓地球引力微妙地失去平衡。似乎也對她身體的某種作用造成影響。生理期還沒到，身體卻異常地倦怠沉重。皮膚感覺粗糙，脈搏不自然。青豆決定不再想月亮。就算那是不得不想的事情也一樣。

青豆爲了克制倦怠感，在地毯上做伸展動作。把日常生活中幾乎沒有機會使用的肌肉一一招喚出來，有系統地，徹底地拉扯起來。這些肌肉發出無聲的哀叫，汗水滴落地上。這些伸展動作是她自己設計出來，每天朝更激烈而有效的動作更新。這些全都是爲她自己設計的課程。在健身俱樂部的課堂上用不上。

一般人實在無法忍受這樣的疼痛。連教練同事大半都會叫苦的地步。

在確實做著這些動作時，她放塞爾指揮的楊納傑克的《小交響曲》唱片。《小交響曲》約二十五分鐘結束，有這樣長時間的話，各部分的肌肉都能有效地疼痛過一巡。不太短也不太長。長度正好。曲子結束，轉盤停止，唱臂自動歸回原位時，整個頭和身體都變成絞乾的抹布般的狀態了。

青豆現在已經可以把《小交響曲》從頭到尾背起來了。身體一面伸展到接近極限狀態一面聽那音樂時，心情可以很不可思議地安靜下來。她這時候既是拷問者，同時也是被拷問者。是強制者，同時也是被強制者。像這樣面對內部的自我了結性正是她所追求的事情，同時那也撫慰了她。楊納傑克的《小交響曲》於是變成能達到這個目的的背景音樂。

夜晚快十點電話鈴響了。拿起聽筒時聽到Tamaru的聲音。

「明天有什麼約嗎？」他說。

「六點半工作結束。」

「在那之後可以順道過來這邊嗎？」

「可以。」青豆說。

「很好。」Tamaru說。聽得見在行程預定表上用原子筆寫字的聲音。

「對了，找到新的狗了沒有？」青豆問。

「狗？啊。還是母的德國牧羊犬。個性的細微地方還不太清楚，不過基本訓練做得很好，好像很能聽話。大約十天前來的，大體上已經習慣了。狗來了以後女孩子們也安心了。」

「那太好了。」

「這次的這隻對一般狗食就滿足了。比較不麻煩。」

「一般，德國牧羊犬不吃菠菜嗎？」

「那隻確實是與眾不同的狗。而且有些季節，菠菜也不便宜。」Tamaru很懷念似地打抱不平。然後隔了幾秒之後改變話題。「今天月亮很美。」

青豆在話筒那頭輕輕皺眉。「爲什麼忽然提到月亮呢？」

「我偶爾也會提到月亮啊。」

「當然。」青豆說。不過你是非必要時不會在電話上提到風花雪月的類型。

Tamaru在電話上稍微沉默，然後開口。「上次，妳在電話上提到月亮的事。還記得嗎？從那以後月亮不知道爲什麼常常會掛在我腦子裡。而且剛才看天空時，天上一片雲都沒有，好清澄，月亮好美。」

那麼月亮有幾個？青豆差一點就要追問他了。不過又改變主意。那太危險了。Tamaru上次把自己的身世說給她聽。說自己是個不認得父母的孤兒，和國籍的事。Tamaru第一次說這麼多話。本來他是一個不多談自己的男人。他個人很喜歡青豆。對她也某種程度敞開心。不過他是專業的人，被訓練成爲達到目的要採取最短距離。最好別說多餘的話。

「工作結束，我想大約七點可以到那邊。」她說。

「很好。」Tamaru說。「肚子大概會餓吧。明天廚師休息，沒辦法提供像樣的餐，不過如果三明治也行的話，我可以準備。」

「謝謝。」

「需要駕照、護照和健保卡。明天請帶來。還有一把房間的複製鑰匙。可以準備好嗎？」

「我想可以。」

「還有一件事。關於上次那件事，我想跟妳兩個人單獨談。夫人的事情結束後，請留一點時間。」

「上次那件事？」

Tamaru沉默一下。像沙袋般重的沉默。「妳應該有想要的東西吧。忘了嗎？」

「當然記得。」青豆慌忙說。大腦的角落還在想著月亮的事。

「明天七點。」說著青豆掛上電話。

第二天夜晚月亮的數目還是沒有變。工作完畢趕快沖個澡，走出健身俱樂部時，還很亮的天空東方已經看得見排列著兩個色調淡淡的月亮。青豆站在跨越外苑西通的步道天橋上，倚靠在扶手上眺望那兩個月亮一會兒。但除了她之外，並沒有其他特地眺望月亮的人。經過的那些人，只覺得不可思議地瞥一眼站在那裡仰望天空的青豆的身影。他們對天空和月亮都好像完全沒興趣的樣子，只快步朝地下鐵車站走去。在眺望著月亮之間，青豆的身體開始感到跟昨天同樣的倦怠。她想不能再這樣注視月亮了。那對我沒有好影響。不過不管這邊多努力想不看，皮膚卻不可能不感覺到月亮的視線。我不看，那邊也在看著。我現在正打算做什麼，他們都知道。

老婦人和青豆用古老時代圖案裝飾的杯子，喝著又熱又濃的咖啡。老婦人把少許牛奶從杯子邊緣注入杯中，沒有攪拌就那樣喝。沒放糖。青豆像平常那樣喝黑咖啡。Tamaru依約做了三明治送來。切成可以一口吃的小塊。青豆拿了幾塊來吃。雖然只是黑麵包夾小黃瓜和乳酪的簡單作法，卻有高尚的味道。Tamaru能把一點小東西適度做得非常有品味。刀法高明，所有食材都能整齊切成適當大小和厚度。他知道該以什麼樣的順序進行才好。光是這樣，食物的味道就能驚人地不同。

「行李都整理好了嗎？」老婦人問。

「不必要的衣服和書都捐掉了。新生活所需要的東西，都裝進袋子裡可以隨時帶走。房間裡留下的是生活暫時還需要的電器用品和烹調器具，床和棉被、餐具這些。」

「留下的東西這邊會幫妳適當處分掉。關於公寓的租約和各種瑣碎手續，妳也完全不用考慮。眞的只要提一個必要的手提行李，就那樣出去就行了。」

「工作的地方要不要事先說什麼比較好？有一天忽然消失掉人家會不會覺得可疑？」

老婦人把咖啡杯安靜放回桌上。「關於這點，妳也什麼都不用考慮。」

青豆默默點頭。再拿起一塊三明治，喝了咖啡。

「不過妳有銀行存款吧？」老婦人問。

「活期存款有六十萬圓左右。定期存款兩百萬圓。」

老婦人仔細考慮那金額。「活期存款可以分幾次提出到四十萬圓沒關係。定期存款不要動。現在忽然解約的話並不好。她們可能會查妳的私生活。一切還是要小心又小心。這方面我會在背後掩護和協助妳。其他還有稱得上財產的東西嗎？」

「以前妳給我的，都還放在銀行的保險箱裡。」

「現金從保險箱領出來，不過不要放在公寓的房間，自己想個適當的保管地點吧。」

「知道了。」

「我要你做的事，目前只有這樣。其他就是，照平常那樣行動。不要改變生活習慣，別做出引人注目的事情。還有重要的事盡量不要在電話上說。」

說完這些之後，簡直就像耗盡了儲備的所有能源般，老婦人的身體深深陷進椅子裡。

「日期決定好了嗎？」青豆問。

「很遺憾還不知道。」老婦人說。「我在等對方的聯絡。狀況已經安排好了，但對方的日期不到逼近不會決定。可能是一星期後。也可能是一個月後。地點也未定。妳可能沉不住氣，不過要請妳就這樣待機行事了。」

「我可以等沒關係。」青豆說。「只是不知道安排成什麼樣的狀況，可以大略告訴我嗎？」

「妳去幫那個男人做拉筋鬆肌的工作。」老婦人說。「就像平常妳所做的那樣。他的身體有某種問題。雖然不是致命的，不過聽說是相當難纏的問題。他爲了解決這個『問題』，到目前爲止接受過各種治療。除了正式的醫療之外，也試過指壓、針灸和按摩等所有的方法。不過到目前爲止似乎並沒有收到明顯的效果。那身體的『問題』，正是這位領導人物所擁有的唯一弱點，那成爲我們突破的罩門。」

老婦人背後的窗戶掛著窗簾。看不見月亮。不過青豆的皮膚可以感覺到月亮們冷冷的視線。他們共謀的沉默似乎悄悄潛入房間裡來。

「我們現在在教團裡有內線。我透過那個人，把妳是推拿方面卓越專家的消息放出去。這不是很難的事。因爲，妳實際上就是。對方對妳非常有興趣。起初，想把妳請到山梨的教團設施裡去。不過妳因爲工作的關係無論如何無法離開東京。這樣安排。那個男人無論如何，反正一個月會出到東京來辦事。而且不引人注目地住在都內的飯店。他決定在那飯店的一個房間，接受妳的推拿。在那裡妳就可以執行每次的事情••••。」

青豆腦子裡浮現那情景。飯店的房間。男人躺在瑜伽墊上，青豆爲他推拿。看不見臉。趴著的男人脖子沒有防備地朝向自己。她伸出手從包包裡拿出每次那把冰錐。

「我們在房間裡只有兩個人獨處嗎？」青豆問。

老婦人點頭。「領導身體上的顧慮，似乎不讓教團內部的耳目觸及。因此當場應該沒有人旁觀。你們兩個人會單獨留下。」

「我的名字和上班地方，他們事先都知道了嗎？」

「對方是很仔細小心的人，應該會事先對妳的背景詳細調查過。不過好像沒有問題。昨天有聯絡說要請妳到都內的住宿地點去。等時間和地點決定了還會通知。」

「我出入這裡、和妳有聯繫，難道不會被懷疑嗎？」

「我只是妳上班的健身俱樂部的會員，也在自己家裡接受個人指導。沒有理由想到我跟妳之間可能還有別的聯繫。」

青豆點頭。

老婦人說：「這個領導人物離開教團外出的時候，經常會帶兩個貼身警衛。兩個都是信徒，空手道有段數的。有沒有帶武器不清楚，不過功夫似乎相當不錯。每天都在持續鍛鍊。不過如果讓Tamaru來說的話，他大概會說畢竟只是外行而已吧。」

「跟Tamaru桑不一樣？」

「跟Tamaru不一樣。Tamaru曾經屬於自衛隊的突擊部隊。他們被灌輸爲了達成目的，會毫不猶豫地瞬間執行任務所必須做的事。不管對方是誰，都不猶豫，外行的會猶豫。尤其對方是年輕女性時。」

老婦人把頭往後靠在椅背上。深深嘆一口氣。然後重新調正姿勢，筆直看著青豆的臉。

「那兩個貼身警衛，在妳正在照顧領導的時候，應該會在飯店套房的另一個房間等候。然後妳和領導會有一小時左右兩個人單獨在一起。目前狀況是這樣安排的。話雖這麼說，當場實際會發生什麼，誰也不知道。事情變化莫測。領導對自己的行程，似乎不到時間緊迫不會確定。」

「年齡大約幾歲？」

「大概五十五歲上下，聽說是個子高大的男人。除此以外的事很遺憾都還不清楚。」

Tamaru在玄關等候著。青豆交給他備份的鑰匙、駕照、護照和健保卡。他到裡面去把這些證件影印起來。確認過影印都齊全了之後把原來的正本還給青豆。然後Tamaru帶青豆到玄關旁自己的房間去。沒有稱得上裝飾的東西，是一間狹小的正方形房間。勉強有一扇小窗朝向庭園開著。牆上的窗型冷氣發出輕微的聲響。他讓青豆坐在小張的木頭椅上，自己則坐在書桌前的椅子上。牆上四台監視錄影機的螢幕排成一列。必要時似乎可以調整攝影鏡頭的角度。有同樣數目的錄影機，記錄下那裡映出的影像。螢幕上映出牆外的光景。最右邊是女孩子們住的庇護所的玄關影像。也看得見新的看門狗的模樣。狗趴在地上休息。比以前那隻狗小了一點。

「狗死掉的樣子，錄影帶沒有錄到。」Tamaru在青豆提問之前先說了。「當時，狗的繩子沒有繫上。狗不可能自己解開繩子，也許有誰解開了。」

「靠近了，狗也不會叫的人。」

「應該是這樣。」

「眞奇怪。」

Tamaru點點頭。但什麼也沒說。其中所有各種可能性，他一個人不知道想過多少遍。現在已經沒有任何話可以對別人說了。

然後Tamaru伸手打開旁邊櫃子的抽屜，取出一個黑色塑膠袋。袋子裡放著一條褪了色的藍色浴巾，打開一看裡面有一把黑色閃閃發亮的金屬製品。小型自動手槍。他什麼也沒說，把槍交給青豆。青豆也默默接下來。並在手中掂掂那重量。比外觀看起來輕多了。這麼輕的東西就可以置人於死地。

「妳現在犯了兩個重大錯誤。妳知道是什麼嗎？」Tamaru說。

青豆試著回想自己方才的行動，但不知道什麼地方錯了。只是把遞過來的槍接過來而已。「不知道。」她說。

Tamaru說：「第一是接收槍的時候，沒有確認有沒有裝子彈，如果有裝子彈的話，槍的安全裝置有沒有設定好。第二點是接收的時候，有一瞬間槍口對著我。這都是絕對不可以的事情。此外無意射擊時，不要把手指伸進扳機保險中。」

「知道了。以後會注意。」

「除了緊急的時候之外，處理槍、交接槍、帶著槍的時候，基本上都必須不裝任何一發子彈進行。而且妳看到槍時，基本上都必須認爲是有裝子彈地來處理才行——在知道不是這樣之前。槍是以殺傷人爲目的所製造的。多小心都不會過分。也許有人會笑，我說的話太小心了。不過愚蠢的意外實際上眞的發生了，死掉的人和受重傷的人，經常都是笑別人太小心的傢伙。」

Tamaru從上衣口袋拿出塑膠袋。裡面裝著七發新子彈。他把那放在桌上。「妳看，現在子彈沒有放進去。彈匣雖然裝了，但裡面是空的。槍膛裡沒有子彈。」

青豆點頭。

「這是我個人送的禮物。只是，沒有用的話希望能就這樣還給我。」

「當然。」青豆以乾乾的聲音說。「不過，買這個花了不少錢吧？」

「這個妳就不用擔心了。」Tamaru說。「妳還有很多其他的事不能不擔心。來談談那個吧。妳有開槍經驗嗎？」

青豆搖頭。「一次也沒有。」

「本來左輪手槍比自動手槍容易操作。尤其是對沒經驗的人來說。構造比較簡單，操作也容易記，比較不容易出錯。不過某種程度性能好的左輪手槍當然會加碼，攜帶也不方便。所以自動的好吧。海克勒&寇奇（Heckler & Koch）的HK4。德國製的，重量不含子彈四八〇公克。雖然是小型輕量的，不過口徑九毫米的短彈殺傷力很大。而且後座力也小。長距離的命中精度無法期待，不過以妳打算的使用目的應該很合適。海克勒&寇奇是戰後成立的槍械公司，這HK4是以戰前使用的毛瑟HSc手槍已有一定評價的機型爲雛型改良的。從一九六八年開始繼續製造，現在仍然是受歡迎款式。所以值得信賴。雖然不是新品，不過好像是識貨的人所使用的，保養得很好。槍和汽車一樣，與其完全新品不如狀況好的中古品更值得信賴。」

Tamaru從青豆手上拿起那把槍，說明操作方法。安全裝置的固定和解除方法。扳開彈匣卡榫拔出彈匣，再把那推進去。

「要拔出彈匣時，一定要先上好安全裝置。扳開彈匣卡榫拔出彈匣之後，把滑套往後拉，讓彈膛裡的子彈彈出來。現在沒有子彈，所以什麼也不會出來。接著滑套已拉開，可以扣扳機。於是滑套彈回來。這時擊槌會被拴住。再扣一次扳機。擊槌下來。然後推進新的彈匣。」

這一連串的動作，Tamaru熟練地快速做出。然後再重新做一次，這次則慢慢一面確認著每一個動作，一面重複同樣的事。青豆專心看著。

「妳做看看。」

青豆小心注意地拿出彈匣，拉出滑套，把彈膛清空，擊槌撥下，再一次推進彈匣。

「這樣就可以。」Tamaru說。然後把槍從青豆手上接過去，拔掉彈匣，在裡面慎重地裝上七發子彈。發出喀嚓一聲很大的聲音裝進槍裡。拉了滑套把子彈送進彈膛。然後把槍左側的把手倒過來將安全裝置撥上。

「剛才的動作同樣做一次看看。這次是裝滿的實彈。彈膛裡也裝有一發子彈。安全裝置雖然撥上了，不過同樣的，槍口不可以對著人。」Tamaru說。

青豆接過裝了子彈的手槍，發現那重量增加了。不像剛才那麼輕。那裡確實有死亡的跡象。這是為了殺人，而精密製造出來的道具。腋下開始冒出汗來。

青豆再度確認安全裝置是上好的，扳開卡榫拔出彈匣，放在桌上。然後拉開滑套，讓彈膛裡的子彈彈出來。子彈這次發出咚一聲乾脆的聲音掉落地板上。扣了扳機滑套回彈，再一次扣扳機把拴住的擊槌還原。然後以顫抖的手拾起掉落腳邊的九毫米子彈。感覺喉嚨乾渴，呼吸時熱辣辣地疼。

「以第一次來說不錯了。」Tamaru一面把那掉落的九毫米子彈再一次裝回彈匣說。「不過還有必要多多練習。手還會抖。這彈匣的裝卸動作每天都要重複練好幾次，讓身體牢牢記住槍的感覺。練到像我剛才示範的那麼快速，要能自動那樣。即使黑暗中也要沒問題能做到。雖然妳的情況應該不需要中途更換彈匣，不過這個動作是拿槍的人最基本的基本功。不能不記住。」

「不需要作射擊練習嗎？」

「妳不是要用這個射擊誰。只是要射自己。不是嗎？」

青豆點頭。

「那麼就沒有必要練習射擊。只要熟悉裝子彈的方法、安全裝置的解開方法、扳機的重量就行了。不然妳想到什麼地方練習射擊？」

青豆搖搖頭。想不到那樣的地方。

「不過就算要射自己，妳打算怎麼射呢？實際演練一下看看。」

Tamaru把裝了子彈的彈匣裝進手槍，確認安全裝置撥上之後交給青豆。「安全裝置撥上了。」Tamaru說。

青豆把槍口對著自己的太陽穴。有一股冰冷的鋼鐵觸感。Tamaru看了，慢慢搖幾次頭。

「我不是要說難聽話。但還是別射太陽穴比較好。要從太陽穴射穿腦髓，比妳想像中的要困難得多。那樣的場合大多手會發抖，手一發抖就會產生後座力，彈道會偏掉。只把頭蓋骨削掉卻沒有死的例子很多。妳不想這樣吧？」

青豆默默點點頭。

「東條英機在戰爭結束後，快被美軍逮捕時，打算用槍射擊心臟於是抵著槍口扣了扳機，但子彈沒對準卻射到腹部，沒有死。一個曾經站在職業軍人最頂端的人，竟然連用手槍自殺都不能順利完成。東條立刻被送到醫院，在美國醫師團的優厚醫護下復元了，重新接受審判被處以絞刑。眞是很殘酷的死法。對一個人來說所謂臨死之際是很重要的喔。出生的方法無法選擇，但死的方法卻可以選擇。」

青豆咬著嘴唇。

「最有把握的方法，是把槍身插進口中，從下面往上射穿腦髓。像這樣。」

Tamaru從青豆手中拿過槍來，實際示範給她看。雖然明知上了安全裝置，但那光景還是不免讓青豆緊張。喉嚨好像塞住什麼似的呼吸困難起來。

「不過這個也不能說百分之百沒問題。我眞的知道一個人，沒有死成而變得很慘的男人。在自衛隊時在一起的。他把來福槍伸進口中，扳機綁在湯匙上，用兩腳的拇指推進去。不過大概槍身稍微晃動了吧。沒有死成，變成植物人的狀態。就那樣活了十年喏。人要自己了斷生命，並沒有那麼簡單。和電影不同。電影中全都很乾脆地自殺。也沒感覺疼痛就那麼輕易地死掉。但現實卻不是那樣。沒有死成，卻一直躺在床上，連大小便都無法控制地過了十年。」

青豆默默點頭。

Tamaru把子彈從彈匣和槍中取出來，收進塑膠袋裡。然後把槍和子彈分別交給青豆。「沒有裝子彈。」

青豆點頭收下。

Tamaru說：「我不說難聽話。還是考慮活下去比較聰明。也比較實際。這是我的忠告。」

「明白了。」青豆以乾乾的聲音說。然後把工作機械般粗糙的海克勒&寇奇ＨＫ４手槍用絲巾包起來，放進包包底下。放著子彈的塑膠袋也放進包包的側袋裡。包包一下重了五百公克，但形狀完全沒有改變。是小型的手槍。

「生手不該擁有這樣的東西。」Tamaru說。「以經驗來說，幾乎不會有什麼好事。不過如果是妳的話應該能好好處理。妳跟我有相似的地方。關鍵時刻會把自己擺後面，而以規則爲優先。」

「大概因爲沒有所謂眞正的自己吧。」

Tamaru對這個什麼也沒說。

「你進過自衛隊對嗎？」青豆問。

「嗯，最嚴格的部隊。被迫吃過老鼠、蛇和蝗蟲。不是不能吃，不過絕對不是好吃的東西。」

「後來還做過什麼？」

「做過很多事情啊。做過保全人員，主要是保鏢。用警衛的說法可能比較接近。我不適合團隊作業，所以總是以個人營業爲主。雖然期間很短，不過不得不置身黑道的世界。在那兒看到了很多東西。如果是普通人，可能一輩子都不會看到一次的那種事。不過總算沒有流落殘酷的地方。經常注意腳步不要踏出界外。我個性非常小心謹愼，並不喜歡當流氓。所以前面也說過，我的經歷是乾淨的。然後就到這裡來了。」Tamaru筆直地指著腳下的地面說：「從此以後我的人生就在這裡安定下來。雖然不是只爲追求生活安定而活著，不過我希望盡可能不要失去現在的生活。因爲要找到喜歡的職場並不簡單。」

「當然。」青豆說。「不過眞的不用付錢嗎？」

Tamaru搖搖頭。「不用錢。這個世界與其說是用錢，不如說是用情分上的相欠債在運作。我不喜歡欠人，所以盡量先讓人欠我很多。」

「謝謝。」青豆說。

「萬一警察追問妳槍的來源，希望不要把我的名字說出來。如果警察來這裡，我當然也會全盤否認這種事，就算被拷問也不會說出來。不過如果夫人被捲進來的話，我這個人就失去立場了。」

「我當然不會說。」

Tamaru從口袋拿出一張折起來的紙遞給青豆。那便條紙上寫著男人的名字。

「妳七月四日，在千駄谷附近一家叫『雷諾瓦』的喫茶店，從這個男人那裡以五十萬圓現金，買到槍和七發子彈。是那個人聽到妳想要買槍的消息，主動跟妳聯絡的。那個男人如果被警察問起，應該會乾脆地承認罪嫌。並且被關在監獄幾年。妳沒有必要再說更詳細的事。只要證實槍的來源管道，警察的面子就掛得住了。而且妳也會被依違反槍械條例判短期刑罰。」

青豆記住上面寫的名字，把紙片還給Tamaru。他把那紙片撕得碎碎的丟進垃圾筒。

Tamaru說：「就像剛才也說過的那樣，我個性很小心謹慎。很難得地偶爾會信任人，雖然如此還是不會完全相信事情。不會任事情自然發展。不過我最希望的是，槍不要碰就還給我。這樣就不會給誰帶來麻煩。誰也不會死，誰也不會受傷，誰也不用進監獄。」

青豆點點頭。「你要對契訶夫的小說寫法唱反調，是嗎？」

「沒錯。不過契訶夫雖然是個傑出的作家，但當然他的做法並不是唯一的做法。故事中出現的槍也不一定全部都要發射。」Tamaru說。然後好像想起什麼似的臉輕輕歪一下。「啊，差一點忘了重要的事。要給妳呼叫器才行。」

他從桌子抽屜裡拿出一個小巧的裝置，放在桌上。這東西附有可以固定在衣服或皮帶上的金屬夾。

Tamaru拿起電話聽筒，按了三位數的快速按鍵。呼叫聲響了三次，袖珍呼叫器接到訊號開始斷續響起電子音。Tamaru把那音量調到最大後，按掉按鈕停止聲音。瞇細眼睛確認來電者的電話號碼顯示在畫面上，把那交給青豆。

「請妳盡可能任何時候都隨身攜帶。」Tamaru說。「至少不要離開這玩意兒。鈴聲一響，就表示我有訊息。重要訊息。我不會為了聊天氣而鳴響它。請立刻和顯示的電話號碼聯絡。一定要從公共電話打。還有一件事，如果有什麼行李請寄放在新宿車站的投幣式寄物櫃。」

「新宿車站。」青豆複誦一遍。

「不用說，盡量輕便比較好。」

「當然。」青豆說。

青豆回到公寓後，把窗簾密密拉上，從側背包拿出海克勒&寇奇HK4和子彈來。然後坐在桌子前，重複練習幾次空彈匣的裝卸動作。每練習一次速度就加快。動作開始產生節奏感，手也不抖了。然後她把槍捲在穿舊的T恤裡，藏進鞋盒。把鞋盒放進衣櫥深處。裝著子彈的塑膠袋，則放進掛在衣架上的雨衣內袋。因為喉嚨非常渴，因此從冰箱拿出冰麥茶喝了三玻璃杯。肩膀的肌肉因為緊張而緊繃，腋下汗的氣味和平常不同。光意識到自己現在持有手槍，看待世界的觀點就有點不同了。周圍的風景開始看不慣，染上奇異的色調。

她脫下衣服，沖了一個熱水澡把討厭的汗味洗掉。

……並不是所有的槍都要發射，青豆一面淋浴一面對自己這樣說。槍只不過是工具而已。而且我也不是活在故事的世界。而是一個充滿破綻，缺乏整合性，盡是虎頭蛇尾的現實世界。

接下來的兩星期一切平安無事地過去。青豆照常到健身俱樂部去上班，教授武術和伸展肌肉的課程。不能改變生活型態。老婦人所說的事情，她盡可能嚴格遵守。回到家一個人吃過晚餐後，把窗簾密閉拉上，面對廚房的桌子一個人練習海克勒＆寇奇ＨＫ４的操作。那重量、硬度和機械油的氣味，那暴力性和寂靜，逐漸化爲她身體的一部分。

她也以圍巾遮住眼睛，練習過槍的操作。什麼都看不見也能迅速裝塡彈匣，卸開安全裝置，拉滑套了。每一個動作所引起的簡潔而富有節奏感的聲音，舒服地在耳邊響起。在黑暗中，手上的工具實際發出的聲音，和她的聽覺所認知的聲音的差異，漸漸分不清楚。所謂她的這個存在，和她所進行的動作之間，界線逐漸變稀薄，終於消失。

一天中有一次她會站在洗臉台的鏡子前，把裝了子彈的槍口伸進口中。牙齒尖端一面感覺著金屬的硬度，腦子裡一面浮現自己手指扣動扳機時的模樣。只要那樣的動作她的人生就結束了。下一個瞬間自己已經從這個世界消失。她對著鏡中的自己說。應該注意的幾個重點。不要讓手發抖。要確實承受後座力。不害怕。最重要的是不猶豫。

既然想做現在也可以做，青豆想。手只要往內側扣一公分左右就行了。眞簡單。也很想就這樣做了。不過她改變心意把槍口拿出來，擊槌復原，撥上安全裝置，放在洗臉台上。放在牙膏和梳子之間。不行，還太早。在那之前我還有不做不行的事。

她依Tamaru所說的那樣，經常把呼叫器掛在腰間。睡覺的時候則放在鬧鐘旁邊。準備隨時響起來時都能立刻處理。但呼叫鈴並沒有響。又過了一星期。

鞋盒裡的槍，雨衣口袋裡的七發子彈，繼續保持沉默的袖珍呼叫器，特製的冰錐，那尖細的致命的針尖，裝進旅行袋的隨身衣物。還有應該在等著她的新面孔，和新人生。新宿車站的投幣式寄物櫃裡的大疊現金。青豆在這些東西的影像中，度過盛夏的每一天。人們進入眞正的暑假，許多商店把鐵捲門放下，路上行人稀少。車輛數目也減少，街上靜悄悄的。常常快分不清自己身在何處。這是眞正的現實嗎？會這樣問自己。然而如果這不是現實，又要到什麼地方去尋找現實呢？她也不知道。所以只能暫且認定這個就是唯一的現實了。而且只能盡全力去設法克服這個現實。

死並不可怕。青豆再一次這樣確認。可怕的是被現實超越過去。被現實遺留下來。

已經準備就緒。心情也整理好了。只等Tamaru來聯絡，隨時都可以立刻離開這間房子。但並沒有聯絡。月曆上的日期已經接近八月底。再不久夏天就要結束，外面那些蟬正擠出最後的聲音嘶叫著。日復一日感覺非常長，然而爲什麼一個月卻如此急速地過去了呢？

青豆從健身俱樂部工作回來，就把吸飽汗水的衣服脫掉丟進洗衣籃裡，穿上無袖汗衫和短褲。下午會下一陣激烈的午後陣雨。天空變得漆黑，小石頭般的大粒雨滴發出聲音敲打著路面，雷聲響個不停。午後陣雨過後，留下浸水的路面。太陽又回來了，將那水分全力蒸發，都市被像陽炎般的蒸汽所覆蓋。傍晚雲再度出現，厚厚的霧靄覆蓋了天空，看不見月亮的影子。

在準備晚餐前有必要休息一下。喝一杯麥茶，一面吃著預先水煮好的毛豆，一面在廚房桌上攤開晚報。從第一版瀏覽報導，順序往下一頁翻閱。沒發現引人興趣的報導。像平常的晚報那樣。但翻開社會版時，Ayumi的肖像照首先跳進她的眼簾。青豆倒吸一口氣，臉扭曲起來。

她最初想到不可能。一定是誰的臉和Ayumi長得很像所以看錯了。因為Ayumi不可能連相片被報紙這麼大版面地登出來。不過再怎麼重看，那就是她所熟悉的年輕女警的臉。偶爾為了發起小小性愛饗宴的搭檔。在那相片中，Ayumi只露出極輕的微笑。現實的Ayumi會露出滿臉更自然、更開朗的笑。那看來可能是為了登在公家相本上而拍的。不自在中含有某種不穩定的要素似的。

青豆可能的話並不想讀那報導。因為只要讀相片旁邊的大標題，就可以察知發生了什麼事情。然而不可能不讀。這是現實。不管是什麼樣的事情，都不可能逃避現實。青豆嘆了一口大氣後，讀了報上的文章。

中野步小姐，26歲。單身。住在東京都新宿區。

她在澀谷飯店的一個房間，遭人用浴袍腰帶勒脖子殺害。全裸。雙手銬上手銬。被固定於床頭。口中塞入衣服防止出聲。飯店員工中午前去檢查房間時，發現屍體。昨晚十一點前她和男人進入飯店房間，男人黎明時分獨自離去。住宿費預付。在這大都會裡，並非稀奇的事件。在大都會中形形色色的人匯聚，在此產生熱能。有時發展成暴力形式。報紙上充滿這類事件。不過其中也有不尋常的部分。女性被害者是在警視廳服務的現職女警官，判定用來當性愛遊戲的手銬是警方公務用品。並非情趣用品店所販賣的玩具。當然，這成為吸引世人注目的新聞。

第4章 天吾
或許不該期待那件事

現在她在什麼地方做著什麼事呢？仍然還是證人會的信徒嗎？

如果不是就好了，天吾想。當然要不要信仰是個人的自由。天吾不該一一過問。不過根據天吾的記憶，身爲證人會的信徒，對於少女時代的她來說，看起來總不像是快樂的事情。

學生時代天吾曾經在酒類批發商的倉庫打過工。酬勞還不錯，但是要搬運沉重貨物的辛苦勞動。一天的工作結束後，以體格強壯自豪的天吾，都感到身體的每個關節都痛起來。在那裡偶然也遇到以「證人會第二代」長大的兩個青年。很有禮貌，給人好印象。和天吾同年齡，工作態度也很認眞。既不偷懶，也不抱怨地工作。有一次工作結束後，三個人到居酒屋去喝生啤酒。他們兩個據說是從小就在一起的，幾年前因爲某種原因捨棄了信仰。而且一起離開教團，踏入現實世界。不過天吾看起來，這兩個人對新世界似乎還不太適應的樣子。因爲從出生就在狹小緊密的社區中長大，所以要理解和接受更大世界的規則，變得很困難。他們常常對判斷力失去自信，感到困惑。捨棄信仰在嚐到解放感的同時，也無法完全拋開自己是否做了錯誤決定的懷疑念頭。

天吾難以不同情他們。在清楚確立自我以前、還是幼小小孩的時候就離開那個世界的話，還十分有機會能在一般社會被同化。不過錯過那個機會之後，以後只能在證人會的社群裡，跟隨那價值觀活下去了。或只能付出相當不小的犧牲，自力更生地改變生活習慣和認知。天吾在跟他們兩人談著之間回想起那位少女的事。而且心想，但願她不要嚐到同樣的痛苦滋味。

那位少女好不容易終於放開手，頭也不回地快步跑出教室之後，天吾還一直呆呆站在那邊暫時什麼也不能做。她非常用力地握住他的手。他的左手還清清楚楚留下少女手指的觸感，那觸感幾天也沒有消失。隨著時間的過去，直接的觸感變淡之後，烙在他心裡的刻印卻一直以那樣的形式留下來。

在那不久之後，他有了初次的夢遺。硬起來的陰莖前端滲出一點液體來。那比尿黏一點。而且感覺得到伴隨著些微的疼痛。天吾還不知道那就是射精的前兆。因為以前從來沒有看過這種東西，所以他感到不安。自己身上是不是發生了什麼不尋常的事情。可是又不能跟父親商量，也不能問同學。半夜裡作夢醒來時（記不得是什麼樣的夢了），內褲有點溼。簡直就像手被那少女握過，有什麼被拉出來了似的，天吾這樣想。

後來一次也沒有接觸過那位少女。青豆在班上還保持和以前一樣的孤立，跟誰都不開口，營養午餐前以清晰聲音唱出和平常一樣的奇怪祈禱。即使在什麼地方跟天吾相遇，也像沒發生過任何事似的，面不改色。看來好像完全沒看見天吾的身影似的。

不過天吾這邊一有機會，就會悄悄注意，別被周圍的人留意到地，暗中觀察青豆的姿態。仔細看起來臉是長得五官端正的少女。至少是令人有好感的容貌。身材纖細苗條，經常穿著褪色而尺寸不合的衣服。穿上體操服時，可以知道胸部還沒有隆起。沒什麼表情，幾乎不開口。眼光經常像在看著某個遠方似的。

瞳孔感覺不到生氣。這讓天吾很納悶。那一天，筆直注視著他的眼睛時，分明是那樣充滿光輝的清澄瞳孔啊。

在手被握過之後，天吾知道，在那清瘦的少女體內潛藏著一般人所沒有的強勁力量。握力固然不同凡響，但不只那樣而已。精神似乎具備更強的力量。平常她把那力量悄悄藏在其他同學的眼睛所看不到的地方。在課堂上被老師點到名時除非眞正必要才會開口（有時連這樣也不開口），公布的成績並不差。如果有意願的話，天吾推測她應該可以拿到更好的成績。或許為了不要引人注意，而故意隨便寫出答案也不一定。那或許是像她那樣處境的孩子，爲了把受傷程度降到最低限度的求生智慧也不一定。盡量把身體縮到最小。盡量變透明。

天吾想，如果她是處於極正常立場的少女，可以輕鬆談話，該有多好？那麼兩個人或許就可以成爲感情很好的朋友也不一定。十歲的少年和少女成爲感情很好的朋友，不管什麼情況都不簡單。不，這可能是全世界最困難的事情之一。不過有時候找到什麼機會，應該可以來個友好的對話之類的吧。然而這樣的機會終究沒有來臨。她並不處於正常的立場，在班上是孤立的，誰也沒有理會她，她也繼續頑強地守著沉默。天吾與其勉強和肉身的青豆擁有現實的關係，不如選擇在想像和記憶中悄悄和她保持關係。

十歲的天吾對性愛並沒有具體印象。他對少女期望的，只有可能的話希望能再握一次手而已。在只有兩個人，沒有其他任何人的地方，希望她能再用力握自己的手。而且隨便說什麼都好，談談有關她自己的事。她就是她，身爲一個十歲少女的祕密，希望能以悄聲坦白告訴他。他應該會努力去理解。而且從這裡應該有什麼會開始發展下去。雖然天吾還無法知道，那什麼到底是什麼樣的東西。

四月來臨升五年級了，天吾和少女被分到不同的班級。兩個人有時候會在走廊相遇，在巴士候車站碰到。不過少女依然好像對天吾的存在毫不關心似的。至少天吾是這麼想的。天吾在她身邊，她連眉毛都不動一下。視線也沒有閃開一下。那瞳孔依然失去深度和光輝。那時候在教室裡發生的事情到底算什麼呢？天吾想。有時候也覺得那好像是在夢中發生的似的。不是現實中發生的事。不過另一方面他的手，還繼續鮮明地感覺到青豆那超出常人的握力，對天吾來說，這個世界實在充滿了太多謎了。

然後一留神時，青豆這個名字的少女已經從學校消失了。聽說是轉到別的學校了，詳細情況則不清楚。這位少女搬到哪裡去了，誰也不知道。由於她的身影消失這件事而心裡稍微受到動搖的，整個小學裡恐怕只有天吾一個人而已。

在那之後相當長一段時間，天吾很後悔自己的行爲。說得正確一點，是後悔自己沒有採取行動。現在可以想起許多，應該對那位少女說的話。天吾心中確實有，想對她說的話，不得不說的話。而且事後想起來，在什麼地方把她叫住對她說話，並不是那麼困難的事。只要找到適當機會，鼓起一點勇氣就行了。然而天吾卻沒能辦到。而且機會就這樣永遠失去了。

小學畢業，進了公立初中之後，天吾還常常想起青豆。他開始頻繁地體驗到勃起，有時一面想她一面自慰。他經常使用左手。還留有被握觸感的左手。記憶中青豆是清瘦的，胸部還沒有隆起的少女。然而他可以一面想像她穿體操服的姿態一面射精。

升上高中後，他也開始偶爾和同年齡的少女約會了。她們會把全新的乳房形狀，透過衣服清楚地顯示出來。看到這樣的姿態天吾難免感到呼吸困難。然而雖然如此，睡覺前的床上，天吾還是一面回想著青豆那連隆起前兆都沒有的平坦胸部一面動著左手。而且每次都會有一種罪惡感。天吾想，自己一定有什麼不正常的、歪斜的地方。

不過上大學之後，就不再像以前那樣頻繁地想起青豆了。主要原因是跟活生生的女孩子們交往，開始實際發生性關係。肉體上已經成長爲一個成熟的男人了，當然，體操服所包裹的清瘦十歲少女的形象，和他的欲望對象開始有了一段差距。

不過天吾從此以後卻再也沒有經驗過，像在小學教室裡被青豆握手時所感受到的那樣激烈的內心震撼。大學時代，和大學畢業後，一直到現在所遇到過的許多女人，都沒有任何一個人，能在他心中烙下像那位少女所留下的那樣鮮明的刻印。天吾眞正追求的東西，無論如何都無法在她們身上找到。她們之中有美女，有心地溫暖的女人。也有很珍惜他的女人。然而結果，就像羽毛色彩鮮豔美麗的各種禽鳥飛來，停在枝頭又再飛走一樣，女人們來了，又走了。她們無法滿足天吾，天吾也無法滿足她們。

然後天吾即將三十歲的現在，什麼也沒做，只是恍惚地發呆時，不知不覺之間，發現自己腦子裡還會自然浮現那十歲少女的身影，不禁吃了一驚。那位少女在放學後的教室裡緊緊握住他的手，以清澈的瞳孔筆直注視他的眼睛。或裹在體操服裡的清瘦身體。或星期天早晨，跟在母親身後走在市川的商店街。嘴唇經常緊閉成一直線，眼睛望著哪裡也不是的地方。

這時候天吾想到，我的心似乎無論如何都無法離開那個女孩子。而且到現在都還很後悔，沒有在學校的走廊向她開口招呼。如果能放開膽子開口招呼的話，我的人生或許會和現在大不相同。

他那時候想起青豆，是因爲在超級市場買了毛豆的關係。他一面選著毛豆，一面極自然地想起青豆的事。然後一面拿起一把毛豆，自己都沒發現，就像作白日夢般呆呆在那裡站住，天吾都不知道，站了多久。「對不起。」一個女人的聲音才讓他回過神來。他的魁梧身體，擋在毛豆貨架前面。

天吾不再想，向對方道了歉，把手上拿著的毛豆放進籃子裡，和其他東西一起拿到收銀台。和蝦子、牛奶、豆腐、萵苣、餅乾一起。並和附近的主婦一起排隊等候結帳。正好是傍晚擁擠的時間，收銀小姐是新來的，動作還不熟練，隊伍排得很長，但天吾毫不介意。

如果在這結帳行列中有青豆的話，能一眼就看出那是青豆嗎？能不能？畢竟已經二十年不見了。兩個人彼此能認出的可能性應該相當小。或許在路上相遇，想到：「會不會是她？」而能當場立即開口招呼對方嗎？或許不太有自信，竟膽怯畏縮，什麼也沒做就那樣擦肩而過。事後又再深深後悔也不一定。心想，爲什麼當時連一句話都開不了口呢？

天吾，你缺乏的，就是動機和積極性喔，小松常常說。或許確實正如他所說的那樣。猶豫的時候，就想：「啊，算了。」究竟還是放棄。這就是他的性格。

不過如果萬一在什麼地方能碰面，而且很幸運彼此還能認出來的話，我又能不能對她坦白一切，毫不隱瞞地把所有的思念都向她說出來呢？到附近的喫茶店去（當然是假定對方有時間，並答應他的邀請），面對面一邊喝著什麼。

他有很多事情要對青豆說。在小學的教室被妳握過手的事現在都還記得很清楚。在那之後很想跟妳做朋友。我想再多了解妳。可是卻沒辦法做到。有很多原因。不過最大的問題是我很膽小。這件事我一直很後悔。現在都還後悔。而且我常常想妳。一面想著妳的模樣一面自慰的事，當然不會說。那跟坦白又是不同層次的事情。

不過也許不要期待這種事比較好。也許不要重逢比較好。實際見到面會不會很失望？天吾想。她現在可能變成只是一個滿臉倦怠、無聊的辦事員而已。說不定變成一個高聲尖叫斥責小孩的慾求不滿的母親。也許找不到任何共通話題了。當然有這個可能。如果這樣，連天吾心中所一直擁抱的貴重東西，都會永遠失去。不過天吾也有應該不會這樣的類似確信。從那十歲少女下定決心的眼神，和意志堅強的一面，可以看出不會輕易容許時間風化的堅強毅力。

跟她比起來自己又怎麼樣呢？

想到這裡天吾不安起來。

重逢時該失望的反而是青豆吧。小學時候的天吾是誰都承認的數學神童，幾乎所有的科目成績都頂尖，身材高大，運動能力也優越。老師們對他另眼看待，對他的未來寄以厚望。在她的眼裡看來說不定像一個英雄。然而現在卻是以約聘制工作的補習班講師，這還稱不上固定職業。工作確實輕鬆，一個人生活不成問題，但和社會棟樑的形象則相距甚遠。除了在補習班教課之外，也在寫小說，不過還沒有印成書過。以打工方式，幫女性雜誌寫一些不負責任的星座占卜文章。雖然評價很好，不過老實說那只是信口開河而已。既沒有值得一提的朋友，也沒有女朋友。和大自己十歲的有夫之婦每星期幽會一次幾乎是唯一的人際關係。到目前爲止只有一件值得誇耀的功績，是以代筆的影子作家身分所寫的《空氣蛹》登上暢銷排行榜，但這卻絕對沒辦法公開承認。

想到這裡時，收銀員已經拿起他的購物籃了。

抱著購物紙袋回到公寓房間。換上短褲，從冰箱拿出啤酒罐，一面站著喝一面在大鍋裡燒開水。開水沸騰之前把毛豆從枝頭摘下來，在砧板上把豆子均勻抹上鹽巴，再把毛豆放進煮沸的水中。

爲什麼那個十歲的瘦弱少女，老是在心裡揮之不去呢？天吾想。她放學後跑過來，握住我的手。在那之間一句話也沒說。只有這樣而已。不過青豆那時候，似乎把他的一部分帶走了。他想，是心或身體的一部分。而且代替的是，把她的心或身體的一部分，留在他裡面了。就在非常短的時間裡，被進行了那麼重要的交換。

天吾用菜刀細細地切了很多薑絲。並將洋芹菜和洋菇切成適度大小。也把香菜切細。把蝦殼剝掉，用自來水洗乾淨。攤開紙巾，把蝦子像士兵排隊般一一排列整齊。毛豆煮好後，放在竹篩上瀝涼。然後把大平底鍋燒熱，放進白麻油，把油充分勻開，將切細的薑絲用文火慢慢炒。

現在如果能立刻見到青豆就好了，天吾放棄地想。就算讓她感到失望，或這邊有點失望，也沒關係。總之天吾想見她看看。自從分開以後她到底走過什麼樣的人生，而現在又住在什麼地方，她喜歡什麼樣的事情，什麼樣的事情讓她傷心，光是這些他就想知道。不管兩個人改變有多大，或者兩個人已經失去可以結合的可能性了也好，因爲他們在很久以前，放學後的小學教室裡，交換了重要的什麼的事實是不會改變的。

他把切細的芹菜和洋菇放進炒鍋裡。把爐火調到最強，一面輕輕搖晃炒鍋，一面用竹鏟子把菜來回翻炒。輕輕撒一點鹽和胡椒。在火力開始熱透青菜後，把吸乾水分的蝦子放進去。整體再撒一次鹽和胡椒，注入一小玻璃杯的日本酒。唰地澆上醬油，最後再撒上香菜。只是這樣的作業，天吾在無意識中完成。簡直像飛機的駕駛模式切換到「自動」一樣，幾乎沒有去想自己現在正在做什麼。本來就不是需要複雜程序的菜。只有手在確實地動著，他的腦袋始終不停地想著青豆。

蝦子炒青菜炒好之後，從炒鍋移到大盤子上。從冰箱拿出新的啤酒，在餐桌旁坐下來，一面耽溺於思考，一面吃著熱騰騰的菜。

這幾個月之間，我看起來似乎一直在改變，天吾想。也許可以說精神上一直在成長。面臨三十歲了才終於……。不是很不簡單嗎？天吾拿起已經開始喝的啤酒罐自嘲地搖搖頭。眞的很不簡單。如果能以這樣的步調繼續下去，要達到一般人的成熟還需要多少歲月呢？

不過不管怎麼樣，這種內在的變化似乎是以《空氣蛹》為契機所帶來的。藉著把深繪里的故事，以自己的文章改寫過之後，天吾心中，想把自己內在擁有的故事具體寫成自己的作品的念頭轉強了。在這裡產生了可以稱爲動機的東西。在這新的動機之中，似乎也含有想尋找青豆的心情。最近不知道爲什麼，開始頻繁地想到青豆。他的心有事沒事，就被拉回二十年前下午的教室裡。簡直就像站在浪頭湧起的沙灘，腳被強烈的後退浪潮牽引的人一樣。

結果天吾把第二罐啤酒留下一半，蝦子炒青菜留下一半。剩下的啤酒倒在流理台，菜移到小盤子，用保鮮膜包起來放進冰箱。

吃過飯他坐在桌子前，打開文字處理機的開關，叫出寫到一半的畫面。

就算能改寫過去確實也沒有多大意義，天吾眞的感覺到。就像年長的女朋友指出的那樣。她說得對。不管多麼熱心精密地去改寫，現在自己所處的狀況的梗概大概都不會變。所謂時間這東西，確實擁有把人爲的變更逐一消除掉的強大力量。那會把更正，再寫上更正，把情勢改回原來的樣子。就算能改變多少細微的事實，但結果天吾這個人到哪裡還只是天吾。

天吾不能不做的，可能是站在所謂現在這十字路口誠實地正視過去，就像改寫過去那樣地去寫入未來。除此之外沒有別的路走。

悔恨交加
使負罪的心撕裂，
我落下的眼淚，
將化成美好的香膏
塗在忠誠的耶穌身上。

這是前些日子深繪里所唱的〈馬太受難曲〉詠嘆曲的歌詞內容。天吾心裡掛著，於是第二天重聽了家裡有的唱片查了一下譯詞。受難曲接近開頭的地方，有關「伯大尼受膏」的詠嘆曲。耶穌來到伯大尼的地方拜訪痲瘋患者的家時，一個女人在耶穌頭上澆下昂貴的香膏。周圍的弟子斥責爲無意義的浪費。說可以把那賣了，將那代價布施給窮人。但耶穌制止憤怒的弟子說，沒關係，這個女人做了好事，爲我做了埋葬的準備。

女人知道。耶穌最近不得不死去的事。因此如同自己的眼淚湧出般，不得不將那貴重的香膏澆於耶穌頭上。耶穌也知道。自己近日將不得不步上赴死之路。他說：「無論在全世界的什麼地方宣講出去，都會有人提到這個女子所做的來紀念她。」

他們當然未能改變未來。

天吾再一次閉上眼睛，深呼吸，在腦子裡排列適當的語言。將語言的順序對調，讓印象更明確。讓節奏更確實。

他就像在嶄新的八十八個鍵盤前的鋼琴大師霍洛維茲那樣，十根手指安靜地在空中舞動著。然後定下心來，在文字處理機的畫面上開始鍵入文字。

黃昏的東方天空並排浮著兩個月亮的世界風景，他正描寫著。活在那裡的人的事。流在那裡的時間的事。

「無論在全世界的什麼地方宣講出去，都會有人提到這個女子所做的來紀念她。」

第5章 青豆

一隻老鼠遇見素食主義的貓

把Ayumi已經死去的事，暫且當作事實來接受之後，青豆心中進行了一陣子類似意識的調整。那終於告一段落之後，青豆哭了起來。雙手摀著臉，肩膀細細顫抖，不出聲音安靜地哭泣。自己正在哭泣的事，好像不願意讓全世界的任何人注意到似的。

窗簾沒有縫隙地緊閉著，雖然如此還是可能有人從什麼地方在看著也不一定。那一夜青豆在廚房的桌上攤開晚報，在那前面不斷哭泣。有時忍不住發出嗚咽的聲音，此外都無聲地哭泣。眼淚沿著手滴落在報紙上。

在這世界上，青豆不輕易哭。有些事情與其讓她想哭，不如令她感到憤怒。無論對別人，或對自己。所以流淚對她來說是相當稀奇的事。不過也因此，一開始流起淚來，便一發不可收拾。哭這麼久，是從大塚環自殺以後所沒有的。那是幾年前呢？想不起來了。總之是相當久以前了。青豆那時也是不停地哭。一連哭了幾天。不開口，也不出門。有時補充一點眼淚所流失的水分，偶爾短暫地倒頭昏睡一下而已。其他時間都在不停地哭。從那次以來。

這個世界已經沒有Ayumi了。她已經變成失去體溫的屍體，這時候可能正送去做司法解剖。解剖結束後又再被縫起來，可能有簡單的葬禮，之後就被送到火葬場去，燒掉。化成煙升上天空，混到雲裡去。然後又化成雨降到地面，滋潤養育什麼地方的草。不言不語的草，不知名的草。不過青豆再也不能看見活著的Ayumi了。她只感覺到那是違反自然運行的事情，非常不公平的可怕事情，違反道理的扭曲想法。

大塚環從這個世界消失以來，青豆稍微能夠懷有類似友情感覺的對象，除了Ayumi之外沒有別人。但很遺憾，那友情中存在著極限。Ayumi是現職警察，青豆是連續殺人者。雖然是擁有自信的有良心的殺人者，但殺人終究是殺人，從法律來看青豆毫無疑問是個犯罪者。青豆屬於被逮捕的一方，Ayumi則屬於逮捕的一方。

所以Ayumi即使想要更深入交往，青豆還是不得不盡量鐵著心，不回應她。彼此的關係如果變成日常性必要的親密程度的話，難免露出各種矛盾和破綻，而那很可能就會要青豆的命。青豆基本上是正直而坦率的人。她沒辦法一面把重要的事情對人說謊，或隱瞞，一面和對方建立誠實的人際關係。這種狀況讓青豆感到混亂，而混亂並不是她所要的東西。

Ayumi某種程度應該也知道這點。青豆好像有什麼不可告人的個人祕密，因此和自己刻意保持一定的距離。Ayumi的直覺很靈敏。那看起來一副開朗的模樣有一半是演技，背後其實隱藏著軟弱而容易受傷的感性。青豆也知道這點。由於自己所採取的防禦性姿態，可能讓Ayumi有點寂寞。感覺到被拒絕、被疏遠也不一定。想到這裡心更像被針刺般的痛。

就這樣Ayumi被殺了。可能在街上遇到不認識的男人，一起去喝酒，進了飯店。然後在昏暗的密室裡開始做精心安排的性愛遊戲。銬上手銬、堵住嘴巴、蒙起眼睛。眼前浮現這樣的景況。男人用浴袍的腰帶勒緊女人的脖子，一面看著對方苦悶掙扎一面興奮、射精。然而那時候，男人手握浴袍腰帶的力道過度了。應該在極限前停下的卻停不下來。

Ayumi自己應該也會害怕不知道何時會發生這種事。Ayumi定期需要激烈的性行為。她的肉體——可能還有精神——需要這個。但不想要固定的男朋友。固定的人際關係讓她感到窒息、不安。因此只和隨便碰到的男人做逢場作戲的性交。這方面的狀況跟青豆並非沒有相似之處。只是Ayumi有比青豆更深陷的傾向。Ayumi比較喜歡危險而奔放的性愛，可能在潛意識中期待受傷害。青豆則不同。青豆很小心，不讓任何人傷害自己。如果好像有可能被傷害時，她可能會激烈反抗。但Ayumi，不管對方要求什麼，不管是什麼樣的事情，都傾向於會答應。相對的也會期待知道對方到底會如何對待自己？很危險的傾向。畢竟是萍水相逢的男人。他們到底懷有什麼樣的慾望，隱藏著什麼樣的傾向，不到時候不知道。Ayumi本人當然也知道那危險性。因此才需要像青豆這樣穩重的搭檔。能為自己踩煞車，能小心守護自己。

青豆也需要Ayumi。Ayumi擁有幾項青豆所沒有的能力。有能讓人安心的開放熱情人格。親切體貼，自然的好奇心，孩子般的積極性，有趣的對話。能吸引人注意的豐滿胸部。青豆只要在她身旁面帶神祕微笑就行了。男人會想知道那深處到底有什麼。在這層意義上，青豆和Ayumi正是理想的組合。無敵的性愛機器。

不管有什麼理由，我都應該更接受這孩子的，青豆想。應該了解她的心情，緊緊擁抱她才對的。那才是這孩子所需要的。她需要被無條件地接受，被緊緊擁抱。就算片刻也好，總之這樣就能讓她安心。然而我卻未能回應她那需求。保護自己的本能過強，加上不願意破壞對大塚環的記憶的意識過強。

於是Ayumi就沒有找青豆，只一個人走出暗夜的街頭，被勒死了。雙手被銬上真正的手銬，眼睛被蒙著，嘴巴被塞入絲襪或內褲。Ayumi常常畏懼的事情，就那樣眞的發生了。如果青豆能大方一點地接受Ayumi的話，Ayumi那天可能就不會一個人走上街頭吧。應該會打電話邀青豆的。於是兩個人會去比較安全的地方，彼此一面互相檢查後才和男人擁抱的。但可能Ayumi對青豆太客氣了點。另一方面青豆這邊一次也沒有打電話邀過Ayumi。

接近凌晨四點時，青豆受不了自己一個人待在房間裡，穿上涼鞋走出房間。而且就穿著無袖背心和短褲，在天還沒亮的街上漫無目的地到處走著。有人出聲招呼也不回頭。走著之間喉嚨渴了，於是經過全天營業的便利商店，買了大包裝的柳橙汁，當場全部喝完。然後回到房間，又再哭了一陣子。我喜歡Ayumi啊，青豆想。比自己所想的，更喜歡這孩子。如果她想摸我的身體，當時就該讓她盡情摸的。

第二天的報紙登出「澀谷的飯店　女警遭到勒死事件」的報導。警察傾全力追捕去向不明的男子。據報紙報導，同事都很困惑。Ayumi性格開朗，周圍大家都很喜歡她，責任感重、行動力強，以警官來說成績優秀。從父親、兄長到許多親戚都是警察，家族間也很團結。為什麼會發生這樣的事情，誰都無法理解，只感到手足無措。

誰也不知道，青豆想。不過我知道。Ayumi內心抱著巨大的缺陷。那是像地球盡頭的沙漠般的地方。不管注入多少水，都會從注入的旁邊被吸進地底去。事後沒留下一點溼氣。任何生命都無法在那裡生根。連鳥都不會從那上空飛過。是什麼在她身上形成那樣荒涼的東西呢？只有Ayumi才知道。不，其實連Ayumi自己可能都不知道。不過讓周圍的男人爭先恐後地湧來的扭曲性慾，肯定是主要原因之一。她為了擋住那致命缺陷的周圍，不得不把自己這個人偽裝起來。將這偽裝起來的裝飾性自我一層一層剝開時，只剩下虛無的深淵。那只會帶來強烈的乾渴。而且不管多想忘記，那虛無都會定期性地來造訪她。在孤獨一人的雨天午後，或從噩夢醒來的黎明時分。而且那樣的時候，她就非要讓不管是誰都行的人擁抱不可。

青豆從鞋盒裡拿出海克勒&寇奇ＨＫ４手槍來，以熟練的手法裝上彈匣，解除安全裝置，拉下滑套，把子彈送進槍膛，撥起擊槌，用雙手握緊槍把瞄準牆壁的一點。槍身文風不動。手已經不會再顫抖了。青豆停止呼吸集中精神，然後嘆一口大氣。把槍放下，重新把安全裝置扣上。手上檢查著槍的重量，眼睛凝視一片朦朧的光。那把槍好像已經變成她身體的一部分了似的。

她不得不壓抑感情的衝動，青豆告訴自己。就算處罰Ayumi的叔叔和哥哥，他們可能也不知道自己爲什麼被處罰，可能無法理解。而且事到如今不管做什麼，Ayumi都不會回來了。雖然可憐，不過這是遲早會發生的事情。Ayumi朝向致死的漩渦中心，緩慢而不可避免地繼續接近。就算我下定決心，對她大方一點，那幫助應該也很有限。不要再哭了。必須重新調整步調才行。就像Tamaru說的那樣，要讓規則比自己優先，這很重要。

呼叫器響起來，是在Ayumi死去五天後的早晨。青豆一面聽著收音機的準點新聞，一面在廚房燒開水準備泡咖啡。呼叫器放在桌上。她看了那螢幕上所顯示的電話號碼。一個陌生的號碼。不過那毫無疑問是Tamaru送來的訊息。她到附近的公共電話亭去，打了那個號碼。響了三聲，Tamaru接了。

「準備好了嗎？」Tamaru問。

「當然。」青豆回答。

「這是夫人的傳話。今天晚上到大倉飯店（Hotel Okura）本館的大廳。做好每次的準備。很抱歉事情太突然了，只能做到勉強的安排。」

「今天晚上七點，在大倉飯店本館的大廳。」青豆機械式地複誦。

「我想說祝你幸運，不過就算我祈求幸運，恐怕也幫不上忙吧。」

「因爲你是不仰賴幸運的人。」

「就算我想仰賴，也不知道那是什麼樣的東西。」Tamaru說。「因爲我還沒看過。」

「你不用祈求什麼。不過倒要請你幫我做一件事情。我屋子裡有一棵橡膠樹的盆栽，希望你幫我照顧。因爲我沒辦法好好丟掉。」

「我來收留。」

「謝謝。」

「如果是橡膠樹的話，比照顧貓或熱帶魚要輕鬆多了。還有什麼？」

「其他什麼也沒有。剩下的東西全都丟了。」

「工作完畢後就到新宿車站去，從那裡再打一次電話到這個號碼。到時候再給妳下一個指示。」

「工作完畢後，從新宿車站再打一次電話到這個號碼。」青豆複誦。

「我想妳知道了，不過這個電話號碼不要寫下來。呼叫器在離開家的時候就弄壞它，隨便丟掉。」

「了解。我會。」

「一切程序都仔細準備好了。妳什麼都不用擔心。事後都交給我們來辦。」

「我不擔心。」青豆說。

Tamaru沉默了一會兒。「我可以坦白說出我的意見嗎？」

「請說。」

「我完全沒有打算批評妳們所做的事情，沒有用。那是妳們的問題，不是我的問題。不過我保留一點說，這是魯莽的。而且是沒有所謂止境的。」

「也許是這樣。」青豆說。「不過這是沒辦法改變的事情。」

「就像一到春天就會發生雪崩一樣。」

「大概。」

「不過有常識的正常人在容易雪崩的季節，不會靠近容易雪崩的地方。」

「有常識的正常人，本來就不會跟你談這種事情。」

「也許是這樣。」Tamaru承認。「不過如果遇到雪崩的時候，有沒有可以聯絡的家人？」

「沒有家人。」

「本來就沒有，或有但是不在呢？」

「有但是不在。」青豆說。

「很好。」Tamaru說。「一身輕最好。說起來親人，只要有一棵橡膠樹就好了。」

「在夫人那裡看到金魚，我忽然也很想要金魚。我想家裡有這個也許還不錯。又小又不吵，要求也少的樣子。於是第二天到車站前面的店裡去買，不過看到水槽裡的金魚時，突然又不想了。於是買了賣剩的營養不良的橡膠樹，代替金魚。」

「我覺得是正確的選擇。」

「也許永遠不會買金魚了。」

「也許。」Tamaru說。「可以再買橡膠樹。」

短暫的沉默。

「今晚七點在大倉飯店本館的大廳。」青豆再確認一次。

「只要坐在那裡等就行了。對方會來找妳。」

「對方會來找我。」

Tamaru輕輕乾咳一下。「對了，妳知道素食主義的貓遇到老鼠的故事嗎？」

「不知道。」

「想聽嗎？」

「很想。」

「有一隻老鼠在閣樓上，遇見一隻大公貓。老鼠被追趕到無處可逃的角落。老鼠一面顫抖著說：『貓大哥拜託你。請不要吃我。我非回去家人那裡不可。我的孩子正餓著肚子在等我呢。請放我逃走吧。』貓說：『你不用擔心。我不會吃你。老實說，這不能大聲說，不過我是一個素食主義者。完全不吃肉。所以你遇到我很幸運喔。』老鼠說：『啊，多美好的一天。我是多麼幸運的老鼠啊。竟然會遇見素食主義的貓。』然而下一個瞬間，貓卻撲向老鼠，用利爪緊緊壓住牠的身體，用尖銳的牙齒咬住牠的喉嚨。老鼠痛苦得以最後一口氣問貓：『你不是說，你是素食主義的，完全不吃肉嗎？難道你說謊？』貓舔著嘴唇說：『嗯，我是不吃肉啊。我沒說謊。所以我要把你叼回去，交換萵苣呀。』」

青豆想了一下。「這故事的重點是什麼？」

「並沒有什麼重點。只是剛才提到幸運的話題，忽然想到這個故事。只是這樣而已。不過當然要找出重點是妳的自由喔。」

「很窩心的話。」

「還有一點。我想事先會有搜身和行李檢查。那些傢伙很小心。這點最好要先記得。」

「我會記得。」

「那就這樣了。」Tamaru說。「在什麼地方再見吧。」

「什麼地方再見。」青豆反射性地重複說。

電話斷了。她看了聽筒一下，稍微歪一下臉，把那放下。然後把呼叫器的號碼確實刻進腦子裡之後，消除掉。什麼地方再見，青豆在腦子裡重複一次。不過她知道。往後，自己可能不會再和Tamaru碰面了。

看遍早報的每一個角落，但已經看不到關於Ayumi被殺事件的報導了。到目前為止搜查似乎沒有進展。可能不久，就會被週刊雜誌一起拿來當奇案報導。現職年輕女警，在澀谷的賓館用手銬玩性愛遊戲。然後全裸地被勒死。不過青豆不會想讀那種以煽情為主的報導。事件發生以來也沒有轉開電視開關。不想從新聞播報員那高亢的聲調中，聽到有關Ayumi死去的報導。

當然希望能抓到犯人。犯人無論如何都必須受到處罰。但就算犯人被逮捕了受到審判，那殺人的細節完全掌握了，又怎麼樣呢？不管做什麼，Ayumi都無法生還了。這很清楚。判決反正會很輕。可能不會以殺人罪，而以過失致死事件處理。當然就算判死刑也無法補償什麼了。青豆折起報紙，手肘支在桌上，暫時以雙手掩著臉。並想著Ayumi的事。不過已經不再流淚了。她只是生氣而已。

到晚上七點還有很長的時間。青豆在那之前沒事可做。沒有健身俱樂部的工作。小型旅行袋和側背包，照Tamaru所指示的那樣，已經寄放在新宿車站的投幣式保管箱裡。旅行袋裡裝了一疊疊現金和幾天份的換洗衣服。青豆每三天到新宿車站去一次，追加投幣，順便確認內容。房間不必再打掃，想做菜，冰箱也幾乎是空蕩蕩的。房間裡除了橡膠樹之外，幾乎沒剩下任何有生活氣味的物品。和個人資訊有關的一切東西都處理掉了。每個抽屜都是空的。明天我已經不在這裡了。應該沒有留下一點我的痕跡吧。

那個傍晚要穿去的衣服摺得整整齊齊，疊放在床上。旁邊有一個藍色健身提袋。提袋中推拿需要的全套用具一應俱全。青豆仔細地再檢查一遍。上下一套的針織運動衫。瑜伽墊子，大小毛巾，還有裝了細長冰錐的小硬盒子。一切都齊全了。她從硬盒子中拿出冰錐來，摘下軟木栓，用指尖碰觸尖端，確認那還保持足夠尖銳，雖然如此還是愼重再愼重，用最細的砥石再輕輕研磨過。她腦子裡浮現將那針尖在男人的脖子上，特定的一點，無聲地像被吸入般沉進去的光景。像每次那樣，應該在一瞬間一切就結束了。既沒有悲鳴也沒有出血。這時只有一瞬的痙攣。青豆把針的尖端再一次插入軟木栓，很小心地收回盒子裡。

然後把用T恤捲起來的海克勒&寇奇手槍從鞋盒裡拿出來，以熟練的手法在彈匣裡裝了七發九毫米的子彈。發出乾乾的聲音把子彈送進槍膛。安全裝置解開，再撥上。把那用白色手帕裹起來，放進塑膠的化妝包裡。上面塞滿要換洗的內衣褲，把槍掩蓋得看不見。

其他還有什麼事情必須做的嗎？

想不到任何事。青豆站在廚房，燒開水泡咖啡。坐在桌前喝著，吃了一個可頌。

這應該是我最後的工作了，青豆想。而且是最重要，也最困難的工作。這個任務達成之後，就不必再殺人了。

對失去自己的身分並不排斥。這反而在某種意義上是青豆所接受的。她對姓名和面貌都不留戀，對於自己的過去找不到一件東西是失去了會感到可惜的。將人生重新加以設定，或許才是我所期望的事情也不一定。

關於自己，她想如果可能最好不要失去的，很不可思議，竟然是算起來比別人瘦弱的一對乳房。青豆十二歲以來到現在為止，一直對乳房的形狀和大小感到不滿。常常想如果胸部再大一點的話，或許可以度過比較安心的人生。然而實際上給她可以改變尺寸的機會時（那是伴隨著必然性的選擇），她卻發現自己原來完全不希望有那樣的改變。這樣也沒關係。這樣才正好。

她從無袖背心上面用手試著觸摸兩邊的乳房。和平常一樣的乳房。好像調配錯誤沒有好好膨脹起來的麵包生麵團那樣的形狀。而且左右尺寸也有微妙的差異。她搖搖頭。不過沒關係。**這就是**我。

除了這乳房以外我還留下什麼呢？

當然還留下天吾的記憶。留下他手的觸感。留下心的激烈震動。留下想讓他擁抱的渴望。就算變成另一個人了，也無法剝除我對天吾的思念。這是我和Ayumi最大的差別，青豆想。**在我這個存在的核心有的是愛**。我不變地繼續思念著天吾這個十歲少年。繼續想著他的強壯、他的聰明、他的溫柔。他不存在**這裡**。但不存在的肉體不會消滅，沒有定下的約定也不會毀約。

青豆心中三十歲的天吾，不是現實的天吾。他說起來只不過是一個假想而已。一切可能都是她的想像所產生的。天吾還保有那強壯、那聰明、那溫柔。而且他現在擁有成人的粗壯手臂、厚實胸膛，和結實的性器。她想望的時候，他經常在身邊。緊緊擁抱著她，撫摸她的頭髮，親吻她的嘴。兩個人所在的房間經常很暗，青豆看不見天吾的姿影。她能看見的，只有他的眼睛而已。在黑暗中，青豆還可以看見那溫柔的眼睛。她探視天吾的眼睛，在那深處，可以看到他所眺望的世界的光景。

青豆有時忍不住很想跟男人睡覺，可能因爲想盡量保持自己心中所培育的天吾這存在的純粹。她可能想藉著和不認識的男人放縱地上床，而將自己的肉體從慾望的掌握中解放出來。想在那解放之後所來訪的靜悄悄的安穩世界裡，只和天吾兩個人，度過不被任何東西煩擾的親密時光。這可能是青豆所希望的。

下午的幾小時，青豆一面想著天吾一面度過。她坐在狹小的陽台上放著的鋁製椅上，仰望天空，傾聽車輛的噪音，不時用手指摸著營養不良的橡膠樹葉，一面想著天吾。午後的天空還看不見月亮。月亮要幾個小時後才會出來。明天的現在，我將在什麼地方呢？青豆想。無法想像。不過那是微不足道的小事。如果比起天吾存在於這個世界的事實的話。

青豆爲橡膠樹澆最後一次水，然後把楊納傑克的《小交響曲》放在轉盤。她已經把手頭的唱片全部處理掉了，只留下這最後的一張。她閉上眼睛，側耳傾聽著音樂。然後想像吹過波希米亞草原的風。心想如果能和天吾兩個人在那樣的地方無止境地一直走該有多美妙啊。兩個人當然是互相握著手。只有風吹過，柔軟的綠草隨著風無聲地搖擺。青豆可以很確實地感覺到自己手中，天吾手的溫暖。像電影中的幸福結局那樣，那光景逐漸靜靜地淡化出去。

然後青豆躺在床上，蜷起身體睡了三十分鐘左右。沒有作夢。那是不需要夢的睡眠。醒來後，時鐘的針指著四點半。用冰箱剩下的蛋和火腿和奶油，做了火腿蛋。從紙盒直接喝柳橙汁。午睡後的沉默奇妙地沉重。打開FM收音機，正播放著韋瓦第的木管樂器的協奏曲。短笛正演奏著小鳥的啁囀般輕快的顫音。青豆覺得那音樂彷彿是爲了強調在這裡的現實的非現實性似的。

清洗過餐具之後淋了浴，換上幾星期前就爲這一天所準備的衣服。簡單而方便行動的服裝。淺藍色棉長褲，沒有裝飾感的白色短袖襯衫。頭髮整理成束往上盤，用細梳子固定。不戴裝飾品之類的。穿過換掉的衣服不丟進洗衣籃，而全部一起塞進黑色塑膠垃圾袋。事後Tamaru應該會幫她處理。指甲修剪得乾乾淨淨，花時間好好刷牙。把耳朵也清一清。用剪子把眉毛修齊，臉上抹薄薄的面霜。頸根滴一點香水。站在鏡子前從各種角度檢查臉的細部，確認所有地方都沒問題。於是拿起附有Nike商標的塑膠健身提袋，走出房間。

在門前最後回頭一望，想到已經不會再回來這裡了，這樣一想時，房間顯出不能再窮酸的樣子。就像只從內側上鎖的牢房那樣。連一張畫也沒掛，一個花瓶也沒有。只有代替金魚所買的，一棵特價品的橡膠樹放在陽台而已。在這樣的地方自己竟然住了幾年，每天過著並沒有特別感覺不滿和疑問的日子，簡直難以相信。

「再見！」她小聲說出口。並不是對房間，而是對曾經住在那裡的自己告別。

第6章　天吾　我們擁有很長的手臂

從此以後狀況暫時看不出進展。沒有任何人跟天吾聯絡。小松沒有、戎野老師沒有，而且深繪里也完全沒有傳任何類似訊息的東西過來。大家全都把天吾給忘了，到月球上去了吧。如果眞是這樣倒也沒話可說，天吾想。但事情不可能那麼順利。他們沒有去什麼月球。只是該做的事情一堆每天都忙得很，沒有閒工夫也沒那麼熱心特地通知天吾而已。

天吾照小松的指示，盡量每天看報紙，至少他所讀到的報紙上，已經不再刊登有關深繪里的報導了。報紙這種媒體對於「發生」的事情會積極報導，但對「繼續」的事情則採取比較消極的態度面對。因此這應該可以當成「現在沒有發生任何大不了的事情」的無言訊息來看。至於電視新聞又是如何處理事件的，沒有電視的天吾就無從知道了。

以週刊來說，幾乎全都把這個事件拿來報導。不過那些報導天吾並沒有實際過目。他只看到報紙上所刊登的雜誌廣告列出像：「美少女暢銷作家，謎般失蹤事件的眞相」、或「《空氣蛹》作者深繪里（17歲）消失何處？」、或「失蹤美少女作家的『隱密』身世」之類的聳動標題。有好幾個廣告刊出深繪里的肖像照。都是在記者會上拍的。上面到底寫了什麼，當然不是沒有興趣，不過並不想特地花錢去搜購各種週刊。如果上面寫了什麼天吾不能不注意的事情，小松應該會立刻打電話來。沒有聯絡，表示現在並沒有令人耳目一新的發展。換句話說人們還不知道《空氣蛹》背後（可能）有代筆槍手也就是影子作家的事。

從標題的內容來看，媒體所關心的，現階段還在深繪里的父親曾是活躍的知名激進派運動者，深繪里是在山梨縣山中的公社裡與世隔絕地成長的，現在的監護人是戎野老師（過去是著名的文化人），似乎收集了這類事實。而且那位謎樣的美麗少女作家依然行蹤不明，《空氣蛹》也還依然穩坐暢銷排行榜。現在只要這些報導就夠吸引世人耳目了。

不過如果深繪里失蹤更久的話，調查的手伸往更廣的周邊情況應該只是時間的問題。那樣一來事情可能就會變得有點麻煩了。比方說如果有人到深繪里上過的學校去調查的話，她有閱讀障礙的事，還有可能因此而幾乎沒去上學的事都會暴露出來。她的國語成績、所寫的作文——如果她寫過這種東西的話——也可能曝光。當然就會產生「有閱讀障礙的少女，能寫出這樣扎實的文章是否有點不自然」的疑問。如果到這個地步，那麼「說不定是借第三者的手寫的」這種假設的出現，並不需要天才的想像力。

這種疑問首先會被帶進的，當然是小松的地方。因為小松是《空氣蛹》的執行編輯，有關出版的一切都一手包辦。而且小松應該會始終堅持一概不知。自己只是將收到的本人寄來的投稿原樣轉送評審團。關於評選過程則不得而知。以事不關己的臉色裝傻到底。經驗老到的編輯多少都學到這一套伎倆，小松也很擅長面不改色地說些虛情假意的話。然後會立刻打電話到天吾這裡，說：「嘿，天吾，差不多要開始火燒屁股了喔。」之類的吧。以帶著戲劇性的口吻，簡直像幸災樂禍似的。

他或許眞的幸災樂禍也不一定，天吾有這樣的感覺。小松有時看得出有類似毀滅願望的傾向。計畫中的一切完全曝光，原汁原味的滿滿大醜聞壯觀地引爆，全體相關者從高空彈飛出去，他心底或許正求之不得。小松這個人並不是沒有這種特質。不過同時小松也是個冷靜的現實主義者。願望歸願望還是會擺到一邊去。實際上並不會那麼輕易地越過那毀滅的邊緣。

或許對小松來說，無論遇到什麼，都有只有自己還能活下去的勝算。天吾還不知道，這次事件的發展他將如何殺出重圍。只要是小松，不管任何事情——是形跡可疑的醜聞、或是破滅——他都可能巧妙地適度利用。他不是那麼好對付的男人。對戎野老師的事也沒有多說的立場。不過無論如何對於《空氣蛹》的執筆過程，疑雲如果開始浮上地平線的話，小松應該一定會跟天吾聯絡的。天吾對這點倒很有信心。天吾到目前為止對小松來說發揮了既方便又有用的工具功能，同時現在又像阿基里斯的腳踝般成為他的致命弱點。天吾如果把事實全部抖出來的話，他無疑將被逼到絕境。天吾已經成為不容忽視的存在了。因此只要等小松的電話就行了。沒有電話表示還沒有到「火燒屁股」的地步。

戎野老師在做什麼呢？天吾對這邊反而比較有興趣。戎野老師和警察之間想必在展開什麼行動。他不斷地對警察鼓吹「先驅」和深繪里的失蹤有關的可能性。打算拿深繪里失蹤事件當撬棒撬開「先驅」這個團體的硬殼。警察有沒有朝這個方向動起來？可能有在動吧。深繪里和「先驅」的關係已經被媒體炒作起來了。警察對這方面不著手的話，事後如果在這條線上發現了重要事實，一定會被責備搜查怠慢。不過不管怎麼樣，搜查應該是在水面下進行的。也就是說就算讀雜誌、看電視新聞，眞實的最新資訊是不會出現的。

天吾有一天從補習班工作完畢回到家時，看到玄關的信箱裡塞進一封厚厚的信封。寄件人是小松，有出版社商標的信封上，快遞的印章連蓋了六個地方。回到房間打開來一看，有整理好《空氣蛹》各種書評的影印資料。也附上小松的信，照例以潦潦草草的字寫的，要解讀很花時間。

天吾君：

目前還沒有什麼大動向。深繪里的行蹤依舊不明。雜誌和電視所提到的主要是她出身的問題。幸虧這樣，不會波及我們。書越來越暢銷。到這個地步到底該不該慶賀還真難判斷。不過公司非常高興，社長還頒了獎狀和獎金給我。在這家公司工作了二十幾年，還是第一次受到社長讚美。我也很想看看，同事們如果知道事情的真相會有什麼樣的臉色。

在這裡附上目前為止所刊出《空氣蛹》的書評和相關報導的影本。有空時不妨讀一讀當參考。有些對你來說應該會感到有趣的。我是說如果你有想笑的心情的話，也有幾個可笑的地方。

前幾天你提到的「新日本學術藝術振興會」，我請朋友調查了。這個團體是幾年前設立的，取得許可，實際在進行活動。至少協會方面這樣宣稱。有辦公室，也有做年度會計報告。一年會選出幾個學者、創作者，頒發補助金。至於那錢是哪裡出的則不清楚。總之朋友坦白表示覺得形跡可疑。也有可能是為了節稅所設的人頭團體。詳細調查的話可能會查出什麼資訊，不過這邊沒有人手和閒工夫去做。無論如何上次電話中也說過了，那個團體會對在社會上無名的天吾提供三百萬圓之多的金錢也令人有點納悶。背後恐怕有什麼問題。也不排除和「先驅」有掛勾的可能性。假定果真是這樣，那麼他們已經嗅出天吾和《空氣蛹》有關了。無論如何，可能不要跟那個團體扯上關係為妙。

天吾把小松的信放回信封。小松爲什麼會特地寫這封信寄來呢？可能只因爲要寄書評所以順便附上信而已，不過這不像小松。他如果有事的話不是可以像平常那樣打電話就行嗎？寫了這樣的信，事後還會留下證據。行事小心的小松不可能沒注意到這點。或許小松與其擔心留下證據，不如更擔心電話可能被竊聽也不一定。

天吾看了一眼電話。竊聽？從來沒想過自己的電話可能被竊聽。不過這麼一想，這一星期左右，沒有任何一個人打電話到天吾這裡來過。或許這個電話被竊聽，已經全世界都知道了。連老愛打電話的年長女朋友，都很難得地一次都沒有打來。

不但這樣，上星期五，她也沒有到天吾家裡來。這是從來沒有過的事。如果發生什麼事不能來，她也一定會事先打電話來。說孩子感冒沒去學校上課，或忽然生理期開始了，大概都是這種理由。不過上星期五，她沒有聯絡，就沒來了。天吾做了簡單的中餐等著，最後卻白等。可能臨時發生什麼急事，不過事前和事後都完全沒有聯絡卻不尋常。然而他也不能從這邊跟她聯絡。

天吾不再想女朋友，也不再想電話了，坐在廚房的桌子前面，依序讀著寄來的書評影本。書評按照日期順序整理，左上方空白的地方用原子筆註明報紙雜誌名稱和刊登日期。可能是吩咐打工的女生做的吧。小松本人無論如何都不會去做這種麻煩的事。書評大部分是善意的內容。許多評論者對該故事內容的深度和大膽給予肯定，對文章的精確給予認同。有幾個書評寫道：「實在難以相信這是十七歲的少女所寫的作品。」

不錯的猜測，天吾想。

也有報導評成：「就像吸取魔幻寫實主義空氣的法國女作家莎岡」。到處都充滿保留和附帶條件，文章主旨有一點不明確，不過整體氣氛綜合起來看似乎是在讚美的樣子。

只是對於空氣蛹和Little People的意思，就有不少書評家表示困惑不解。或難以表示態度。有一位評論家做了這樣的結論：「故事寫得很有趣，一直吸引著讀者讀到最後，不過說到空氣蛹到底是什麼？Little People又是什麼？我們到最後還被留在充滿神祕問號的泳池中。或許這正是作者的意圖也不一定，不過應該有不少讀者會把這種姿態視為『作家的怠慢』。就算對這部處女作暫且認可，但作者往後如果要繼續當個小說家的話，則不久的將來這種故意賣弄的態度就有待誠懇檢討了。」

讀到這裡天吾不禁歪頭懷疑。「故事寫得很有趣，一直吸引著讀者讀到最後」如果這方面作者成功的話，誰都不能說作者是怠慢的吧？

不過老實說，天吾並不清楚。或許他的想法不對，評論家的說法才對。天吾對《空氣蛹》這作品的改稿工作名副其實是專心投入地寫的，幾乎變得無法以第三者的眼光來客觀處理了。他現在變成會把空氣蛹和Little People當成自己內部的東西來看待。那些有什麼意義，老實說天吾也不太清楚。不過那對他來說不是多重大的事情。那實際存在能不能被接受，才是具有更大意義的事情。而天吾已經可以很自然地接受那實際存在性了，所以才能打心底專心投入《空氣蛹》的改稿上。如果不能接受那故事是不言自明的東西的話，不管給他多少錢，甚至威脅他，他應該都不會參與那樣的詐欺行為吧。

雖然如此，但那畢竟只是天吾的個人見解而已。並不能勉強推給別人。對於讀完《空氣蛹》之後「還被留在充滿神祕問號的泳池中」的善男信女，天吾不得不懷著同情心。眼前浮現人們各自抓住色彩鮮豔的游泳圈滿臉困惑而漫無目的地飄浮在充滿問號的廣大游泳池裡的光景。天空閃耀著始終超現實的太陽。天吾以將那樣的狀況散布到世上的負責人之一，感覺自己並不是完全沒有責任。

不過到底——天吾想——有誰能夠拯救全世界呢？就算把全世界的神都集合起來，也無法完全斷絕核子武器、根除恐怖行動吧。也無法解除非洲的旱災、無法讓約翰．藍儂復生，不但如此，各種神之間還彼此分裂、激烈爭吵不是嗎？而且世界可能會變得更混亂。想到那樣的事態將帶來的無力感時，人們暫時浮在充滿神祕問號的泳池中，罪惡可能反倒輕一些吧。

天吾讀了小松寄來的《空氣蛹》書評的一半左右，剩下的沒讀就裝回信封。只要讀一半，就可以大致想像得到，其他的會寫什麼了。《空氣蛹》的故事吸引了很多人。那吸引了天吾、吸引了小松、吸引了戎野老師。而且吸引了數目驚人的讀者。除此之外還需要什麼呢？

電話鈴在星期二晚上九點過後響起。天吾一面在聽音樂，一面在讀著書時。這是天吾最喜歡的時刻。睡覺前可以盡情地讀書，讀累了就那樣睡著。

好久沒有聽到電話鈴聲了，但感覺得到那有某種不祥的響法。不是小松打的電話。小松的電話響法不同。天吾猶豫一下要不要接。他讓鈴一直響了五次。然後才把唱針停下拿起聽筒。說不定是女朋友打來的。

「請問是川奈先生府上嗎？」男人說。中年男人的聲音，深沉而輕柔。不記得有聽過的聲音。

「是的。」天吾小心地說。

「這麼晚抱歉打攪了。我姓安田。」男人說。非常中立的聲音。既不友好，也不敵對。既不公事性，也不親切。

安田？不記得有安田這個姓。

「有一件事要告訴您所以打這通電話。」對方說。而且好像在書頁中間夾書籤那樣，稍微停頓一下。「我想內人已經不能到府上打攪了。我要說的只有這個。」

這時候天吾才忽然發現。安田是女朋友的姓。安田恭子，這是她的名字。她在天吾面前從來沒有機會提到這個姓，所以花了很長時間才想到。打電話來的這個男人，是她的丈夫。喉嚨深處好像有什麼卡住的感覺。

「您明白了嗎？」男人問。聲音中完全不帶感情。至少天吾聽不出有類似那樣的東西。只是音調稍微有一點口音。是廣島或九州，可能是那一帶的人，但無法判斷。

「不能來了。」天吾重複那話。

「是的，已經不能去打攪了。」

天吾鼓起勇氣問：「她發生了什麼事嗎？」

一陣沉默。天吾的問題沒有答案，一直懸在空中。然後對方才開口。「所以，我想川奈先生以後，再也不會見到內人了。我只想先告訴您這件事。」

這個男人知道天吾和自己的妻子睡覺的事情。每星期一次，這關係大約持續一年左右。這天吾也知道。不過很不可思議，對方的聲音中既沒有憤怒也沒有怨恨。裡面含有的是不同種類的東西。與其說是個人的感情，不如說是客觀的情景般的東西。例如像被捨棄而荒廢的庭園，或被大洪水沖過的河床，那樣的情景。

「我不太了解——」

「那麼，就保持那樣好了。」男人好像要阻止天吾說話似地說。聲音中聽得出疲勞的影子。「有一件事情是確定的。內人已經失去了，無論以任何形式，都已經無法到府上去了。事情就是這樣。」

「失去了。」天吾恍惚地重複對方的話。

「川奈先生，這種電話以我來說也不想打。不過就這樣放著不說，我這邊也會覺得睡不安穩。您以爲我喜歡跟您談這種事情嗎？」

對方一旦沉默下來，從話筒中就聽不到任何聲音了，男人好像從意想不到的極安靜的地方打的電話。或者這個男人所擁有的感情達成了像眞空般的任務，而把周圍的一切音波都吸收掉了也不一定。

非提出什麼問題不可，天吾想。要不然一切都將在這充滿莫名其妙的暗示之中結束掉。對話不能中斷。不過這個男人本來就不打算把細節告訴天吾。對於不想告知實情的對方，到底該提出什麼樣的問題才好呢？對著眞空到底能弄響什麼樣的語言呢？在天吾拼命搜尋有效話語之間，電話線沒有任何預告就切斷了。那個男人什麼也沒說地放下聽筒，從天吾面前走掉了。可能是永遠地。

天吾依然把死掉的聽筒暫時貼著耳朵。如果電話正被誰竊聽著的話，也許可以聽出那氣息。他屏著氣側耳傾聽。然而完全聽不到任何像那樣的可疑聲音。只能聽到自己心臟鼓動的聲音而已。在聽著那鼓動之間，覺得自己反而好像變成卑鄙的盜賊，半夜偷偷潛進別人家裡似的。躲在陰影下，屏住呼吸，等待家人睡著安靜下來。

天吾爲了鎭定情緒用水壺燒開水，泡了綠茶。然後拿著茶杯坐在桌前，讓剛才在電話中的對話，在腦子裡從頭開始依序重現。

「內人已經失去了，無論以任何形式，都已經無法到府上去了。」他說。無論以任何形式——那形容法尤其讓天吾困惑。從那裡可以感覺到類似陰暗潮濕而黏滑的東西。

安田這個人想傳達給天吾的，好像是假設他的妻子即使希望再到天吾這裡來一次，實際上都不可能實行了，的意思。爲什麼？到底是什麼在什麼脈絡之下，不可能的呢？所謂已經失去了，是什麼意思呢？天吾腦子裡浮現發生意外受了重傷，或得了不治之症，或遭到暴力，臉嚴重變形的安田恭子的模樣。她坐在輪椅上，失去一部分身體，全身纏著繃帶，身體變得動彈不得。或者在地下室，被像狗一樣用粗重的鐵鍊鎖著。不過無論任何一種，可能性都太離奇古怪了。

安田恭子（天吾現在開始以全名想她了），幾乎沒有提過自己的丈夫。丈夫從事什麼職業，幾歲，臉長成什麼樣子，個性如何，在什麼地方認識，什麼時候結婚，天吾全都不知道。是胖是瘦，是高是矮，英俊不英俊，夫妻感情好不好，也不知道。天吾只知道，她生活沒有什麼困難（生活好像過得還算富裕），對和丈夫做愛的次數（或品質）好像覺得不太滿足的樣子，這樣而已。不過就算是這些，畢竟也全都是他的推測而已。天吾和她在床上談到各種事情消磨下午的時光，然而在那之間，一次也沒有觸及過她丈夫的話題。而且對天吾來說，並不覺得特別想知道那種事情。也盡可能希望不要知道，自己到底從什麼樣的男人那裡偷他太太的。他以爲那是一種類似禮儀的東西。不過事態變成這樣之後，現在天吾很後悔自己完全沒有問過有關她丈夫的事（只要問起她應該會很坦白回答）。那個男人嫉妒心很強嗎？占有慾很強嗎？有暴力傾向嗎？

當成自己的事情來想看看吧，天吾想。如果處於相反立場的話，自己會怎麼感覺呢？換句話說，有妻子，有兩個孩子，過著極普通而安穩的家庭生活。然而卻發覺妻子每星期跟別的男人睡覺一次的事。對方是年紀小十歲的男人。關係已經持續了一年多。假定處在那樣的立場，自己會怎麼想呢？什麼樣的感情會支配自己呢？激烈的憤怒，深沉的失望，茫然的悲哀，無動於衷的冷笑，現實感覺的喪失，或無法判斷的幾種感情的混合物？

無論怎麼想，天吾都無法適當找到自己可能會擁有什麼樣的感情。透過那樣的假設，他腦子裡浮現的，是穿著白色長襯裙，讓陌生的年輕男人吸著乳頭的母親的姿勢。乳房豐滿，乳頭變得大而硬。她的臉陶醉地浮起官能的微笑。半張開嘴巴，閉起眼睛。那微微顫抖的嘴唇令人聯想到性器。在那旁邊天吾自己躺著。簡直像因果循環般。天吾想。那謎樣的年輕男人可能就是今天的天吾自己，天吾所抱著的女人是安田恭子。構圖完全相同，只是人物換掉了而已。那麼我的人生，不過是把自己心中的潛在印象具象化，把它再現的過程而已嗎？而且關於她已經失去了的事情，自己應該負多少責任呢？

天吾就那樣沒辦法睡著。耳邊一直響著姓安田的男人的聲音。他所留下的暗示很重，他口中的話語帶有奇怪的眞實感。他想到安田恭子。想起她的臉，她身體的細部。和她最後一次見面是在兩星期前的星期五。兩個人像平常那樣花時間做愛。不過在接到她丈夫的電話之後，那些感覺好像是在很久以前的過去所發生的事情。簡直就像歷史的一個片段似的。

她從家裡帶來幾張LP唱片，放在唱片架上，爲了在床上和他一起聽。都是些很久以前的爵士樂唱片。路易斯·阿姆斯壯、比莉·哈樂黛（在這裡巴尼·畢葛德還是以伴奏者身分參加），一九四〇年代的艾靈頓公爵。每一張都經常聽，很珍惜地收藏著。唱片封套經過漫長歲月雖然有點褪色了，但裡面的東西看來卻和新的沒有兩樣。拿起那些封套看著之間，可能從此無法再跟她見面的眞實感，在天吾心中慢慢成形。

當然在正確的意義上，天吾並沒有愛安田恭子。並沒有想和她一起生活，或說再見很難過，之類的事情。也沒有感覺過類似激烈的心的震動。不過他已經習慣了這位年長女朋友的存在，也已經對她懷有自然的好感。每週一次，迎接她到自己家來肌膚相親，這樣的日程讓他愉快地期待。對天吾來說，這算是很稀奇的。他對很多女性都無法有這種親密感。不如說，不管有沒有性關係，大多的女性都讓天吾感覺不舒服。而且爲了抑制這種不舒服，他不得不把自己心中的某些領域好好地先圍起來。換一種說法是，他不得不把自己心中的幾個房間緊緊地關閉起來。然而面對安田恭子時，就不需要這麼複雜的作業。她似乎已經知道天吾需要什麼、不需要什麼。所以天吾覺得能遇到她很幸運。

不過不管怎麼樣，現在不知道發生了什麼事，她已經消失了。由於某種原因，無論以任何形式，她都不會再來這裡了。而且根據她丈夫說，關於那原因，和關於所帶來的結果，天吾最好什麼都不要知道。

天吾一直沒辦法睡，坐在地板上小聲聽著艾靈頓公爵的唱片時，電話鈴又響了。牆上的時鐘指著十點十二分。這種時間會打電話來的人，說起來除了小松之外沒有別人。不過那鈴聲的響法也不像是小松的電話。小松的電話鈴聲會響得更著急、更焦躁。或許是那位姓安田的男人，想起對天吾有什麼話忘記傳達了。可能的話不想接電話。以經驗來說，這種時刻打來的電話從來都沒有讓人心情愉快的。雖然如此，想到自己所處的立場時，沒有別的選擇只好拿起聽筒。

「川奈先生嗎？」男人說。既不是小松，也不是安田。那聲音無疑是牛河。口中的水分——或莫名其妙的液體——像滿出來似的講話方式。天吾腦子裡反射地浮現他那奇怪的臉，和扁平而歪斜的頭。

「啊，這麼晚來打攪眞抱歉。我是牛河。前幾天忽然冒昧拜訪，謝謝您撥時間接見。今天本來也應該早一點打的，忽然有急事，一留神時已經是這樣的時間了。不過，我很清楚川奈先生是過著早睡早起生活的。眞了不起。晚上熬到很晚東摸摸西摸摸的，也沒有一點好處。天黑了還是早一點鑽進棉被裡，早上跟太陽一起醒來，是最好不過的了。不過，啊，我憑直覺說的，我忽然覺得川奈先生，今夜恐怕還沒睡吧。所以就明知很失禮，還是這樣試著打了。怎麼樣，是不是很打攪啊？」

牛河說的話，讓天吾很反感。他居然知道這家裡的電話號碼也讓他很不高興。那並不是什麼直覺。他是知道天吾還沒睡，才打這電話來的。他的房間電燈還亮著牛河也許知道。這個房子難道被人監視著嗎？眼前浮現一個熱心而能幹的調查員正拿著高性能望遠鏡，從什麼地方偷窺天吾房間的樣子。

「確實今天晚上還沒睡。」天吾說。「你這直覺很正確。可能是剛才喝太多很濃的綠茶吧。」

「是嗎？那樣不行。睡不著的夜晚，往往會讓人想一些無聊的事情。怎麼樣？可以談一下話嗎？」

「如果不是更讓人睡不著覺的話。」

牛河覺得好笑地高聲笑起來。聽筒那一頭——這個世界的某個地方——他那歪斜的頭正歪斜地搖著。

「哈哈哈，您說得眞有意思，川奈先生。那當然可能不像搖籃曲那麼舒服，不過事情本身並沒有嚴重到讓人睡不著的地步。請放心。只不過是Yes或No的問題而已。那就是，啊，那個補助金的事情。一年三百萬圓的補助金。不是很好的事情嗎？怎麼樣？您考慮了嗎？這邊差不多也不得不請您做個最後答覆了。」

「關於補助金的事，我應該是那時候就已經明白拒絕了。謝謝您的提起。不過以我來說，現在這樣並沒有什麼不足的。經濟上沒有困難，如果可能，希望就以這樣的生活步調繼續過下去。」

「意思是不想讓任何人幫助。」

「說白一點正是這樣。」

「哇，這眞是令人敬佩的用心啊。」牛河說，好像輕輕乾咳了一下。「想一個人過下去，盡量不想跟組織有關聯。這種心情我很能了解。不過啊，川奈先生，恕我多管閒事，這世界就是這樣啊。什麼時候會發生什麼事情誰也不知道。所以無論如何都需要類似保險的東西。需要可以倚靠的東西、可以避風的地方，沒有的話總是不方便。我這麼說也許怎麼樣，川奈先生，您現在這個時候，啊，什麼可以倚靠的東西都沒有。周圍的人，也都不能當您的後盾。萬一碰到什麼事情，情勢惡化的話，您身邊似乎只有會把您丟下自己逃掉的人。不是嗎？常言道有備無患。爲了防備萬一，自己先投保險不是很重要嗎？這並不只是錢的事情。錢只不過像是象徵的東西。」

「您說的話有一點不容易懂。」天吾說。第一次見到牛河時直覺地感覺到的不快感，又再一點一點地復甦了。

「啊，是嗎？您還年輕而且氣壯，或許還不明白這方面的事情。例如這種事情。一過了某種年紀，所謂人生就會變成一連串失去的過程而已了。對您的人生重要的東西會一樣又一樣，像細梳子的齒逐漸缺掉一樣，從您手中一一滑落。而能拿到手的替代品，卻全是毫不足取的贗品而已。肉體的能力、希望夢想和理想、自信和意義、或心愛的人，這些東西都會一個又一個，一個人又一個人，從您身邊消失而去。可能向您告別而離去，或者有一天忽然就不告而別了。而且一旦失去之後，您就再也無法挽回了。要找到代替的東西可不那麼容易。這玩意兒可眞難受。有時候就像身上切掉一塊肉那樣難過。川奈先生，您也快三十歲了。往後就要一點一點步向人生的這種黃昏年華了。那，啊，也就是說會變老的。那失去什麼的難過，您應該也正逐漸開始了解了。不是嗎？」

這個男人難道在暗示安田恭子的事嗎？天吾想。我們每星期在這裡幽會的事，還有她，由於某種原因離天吾而去的事，他或許也知道。

「您對我的私生活倒是知道得相當詳細啊。」天吾說。

「不，沒這回事。」牛河說。「我只是對所謂的人生說明一般想法而已。真的。川奈先生的私生活我不太知道。」

天吾沉默。

「何不乾脆接受補助金呢？川奈先生。」牛河嘆著氣這樣說。「我坦白說，您現在正處於有點危險的處境。萬一發生什麼的時候，我們可以當您的後盾。可以丟一個救生圈給您。如果再這樣下去，事情可能會演變到進退不得的地步喔。」

「進退不得的地步？」天吾說。

「沒錯。」

「那具體說是什麼樣的地步？」

牛河稍微停頓一下，然後說：「川奈先生，您聽我說，有些事情還是不要知道比較好。有些資訊會剝奪人的睡眠。那可不是綠茶可以比的。那可能會把您的安眠永遠剝奪也不一定。啊，我想說的嘛，也就是這種事情。請這樣思考看看。就在您自己也不太明白原因之間，已經轉開特殊的水龍頭，把特殊的東西流出外面了。那會影響周圍的人。很難說是讓人喜歡的影響。」

「Little People和這有關係嗎？」

一半是瞎猜的，不過牛河暫時沉默下來。那就像很深的水底下只有一個黑色石頭沉下似的，沉重的沉默。

「牛河先生，我想知道清楚的情況。請不要再像猜謎似地說話了，我們來更具體地談吧。她到底發生什麼事了？」

「她？我完全搞不清楚是怎麼回事啊。」

天吾嘆一口氣。那話題要在電話上講，太過於微妙了。

「很抱歉。川奈先生，我只不過是個傳話的人。雇主派出的傳話者。盡量婉轉地說明我們的原則，這是目前我所接到的任務。」牛河以愼重的聲音說。「很抱歉，好像讓您很焦急的樣子。不過這種事卻是只能用曖昧的話語才能談的。而且老實說，我自己知道得也很有限。不過不管怎麼樣，您所說的她，我並不清楚。可以說得更具體一點嗎？」

「那麼，所謂Little People到底是什麼呢？」

「嘿，川奈先生，那個什麼Little People的事情我也完全不知道。當然我是說除了那在《空氣蛹》裡出現之外都不知道。不過這樣好嗎？從您的話聽起來，您好像已經把什麼話都向世人一口氣全放出去了似的。在您自己都還不知道是怎麼回事的時候。那在有些情況下，可能會變得非常危險。那有多危險、怎麼個危險法，我的雇主知道得很清楚。而且擁有某種程度的本事可以處理這種危險。所以我們才要向您伸出援手。而且坦白說，我們擁有非常長的手臂。又長又有力的手臂。」

「您所說的雇主到底是誰？和『先驅』有關係嗎？」

「很遺憾，我沒有被賦予在這裡說出名字的權限。」牛河遺憾地說。「不過不管怎麼樣，我的雇主擁有那樣的力量。不容忽視的力量。我們可以成爲您的後盾。怎麼樣？這是最後的提議。川奈先生。要不要接受是您的自由。不過一旦態度決定之後，就沒辦法輕易退出。所以請您好好考慮。而且，請注意，如果您不站在他們那邊的話，很遺憾，有些情況下，他們所伸出的雙臂在無意間可能會帶給您很無趣的結果也說不定。」

「你們那長長的雙臂，會對我造成什麼樣的無趣結果呢？」

牛河一時之間答不上來。像在吸著嘴邊的垂涎般微妙的聲音，從電話中傳過來。

「具體的事情我也不清楚。」牛河說。「細節並沒有聽說。所以我終究只是告訴您一般情形而已。」

「還有我到底放出去了什麼話？」天吾問。

「這個我也不知道。」牛河說。「好像重複提過了，但我只是交涉的代理人而已。詳細的事情背景並不清楚。我只被賦予有限的資訊。豐沛的資訊源頭，傳到我這裡來時，也已經變成一滴一滴的水滴般細了。我只是把雇主賦予我的有限權限，照著這樣說的指示，原樣傳達給您而已。爲什麼雇主不直接聯絡呢？那樣不是比較快嗎？爲什麼非要用這樣莫名其妙的人當中間人呢？您可能會這樣問。爲什麼呢？我也不知道。」

牛河乾咳了一聲，等對方提問。但沒有提問。於是他又繼續。

「那麼，川奈先生是問您放出什麼話了嗎？」

天吾說是。

「我有一點這樣感覺，川奈先生，那恐怕不是別人能夠簡單回答：『是的，是這樣』的事情吧。那是要川奈先生自己親自走出去，汗流浹背地去發現才行的事吧？不過東奔西跑搞清楚的時候，已經太遲了，也有可能。啊，依我看來您有特別的能力。這確實沒錯。所以這次您所做的事情，才擁有不容忽視的威力。而且我的雇主對您的這能力似乎給予很高的評價。因此這次才會提出補助金的事情。不過就算有能力，很遺憾，這樣還不十分足夠。而且因爲想法的不同，擁有不十分足夠的優越能力，有時反而比完全沒有能力來得危險。這是我對這次的事情所模糊感覺到的印象。」

「另一方面，您的雇主對這個卻擁有十分足夠的知識和能力，是嗎？」

「不，這個很難說吧。誰也沒辦法斷言那是不是十分足夠了。對嗎？或許可以想成像新型的傳染病那樣的東西。他們對那個所擁有的專業知識，也就是手上握有疫苗而已。在現在這個時點，也確定那個能夠發揮某種程度的效果。不過病菌是活的，時時刻刻在自我強化、進化中。他們是頭腦很好的傢伙。正在努力凌駕抗體的力量。那疫苗的效果能發揮到什麼時候？並不清楚。也不知道疫苗的儲存量是否夠用。所以雇主才有危機感吧。」

「他們為什麼需要我呢？」

「如果能再讓我用一次傳染病的比喻的話，很失禮，你們可能正扮演著那主要帶原者的角色。」

「你們？」天吾說。「是指深田繪里子和我嗎？」

牛河沒有回答那問題。「啊，如果讓我用古典的說法的話，就是你們也許已經打開潘朵拉的盒子了。很多東西已經從那裡來到這個世界了。如果把我得到的印象綜合起來的話，似乎正如我的雇主所想的那樣。你們兩個人，雖說是偶然遇到的，不過卻結成比你想像中更有力的組合。彼此所欠缺的部分，能有效地互補。」

「不過那在法律的意義上並不是犯罪。」

「沒錯。在法律的意義上，在現世的意義上，啊，當然不算犯罪。但是讓我引用喬治·歐威爾的偉大古典作品——或做為偉大引用來源的小說——的話，那正是接近所謂的『思考犯罪』的東西。非常神奇的是今年正是一九八四年。不知道因為什麼因緣。不過川奈先生，我今天晚上好像話說過多了。而且我所說的，多半只是我個人不懂事的推測而已。單純只是個人的推測。並沒有確實的根據。因爲你提出來問，所以我就把自己所得到的印象，大概說一說而已。」

牛河沉默下來，天吾思考。是單純的個人推測？這個男人所說的話哪些是可以當眞的呢？

「差不多該結束了。」牛河說。「因爲是很重要的事，所以稍微再多給您一點時間吧。不過也不能太久。畢竟時鐘在刻著時刻。滴答滴答滴答地不休止。對我們所提出的提案，請再好好檢討一次看看。過一陣子我會再跟您聯絡。晚安。很高興能跟您談話。啊，川奈先生，希望您好夢成眠。」

這樣單方面說完之後，牛河就毫不遲疑地掛斷電話。天吾暫時還沉默地注視著手中死掉的聽筒。就像農夫在烈日乾旱的季節，拾起枯乾的青菜望著那樣。最近這一陣子，許多人都對天吾單方面地切斷對話。

雖然是預料中的事情，不過安詳的睡眠果眞沒有來訪。直到清晨的淡淡陽光染亮窗簾，都會強壯的小鳥們醒過來開始一天的勞動爲止，天吾都坐在地板上靠著牆壁，想著年長的女朋友，和從什麼地方伸出強而有力的長手臂的事。不過想這些也沒辦法把他帶到什麼地方去。他的思緒，只是在同樣的地方沒有目的地打轉而已。

天吾一面看著周圍，一面嘆氣。並發現自己眞的是完全變成孤單一個人了。或許確實正如牛河所說的那樣。周圍沒有任何可以倚靠的東西。

第7章 青豆

你現在正要踏進的地方是

大倉飯店本館廣闊大廳的天棚挑得很高，有點昏暗，令人聯想到巨大而高尙的洞窟。坐在沙發上談著什麼的人們，聲音聽來就像五臟六腑被掏空的生物的嘆息般空洞地響著。地毯厚厚軟軟的，令人聯想到極北海島上的太古青苔。那把人們的腳步聲，吸進蓄積的時間之中。往來於大廳的男女彷彿一群被詛咒過的幽靈，從久遠以前就被束縛在這裡，重複扮演著被賦予的角色。身上彷彿包著鎧甲般穿著毫無瑕疵上班西裝的男人們。爲了趕赴某大廳所舉辦的盛會而穿著時髦黑色洋裝的年輕苗條女孩子們。她們身上所配戴的昂貴小巧飾品，彷彿嗜血的吸血鳥般，希求著反射的微弱光源。一對身材高大的外國夫婦則像盛年已過的老王和王后般疲倦地在一角的寶座上休息著。

青豆的淺藍色棉長褲，和式樣簡單的白襯衫、白運動鞋，和藍色Nike健身提袋，與那樣充滿傳說和暗示的場所相當不搭調。看起來有點像是住宿客人外叫的臨時保母。青豆坐在大扶手椅上一面消磨時間，一面這樣想。不過沒辦法。我並不是爲了社交而來到這裡的。坐在那裡之間，有被人看著的微妙感覺。不過怎麼環視周圍，都沒有發現像是對方的身影。算了，她想。想看就盡量看吧。

手錶的針指著六點五十分時，青豆站起來，提著健身提袋走到洗手間去。然後用肥皀洗了雙手，再檢查一次外表沒有問題。然後向著一塵不染的大面鏡子，做了幾次大大的深呼吸。寬闊的洗手間沒有人的氣息。說不定比青豆住的公寓房間還要大。「這是最後的工作了。」她面向鏡子小聲說出。這次能順利完成，我就消失了。忽然，像幽靈般地。現在我在這裡。明天就不在這裡了。幾天後，我將有另一個名字，另一張臉。

回到大廳，重新在椅子上坐下。健身袋放在旁邊的桌上。那提袋裡放有七連發的小型自動手槍。還有要刺進男人脖子的尖銳長針。她想，一定要鎮定才行。這是重要的最後工作。一定要是平常那冷靜而堅強的青豆小姐才行。

不過青豆不可能沒注意到自己並非平常狀態。呼吸奇怪地困難，心臟跳動之快令人擔心。腋下有點汗溼。肌肉扎扎地刺痛。這不只是緊張而已。我預感到了什麼。這預感在警告著我。在持續敲著我意識的門。現在還不算遲，從這裡走出去，把一切都忘記吧，那個這樣訴說著。

如果可能，青豆很想聽從那警告。放棄一切，就這樣從飯店的大廳離開。這個場所有不祥的東西。散發著迂迴的死亡氣息。安靜而緩慢，卻逃不了的死。然而總不能夾著尾巴逃走。這不符合青豆的生活方式。

很長的十分鐘。時間不怎麼往前進。她依舊坐在沙發上調整呼吸。大廳的幽靈不停地，從口中吐出空虛的聲響。人們像在摸索著去處的靈魂般，無聲地在厚厚的地毯上移動著。女服務生在送咖啡時托盤上的杯盤相碰所發出的聲音，是偶爾傳進耳裡的唯一眞實的聲音。然而連那聲音都含有奇怪的雙重意義。這不是好的傾向。從現在開始就這樣緊張的話，緊要關頭就什麼都不行了。青豆閉上眼睛，幾乎反射性地唸起祈禱文。從小時候懂事以來，每天三餐前經常被要求唸這個。已經是很久以前的事了，一字一句還記得清清楚楚。

天上的主啊。願人都尊祢的名為聖，願祢的王國降臨。請饒恕我們的許多罪過。請賜福我們微小的每一步。阿門。

過去只覺得痛苦的祈禱，現在卻支持著自己，青豆不得不勉強承認。那語言的聲響撫慰著她的神經，把恐怖推出門外，讓呼吸鎮定下來。她用手指壓壓兩邊的眼皮，把那祈禱文在腦子裡重複唸了好幾次。

「是青豆小姐嗎？」男人在旁邊說。年輕男人的聲音。

聽到聲音她張開眼睛，慢慢抬起臉看聲音的主人。兩個年輕男人站在她前面。兩個人穿著同樣的深色西裝。從質料和手工看來，可以知道那並不是高價的東西。可能是在某個量販店買的成衣西裝。細部尺寸微妙地不合。不過卻難得地沒有一絲皺紋。可能每穿一次就重新用熨斗燙過吧。兩個人都沒打領帶。一個把白襯衫鈕子扣到最上面，另一個在西裝裡穿一件灰色圓領襯衫。漆黑而不親切的皮鞋。

穿白襯衫的男人身高約一八五公分，頭髮綁著馬尾巴。眉毛長長的，像畫折線般以漂亮的角度往上翹。端正，清爽的相貌。去當演員也不奇怪。另一個約一六五公分，頭髮理個精光。鼻子粗短，下顎尖端蓄著一小撮鬍鬚。看來就像安錯的陰影般。右眼旁邊有一小道刀傷痕跡。兩個人都瘦瘦的，頰臉焦黑，經常曬的。看不到一點贅肉。從西裝肩膀寬度看來，可以推測那底下有精實的肌肉。年齡大約二十五到三十。兩個人眼神都深邃而銳利。像狩獵時野獸的眼珠那樣，絕不顯露不必要的妄動。

青豆反射性地從椅子上站起來。然後看看手錶。針指著七點整。嚴守時間。

「是的。」青豆說。

兩人臉上沒有像表情的東西。他們用眼睛迅速檢查青豆的裝扮，看看放在旁邊的藍色健身提袋。

「行李只有這個嗎？」和尚頭問。

「只有這個。」青豆說。

「很好。走吧。準備好了嗎？」和尚頭說。馬尾巴只默默看著青豆而已。

「當然。」青豆說。兩個人之間，可能是這位矮個子年紀大幾歲，也是帶頭的人，青豆認定目標。

和尚頭走在前面以緩慢的步調穿過大廳，走向客用電梯。青豆提著健身袋跟在他後面。馬尾巴隔了兩公尺左右，跟在後面走來。形成像青豆被他們夾著的模樣。非常熟練，她想。兩個人背都挺得很直，腳步也都確實而有力。老婦人說他們都練空手道。如果同時以這兩個人爲對象，從正面迎戰恐怕沒有勝算。青豆也練過武術很久，這一點倒知道。不過從他們身上，感覺不到Tamaru所散發的那種壓倒性兇惡勁兒。並不是所謂實在敵不過那種程度的對象。進入激烈交戰時，首先必須把小個子的和尚頭擺平才行。他是司令台。如果對手只剩馬尾巴一個人的話，或許可以想辦法當場應付而逃得出來。

三個人搭上電梯。馬尾巴按了七樓的按鈕。和尚頭站在青豆旁邊，馬尾巴在兩人對面的局面，站在對角線的角落上。一切都在無言中進行。非常有系統地。像天生爲了採取雙殺而存在的二壘手和游擊手的組合那樣。

在這樣想著之間，青豆忽然發現自己的呼吸節奏和心臟跳動，已經恢復正常了。不用擔心，她想。我還是平常的我。Cool and tough 冷靜而堅強的青豆小姐。一切都將順利。已經沒有不祥的預感了。

電梯門無聲地開了。在馬尾巴按著門的「OPEN」按鈕之間，首先是和尚頭走出去。然後青豆跟著出去，最後馬尾巴手指離開按鍵走出電梯。然後和尚頭帶頭走上走廊，青豆跟在後面，馬尾巴照例殿後。寬闊的走廊沒有人影。到處安安靜靜，到處乾乾淨淨。像個一流飯店的樣子，所有細節都經過精心設想。沒有客房服務吃過的餐具一直放在門前。電梯前的菸灰缸沒有一個菸蒂。花瓶裡插的花散發著剛剛剪下來的新鮮氣息。三個人轉了幾次彎，站在門口。馬尾巴敲了兩下門。然後不等回應就用卡片鑰匙打開門。進入裡面，環視周圍一圈，確認沒有異樣之後，向和尚頭輕輕點頭。

「請，請進。」和尚頭以乾乾的聲音說。

青豆進入裡面。和尚頭跟在後面進來把門關上。並從內側加上鎖鍊。房間很寬。和普通的客房不同。放著待客的大型沙發組，也有工作用書桌。電視和冰箱都是大型的。可能是特別套房的客廳部分。從窗戶可以眺望東京夜景。住房費一定很高。和尚頭看看手錶確認時間後，請她在沙發坐下。她依言坐下。把藍色健身袋放旁邊。

「要更衣嗎？」和尚頭問。

「方便的話。」青豆說。「我想換成運動裝會比較方便工作。」

和尚頭點頭。「在那之前請讓我們檢查一下。很抱歉，因為這是我們工作的一部分。」

「沒關係。請盡量檢查。」青豆說。那聲音裡完全沒有夾雜緊張的成分。聽起來甚至像對他們的神經質感到有趣的意味。

馬尾巴走到青豆旁邊，用雙手在她身體上搜查，確認身上沒有帶可疑的東西。只有薄薄的棉長褲和襯衫而已。不用查也知道，那下面沒辦法藏什麼東西。他們只是依照規定的程序做而已。馬尾巴的手好像緊張得僵硬起來。說得客氣一點都稱不上有要領。可能很少有以女性爲對象的搜身經驗吧。和尚頭靠著書桌，看著馬尾巴工作的樣子。

搜身完畢，青豆自己把健身提袋打開。健身袋裡有夏季薄開襟衫，和工作用針織運動裝上下身，大小毛巾。簡單的化妝品組合、文庫本、小珠包。裡面有皮夾、零錢包和鑰匙圈。青豆把這些一一拿出來，交給馬尾巴。然後最後取出黑色塑膠的化妝包，拉開拉鍊。裡面有替換的內衣褲、衛生棉條。

「因爲會流汗所以需要換衣服。」青豆說。然後拿出一套縫有白色蕾絲的內衣褲來，準備攤開來給對方看。馬尾巴臉稍微紅起來，點了幾次頭。好像在說，知道了可以了。這個男人說不定不能說話吧，青豆懷疑。

青豆把內衣和生理用品慢慢放回化妝包，拉上拉鍊。若無其事地把那放回袋子裡。這些傢伙是外行的，青豆想。看到可愛的女人內衣和生理用品就會臉紅的話，根本沒辦法當保鑣。如果讓Tamaru來做這工作的話，就算對方是白雪公主也會徹底搜查到大腿深處。就算翻出一倉庫之多的胸罩、吊帶內衣、內褲，應該也會檢查到化妝包底下去。對他來說這種東西——當然和他不折不扣是同性戀者也有關係——只不過是碎布而已。或許不用這樣做，只要拿起化妝包掂掂重量。應該一定會發現手帕包著的海克勒&寇奇手槍（重量大約五百公克）和裝在硬盒子裡的特製小冰錐。

這二人組還是業餘的。可能稍微擅長空手道。而且對領導宣誓過絕對忠誠。但業餘畢竟只是業餘。正如老婦人預言的那樣。青豆推測可能不會碰塞滿女性用品的化妝包內容，這預測很準。當然這就像賭博一樣，不過如果預測不準時怎麼辦，她並沒有考慮到那裡。她能做的只有祈禱而已。不過她知道。那就是祈禱有效。

青豆走進寬大的化妝室，換上針織的上下身運動裝。把襯衫和棉長褲疊起來收進袋子裡。確定頭髮確實固定好了。口中噴過口氣清新劑。從化妝包拿出海克勒&寇奇手槍，按了沖水馬桶讓聲音不會傳出外面之後，拉了滑套把子彈送進槍膛。接著只要撥開安全裝置就行了。裝著冰錐的盒子，也放在立刻可以取出的袋子最上面。這樣準備齊全之後，對著鏡子放鬆緊張的表情。沒問題，到這裡爲止都冷靜地過關了。

走出化妝室時，和尚頭站著背向這邊，對電話小聲說什麼。看到青豆出現，他中斷對話，就那樣安靜放下聽筒。然後好像在檢查般看著換上整套adidas針織運動服的青豆。

「準備好了嗎？」他問。

「隨時都可以。」青豆說。

「在那之前有一件事情要先拜託您。」和尚頭說。

青豆只輕輕象徵性地微笑。

「今天晚上的事情請完全不要對外提。」和尚頭說。然後稍微停頓一下，等這訊息在青豆的意識中固定下來。就像在乾燥的地面灑水時讓水分滲入地裡，等那痕跡消失那樣。青豆在那之間什麼也沒說地看著對方的臉。和尚頭繼續說。

「這樣說可能很失禮，不過我們準備支付優渥的謝禮。以後可能還要勞駕您多來幾次。因此今天在這裡所發生的事情，一切的一切都希望您能忘記。包括看到的、聽到的，一切。」

「像我這樣從事和人的身體有關的職業，」青豆以有點冷的聲音說：「非常了解守密的義務。不管怎麼樣，有關個人身體的資訊不會帶出這個房間。如果您擔心這個的話，那麼請放心。」

「很好。這是我們想聽到的話。」和尚頭說。「只是，我想再說清楚一點，請把這想成比一般意義上的守密義務更嚴重的事。您現在要走進去的，說起來是像聖域般的地方。」

「聖域？」

「聽起來可能好像很誇張，不過絕對沒有誇張。您即將眼睛看到的、手觸摸到的，是神聖的人物。沒有其他適當的形容方式。」

青豆什麼也沒說只點點頭。這時候最好不要開口多說。

和尚頭說：「很失禮，我們調查了一下您的身世。您可能會覺得不高興。不過這是必要的事情。我們有不得不愼重的理由。」

青豆一面聽著他的話，一面觀察馬尾巴的樣子。馬尾巴坐在放門邊的椅子上。背挺得筆直，雙手整齊地放在膝上，下顎收緊。簡直像在擺出拍紀念照的姿勢般，他那姿勢文風不動。他的視線毫不懈怠地經常注視著青豆。

和尚頭好像要檢查黑色皮鞋的耗損情況般眼睛看了腳下一下，然後又抬起臉來看青豆。「從結論來說，沒有發現任何像是有問題的東西。因此今天就這樣拜託您了。聽說您是非常能幹的教練，實際上旁人的評價也非常高。」

「謝謝。」青豆說。

「根據傳聞，您以前還是『證人會』的信徒。是嗎？」

「沒錯。我父母是信徒，我當然從出生開始就是信徒了。」青豆說。「不是自己選擇成爲信徒的，從很久以前也放棄當信徒了。」

他們的調查，有沒有查到我和Ayumi常常去六本木荒唐地釣男人的事？不，那種事情無所謂。就算查到了，他們似乎也沒把那當成不利因素來考慮的樣子。所以我現在才會在這裡。

男人說：「這點我們也知道。不過有一段時期生活在信仰中。而且是在感受性最強的幼兒期。所以對於所謂的神聖是什麼意思，您應該大體上能理解。所謂神聖，無論任何信仰，都是信仰的最根本的東西。這個世界是我們所不能踏進的，是不應該勉強踏進的領域。認識，並接受那樣的存在，而且獻上絕對的敬意，是所有信仰的第一步。我所說的事情您明白吧？」

「我想我明白。」青豆說。「我是說，至於要不要接受是另一個問題。」

「當然。」和尚頭說。「這是當然的，您沒有必要接受這個。那是我們的信仰，不是您的信仰。不過今天，超越信仰與否，您可能會親眼看到很特別的事物。不尋常的存在。」

青豆沉默。不尋常的存在。

和尚頭瞇細了眼睛，打量了一下她的沉默。然後緩緩地說：「不管您看到什麼，都不可以把那個說出去。如果對外部走漏了什麼，這神聖就會被無法挽回地玷污。就像美麗清澈的水池被異物污染了一樣。不管世人的想法怎麼樣，現實世界的法律又如何，那是我們所感覺到的狀況。希望您能理解這件事。只要能理解，能遵守約定，剛才也說過了，我們可以給您優渥的謝禮。」

「我明白了。」青豆說。

「我們是很小的宗教團體。卻擁有很強的心和很長的手臂。」和尚頭說。

你們擁有很長的手臂，青豆想。那有多長，可能是往後我要確認的事情。

和尚頭交抱著雙臂依舊靠在書桌旁，以確認牆上掛的畫框有沒有歪的視線，小心注視著青豆。馬尾巴還繼續保持和剛才一樣的姿勢。他的視線也一樣捕捉著青豆的身影。非常均等，而不停地。

然後和尚頭看看手錶，確認時刻。

「那麼我們走吧。」他說。乾咳一聲，以度過湖面的修行者般愼重的腳步慢慢穿過房間，在連接隔壁房間的門上輕輕敲兩次。沒有等回應就把面前的門打開。然後輕輕行一個禮，走進裡面。青豆拿著健身提袋，跟在他後面。一面踏在地毯上，一面確認呼吸沒有亂。她的手指緊緊抓著想像中的手槍扳機。不用擔心。平常心面對。雖然如此，青豆還是害怕。背脊好像鋪滿碎冰般。不容易融解的冰。我很冷靜也很鎮定，但心底卻很害怕。

這個世界是我們不能踏進的、不該勉強踏進的領域。和尚頭的男人說。那是怎麼一回事？青豆可以理解了。她自己過去曾經活在把那樣的領域放在中心的世界裡。不，現在其實也可能還同樣繼續活在那個世界。只是自己沒有留意到而已。

青豆不出聲地在口中反覆唸著祈禱文。然後吸一口大氣，下定決心，踏進相鄰的房間去。

第8章 天吾
那些貓快要出來的時刻

天吾在接下來的一個多星期，在奇妙的安靜中度過。姓安田的人有一天晚上打電話來，說他的妻子已經失去了，再也不會到天吾這裡來了。在那一小時之後牛河打電話來告訴他，天吾和深繪里兩人一組扮演了「思考犯罪」的病原菌的主要帶原者般的角色。他們分別向天吾傳達了帶有深刻意義（只能認為帶有）的訊息。就像穿著長袍的古代羅馬人站在廣場正中央的講台上，面對關心的市民發布消息那樣。而且兩個人都把自己想說的事說完之後，就單方面地把電話掛斷了。

那兩通夜晚的電話是最後，從此以後再也沒有誰跟天吾聯絡。電話鈴不再響，信不來。也沒有人來敲門，咕咕叫的聰明傳信鴿也沒飛來。小松、戎野老師、深繪里，還有安田恭子，現在似乎誰都不再有話可以傳給天吾了。

天吾這邊似乎也對這些人失去興趣。不，不只對他們，而是對所有的事情似乎都失去興趣了。對《空氣蛹》賣得如何，對作者現在在哪裡做什麼，對才子編輯小松所策畫的謀略的動向，對戎野老師冷徹的意圖是否順利進行，對媒體到底刺探出多少眞相，對充滿謎團的「先驅」教團有沒有顯示什麼動向，都不太在乎了。共乘的小船如果要朝瀑布底下倒栽蔥地翻覆掉落，也沒辦法，就掉落吧。到現在天吾再怎麼掙扎，都無法改變河流的流向了。

當然會掛心安田恭子的事情。不知道詳細情況如何了，如果能幫上什麼忙，天吾也打算不辭辛勞的。然而她現在不管面臨什麼樣的問題，那問題都是在天吾的手所無法到達的地方。現實上什麼也無法辦到。報紙也完全不再看了。世界在與他無關的地方進行著。沒勁就像個人的一層霧般包著他的身體。不喜歡看到《空氣蛹》在店頭排出來，連書店也不想去了。只在補習班和自己家之間直線來回。時序已經進入暑假了，補習班有暑期班，所以這個時期比平常更忙。不過這反倒是天吾歡迎的事。至少站在講台上時除了數學問題之外，可以什麼都不想。

小說也不寫了。坐在桌子前面，打開文字處理機的開關，畫面浮上來，也沒心情在上面鍵入文字。想思考什麼時，腦子裡就會出現和安田恭子的丈夫對話的片段，還有和牛河對話的片段。意識無法集中在小說上。

內人已經失去了，無論以任何形式，都已經無法到府上去了。

安田恭子的丈夫這樣說。

如果讓我用古典的說法的話，就是你們也許已經打開潘朵拉的盒子了。你們兩個人，雖說是偶然遇到的，不過卻結成比你想像中更有力的組合。彼此所欠缺的部分，能有效地互補。

牛河這樣說。

兩個人所說的事情，都極其曖昧。中心焦點被模糊掉，閃躲掉。不過他們想說而沒說的事情卻是共通的。那就是天吾擁有某種力量，在連自己都不清楚之下發揮了力量，那對周圍的世界造成現實上的影響（可能是不太好的影響）——他們想傳達的似乎是這樣的事情。

天吾把文字處理機的開關關掉，坐在地板上，暫時望著電話。他需要多一點提示。需要更多的拼圖片段。但誰也不能給他這些。好意是世界上最近（或恆常）所缺乏的東西之一。

也想到給誰打個電話。給小松，戎野老師，或牛河。不過怎麼也提不起勁。對他們所給的賣關子的資訊已經太厭煩了。你對一個謎求取提示，卻又給了你另一個謎。這種沒完沒了的遊戲不能再繼續玩了。如果他們要說，深繪里和天吾是有力的組合。也沒關係。天吾和深繪里，簡直像在說Sonny & Cher的組合一樣。最強的二重唱。The Beat Goes On（節奏不會停下來）。

日子過去了。天吾終於忍不住，只是一直在屋子裡繼續等事情發生也太煩了。他把皮夾和文庫本塞進口袋，戴一頂棒球帽，戴上太陽眼鏡，走出公寓房間。以堅決的腳步走到車站，亮出定期車票搭上中央線快速電車。並沒有要去哪裡的特定目的地。只是隨便上了開進來的電車而已。電車空空的。那天整天都沒有預定的事。不管想去哪裡，想做什麼（或不做什麼）都是天吾的自由。上午十點，沒有風，陽光很強的夏天早晨。

他想到牛河提到的「調查員」會不會跟蹤自己，因而注意了一下。在前往車站的路上忽然停下來，快速轉過頭看看後面。但並沒有可疑的身影。在車站特地走到不同的月台去，然後假裝忽然改變主意，轉換方向跑下樓梯。不過也沒看到和他採取相同行動的人。典型的跟蹤妄想症。誰也沒有在跟蹤他。天吾既不是那麼重要的人，他們應該也沒那麼空閒。本來要去哪裡做什麼事，連他本人也不清楚。不如說是天吾自己，想從一段距離之外懷著好奇心觀望自己現在開始要採取的行動。他所搭的電車經過新宿，經過四谷，經過御茶水，然後到達終點東京站。周圍的乘客全都下了電車。他也一樣在那裡下車。然後在長椅上坐下來，重新想一想現在開始要怎麼辦才好。要去什麼地方呢？我現在在東京車站，天吾想。一整天，沒有任何預定要做的事。想走的話，到哪裡去都行。好像會很熱的一天。去海邊也不錯。他抬起頭眺望轉乘資訊的指示板。

然後天吾想到了，自己正想做什麼。

他搖了幾次頭，不過不管搖幾次頭，都不可能打消那個念頭。或許從高圓寺車站上了中央線的上行電車時開始，連自己都沒發現心裡已經決定了。他嘆了一口氣從長椅上站起來，走下月台的階梯，往總武線的上車處走。問了往千倉最早的班次是幾點，站務員翻著時刻表幫他查。有十一點半往館山的臨時特快車，轉普通車，兩點過後可以到千倉站。他買了東京—千倉的來回票，和特快的對號車票。然後走進站裡的餐廳，點了咖哩飯和沙拉。餐後喝了淡咖啡打發著時間。

去見父親心情很沉重。本來就不是懷有好感的對象，而且他也不覺得父親那邊對他懷有特別親愛的感情。甚至也不知道他是否想見自己。自從小學生的天吾堅決拒絕跟父親去到處收NHK的費用以來，兩個人之間一直有一股冷淡的空氣。然後從某個時期開始，天吾幾乎就不再接近父親了。除非非常必要之外也不開口說話。四年前父親從NHK退休下來，之後不久就進了千倉專門照顧失智症患者的療養院。他到目前爲止只去過兩次。父親剛入院時，有手續上的問題，天吾是唯一的家人，不能不出面。後來有一次，也是有非親自跑一趟不可的事情。以後就沒再去過了。

療養院建在與海邊隔一條道路的寬闊土地上。本來是某財閥關係者的別墅，被保險公司買下作爲福利設施，近年來又改成以照顧失智症患者爲主的療養院。因此古老風味的木造建築，和新的三層樓鋼筋建築混合，看來感覺不太協調。但空氣乾淨，除了海浪的聲音之外，經常很安靜。風不強的日子也可以到海邊散步。庭園裡有大排的松樹防風林。醫療設備也齊全。

幸虧有健康保險、退休金、儲蓄，和老人年金，天吾的父親可以在那裡度過無須憂慮的晚年。幸虧很幸運地被ＮＨＫ錄用爲正職員工，因此就算沒有留下可以稱爲財產的東西，至少可以照顧自己。這對天吾是比什麼都慶幸的事情。無論對方是不是自己親生的父親，天吾並不打算從他那裡得到任何東西，也沒打算給他什麼特別的東西。他們是從各自不同的地方來的人，將前往各自不同的地方去。只是人生的幾年碰巧在一起度過而已。事情變成這樣雖然覺得過意不去，但以天吾來說也幫不上什麼忙。

不過，該再度拜訪父親的時間已經到了吧，天吾知道。雖然不帶勁，如果可能也想就這樣向右轉回家去。不過口袋裡已經放著來回票和特快車票。事情已經演變成這樣了。

他站起來付了餐廳的帳，站在月台，等候往館山的特快列車進站。再一次小心環視周圍一圈，並沒有看到像調查員的人影。周圍的人全都是要去過夜玩海水浴的，攜家帶眷滿臉歡笑的人。他把太陽眼鏡摘下收進口袋裡，重新戴好棒球帽。管他的，他想。想監視，就盡量監視吧。我現在要到千葉的海邊小鎮去，探望失智症的父親。他可能還記得兒子，也可能不記得了。上次去見面的時候，記憶力已經相當不確實。現在恐怕更惡化了。據說失智症只會惡化，不會復元。就像只會往前轉的齒輪那樣。這是天吾對失智症所了解的少數常識之一。

列車駛出東京車站後，他把帶來的文庫本從口袋裡拿出來讀。是以旅行爲主題的短篇小說集。其中有一篇是一個年輕人到一個被貓所管轄的村落旅行的故事。篇名叫做〈貓之村〉。一個奇幻故事，是沒聽過名字的德國作家寫的。解說中介紹這是介於第一次世界大戰和第二次世界大戰之間的時代所寫的。

這位青年只帶著一個皮包，一個人隨性地旅行。沒有特定目的地。搭火車旅行，遇到興趣被勾起的地方就在那裡下車。找一家旅館，到街上逛一逛，喜歡就盡情逗留。如果看膩了就又上車。這是他經常度假的方法。

從車窗看得見美麗的河。順著蛇行的河有秀麗的綠色山丘連綿不斷，山麓有小巧的，令人感覺寧靜的小村莊。架著古老的石橋。那樣的風景吸引著他的心。這裡可能吃得到美味的河川鱒魚。火車到站停車時，青年就拿起皮包下車。沒有其他乘客在那裡下車。他下了車，火車立刻就開走了。

車站裡沒有站務員。大概是很清閒的車站吧。青年跨過石橋走到村子裡。村子靜悄悄的。完全看不到人影。所有的商店都把捲門拉上，村辦公室裡也不見人影。唯一一家旅館的服務台，人也不在。按了鈴還是沒有人出來。看起來是完全沒人的地方。或許大家都到什麼地方睡午覺了也不一定。不過才早上十點半哪。睡午覺未免太早了。或者有什麼理由，人們捨棄了這個村子出走了也不一定。無論如何，到明天早晨以前下一班火車不會來，只能在這裡過夜了。他漫無目的地散步著消磨時間。

不過其實那裡是貓的村子。太陽快下山的時候，很多貓就走過石橋來到村子裡。各種斑紋各種種類的貓。比普通的貓大很多，不過還是貓。青年目睹這光景大吃一驚，趕緊跑到村子正中央的鐘樓上，躲在那裡。那些貓以熟練的手法把商店的捲門打開，或坐在辦公室的桌前，各自開始工作。過一會兒，更多的貓走過同一座橋來到村子裡。那些貓走進商店買東西，走進辦公室辦完事情，到旅館的餐廳用餐。有些貓到居酒屋喝啤酒，開朗的貓開始唱起歌來。有的彈手風琴，有的和著音樂跳起舞來。那些貓夜晚眼睛銳利因此幾乎不需要燈光，但那一夜滿月照亮了村莊的每個角落，所以青年從鐘樓上可以看清楚這一切過程。接近黎明時，那些貓把店關上，分別把自己的工作和事情辦完，就又成群結隊地走過石橋回到原來的地方去了。

天亮後，貓不見了，村子恢復無人狀態，青年走下鐘樓，逕自到旅館的床上躺下來睡覺。肚子餓了就吃旅館廚房剩下的麵包和魚餐。然後天開始暗下來時，又爬上鐘樓躲著，在黎明來臨前觀察貓的行動。火車在快中午和快傍晚時會開進車站來停車。搭乘上午的列車，可以往前進，搭乘下午的列車可以回到原來的地方。沒有一個人在這個車站下車，也沒有人從這個車站上車。不過雖然如此火車還是遵守規定在車站停車，一分鐘後開車。因此如果想的話，也可以搭上火車，離開這可怕的貓之村。不過他並沒有這樣做。他年紀輕好奇心旺盛，又充滿野心和冒險心。想再看更多那貓之村不可思議的光景。從什麼時候，以及爲什麼，那裡會變成貓的村莊的？村子到底變成什麼樣的結構？那些貓到底在那裡做什麼？可能的話他也想知道這些事。除了自己之外應該沒有人目擊過這樣不可思議的光景。

第三天晚上，鐘樓下的廣場發生了一件不小的騷動。「總覺得好像有人的氣味，有沒有？」一隻貓開始說出來。「這麼說來，這幾天我也覺得有奇怪的氣味。」於是就有誰一面翕動著鼻子表示贊同。「其實我也感覺到了。」有的附和。「不過很奇怪，應該沒有人會來這裡的。」有誰說。「嗯，就是啊。人類不可能進得來這個貓之村。」「不過確實是有那些傢伙的氣味喲。」

那些貓分成幾組，決定像自衛隊那樣到村子的每個角落搜索。如果認眞起來，貓的鼻子是很靈的。並不需要花太多時間，就可以找到鐘樓是那氣味的源頭。他們柔軟的腳一步步踏上鐘樓的階梯走上來的聲音，青年的耳朵也聽得見。這下子絕對沒命了，他想。貓似乎因爲人類的氣味而非常興奮，氣憤不已。他們擁有巨大而銳利的爪子，和白色尖銳的牙齒。而且這個村子是人類的腳步不容許踏進的地方。如果被發現的話不知道會被怎麼對待，知道這個祕密之後，他們難道會乖乖放他離開這個村子嗎？

三隻貓爬上鐘樓來，吸吸鼻子嗅著氣味。「眞奇怪。」一隻一面抽抖著長鬍鬚一面說。「是有氣味，但沒有人。」「確實很奇怪。」另一隻說。「不過總之，這裡沒有任何人。到別的地方去找吧。」「不過，眞不知道爲什麼？」於是他們一面扭著頭左思右想一面走掉了。貓的腳步聲從階梯下去，消失到夜的黑暗中了。青年鬆了一口氣，但他也不知道爲什麼。畢竟他和那些貓在狹窄的地方，名副其實快碰到鼻子般面對面哪。不可能看漏的。但爲什麼那些貓，看不到他的身影呢？他把自己的手伸到眼前照著看。確實看得見。並沒有變成透明的。眞不可思議。不管怎麼樣，明天早上就到車站去，搭上午的火車離開這個村子吧。留在這裡太危險了。這樣的幸運不可能一直持續的。

可是翌日，上午的火車竟然沒有在車站停車。在他眼前沒有減速，就那樣開過去了。下午的火車也一樣。駕駛座上看不見司機的身影。車窗裡有乘客們的臉，不過那也沒有顯示任何要停車的跡象。人們的眼睛裡似乎沒看見正在等車的青年的身影。或許連車站的影子都沒映出來。直到下午的列車背影看不見了之後，周遭更前所未有地靜下來。而且天色開始暗下來。是貓快要出來的時刻了。他知道自己消失了。這裡並不是什麼貓的村子，他終於領悟到。這裡是他該消失的地方。這裡是爲他自己所準備的，不是這個世界的一處。而列車呢，已經永遠不會爲了把他帶回原來的世界，而在這個車站停下了。

天吾把那篇短篇小說反覆讀了兩次。*該消失的地方*。這用語引起他的興趣。然後他闔上書本，漫不經心地眺望著窗外掠過的臨海工業區枯燥乏味的風景。煉油廠的火焰，巨大的天然氣槽，像長距離砲口般粗短的巨大煙囪。奔馳在道路上整排的大型卡車和油罐車。這是和「貓之村」距離遙遠的情景。不過這種光景也自能引起幻想。這裡像是在檯面下支持著都市生活的冥界般的場所。

過一會兒天吾閉上眼睛，想像安田恭子被關在失去她自己的地方的情景。那裡列車不停。沒有電話，也沒有郵筒。白天那裡有的是絕對的孤獨，隨著夜晚的黑暗來臨的是，貓群的執拗搜索。那永無止境地反覆著。他不知不覺間似乎在座位上睡著了。不長但很深的瞌睡。醒來時，身體流著汗。列車在盛夏的南房總沿著海岸線前進。

在館山下了特快車，轉普通車搭到千倉。在車站一下車就聞到懷念的海邊氣味，走在路上的人全都曬得黑黑的。從站前搭計程車到療養院。他在療養院的服務台報出自己的名字和父親的名字。

「您有通知我們，今天會來探望嗎？」坐在服務台的中年護士以僵硬的聲音問。小個子，戴著金邊眼鏡，短髮中稍微混一些白髮。粗短的無名指上戴著和眼鏡框成套似的戒指。名牌上寫著「田村」。

「沒有。今天早上忽然想到，就搭電車來了。」天吾老實說。

護士以有點驚訝的臉色看看天吾。然後說：「要會面的時候，規定要事先聯絡的。因為我們每天也有各種課程，也得看患者的狀況而定。」

「很抱歉。我不知道。」

「上次到這裡來是什麼時候？」

「兩年前。」

「兩年前。」田村護士一隻手拿著原子筆一面檢查訪客表說。「也就是說這兩年之間一次也沒來過嗎？」

「是的。」天吾說。

「根據這裡的紀錄，您是川奈先生唯一的家人。」

「沒錯。」

護士把表格放在桌上，瞄一眼天吾的臉，並沒有多說什麼。那眼神並沒有責備天吾的意思。只是在確認什麼而已。看來天吾絕對不是特殊的例子。

「您的父親，現在正在作團體復健中。再過三十分鐘會結束。在那之後可以會面。」

「我父親情況怎麼樣？」

「以身體來說，是健康的。並沒有什麼特別的問題。其他方面則時好時壞。」護士那樣說完，用食指輕輕壓著自己的太陽穴。「至於是怎麼樣的時好時壞法，就請您以自己的眼睛確認吧。」

天吾道過謝，在玄關旁的休息室打發時間。坐在有古老時代氣味的沙發上，拿出文庫本來繼續讀。偶爾一陣帶有海的氣味的風，吹過松枝發出清涼的聲音。許多蟬扒在松樹的枝幹上，盡情發出聲音鳴叫著。現在正是盛夏，但蟬兒們似乎知道那不會長久繼續。他們好像在珍惜剩餘的短暫生命般，讓叫聲震響周遭。

戴眼鏡的田村護士終於走過來，告訴天吾復健結束所以可以會面了。

「我帶您到房間。」她說。天吾從沙發上站起來，經過牆上掛著的大鏡子前面，從那裡看到才想起自己的模樣相當邋遢。他穿著Jeff Beck來日本公演的T恤，上面套一件掉了鈕子的褪色粗棉布格子襯衫，棉長褲的膝蓋沾上一點披薩醬，很久沒洗的卡其色運動鞋，棒球帽。怎麼想都不像個兩年沒見了、來見父親的三十歲兒子的穿著。也沒帶任何見面禮來。只有口袋裡塞一本文庫本而已。也難怪護士會以驚訝的眼神看他。

他們穿過庭園，朝父親所在的那棟房子走的時候，護士爲他簡單說明。療養院有三棟建築，依病情進行的程度，區分進住的棟別。天吾的父親現在住的是「中度」的那棟。患者多半從「輕度」棟住進來，轉進「中度」棟，然後移到「重度」棟。好像門只朝一邊開一樣，沒有反方向的移動。從「重度」棟以後就沒有別的地方可以移了。除了火葬場之外，護士當然並沒有這樣說。不過她的暗示已經夠明顯了。

父親的房間是兩人房，但同房的人去參加什麼班了不在。療養院裡有各種復健班。有陶藝班、園藝班、體操班。本來雖說是復健，其實並不是為了復元，而是讓病情惡化多少減緩為目的。或單純只為了消磨時間。父親坐在窗邊的椅子上，眺望著敞開的窗外。雙手整齊地放在膝蓋上。旁邊桌上擺著盆栽。開著幾朵黃色細小花瓣的花。地板是用柔軟的材料作的，避免跌落地上受傷。有兩張簡單樸素的木製床、兩張寫字用的書桌，有放換洗衣服和雜物用的櫃子。書桌旁擺著各自的小書架，窗簾受到長年的日照已經泛黃了。

坐在窗邊椅子上的老人就是自己的父親，天吾一時沒有認出來。他變小了一圈。不，或許說縮小了的形容法比較正確。頭髮剪短了，像降霜後的草地那樣變成雪白。臉頰消瘦憔悴，因此眼窩看起來比以前大多了。額頭上深深刻著三道皺紋。頭的形狀好像變得比以前歪了，不過這可能因為頭髮剪短的關係。因此歪的形狀才變顯眼的。眉毛相當長而濃密。而且從耳朵裡也冒出白髮來。本來大而尖的耳朵，現在更大，看起來就像蝙蝠的翅膀，只有鼻子的樣子還和以前一樣。和耳朵成為對照，圓圓地隆起。而且帶有赤黑色。嘴唇兩端鬆垮下垂，看來好像快流下唾液般。嘴巴輕微張開，看得見裡面不整齊的牙齒。坐在窗邊不動的父親的身影，讓天吾想起梵谷晚年的自畫像。

這個男人在他走進房間之後，只有視線往這邊稍微瞄一次而已，然後就又繼續眺望窗外的風景。從遠一點看起來，與其說是人類，不如說更接近老鼠或松鼠之類的生物。雖然不能說有多乾淨，不過還是一個具備夠強智慧的生物。不過那沒錯是天吾的父親。或者應該說是父親的殘骸。兩年的歲月從他身上帶走許多東西。簡直像收稅員，毫不留情地從貧窮人家奪走家具雜物那樣。天吾記憶中的父親，是經常在俐落地工作的堅強男人。雖然和內省與想像力無緣，但也擁有自己的倫理觀，雖然單純卻擁有堅強的意志。很有耐力，天吾從來沒聽他說過藉口或哭訴過什麼。然而今天在眼前的，卻只是個空殼而已。溫暖已經被剝奪無餘的空屋而已。

「川奈先生。」護士開始對天吾的父親說話。咬字清晰，聲音嘹亮。他們被訓練對患者要以這樣的聲音說話。「川奈先生。您看，打起精神來。您的公子來了喔。」

父親再一次轉向這邊。那缺乏表情的一對眼睛，讓天吾聯想到屋簷下燕子留下的兩個空巢。

「您好嗎？」天吾說。

「川奈先生，您的公子從東京來看您囉。」護士說。

父親什麼也沒說，只筆直看著天吾的臉。好像在讀著用外語寫的難以理解的布告那樣。

「六點半開始用餐。」護士告訴天吾。「在那之前請隨意吧。」

護士走掉後，天吾猶豫一下之後走近父親，在他對面的椅子上坐下。一張褪色的布面椅子。好像用很久了，木頭部分布滿瑕疵。父親以眼睛追蹤著他坐在那裡。

「您好嗎？」天吾問。

「託您的福，很好。」父親以鄭重其事的口氣說。

然後，天吾不知道該說什麼。他的手指撥弄著粗布襯衫上面算下來的第三顆釦子，一面望一眼窗外看得見的防風林，然後再看父親的臉。

「從東京來的嗎？」父親說。似乎記不起天吾的樣子。

「從東京來。」

「是搭特快車來的嗎？」

「是的。」天吾說。「先搭特快車到館山，再從那裡轉普通車到千倉來。」

「來玩海水浴嗎？」父親問。

天吾說：「我是天吾。川奈天吾。你兒子啊。」

「東京的什麼地方？」父親問。

「高圓寺。杉並區。」

父親額頭的三條皺紋忽然變得更深。「很多人不想繳ＮＨＫ的收訊費而說謊話。」

「爸爸。」天吾呼喚他。非常久沒有開口這樣叫了。「我是天吾。你兒子啊。」

「我沒有兒子。」父親很乾脆地說。

「沒有兒子？」天吾機械性地跟著說。

父親點頭。

「那麼，我到底是什麼？」天吾問。

「你什麼也不是。」父親說。然後簡潔地搖了兩次頭。

天吾吃驚地倒吸一口氣，一時語塞。父親也沒再開口。兩個人在沉默中各自探索著糾纏不清的思考方向。只有蟬毫不猶豫地，繼續放聲鳴叫。

這個男人現在說的恐怕是實話，天吾感覺到。那記憶被破壞了，意識可能在混濁中。不過他脫口而出的大概是眞話。天吾憑直覺可以理解。

「這話，是什麼意思？」天吾問。

「你什麼都不是。」父親以不帶感情的聲音反覆著同樣的話。「以前什麼都不是，現在什麼都不是，以後也什麼都不是。」

這樣就夠了，天吾想。

他想從椅子上站起來，走到車站，就那樣回東京。該問的事情，都問過了，也聽到了。但他站不起來。就像來到貓之村的青年那樣。他有好奇心。他想知道那背後更深的源由。想聽更明瞭的答案。其中當然潛藏著危險。不過如果放過這次機會，可能就永遠無法知道自己的祕密。那可能會完全沉沒到混沌中去了。

天吾在腦中排列字句，把那重新排過。然後放膽開口問。從小時候開始就幾次想問——但終究沒問出口——的問題。

「您，換句話說，不是我生物學上的親生父親是嗎？我們之間沒有血緣關係的意思是嗎？」

父親什麼也沒說地看著天吾的臉。從那表情無法知道，他能不能理解問題的用意。

「偷接電波是違法行爲。」父親看著天吾的眼睛說。「就像偷錢和偷東西一樣。你不覺得嗎？」

「應該是。」天吾暫且同意。

父親好像滿足了似地點了幾次頭。

「電波並不像雨和雪那樣是從天上免費掉下來的東西。」父親說。

天吾一直閉著嘴看著父親的手。父親雙手整齊地放在雙膝上。右手放在右膝上，左手放在左膝上。那手動也不動一下。小而黑的手。看起來陽光曬的黑好像滲進身體了。常年累月一直在戶外工作的手。

「母親，並不是在我小時候病死的，對嗎？」天吾慢慢地，一字一句地問。

父親沒回答。表情不變，手也沒動。那眼睛像在觀察看不慣的東西那樣看著天吾。

「母親離開了你。拋棄了你，留下了我。可能跟別的男人在一起。不是嗎？」

父親點頭。「偷接電波不是好事。做了喜歡的事，是無法完全逃掉的。」

這個男人確實明白這邊所提問題的用意。只是不想正面談到那件事而已。天吾這樣感覺。

「爸爸。」天吾叫他。「您實際上也許不是親爸爸，不過總之我這樣稱呼您。因爲我不知道其他稱呼法。老實說，我以前並不喜歡您。甚至很多時候可能還恨您。這個您知道吧？不過如果您不是我的親生父親，我們之間沒有血緣關係的話，我已經沒有理由非恨您不可了。對您是否能懷有好感，這點我不知道。不過，我想至少從現在開始可以理解您了吧。因爲我一直追求的是事情的眞相。自己是誰，從哪裡來的。我想知道的只有這個。不過誰都不告訴我。如果您現在在這裡告訴我眞相的話，我就不會再恨您、討厭您了。那對我來說是應該歡迎的事情。我就可以不再憎恨您、討厭您了。」

父親什麼也沒說，依然以沒有表情的眼睛望著天吾。不過那空洞的燕子窩深處，感覺似乎閃過一點微小的什麼。

「我什麼也不是。」天吾說。「正如您所說的那樣。就像只是一個人被拋到暗夜的大海裡，浮著的東西那樣。伸出手也沒有任何人來，高聲喊也沒有人回答。我跟哪裡都沒有瓜葛。勉強能稱得上家人的，除了您之外就沒有別人了。可是您把那祕密一直握在手中，完全不想說出來。而且您的記憶，在這海邊的小地方正在時好時壞地反覆中，一面逐日確實地在喪失掉。關於我的眞相也同樣正在喪失掉。如果沒有眞相的幫助，我眞的什麼都不是，以後也會什麼都不是。眞的像您所說的那樣。」

「知識是寶貴的社會資產。」父親像在照本宣科地讀似地說。不過那聲音比之前稍微小一點了。就像誰在背後伸手把音量鈕轉小了一樣。「那資產必須豐富地儲藏起來，小心地運用才行。結實累累的智慧遺產必須傳給下一代才行。因此NHK有必要向各位收取收訊費——」

這個男人口中所說的，是像曼陀羅那樣的東西，天吾想。由於唸著這樣的句子，到目前爲止他才能安身立命過來。天吾必須戳破那頑固到癡迷地步的護身符才行。從那圍牆深處，把一個活生生的人拉出來才行。

天吾打斷父親的話。「我的母親是什麼樣的人？她到哪裡去了？後來怎麼樣了？」

父親急忙沉默下來。他不再唸咒文了。

天吾繼續說：「我已經很厭倦活在討厭、憎恨、埋怨別人中，也很厭倦無法愛別人地活下去了。我沒有朋友。一個也沒有。而且更糟糕的是，連愛自己都辦不到。爲什麼無法愛自己呢？因爲無法愛別人。人要能夠愛誰，而且被誰愛，才能透過那樣的行爲知道愛自己的方法。我說的事情您明白嗎？不能愛別人的人，也就無法正確愛自己。不，我並不是在怪您。試想起來，您可能也是受害者之一。您或許也不太知道如何愛自己。不是嗎？」

父親一直保持沉默。他的嘴唇一直堅固地緊閉著。從表情上無法判斷，天吾所說的話他能理解多少。天吾也沉默地落進椅子裡。風從敞開的窗戶吹進來。風翻動著因日曬而變色的窗簾，搖動著盆栽的細小花瓣。然後從敞開的門穿過走廊而去。海的氣味比之前濃重。聽得見混合著蟬的聲音，松樹的針葉互相碰觸的柔和聲音。

天吾以安靜的聲音繼續說：「我經常看到幻影。從以前就一直重複看到那幻影。我想那可能不是幻影，而是記憶中現實的景象。一歲半的我旁邊就是母親。母親和年輕男人擁抱著。而且那個男人不是您。我不知道是什麼樣的男人。不過只知道不是您。雖然不知道爲什麼，但那景象卻確實地烙印在我的眼瞼上，沒辦法剝離。」

父親什麼也沒說。不過他的眼睛明白地看著什麼不同的東西。不是在這裡的東西。然後兩個人繼續守著沉默。天吾的耳朵傾聽著急速轉強的風聲。父親的耳朵在聽著什麼，天吾不知道。

「可以讀什麼給我聽嗎？」父親在漫長的沉默之後，以客氣的口氣說。「我眼睛會痛，所以不能讀書。字沒辦法看太久。書在那書架上。你可以選你喜歡的。」

天吾放棄了，從椅子上站起來，瀏覽書架上排列的書背。那些大半是歷史小說。《大菩薩嶺》的全卷都齊全。但天吾無論如何，完全沒心情在父親面前朗讀使用大時代語言的古老小說。

「如果方便的話，我想讀貓之村的故事，可以嗎？」天吾說。「這是我爲了自己要讀而帶來的書。」

「貓之村的故事。」父親說。然後吟味了這個詞一會兒。「如果不麻煩，請你讀。」

天吾看看手錶。「不麻煩。離電車開車還有一段時間。因爲故事很奇怪，所以不知道您喜不喜歡。」

天吾從口袋拿出文庫本，開始朗讀〈貓之村〉。父親坐在窗邊的椅子上沒有改變姿勢，側耳傾聽著天吾朗讀的故事。天吾以容易懂的聲音，慢慢讀著文章。中途休息兩次或三次，喘一口氣。每次這樣就看看父親的臉，但看不出任何反應。也不知道他是否喜歡這個故事。故事讀到最後結束時，父親身體動也不動一下，安靜閉著眼睛。看起來也像是睡著了。不過並沒有睡。只是深深進入故事的世界裡去了而已。他花了一點時間才從那裡出來。天吾耐心地等著。午後的光線多少轉淡一點，周遭開始夾雜有夕暮的氣息。從海上吹來的風繼續搖動著松枝。

「那個貓之村有電視嗎？」父親首先從他職業的觀點這樣問。

「這是在一九三〇年代的德國所寫的故事，那時候還沒有電視。不過已經有收音機了。」

「我那時候在滿洲，那裡沒有收音機。也沒有電台。報紙也不太送得到，都在讀半個月前的報紙。連吃的東西都不太有，也沒有女人。有時有狼出來。像個世界盡頭的地方。」

他暫時沉默下來想著什麼。可能在想年輕時候在滿洲，以墾荒移民所過的苦日子吧。不過那些記憶立刻就混濁起來，被吞進虛無中去。從父親表情的變化，可以讀出那樣的意識動向。

「村子是貓建立的嗎？還是以前的人建立的，後來貓住進去了呢？」父親向著窗玻璃彷彿自言自語地說。不過那似乎是對天吾所發出的問題。

「不知道啊。」天吾說。「不過，好像是很久以前人類所建立的樣子。可能因爲什麼原因人類不見了，於是貓就住進來了。例如像傳染病大家都死掉了，之類的事情。」

父親點點頭。「如果產生空白，就必須有什麼來塡滿。大家都這樣啊。」

「大家都這樣嗎？」

「沒錯。」父親斷言。

「您塡滿了什麼樣的空白呢？」

父親臉色爲難。長長的眉毛下垂遮住眼睛。然後以帶有幾分嘲諷的聲音說：「這個你不懂嗎？」

「我不懂。」天吾說。

父親脹起鼻孔。稍微抬起一邊的眉毛。這是他以前，有什麼不滿時經常會露出的表情。「不說明就不懂的事，也就是，怎麼說明都不會懂的事。」

天吾瞇細了眼睛讀對方的表情。父親從來沒有用過這樣奇妙，而暗示性的說法。他口中經常只說具體的、實際的話。在必要的時候，只短短地說必要的話。那是這個男人對於所謂對話這件事，不可動搖的定義。但其中並沒有足以讀出的表情。

「我明白了。總之您在填滿某種空白。」天吾說。「那麼，您所留下的空白要由誰來填滿呢？」

「你呀。」父親簡潔地說。並且舉起食指筆直、有力地指著天吾。「這種事情是一定的啊。誰所製造的空白由我來填滿。代替的是，我所製造的空白由你來填滿。就像輪流負責一樣。」

「就像貓填滿了無人的村子那樣。」

「對，像村子那樣消失了。」他說。然後簡直像在看與場合不符的不可思議的東西那樣恍惚地望著，自己所伸出的食指。

「像村子那樣消失了。」天吾複誦父親的話。

「生你的女人已經不在任何地方。」

「不在任何地方。像村子那樣消失了。換句話說，是死掉了嗎？」

父親沒有回答。

天吾嘆一口氣。「那麼，我的父親是誰？」

「只是空白。你的母親和空白交合生下你。我填滿那空白。」

只說出這個之後，父親就閉上眼睛，閉上嘴巴。

「和空白交合？」

「是啊。」

「然後您把我養大。是這樣嗎？」

「所以我不是說嗎？」父親一本正經地乾咳一聲之後說。就像對反應遲鈍的孩子說明簡單的道理那樣地。「不說明就不會懂的事，是怎麼說明都不會懂的事。」

「我是從空白中生出來的嗎？」天吾問。

沒有回答。

天吾手指在膝蓋上交叉，再一次從正面直視父親的臉。然後想。這個男人並不是空空的殘骸。也不是空屋而已。而是懷著頑強的狹小靈魂和陰鬱記憶，在海邊的土地上訥訥獨語度過餘生的活生生的男人。不得不無奈地和自己內部徐徐擴張的空白共存下去。現在空白和記憶還在互相爭奪中。但，不管本人願不願意，空白終究將把剩餘的記憶全部吞沒。那只是時間的問題。他現在正要前去的空白，和生出我來的是同一個空白嗎？

吹過松樹樹梢向晚的風聲中，似乎聽得見夾雜著遠處的海鳴聲。不過可能只是錯覺。

第9章 青豆
以恩寵的代價所送來的東西

青豆走進去後，和尚頭就繞到她背後迅速把門關上。房間裡黑漆漆的。窗戶厚厚的窗簾拉上，室內的燈全部關掉。從窗簾縫隙照進僅有的一道光線，反倒只扮演凸顯黑暗的角色。

就像一腳踏進已經開演中的電影院或天文館時那樣，眼睛需要一點時間適應那黑暗。首先映入眼簾的是矮几上放著的電子鐘顯示的時間。綠色數字顯示時刻是下午7時20分。然後過了一段時間，知道大張的床擺在靠相反一側的牆邊。電子鐘放在那張床的枕邊。和寬闊的鄰室比起來有點狹窄，雖然如此，比一般飯店的客房，空間上還是有餘裕。

床上有小山般黑黑的物體。那不定形的輪廓，知道是表示躺在那裡的人類的軀體，又再花了一些時間。在那之間，那輪廓線一點也沒有動搖。無法感知類似生命徵候的東西。也聽不見呼吸聲。聽得見的只有從靠近天花板的送風口送出的空調微小的風聲而已。不過並沒有死。那是活著的人，和尚頭在這前提下採取行動。

相當高大的人。大概是男的。雖然看不眞切，不過臉好像沒有朝向這邊。而且那個人物並沒有躺進床罩裡。而是在整齊的床套上俯臥著。簡直像在洞窟深處避免體力消耗正在療傷的大型動物那樣。

「時間到了。」和尚頭朝向那影子出聲。他的聲音裡有剛才所沒有的緊張聲響。

不知道男人有沒有聽到那聲音。床上的黑暗小山仍然文風不動。和尚頭站在門前，姿勢不動就那樣等候著。房間落入深深的沉靜中，有人吞口水的聲音都能清楚聽見的程度。然後青豆發現那吞口水的就是自己。她右手還緊緊握著健身提袋，與和尚頭一樣等著什麼發生。電子鐘的數字變成7:21，然後變成7:22，變成7:23。

床上的輪廓終於開始些微的移動、搖擺。非常輕微的晃動，終於轉爲明確的動作。那個人物似乎陷入深深的睡眠。或進入類似睡眠的狀態中。肌肉覺醒，上半身慢慢抬起來，意識花時間重新回神。床上的影子筆直地坐起身，盤起腿來。不會錯是男的，青豆想。

「時間到了。」和尚頭再重複說一次。

聽得見男人吐出一口大氣的聲音。從深井底下升起來的緩慢而粗大的吐氣。然後聽得見接下來大大吸氣的聲音。像吹過森林裡樹木間的強風般狂亂不穩。這兩種相異的聲音，交互反覆著。在那之間放進長長的沉默間隙。那富有節奏感，並帶有許多含意的反覆，讓青豆心情無法鎮定。感覺像踏進了過去從未見聞過的領域似的。例如像深深的海溝底下，或未知的小行星地表那樣。就算總算能到達，卻未必能脫身回去的地方。

眼睛還難以習慣黑暗。雖然可以看得見某個地方了，但從那裡往前卻什麼也看不見。到現在青豆的眼睛所能看見的，只有在那裡的男人的黑暗輪廓而已。至於臉朝向哪一邊，在看著什麼，都不知道。只知道男人相當魁梧，和雙肩似乎配合著呼吸，安靜地、大幅地上下動著而已。呼吸不是普通的呼吸。而是動用全身所進行的，具有特別目的和功用的呼吸。可以想像肩胛骨和橫膈膜大幅地動著，擴大收縮著的模樣。

普通人首先就無法這樣激烈地呼吸。這是要經過長久嚴格訓練才能學到的特殊呼吸法。

和尙頭站在她旁邊，保持直立姿勢。背脊伸直，下顎收緊。他的呼吸和床上的男人相反，淺而快速。他屛著氣息正在等待。等那一連串的激烈深呼吸結束。那似乎是爲了調整身體，日常就在進行的行爲之一。靑豆也和和尙頭一樣，只能等那終了。可能是爲了甦醒所必要的過程。

終於像大型機械結束操作時那樣，深呼吸依照程序停下來。呼吸和呼吸之間的間隔徐徐拉長，最後像擠出一切那樣吐出長長的氣。深深的沉默再度降臨房間。

「時間到了。」和尙頭第三次說。

男人慢慢動起來。他好像轉向和尙頭那邊。

「可以退下。」男人說。男人的聲音是明確深沉的男中音。毅然決然，沒有一點曖昧。身體好像完全淸醒了。

和尙頭在黑暗中淺淺地行一個禮，和進來時一樣，以沒有多餘的動作走出房間。把門帶上，只剩下靑豆和男人兩個人。

「很抱歉暗暗的。」男人說。可能是對靑豆說的。

「我沒關係。」靑豆說。

「有必要這樣暗。」男人以柔和的聲音說。「不過請不用擔心。不會傷害到妳。」

靑豆默默點頭。然後想起自己是在黑暗中，於是開口說：「明白了。」聲音似乎比平常稍微僵硬，提高一點。

然後男人暫時，在黑暗中注視靑豆的模樣。她感覺到自己被激烈注視著。確實而精密的視線。與其說是「看」，不如以「觀察」來形容比較合適。那個男人似乎可以把她身體的每一個細部都看遍。一瞬之間感覺身上所穿的一切都被扒開，變成赤裸了似的。那視線不只是到皮膚表面而已，還到達她的肌肉內臟和子宮。這個男人在黑暗中眼睛看得見，她想。他在注視著眼睛看得見以外的東西。

「在黑暗中很多東西反而看得更清楚。」男人好像看穿青豆的心似地說。「不過在黑暗中待太久之後，就很難再回到地上有光的世界去了。必須在某個地方告一段落才行。」

然後他還觀察了青豆的模樣一陣子。其中並沒有性的慾望的跡象。男人只是把她當一個客體來注視著。就像船上的乘客在甲板上，注視著通過眼前而去的島的形狀那樣。不過那個乘客並不是普通乘客。他想把島上有關的一切都看穿。被這樣銳利而毫不容情的視線長久注視時，青豆確實感覺到，自己的肉體是多麼的不完美和不確實。平常並不會這樣感覺。除了乳房的尺寸之外，她對自己的肉體反倒是感到自豪的。她日常勤加鍛鍊，保持美好身材。肌肉有彈性而緊實，贅肉可能只有一點點。不過被這個男人注視之下，她開始覺得自己的肉體竟然像寒酸的陳舊肉袋一樣。

男人好像讀出青豆的這種想法似的，不再審視她了。她感覺到那視線急速失去力道。簡直像用水管澆水時，有人在建築物後面把水龍頭關掉那樣。

「使喚妳做很抱歉，請把窗簾打開一點好嗎？」男人安靜地說。「在完全黑暗中妳也很難工作吧。」

青豆把健身袋放在地板上走到窗邊，拉了窗邊的繩子把厚重的窗簾打開，內側的白紗簾子也拉開。東京夜景將那光線灑進房間。東京鐵塔的霓虹燈、高速公路的照明燈、行進間車輛的車頭燈、高樓大廈窗戶的燈、建築物屋頂的各色霓虹燈，這些混合成大都市之夜特有的光，照進飯店的室內。並不是太強的光。勉強可以分辨看出房間裡布置的家具器物程度的微弱光線。這對青豆來說是很懷念的光。是從她自己所屬的世界送過來的光。青豆重新確實地感覺到自己是多麼迫切地需要那樣的光。然而那僅有的光，對男人眼睛的刺激似乎已經太強。他依舊盤腿坐在床上，但爲了避開那光線，而把大大的雙手蓋住臉。

「有沒有關係？」青豆問。

「不用擔心。」男人說。

「窗簾要不要關小一點？」

「這樣就可以。我的視網膜有問題。要習慣光需要一點時間。過一會兒就能適應。請在那邊坐著等一下好嗎？」

視網膜有問題。青豆在腦子裡複誦。視網膜有問題的人大多會面臨失明的危機。不過那是暫且和青豆沒有關係的問題。青豆必須處理的並不是這個男人的視力。

男人用雙手覆蓋著臉，讓眼睛習慣從窗戶射進來的燈光的時候，青豆在沙發坐下，從正面眺望男人。這次輪到青豆仔細觀察對方了。

身材高大的男人。並不胖。只是大而已。有身高，有寬幅。也有力道的樣子。雖然事先聽老婦人說過是大個子的男人，不過青豆沒有料到是這麼大的程度。不過任何地方都沒有理由說宗教團體的教祖不可以是巨漢。而且青豆想像，十歲的少女被這樣巨大的男人強暴，不禁臉都歪了。她想像這個男人裸著身體，騎在弱小少女身體上的光景。少女們一定無法抵抗吧。不，可能連成人女性都很難。

男人穿著下襬用鬆緊帶束緊、看似可以吸汗的棉布褲子，長袖襯衫。襯衫是素面的，閃著些微絲般的光澤。寬大，前面用釦子固定，男人把上面兩個釦子解開。襯衫和褲子看起來都是白色，或極淡的奶油色。並不是睡衣，而是在室內可以輕鬆休閒的衣服。或適合在南國的樹蔭下穿的衣服。赤裸的雙腳看起來就很大。石牆般的寬大肩幅，令人聯想到經驗老到的格鬥選手。

「難得請到妳來。」等青豆的觀察告一段落之後，男人說。

「這是我的工作。有必要時我也會到各種地方拜訪。」青豆以排除感情的聲音說。不過一面這樣說著，一面覺得自己簡直變成像被叫到這裡來的妓女似的。可能因爲剛才銳利的視線，讓她感到在黑暗中像被剝光衣服的關係吧。

「我的事情妳知道到什麼程度？」男人依然以雙手覆蓋著臉問青豆。

「您是問關於您我知道多少，是嗎？」

「是的。」

「幾乎什麼都不知道。」青豆小心地選擇著用語。「也沒有聽說大名。只說是在長野或山梨主持著宗教團體的人而已。身體可能有什麼問題，因此說我也許可以幫上什麼忙。」

男人短短地搖幾次頭，雙手從臉上放開。然後和青豆面對面。

男人的頭髮很長。直直的豐厚頭髮垂到接近肩膀，也夾雜著許多白髮。年齡大約四十五到五十五歲。鼻子很大，占掉臉的很大部分。細長而筆直的鼻子。令人聯想到月曆照片上的阿爾卑斯山。山麓寬廣，充滿威嚴。看到他的臉時，首先視線看到的就是那鼻子。和那對照的是深深凹陷的雙眼。很難看出，那深處的瞳孔到底在看著什麼。臉整體上配合軀體，也很寬、很厚。鬍子刮得乾乾淨淨，看不到傷痕或黑痣。男人臉型端正。靜謐而散發著知性氛圍。然而其中存在著某種特異的東西，不尋常的東西，有不容易把心放開的東西。那是會在第一印象時就先讓人膽怯的臉。可能是鼻子過大的關係。臉整體上因此失去了正當的均衡，而可能讓看到的人感到不安定也不一定。或者，是因爲靜靜深藏在後面，放出像古代冰河般光芒的一對眼睛的緣故也不一定。或者因爲無法預料即將吐出什麼話、正散發著刻薄印象的薄唇的關係。

「還有呢？」男人問。

「其他並沒有聽說什麼。只說要我準備來這裡做肌肉的伸展而已。肌肉和關節是我的專長。沒有必要多知道對方的立場和人格。」

像妓女一樣，青豆想。

「妳說的我懂。」男人以深沉的聲音說。「不過我的情況，某種程度有必要說明吧。」

「請說。」

「人們叫我領導。不過我幾乎沒有在人前露面。即使在教團裡，生活在同一塊土地上，大半的信徒都連我的臉也沒看過。」

青豆點頭。

「不過我卻這樣讓妳看到我的臉。因爲總不能在漆黑中，或一直把妳眼睛蒙住讓妳做治療啊。也有禮儀上的問題。」

「這不是治療。」青豆以冷靜的聲音指正。「只是肌肉的伸展而已。我沒有取得從事醫療行爲的證照。我所做的是把日常不太會使用到，或一般人很難使用到的肌肉做伸展，以防止身體機能下降。」

男人看起來好像在輕微地微笑。不過那可能是錯覺，他也許只是稍微牽動一下臉部肌肉而已。

「我知道。只是方便地用『治療』這個用語而已。請不要介意。我想說的是，妳現在眼睛正在這樣看著，一般人所沒有看過的事物。希望妳知道這一點。」

「關於這次的事情，不可以對外張揚，我在那邊已經被提醒過了。」青豆這樣說著指一下通往鄰室的門。「不過您不必擔心。在這裡的所見所聞，無論是什麼，都不會對外洩漏。我在工作上接觸過很多人的身體。您可能是立場特殊的人物，但對我來說只是許多肌肉有問題的其中之一而已。我所關心的只有肌肉的部分。」

「聽說妳小時候，是證人會的信徒。」

「並不是我選擇成爲信徒的。只是被教養成信徒而已。其中有很大的差別。」

「確實其中有很大的差別。」男人說。「只是人是無法脫離小時候根植的印象的。」

「不管好壞。」青豆說。

「證人會的教義，和我們所屬的教團差異很大。以末世論爲中心所成立的宗教，讓我來說或多或少都是在欺騙人的。所謂末世，無論在任何情況都只是個人性的東西，這是我的想法。不過那個歸那個，證人會卻是驚人強大的教團。雖然他們的歷史不算太長，卻經歷了相當多的考驗。而且正踏實地繼續廣召信徒。可以從他們身上學到很多東西。」

「可能因爲是那樣偏頗的關係吧。狹小的東西，比較能堅強對抗外力。」

「妳說的應該是正確的。」男人說。而且停頓了一下。「不過總之，我們今天不是來這裡談宗教的。」

青豆什麼也沒說。

「我想讓妳知道的是，我的身體有很多特別的地方這個事實。」男人說。

青豆依然坐在椅子上，默默等對方說。

「就像剛才說過的那樣，我的眼睛無法承受強烈的光線。這個症狀在幾年前出現。在那之前並沒有什麼問題，從某個時候開始這樣。我開始不在人前出現主要也因爲這個。一天的大部分時間都在黑暗的房間裡度過。」

「視力是我所無法解決的問題。」青豆說。「就像剛才也說過的那樣，因爲我的專長是肌肉。」

「這個我很清楚。當然也跟專門的醫師談過。去看過幾個很著名的眼科醫師。做過很多檢查。不過現在這時候似乎沒有對策。我的視網膜似乎受了什麼傷。原因不明。症狀慢慢惡化。如果就這樣繼續下去，不久之後可能就會失去視力。當然正如妳所說的那樣，這是跟肌肉無關的問題。不過總之，我把我身體所發生的問題試著一一順序排出來。至於妳能做什麼，不能做什麼，之後再考慮就行了。」

青豆點頭。

「其次我身體的肌肉常常會僵硬。」男人說。「會變得動也不能動一下。名副其實變得像石頭一樣，那會持續幾小時。那樣的時候，我只能一直躺著。不會覺得痛。只是全身肌肉變得無法動彈。連一根手指都不能動。憑自己的意志勉強可以動的，頂多只有眼球。這一個月會發生一次到兩次。」

「事前有類似這種情況的徵兆嗎？」

「首先會抽筋。身體的各個部分肌肉開始抽動。那會持續十到二十分鐘。之後，就像有誰在什麼地方把開關關掉那樣，肌肉完全不動。所以在預兆開始的十分鐘二十分鐘之間，我就要到可以躺下的地方去躺下。就像船駛進避風港躲避暴風雨那樣，身體在那裡靜靜潛伏著等候麻痺狀態過去。即使麻痺了，意識還是清醒的。不，應該說比平常更清醒。」

「沒有肉體上的痛嗎？」

「會失去所有的感覺。就算用針刺，也沒有任何感覺。」

「關於這症狀有看過醫師嗎？」

「到過幾家權威的醫院。給幾個醫師看過。不過結果只知道，我所經歷的是史無前例的怪病，以現在的醫學知識還沒有解決良方。中醫漢方、整骨醫師、推拿師傅、針灸、按摩、溫泉療法……能想得到的方法都試過了，但並沒有看到什麼值得一提的成效。」

青豆輕輕皺起眉頭。「我所做的，是日常領域的身體機能的活化。像這樣嚴重的問題，恐怕對付不了。」

「這點我也很清楚。以我來說，只是在試看看所有的可能性而已。就算妳的做法沒有發揮效果，那也不是妳的責任。妳只要把妳經常做的事情，對我做就行了。我想看看我的身體會怎麼接受。」

青豆腦子裡浮現那個男人的巨大身體，在某個黑暗的場所，像冬眠的動物那樣，不動地躺著的景象。

「最近出現那麻痺症狀，是什麼時候？」

「是十天前。」男人說。「然後，還有一件難以啓齒的事情，不過我想還是告訴妳比較好。」

「任何事情都請說，不用客氣。」

「在那肌肉的假死狀態持續期間，一直勃起。」

青豆的眉頭皺得更深。「換句話說，在那幾小時之間，性器一直僵硬著是嗎？」

「沒錯。」

「但是沒有感覺。」

「沒有感覺。」男人說。「也沒有性欲。只是變硬而已。像石頭一樣僵硬。和其他肌肉一樣。」

青豆輕輕搖頭。並讓臉盡量恢復原樣。「關於這點，我想我也沒有什麼辦法。這種事情跟我的專長領域相差太遠了。」

「這我很難說出口，妳可能也不想聽，不過這件事我可以繼續再說一點嗎？」

「請便，就說吧。我會保密。」

「在那之間我會和女人們性交。」

「女人們？」

「我周圍有好幾位女性。我變成那樣的狀態時，女人們就會輪流，騎到不能動的我的身上來性交。我沒有任何感覺。也沒有快感。但還是會射精。我會射好幾次精。」

青豆保持沉默。

男人繼續。「總共有三個女人。全部都是十幾歲的。爲什麼我周圍會有那樣的年輕女子？爲什麼非要跟我性交不可？妳可能會有疑問吧？」

「那……是宗教行爲的一部分嗎？」

男人依然在床上保持盤腿坐的姿勢，嘆了一口大氣。「我的那種痲痺狀態被認爲是一種天賜的恩寵，是一種神聖的跡象。因此她們每當這樣的狀態來臨時，就會來和我性交。並準備懷孕。懷我的繼承者。」

青豆什麼也沒說地看著男人的臉。男人也沒有開口。

「換句話說，懷孕是她們的目的嗎？在那樣的狀況下懷上你的孩子。」青豆說。

「沒錯。」

「而你，也就是說，在痲痺狀態下的幾小時之間以三個女性爲對象，射精三次？」

「沒錯。」

青豆不可能沒有發現自己正處在非常複雜的處境。她正準備殺掉這個男人。把他送進那邊去。雖然如此，他的肉體所擁有的奇怪祕密，卻正由他自己吐露中。

「我不太明白，這裡面到底有什麼樣的具體問題？你每個月有一次或兩次，全身肌肉麻痺。那時候三個年輕女朋友就來，跟你性交。這以常識來想，確實是不尋常的事。可是——」

「不是女朋友。」男人插嘴。「她們在我身邊是擔任女巫的任務的。和我性交，也是她們的職責之一。」

「職責？」

「她們接受任命。爲了懷繼承者而執行任務。」

「這是誰決定的？」青豆問。

「說來話長。」男人說。「問題是我的肉體確實因此正走向毀滅中。」

「結果她們懷孕了嗎？」

「她們都還沒有懷孕。或許也沒有那可能性。因爲她們並沒有月經。雖然如此女人們還是在求恩寵所帶來的奇蹟。」

「誰都還沒有懷孕。她們沒有月經。」青豆說。「而你的肉體正走向毀滅。」

「麻痺的時間正逐漸拉長。次數也在增加中。麻痺開始是在大約七年以前，剛開始兩個月或三個月一次左右。現在變成一個月一次或兩次。麻痺結束之後，每次身體都會被激烈的痛苦和疲憊所折磨。幾乎有一星期之間，不得不伴隨著那痛苦和疲憊活著。全身像被粗大的針刺著那樣痛，頭激烈地痛，虛脫無力。沒辦法睡覺。無論任何藥物，都無法減輕那樣的痛。」

男人嘆一口氣。然後繼續。

「第二星期比剛結束的第一星期好多了，不過痛還是沒有消失。一天中有幾次，激烈的痛苦像波浪般湧來。沒辦法好好呼吸。內臟無法好好運作。就像少了潤滑油的機械那樣，全身的關節都在咯咯作響。自己的肉被吞噬、血被吸食。可以這樣歷歷地感覺到。可是在侵蝕我的既不是癌症，也不是寄生蟲。做過所有各種精密檢查，都沒有發現任何問題。他們說我的身體很健康。如此折磨我的，是醫學上無法說明的東西。據說這是以『恩寵』降臨在我身上的代價。」

這個男人確實像在走向崩潰之途的樣子，青豆想。幾乎看不到像憔悴身影似的東西。那肉體從頭到腳都鍛鍊得很強壯，似乎被訓練成可以忍耐激烈痛苦的樣子。雖然如此青豆還是可以感覺到，他的肉體正逐漸邁向毀滅。這個男人有病。不知道那是什麼樣的病。不過就算我在這裡不刻意下手，這個男人可能也會在激烈的痛苦一面折磨下，肉體一面以緩慢的速度遭受破壞，終於無可避免地迎接死亡的來臨。

「那惡化無法制止。」男人好像讀出青豆的想法般說。「我可能會一直腐蝕下去，身體變成空洞洞的，迎接充滿激烈痛苦的死亡。他們只會把失去利用價值的騎乘物捨棄掉而已。」

「他們？」青豆說。「那是指誰？」

「把我的身體這樣侵蝕的東西。」男人說。「不過沒關係。我目前需要的，是幫我把身上所有正面臨的疼痛稍微減輕一點也好。就算無法根本解決也沒關係，這對我都是必要的。這痛實在太難受了。有時候——偶爾那疼痛會變得可怕的深。簡直像直達地球的中心那樣。那是除了我之外誰也不會知道的那種痛。那痛從我身上奪走很多東西，不過同時也回報地，給我很多東西。特別深的痛所給我的東西，是特別深的恩寵。不過當然，因此疼痛就不可能減輕。破壞也不可能迴避。」

然後深沉的沉默暫時持續。

青豆總算開口。「好像說過了，不過對於您所困擾的問題，我想我在技術上能做的事情好像幾乎沒有的樣子。尤其那如果是以恩寵的代價所送來的東西的話。」

領導坐正姿勢，以眼窩深處那冰河般的小眼睛看著青豆。然後張開那薄而長的嘴唇。

「不，妳應該有可以做的事情，只有妳能做到的事。」

「但願如此。」

「我知道。」男人說。「我知道很多事情。只要妳可以的話，就請妳開始吧。就像妳每次所做的那樣。」

「我做看看。」青豆說。那聲音僵硬而空虛。我每次所做的事情，青豆想。

第10章 天吾 請求被拒絕

快六點時天吾向父親告別。在等計程車來之前，兩個人在窗邊一直面對面坐著。一句話也沒說。天吾耽溺於自己的和緩思緒中，父親一臉不高興，一直注視著窗外的風景。太陽已經西斜，天空從淡淡的藍色，緩緩轉變爲較深的藍色。

還有許多問題想問。不過不管問什麼可能都問不出什麼答案來。看父親閉得緊緊的雙唇就知道。父親似乎已經決定不再開口了。所以天吾已經不再問什麼。就像父親說的那樣，如果不說明就不會懂的事情，是說明了也不會懂的事情。

已經不走不行的時刻接近了，天吾開口說：「今天您告訴我很多事情。雖然是很難懂的拐彎抹角的表達方式，不過我想您已經很坦白地告訴我了。」

天吾看看父親的臉色。但他的表情完全沒有改變。

他說：「我還有幾個問題想問，不過我也知道，那可能會帶給您痛苦。所以對我來說，只能從您想說的事情來推測其他的。您可能對我來說，不是有血緣關係的父親。這是我的推測。雖然詳細的源由我還不清楚，不過以大梗概來說不得不這樣想。如果不對的話，可以告訴我不對嗎？」

父親沒有回答。

天吾繼續說：「如果那推測是對的話，我會比較輕鬆。不過那並不是因為討厭您。就像剛才說過的那樣，是因為我可以不必再討厭您了。您和我沒有血緣關係，卻還把我當兒子扶養長大。對這點我不得不感謝。很遺憾，雖然我們過去以父子來說沒有相處得很好，不過那又是另外一個問題。」

父親還是什麼也沒說，繼續眺望著外面的風景。就像怕看漏了遠方山丘上蠻族的烽火燒起來的衛兵那樣。天吾的眼睛試著追蹤父親視線所專注的一帶看看。不過並沒有看到像烽火般的東西。那裡有的只是染上夕暮微光的松林而已。

「我能為您做的，很抱歉，幾乎沒有任何事情。只能希望您的心中形成空白的過程，能夠少一點痛苦而已。您過去應該已經夠苦的了。我想，您應該是深愛過我母親的。不過她不知道去哪裡了。那個男的是不是我生物學上的父親，或者還有別的男人，我不知道。您可能不打算告訴我這方面的事情。不過不管怎麼樣，她離開了您。留下幼小的我。您會扶養我，或許因為盤算著如果和我在一起，她有一天還會回到您身邊來。不過結果並沒有回來。沒有回您那裡，也沒有回我這裡。那對您一定是很難過的事吧。就像一直住在空虛的城市的人一樣。不過不管怎麼說，您畢竟在那個城市把我扶養長大。就像在填滿空白那樣。」

父親的表情看不出改變。自己所說的話對方是否理解了，甚至有沒有聽見，天吾都不知道。

「我的推測可能錯了。而且錯了，或許比較好。對彼此來說。不過這樣想時，很多事情在我心中就可以安定下來。幾個疑點也算可以解除了。」

幾隻烏鴉聚成一群，一面啼叫一面飛過天空。天吾看看手錶。到了已經不能不離開那裡的時刻了。他從椅子上站起來，走到父親身旁把手放在他肩上。

手放在門把上，最後回頭時，發現從父親的眼裡流出一道眼淚，天吾吃了一驚。那眼淚被天花板上的日光燈一照，發出銀灰色的光。父親可能擠出僅存感情的所有力氣流出那眼淚。眼淚慢慢沿著臉頰流，然後滴落在膝蓋上。天吾打開門就那樣走出房間。坐上計程車到車站。上了進站的列車。

從館山開出的上行特快車比去的時候擁擠，也熱鬧。客人大半是攜家帶眷從海水浴回家的人。看到他們時，天吾想起自己小學的時候。一次也沒有經驗過，像這樣全家一起出遊或旅行的事。過年或中元節的休假，父親什麼也不做，只是躺在家裡睡覺。那時，他就像切斷電源了似的，看起來就像什麼髒髒的裝置似的。

在座位坐下來，想繼續讀文庫本時，發現那本書留在父親的房間了。他嘆了一口氣，不過想想或許這樣更好。就算讀，想必也讀不進腦子裡。而且〈貓之村〉，是與其留在天吾手上，不如應該留在父親房間的故事。

窗外的風景，和去的時候以相反的順序移動著。逼近眼前的山影，黑暗而寂寞的海岸線，終於轉變成開闊的臨海工業地帶。許多工廠到了晚上還在繼續作業。林立的煙囪聳立在暗夜，像蛇吐出長信般噴著赤色火焰。大型卡車強力的車頭燈毫不偷懶地照亮路面。對面的海像泥一般黑。

快十點時回到家。信箱是空的。打開門，房間裡看起來顯得比平常更空蕩。裡面有的，是他那天早晨所留下的一樣的空白。地上是脫下丟著的襯衫，開關關掉的文字處理機，留下他的體重凹痕的旋轉椅，桌上散亂的橡皮擦屑。他喝了兩玻璃杯水，脫下衣服，就那樣躺上床。睡眠立刻造訪他，而且是最近所沒有的深深睡眠。

翌日早晨，八點多醒來時，天吾發現自己變成一個新人。醒來很舒服，手臂和腿的肌肉是有彈性的，等待充分的刺激。肉體的疲倦已經消失。就像小時候，學期開始，翻開新的教科書時，那樣的心情。雖然內容還無法理解，但那裡有新知識的預兆。到洗手間去刮鬍子。用毛巾擦臉，擦上刮鬍水，重新照鏡子注視鏡中自己的臉。然後確認自己變成新人了。

昨天發生的事，從頭到尾都像是夢中發生的一樣。不覺得是現實中的事。一切都既鮮明，同時那輪廓又看得出一點非現實的地方。搭電車到「貓之村」去，然後又回來。幸運的是和小說的主角不同，能順利搭上回程列車。而且在那地方所經驗的事情，似乎爲天吾這個人帶來很大的改變。

當然他所處的現實處境，沒有任何改變。他雖然迫不得已但還是走在充滿麻煩和謎團的危險土地上。事態正往意外的方向發展。接下來自己身上將發生什麼事，也無法預測。不過雖然如此，現在天吾卻有應該可以度過難關的感覺了。

這樣一來我總算站在出發點了，天吾想。雖然不是弄明白決定性的事實，不過從父親口中所說的事和他的態度，已經隱約可以看見類似自己出生的眞相了。長久以來令他煩惱、混亂的那個「影像」並不是無意義的幻覺。其實並沒有眞正知道那反映了多少眞實。不過那應該是母親留給他的唯一資訊，無論是好是壞，那總是成爲他的人生基礎的東西。由於弄明白了這件事，終於可以實際感覺到自己過去是懷著多麼沉重的心理負擔了。

兩星期左右，每天仍然過著安靜得不可思議的日子。像長久的風平浪靜般的兩星期。暑假期間天吾在補習班每星期上四天課，其他時間用來寫小說。沒有任何人跟他聯絡。深繪里的失蹤事件有什麼進展？《空氣蛹》還繼續熱賣嗎？天吾毫無所知。而且也不特別想知道。世界是世界，自己隨意去進展吧。如果有事情對方應該會主動聯繫的。

八月結束，九月開始了。像這樣安穩的日子如果能永遠繼續下去就好了，天吾一面泡著早晨的咖啡，一面沒出聲地這樣想。如果一出聲，就怕哪裡的惡魔耳朵靈敏會聽見。所以在無言中，祈禱著平穩能持續下去。不過就像平常那樣，事情總不會如預期般進展。世界反倒非常了解，他不希望什麼樣的事情發生。

那天早晨十點過後電話鈴響了。讓鈴聲響了七次之後，天吾才放棄地伸出手，拿起聽筒。

「現在可以去你那邊。」對方悄聲說。就天吾所知，這個世界上會用這種沒有問號的疑問句的人只有一個。那聲音背後，聽得見什麼廣播和汽車的排氣聲。

「現在妳在哪裡？」天吾問。

「在一家叫丸商的店門口。」

從他的公寓到那家超級市場距離不到兩百公尺。從那裡的公共電話打來的。

天吾不禁環視周圍。「不過，來我這裡可能不太妙。我的房子可能被人監視著。而且大家以為妳失蹤了。」

「你的房子可能被人監視。」深繪里把天吾的話照著重複。

「對。」天吾說。「我身邊最近也發生了很多奇怪的事。我想那一定跟《空氣蛹》有關。」

「在生氣的那些人。」

「大概。他們對妳生氣，順便也對我多少生氣的樣子。因爲我改寫《空氣蛹》。」

「我沒關係。」深繪里說。

「妳沒關係？」天吾也把對方的話照樣重複。那一定是有傳染性的習慣吧。「對什麼事情？」

「房子被監視的事。」

一時說不出話。「不過我可能有關係。」天吾終於說。

「在一起比較好。」深繪里說。「兩個人力量合起來。」

「Sonny & Cher。」天吾說。「最強的男女二重唱。」

「最強的什麼。」

「沒什麼。我這邊的事。」天吾說。

「我過去那邊。」

天吾想說什麼時聽到線路已經切斷的聲音。每個人都在對話的中途擅自把電話切斷。簡直像揮動柴刀把吊橋砍斷那樣。

十分鐘後深繪里來了。她雙手抱著超級市場的塑膠袋。穿著藍色條紋長袖襯衫，窄筒藍色牛仔褲。襯衫是男裝，胡亂曬乾也沒用熨斗燙過。另外肩上背著帆布質地的布包。爲了遮住臉戴著大號太陽眼鏡，不過並不令人感覺有達到變裝的效果。反而引人注目而已。

「我想最好有很多食物。」深繪里說。然後把塑膠袋裡的東西放進冰箱。買來的東西，幾乎都是只要放進微波爐立刻就可以吃的調理過的食物。另外還有餅乾和乳酪。蘋果和番茄。還有罐頭。

「微波爐在哪裡。」她一面環視著狹小的廚房一面問。

「我沒有微波爐。」天吾回答。

深繪里皺起眉頭，想了一下，並沒有發表感想。好像無法想像沒有微波爐的世界是什麼樣的世界似的。

「請你讓我住這裡。」深繪里似乎通達客觀事實地說。

「到什麼時候？」天吾問。

深繪里搖搖頭。表示不知道。

「妳隱居的房子怎麼樣了？」

「發生什麼事情的時候不想一個人。」

「妳想會發生什麼事嗎？」

深繪里沒回答。

「好像很重複，不過這裡不安全。」天吾說。「我好像已經被某種人盯上了。雖然還不太清楚是什麼樣的傢伙。」

「沒有什麼安全的地方。」深繪里說。然後若有含意地瞇起眼睛，用手指輕輕抓住耳垂。那肢體語言是表示什麼意思，天吾摸不著頭緒，不過可能沒有什麼意思。

「所以妳是說在哪裡都一樣嗎？」天吾說。

「沒有什麼安全的地方。」深繪里重複說。

「也許正如妳說的那樣。」天吾放棄地說。「超過一定的水準之後，危險的程度也變得沒有多大差別了。不過那個暫且不提，我等一下就不得不出門工作了。」

「ㄅㄨˇ ㄒㄧˊ ㄅㄢ的工作。」

「對。」

「我留在這裡。」深繪里說。

「妳留在這裡。」天吾重複說。「這樣比較好。不要出去外面，有誰敲門都不要應門。電話鈴響也不要去接。」

深繪里默默點頭。

「對了，戎野老師怎麼樣了？」

「昨天『先驅』被搜查了。」

「換句話說因為妳的事情，『先驅』本部有警察進去搜查是嗎？」天吾驚訝地問。

「你沒有看報紙。」

「我沒有看報紙。」天吾又再重複。「最近沒有心情看報紙。所以不知道詳細情況怎麼樣了。不過這樣一來教團會遭遇相當大的麻煩吧。」

深繪里點頭。

天吾深深嘆一口氣。「而且一定會比以前更抓狂地生氣。簡直就像蜂窩被人棒搗的大馬蜂那樣。」

深繪里瞇細眼睛，暫時沉默下來。大概在想像著從蜂窩中飛起來，狂亂憤怒的成群大馬蜂的模樣吧。

「大概。」深繪里小聲說。

「這樣一來，關於妳父母親的事情知道什麼了嗎？」

深繪里搖搖頭。關於那個還不知道任何事。

「總之教團的傢伙正在生氣。」天吾說。「如果知道失蹤也是假裝的話，警察也一定對妳很生氣。而且順便，對我也會很生氣吧。因為明明知道事情眞相還把妳窩藏起來。」

「所以我們才不能不同心協力呀。」深繪里說。

「妳現在是不是說了所以……才？」

深繪里點頭。「我說話用法不對。」她問。

天吾搖頭。「不，不是這樣，我只是感覺妳的用語聽起來有新鮮感呢。」

「如果會給你添麻煩我就去別的地方。」深繪里說。

「妳在這裡沒關係。」天吾放棄地說。「妳也沒有什麼地方可去吧？」

深繪里短而確實地點頭。

天吾從冰箱拿出冰麥茶出來喝。「雖然不歡迎憤怒的大馬蜂，不過或許可以想辦法照顧妳吧。」

深繪里暫時凝視著天吾的臉。然後說：「你看起來跟以前不一樣。」

「什麼地方？」

深繪里嘴唇暫時往微妙的角度彎，又再恢復原位。無法說明。

「不用說明。」天吾說。不說明就不懂的事，是怎麼說明都不會懂的事。

天吾走出房間時，對深繪里說：「我打電話回來時，會先響三次鈴，掛斷一次。然後再重新打過。妳才拿起聽筒。知道嗎？」

「知道了。」深繪里說。然後複誦：「先響三次鈴，掛斷一次。然後再重新打過。才拿起聽筒。」聽起來好像一面翻譯著古代的石碑文一面讀出來似的。

「這是很重要的事所以不要忘記喲。」天吾說。

深繪里點兩次頭。

天吾上完兩堂課，回到職員室，正準備回家。服務台的人走過來，告訴他有一位姓牛河的人要見他。她像一個傳達不受歡迎消息的好心使者那樣，很抱歉似地說。天吾開朗地微笑向她道謝。沒有理由責備使者。

牛河在玄關大廳隔壁的自助咖啡廳，一面喝著咖啡歐蕾一面等天吾。咖啡歐蕾怎麼看，都是不適合牛河的飲料之一。而且夾在年輕活潑的學生之間，牛河外觀的異樣程度更明顯。他所在的那一部分，看起來似乎和其他地方擁有不同的重力、大氣濃度，和光的折射度似的。遠遠看來，他實際上只像是不幸的消息一樣。休息時間自助咖啡廳很擁擠，但牛河所坐的六人座桌子則沒有一個人跟他同桌。就像羚羊在躲避豺狼那樣，學生也隨自然的本能，躲開牛河。

天吾在櫃台買了咖啡，拿到牛河的對面坐下。牛河看來正吃過奶油麵包。桌上有揉成一團的包裝紙，嘴邊沾著麵包屑。奶油麵包也是不搭配牛河的食物之一。

「好久不見了，川奈先生。」看到天吾的身影，牛河輕輕抬起腰來打招呼。「每次都這樣，突然自己跑來眞抱歉。」

天吾免掉招呼直接切入。「一定是來聽我的回話吧？也就是上次您所提事情的答覆。」

「是啊。」牛河說。「說得快一點的話。」

「牛河先生，今天可以請您說得稍微具體一點坦白說好嗎？您到底希望我做什麼？如果我領了那筆『補助金』的話要怎麼回報呢？」

牛河小心地張望周圍。不過兩個人的周圍沒有任何人，而且咖啡廳裡的學生的聲音也太吵了，不怕兩個人的對話會被誰偷聽。

「好吧。就來個免費大贈送，坦白告訴您。」牛河身體像要伸到桌上似的，把聲音降低一點說。「錢只是個名目而已。也不是什麼了不起的金額。我的雇主可以給您的最重要的東西，就是人身安全。說得快一點，就是不會傷害到您，這麼回事。這點可以保證。」

「那麼交換條件呢？」天吾說。

「交換條件嗎？他們對您所求的是，沉默和遺忘。這次的事情您參與了。不過是因爲不知道意圖和情由所做的事情。只是被命令而行動的士兵而已。關於這件事並不打算責備您個人。所以，只要把這裡所發生的事全部忘掉，就行了。全部歸零。《空氣蛹》是你代寫的這件事在世上還沒有傳開。您跟那書沒有任何關係。而且以後也不會有關。希望您能這樣做。這對您自己也最有益。」

「不會傷害到我的身體。意思就是說，」天吾說：「會傷害除了我以外的關係人的身體嗎？」

「這，啊，可能個案歸個案吧。」牛河似乎很難啓齒。「這不是我決定的，所以我也沒辦法說什麼具體的事，不過或多或少，會採取某種對策吧。」

「而且你們擁有很長而有力的手臂。」

「沒錯。就像以前說過的那樣，非常長，非常有力的手臂。那麼，您要給我什麼樣的答案呢？」

「從結論來說，我不可能接受你們的金錢。」

牛河什麼也沒說地用手碰一下眼鏡，把那摘下來，從口袋拿出手帕來仔細擦拭鏡片，然後戴回去。好像想說自己所聽到的事，和視力之間，可能有某種關係似的。

「換句話說，啊，被您拒絕了是嗎？」

「沒錯。」

牛河從眼鏡深處，以看到形狀稀奇的雲似的眼光眺望天吾。「那又爲什麼呢？從我微小的觀點來看，還覺得是絕對不差的交易呢。」

「不管怎麼樣，我們是共乘同一艘船的。總不能在這裡只有我一個人逃出來。」天吾說。

「眞不可思議啊。」牛河一副很不可思議的樣子說。「我不太能理解。因爲，這樣說有點怎麼樣，不過，除了您以外的人誰也沒有爲您的事情擔心呢。眞的。您只不過拿到零頭的小錢，被稍微利用了而已。而且因爲這件事，他們可撈了一大票，開什麼玩笑，把人家當傻瓜啊，會生氣也是當然的吧。如果是我的話早就生氣了。可是您居然還袒護別人。說什麼不能自己一個人逃走。什麼船又怎麼樣的。眞搞不懂。爲什麼呢？」

「理由之一是，安田恭子這個女人的事。」

牛河拿起涼掉的咖啡歐蕾，不好喝的樣子啜著。然後說：「安田什麼子？」

「你們知道安田恭子的什麼吧。」天吾說。

牛河似乎不知道事情原委的樣子，一時半張著嘴。「不，老實說，我對叫這個名字的女人什麼也不知道。我發誓眞的。那到底是誰？」

天吾暫時無言地看著牛河的臉。不過什麼也讀不出來。

「我認識的女人。」

「是不是跟川奈先生有深交的人?」

天吾沒回答這個。「我想知道的是,你們把她怎麼樣了。」

「怎麼樣?怎麼可能。我們什麼也沒做。」牛河說。「不是說謊。因爲就像現在說的那樣,對那個人我什麼都不知道。對不知道的人,什麼也不能做。」

「不過你說你們可以請能幹的調查員,徹底調查我的事。也在查我爲深繪里所寫的作品改寫的事。對我的私生活也知道很多。所以可想而知調查員知道我跟安田恭子的關係,也是當然的事。」

「我們確實請了能幹的調查員。他們對您做了很詳細的調查。所以說不定已經掌握到您跟那位安田小姐的關係。就像您說的那樣。不過假設有那樣的資訊,但並沒有傳到我這裡來。」

「我跟那位叫安田恭子的女人有交往。」天吾說。「一星期和她見一次面。悄悄的,祕密的。因爲她有家庭。可是她什麼也沒說,卻有一天就突然從我眼前消失了。」

牛河用擦過眼鏡的手帕輕輕擦鼻頭的汗。「那麼,川奈先生,認爲那位已婚女性失蹤,和我們有某種關係。是這樣嗎?」

「你們可能把她和我見面的事,告訴她先生了。」

牛河不解地把嘴巴噘起來。「到底爲什麼非要那樣做不可呢?」

天吾放在膝蓋上的手開始用起力來。「你上次在電話上說過的話,讓我一直掛在心上。」

「我到底說過什麼樣的話?」

「你說過了某個年齡之後，人生這東西只不過是失去各種東西的連續過程而已。重要的東西會一個又一個像細梳子的缺齒一樣，從手上滑落下去。所愛的人也會一個又一個，從身邊消失而去。這樣的話。還記得吧？」

「嗯，還記得。前幾天確實說過這樣的話。不過啊，川奈先生，這終究只是以一般的情形來說。關於年紀大了的難過、嚴苛，陳述我個人的淺見而已。並不是具體指那位安田什麼小姐的女人的事。」

「不過那在我的耳朵裡聽來卻像帶有警告意味。」

牛河用力地搖了幾次頭。「沒這回事。不是什麼警告。只是我個人的見解而已。關於安田小姐，我眞的發誓什麼都不知道。她消失了嗎？」

天吾繼續說：「還有你也說了這樣的話。如果不聽你們的話，對周圍的人可能會有不好的影響。」

「是，確實說過這話。」

「這個也不是警告嗎？」

牛河把手帕收進上衣口袋裡，嘆了一口氣。「確實聽起來好像是警告，不過那個終究也只是一般情形。嘿，川奈先生，我對那位安田小姐的事什麼都不知道。連名字都沒聽說過。我可以對天上無數神明發誓。」

天吾再仔細看看牛河的臉。這個男人可能對安田恭子的事眞的什麼都不知道。他臉上所露出的困惑表情怎麼看都像是眞的。不過就算這個男人什麼都不知道，也不表示因此他們就什麼都沒做。也許只是沒有告知這個男人而已。

「川奈先生，也許我多管閒事，不過和來歷不明的有夫之婦有關係是很危險的事噢。你是個年輕又健康的單身男性。就算不做這種危險的事，年輕單身女孩要多少有多少吧。」牛河這樣說著，把嘴邊的麵包屑靈巧地用舌頭舔進去。

天吾默默看著牛河。

牛河說：「當然男女的感情這種事，是道理說不清的。一夫一妻制也有很多矛盾的地方。不過我這終究只是多管閒事說的，如果那個女人從你身邊離開了，事情就那樣讓它過去比較好吧。我想說的是，世界上也有不知道比較好的事情。例如您母親的事情也是這樣。知道眞相會傷害到您。而且一旦知道眞相之後，就不得不對那個負起責任了。」

天吾一臉不高興起來，暫時之間停止呼吸。「關於我的母親，你知道什麼嗎？」

牛河輕輕舔一下嘴唇。「是的，知道一點。那方面的事情調查員調查得很詳細。因此，如果您想知道的話，我可以把有關您母親的資訊全部交給您。以我的理解，您大概是在對您母親一無所知的情況下被扶養長大的。只是其中也可能含有算不上太愉快的資訊。」

「牛河先生。」天吾說。然後把椅子往後拉，站了起來。「請回吧。我已經不想再跟你說話了。而且從今以後，希望你不要再讓我看到你的臉。就算我受到什麼樣的傷害，與其跟你交易，還不如那樣。我既不要什麼補助金，也不需要安全保障。我所希望的只有一件事，那就是不要再看到你了。」

牛河完全沒有顯示任何反應。可能被說過好幾次更難聽的話吧。從那眼睛深處，甚至浮現類似微笑的淡淡的光。

「很好。」牛河說。「無論如何很高興能聽到您的回答。答案是No。請求被拒絕。很清楚也容易了解。我會向上面照樣傳達。我只是個沒用的跑腿。而且答案雖說是No，也不一定立刻就會傷害到您。只是說，可能會也不一定而已。也可能一切沒事就結束。但願是這樣。不，我沒說謊，我真的真心這樣想喔。我這麼說是因為，我對川奈先生懷有好感。雖然您可能才不要我對您懷有什麼好感。不過，那也是沒辦法的事。因為我是突然跑來提出摸不著頭緒事情的莫名其妙的傢伙。外表也像這樣不像個樣子。從以前開始就不是教人喜歡得不得了的類型。不過我對川奈先生，或許給您添麻煩，卻懷有類似好感。希望您從此以後平安順利成就非凡。」

牛河這樣說完注視著自己的手指。短短胖胖的手指。他把那翻轉了幾次。然後站起來。

「差不多該告辭了。對了，我在您面前出現，這可能是最後一次了。嗯，我會注意盡量照著川奈先生的希望。祝您幸運。那麼告辭了。」

牛河提起放在旁邊椅子上的舊皮包，消失在咖啡店擁擠的人群中。他走過去時，前面的男女學生就自然地往旁邊讓出路來。就像村子裡的小孩子避開可怕的人口販子那樣。

天吾用補習班大廳的公共電話往自己家裡打電話。打算鈴響三聲後掛斷的，但才響第二聲深繪里就拿起聽筒。

「說好響三次之後重打的。」

「我忘記了。」深繪里若無其事地說。

「我應該說過叫妳不要忘記的。」

「重新打一次。」深繪里問。

「不，不用再打。因為妳已經接了啊。我不在的時候，有沒有發生什麼特別的事？」

「沒有電話，也沒有人來。」

「那就好。工作結束了，所以我現在要回去了。」

「剛才有一隻大烏鴉飛來在窗外叫。」深繪里說。

「那隻烏鴉一到傍晚經常都會飛來。妳不用擔心。像社交拜訪似的。我想七點以前可以回到那裡。」

「快一點比較好。」

「爲什麼？」天吾問。

「Little People在騷動。」

「Little People在騷動。」天吾重複對方說的話。「妳是說在我的房子裡騷動嗎？」

「不是。在某個別的地方。」

「別的地方。」

「很遠的地方。」

「可是妳聽得見？」

「我聽得見。」

「那是表示什麼意思嗎？」天吾問。

「表示有ㄅㄧㄢˋ ㄧˋ。」

「ㄅㄧㄢˋ ㄧˋ。」天吾說。花了一點時間才想到那是「變異」。「到底會發生什麼樣的變異呢？」

「那就不知道了。」

「是Little People在引起大變異嗎？」

深繪里搖頭。電話上傳來深繪里搖頭的感覺。表示不知道。「最好在打雷聲響起以前回來。」

「雷聲？」

「如果電車停了我們就會被分隔兩地。」

天吾回過頭看看玻璃窗外。沒有一片雲的安穩夏末黃昏。「看不出會打雷呀。」

「表面上看不出來。」

「我會盡快。」天吾說。

「最好盡快。」深繪里說。然後掛斷電話。

天吾走出補習班大門再一次抬頭看看非常晴朗的黃昏天空，然後快步走向代代木車站。在那之間牛河口中所說的話，像自動倒帶的錄音帶那樣在天吾腦子裡反覆。

我想說的是，世界上也有不知道比較好的事情。例如您母親的事情也是這樣。知道真相會傷害到您。而且一旦知道真相之後，就不得不對那個負起責任了。

還有Little People正在騷動。他們似乎和即將來臨的變異有關。今天天空雖然美麗而晴朗，但事情不能只看表面。會打雷，會下雨，電車也可能停駛。不得不趕快回公寓去。深繪里的聲音中有不可思議的說服力。

「我們必須同心協力才行。」她說。

長手臂正要從不知道什麼地方伸過來。我們必須同心協力才行。因爲我們是世上最強的男女二重唱。

The Beat Goes On。

第11章 青豆

平衡本身就是善

青豆把帶來的藍色泡綿瑜伽墊攤開，鋪在房間的地毯上。然後請男人脫掉上衣。男人從床上下來脫掉襯衫。襯衫一脫，那身軀比穿著襯衫時看來更龐大。胸部厚實沒有下垂的贅肉，肌肉隆起。毫無疑問一看就是健康的肉體。

他依照青豆的指示，在瑜伽墊上趴下。青豆先用手指按在他的手腕上，測著男人的脈搏。跳動深沉厚重。

「請問您日常有做什麼運動嗎？」青豆問。

「什麼都沒有。只有做呼吸而已。」

「只有做呼吸而已？」

「不過是跟平常有點不同的呼吸。」男人說。

「像您剛才在黑暗中所做的那樣的呼吸嗎？用全身的肌肉，重複做深呼吸。」

男人保持俯臥的姿勢輕輕點頭。

青豆有一點想不通。那確實是相當需要體力的激烈呼吸。不過，光憑呼吸，就能維持那樣不費工夫的強有力肉體嗎？

「現在我要開始做的多少會伴隨一些疼痛。」青豆以沒有抑揚的聲音說。「因爲如果不痛的話就沒有效果。不過痛的程度可以調整。所以如果感覺到痛的話不要忍耐，請發出聲音。」

男人稍停一下後說：「如果有我還沒嘗過的痛的話，我倒想看看是什麼樣的東西。」話中可以聽出輕微嘲諷的意味。

「無論對什麼樣的人來說，痛都不會是快樂的事。」

「不過會痛的做法效果比較大。不是嗎？如果是有意義的痛，我可以忍受。」

青豆在淡淡的昏暗中露出暫定的表情。然後說：「明白了。先看看彼此的情況吧。」

青豆像平常那樣從肩胛骨的伸展開始做。她的手碰觸到男人的肉體時首先注意到的是，那肌肉的彈性。健康而優質的肌肉。和她平常在健身房所接觸的，疲勞而僵硬的都會人的肌肉，本質上就不同。不過同時，也強烈地觸摸到其中本來該有的自然流動因爲某種原因而受到阻礙。像河流的流水被流木或垃圾一時塞住似的。

青豆以手肘支著，將男人的肩膀撐起來。最初緩慢地，然後認眞地使勁。可以知道男人的身體正在感覺到痛。而且是相當痛。任何人都會發出呻吟聲的。但這男人卻一聲都不哼。呼吸不亂。眉頭也沒皺一下。耐力很強，青豆想。青豆決定試試看對方能忍到什麼程度。更不客氣地用力時，肩胛骨的關節終於發出喀嗟的沉鈍聲音。像線路的點被切換了似的感覺。男人的呼吸瞬間停止一下，但立刻又恢復原來安靜的呼吸。

「肩胛骨堵塞得很厲害。」青豆說明。「不過現在消除了。流動恢復了。」

她手指的第二關節壓進肩胛骨裡側。本來有彈性的肌肉，一旦把堵塞的東西去除之後，立刻就恢復健全的常態。

「好像輕鬆多了。」男人小聲說。

「應該伴隨著相當的疼痛吧。」

「還不至於受不了。」

「我也算是耐力很強的，不過如果同樣被這樣做的話，我想一定會發出聲音的。」

「很多時候的痛，可以藉著其他的痛來減輕和抵消。感覺這東西終究是相對的。」

青豆開始在左側肩胛骨動手，以指尖試探著肌肉，知道這邊和右側幾乎處於同樣的狀態。能對應到什麼地步，就試看看吧。「現在開始做左邊。可能會和右邊差不多痛。」

「就交給妳辦了。可以不用擔心我的感覺。」

「可以不必手下留情的意思嗎？」

「沒有那個必要。」

青豆以同樣的順序，矯正左側肩胛骨周圍的肌肉和關節。照他說的那樣手下不留情。一旦決定不必顧慮手勁之後，青豆便毫不猶豫地採取最短距離的步驟。然而男人的反應比右側時更冷靜。他只在喉嚨深處發出含糊不清的聲音而已，好像非常正常地承受了那疼痛。青豆想，好吧，試試看你到底能忍耐到什麼地步。

她依著順序鬆解男人全身的肌肉。把所有的重點都記入她腦袋裡的檢查表格中。只要順著這流程機械性地，照順序做下去就行了。就像半夜裡拿著手電筒巡邏大樓，能幹而無所畏懼的警衛那樣。

每個地方的肌肉都或多或少，塞住了。就像受到嚴重災害襲擊之後的土地那樣。許多水路堰塞住了，堤防崩潰了。如果一般人受到這樣的遭遇，可能就無法重新站起來了。可能會連呼吸都有困難。然而強壯的肉體和堅強的意志支撐著這個男人。不管他做過多麼卑鄙的事情，青豆對他能默默忍受這樣激烈的痛，也不得不懷有職業上的敬意。

她把那些肌肉一一勒緊，強制運動，彎曲或拉扯到極限為止。每次關節都會發出鈍重的聲音。她知道那是接近拷問的動作。她到目前為止為很多運動員做過肌肉的伸展。他們都是和肉體的痛一起生活過來的強悍傢伙。不過不管多麼強韌的男人，一被青豆的手親自碰觸到之後，一定不可能不在某個時間點發出哀叫。或類似哀叫的聲音。有些甚至小便都洩出來了。然而這個男人卻連哼一聲都沒有。眞了不起。雖然如此，從頸根滲出的汗，也可以推測對方所感受到的疼痛了。她自己也開始微微冒出汗來。

鬆解身體內側的肌肉花了將近三十分鐘。這個階段結束後青豆喘一口氣，用毛巾擦擦額頭上滲出的汗。

眞奇怪，青豆想。我是為了殺這個男人而來這裡的。包包裡放著特製的極細冰錐。只要把那針尖抵在這個男人的脖子上正確的地方，將把柄叩下去，一切就此結束。在渾然不知發生什麼事情之下對方便已瞬間喪命，被移動到別的世界去。而且他的肉體便從一切痛苦中解放出來。然而我卻正在這裡盡全力，努力想減輕這個男人在現實世界所感受到的痛。

可能因為這是我被賦予的工作吧。青豆想。目前如果有該做的工作，為了完成工作就不可能不盡全力去做。這就是我這個人。如果給我的工作，是要把有問題的肌肉正常化，我就會盡全力去把它做好。如果不能不把某個人物殺掉，而且有那樣做的正當理由，我也會盡全力去做。

然而當然，這兩件事不可能同時進行。這兩個行爲分別具有不同的目的，分別要求不相容的方法。所以一次只能做其中的哪一件。現在我暫且把這個男人的肌肉盡量恢復正常狀態。我集中注意力在這工作中，將自己所擁有的力量總動員。其他事情，等做完這後再來重新思考就行了。

在這同時，青豆壓抑不了自己的好奇心。對這個男人擁有的所謂不平常的宿疾，對因此受到激烈阻礙的健康而優質的肌肉，和對能忍受他所謂「恩寵的代價」的激烈疼痛的堅強意志和剛健肉體。這些事物勾起她的好奇心。自己對這個男人能做什麼呢？他的肉體對這個又會顯示什麼樣的反應？青豆想看到底。這既是職業上的好奇心，同時也是她個人的好奇心。而且如果現在就把這個男人殺掉的話，我就必須立刻離開這裡。太早結束工作，隔壁房的兩個人可能會起疑心。事先這樣告訴過他們，全部程序做完最短也需要一小時左右。

「做完一半了。接下來要做剩下的一半。可以轉過來仰躺著嗎？」青豆說。

男人像被打撈上陸地的龐大水生動物那樣，慢慢轉身朝上。

「痛確實遠離了。」男人吐出一口大氣後說。「到目前爲止我所接受的治療都沒有這樣的效果。」

「您的肌肉正在受到傷害。」青豆說。「不知道原因是什麼，不過是相當嚴重的傷害。我盡量讓那受傷部分恢復到接近原來的狀態。不過並不簡單，也會伴隨疼痛。但是可以做到某種程度。肌肉的素質很好，而且你又可以忍耐疼痛。不過不管怎麼說這都只是治標的對症療法。無法根本解決問題。在無法掌握特定原因之下，同樣的事情可能還會發生很多次。」

「我知道。沒辦法解決。同樣的事情大概會發生很多次。每次狀況就更惡化。不過就算是一時的對症療法也好，只要把現在有的疼痛盡量減輕，就已經感激不盡了。那是多感激的事情，妳可能無法想像。我也想過用嗎啡。但盡量不想用藥物。長期使用藥物會破壞頭腦的運作。」

「我繼續做剩下的部分。」青豆說。「同樣不必手下留情嗎？」

「當然不用說。」男人說。

青豆讓腦筋空白，全心全力地把精神用在男人的肌肉上。在她的職業記憶中，已經刻進人體所有肌肉的結構了。每一塊肌肉有什麼機能，和什麼骨骼相連。擁有什麼特質，具有什麼感覺。青豆依照順序檢查著這些肌肉和關節，搖動一下，有效地勒緊。就像熱中工作的宗教法庭的審問官們，對人體所有的痛點都一一按看看一樣。

過三十分鐘之後，兩個人都流了汗，激烈地喘著氣。簡直像完成了奇蹟式深度性行爲的戀人那樣。男人暫時無法開口，青豆也沒話可說。

「我不想說誇張的話。」男人終於開口了。「但簡直像體內的零件被換過了似的。」

青豆說：「今天晚上，或許又會移回原位。半夜肌肉激烈地抽筋，可能痛得叫出來。不過不用擔心。到明天早晨就會恢復平常了。」

如果有明天早晨的話，青豆想。

男人在瑜伽墊上盤腿坐起，像在測試身體的狀況般深呼吸了幾次。然後說：「妳好像確實擁有特別的才能。」

青豆一面用毛巾擦著臉上的汗一面說：「我在做的，只是很實際的事情。在大學的課堂上就學到了有關肌肉的結構和機能，我把這知識加以實踐，並擴大應用到現在。技術上很多地方做了細微的改良，形成自己的一套系統。只是在做著眼睛看得見、道理說得通的事情而已。這裡頭所謂的眞相，大體是眼睛看得見，可以實證的東西。當然也伴隨著相當程度的疼痛。」

男人睜開眼睛，很有興趣地看著青豆。「妳那樣想嗎？」

「什麼事情？」青豆說。

「所謂眞相，總是眼睛看得見、可以實證的東西。」

青豆輕輕撇一下嘴。「我不是說所有的眞相。我只是說以我的職業所從事的領域是這樣。當然如果所有的領域都這樣的話，事情大概就更容易了解了。」

「沒這回事。」男人說。

「爲什麼呢？」

「世上大多數人，並沒有在追求可以實證的眞相。所謂眞相大多的情況，就如妳所說的那樣，是伴隨著強烈的疼痛的。而大部分的人並不追求伴隨疼痛的眞相。人們所需要的，是能讓他們盡量感覺到自己的存在是有深刻意義的，美麗而舒服的故事。所以宗教才能成立。」

男人轉動幾次頭之後繼續說：

「A的說法，如果對他或她顯示更深刻的存在意義的話，那對他們來說就是眞相，B的說法，如果對他或她顯示無力而矮小的存在的話，那就變成虛假的東西。非常清楚。如果有人主張B的說法是眞相，人們可能就會憎恨他、忽視他，有時甚至攻擊他。對他們來說，理論說得通，或可以實證，這種事情沒有任何意義。很多人藉著否定、排除自己是無力的矮小存在這個印象，才勉強保持沒有發瘋。」

「不過人的肉體，所有的肉體，即使有程度上的差別，其實都是無力而矮小的。這不是不言而喻的事情嗎？」青豆說。

「沒錯，」男人說：「所有的肉體即使有程度上的差別其實都是無力而矮小的，不管怎麼樣不久都會崩潰、消失。這是不爭的眞實。可是，那麼人的精神呢？」

「關於精神我盡量不去想。」

「爲什麼？」

「因爲沒有什麼必要想。」

「爲什麼關於精神沒有必要想呢？先不管思考自己的精神，有沒有實效性，在人的工作中難道不是不可或缺的事情嗎？」

「我有愛。」青豆斷然說。

眞要命，我到底在做什麼？青豆想。我正以自己即將殺害的男人爲對象在談著關於愛的事情。

像安靜的水面被風吹起波紋般，男人臉上漾開微笑般的表情。裡面含有自然的，而且算是帶有善意的感情。

「妳是說有愛就夠了。」男人問。

「沒錯。」

「妳所說的那個愛，是以某個特定的個人爲對象嗎？」

「是的。」青豆說。「對一個具體的男性。」

「無力而矮小的肉體，和沒有陰影的純粹之愛——」他以安靜的聲音說。然後停頓一下，「看起來妳好像不需要宗教。」

「可能不需要。」

「因爲，妳的這種狀況，說起來就是宗教的一種。」

「您剛才說過，宗教與其提供眞相不如提供美麗的假設。那您所主宰的宗教團體又如何呢？」

「老實說，我並不認爲自己正在做的事情是宗教行爲。」男人說。「我在做的事情，只是聽取那裡的聲音，把那傳達給世人。聲音只有我聽得見。能聽見那聲音毫無疑問是眞實的。但無法證明那訊息是否爲眞理。我所能做的事情，只是把其中附隨的幾個微小的恩寵化爲實體而已。」

青豆輕輕咬著嘴唇，把毛巾放下。那是例如什麼樣的恩寵呢？她想這樣問，但又打消念頭。話會變得太長。她還有不能不完成的重要工作。

「可以請再俯臥一次嗎？最後再幫您鬆一鬆脖子的肌肉。」青豆說。

男人再度在瑜伽墊上趴下來，粗壯的後頸根朝向青豆。

「不管怎麼說，妳確實擁有魔法手指。」他說。

「魔法手指？」

「能發出非比尋常力量的手指。能找出人類身體的特殊穴道的敏銳感覺。擁有這特別天賦，這只賦予少數限定的人。不是學習和訓練所能得到的東西。我也得到同樣的東西，雖然種類不同。不過所有的恩寵都一樣，人們在得到之後總是不得不在某方面付出代價。」

「我從來沒有這樣想過。」青豆說。「這只是我不斷地學習，累積自我訓練，獲得的技術而已。並不是誰給我的東西。」

「我不打算跟妳爭論。不過妳最好記得。神會給予，也會剝奪。妳就算不知道有被賦予，但神卻會牢牢記得給過了。祂們什麼都不會忘記。被賦予的才能要盡量珍惜地使用。」

青豆望著自己雙手的手指。然後把手指放在男人的脖子上。集中意識在指尖。

神會給予，也會剝奪。

「再過一會兒就結束了。這是今天最後的收尾。」她以乾乾的聲音，朝男人的背後這樣告知。

好像聽見了遠方雷鳴的聲音。抬頭看看窗外。什麼也沒看見。外面只有黑暗的天空而已。然而立刻又聽見同樣的聲音。在安靜的房間裡那虛幻地響著。

「快下雨了。」男人以不帶感情的聲音告知。

青豆把手放在男人粗壯的脖子上，探尋著在那裡的特別穴道。那需要特殊的專注力。她閉上眼睛，停止呼吸，側耳傾聽裡面血液的流動。指尖從皮膚的彈性和體溫的傳導方式，讀取詳細的訊息。只有一個，非常小的點。那一點有些對象容易找，有些對象不容易找。這位被稱為領導的男人顯然屬於後者。以比喻來說，就像在漆黑的房間裡一面注意著不要碰到東西發出聲音，一面用手摸索著尋找一枚硬幣那樣的任務。即使這樣青豆還是找到那一點了。她指尖按著那裡，在腦子裡銘記下那觸感和正確位置。就像在地圖上做記號那樣。她被賦予這樣特別的能力。

「請保持這樣的姿勢不要動。」青豆對俯臥著的男人開口說。然後伸手到旁邊的健身袋，拿出裝有小冰錐的硬盒子。

「脖子上還有一個地方阻塞著。」青豆以沉著的聲音說。「光憑我手指的力量無論如何還無法解決的一點。如果能除去這部分的阻塞的話，痛應該就可以減輕很多。我想在那裡打一根針。雖然是敏感的地帶，不過到目前爲止我做過幾次了，不會有錯。可以嗎？」

男人深深嘆一口氣。「我完全把身體交給妳。如果能消除我的痛苦的話，不管是什麼我都接受。」

她從盒子裡拿出冰錐，把尖端插著的小木栓拔掉。尖端像每次那樣銳利得致死地尖。她把那拿在左手，以右手食指尋找剛才發現的穴道。沒錯。就是這一點。她把針的尖端抵在那一點上，深深吸進一口氣。接下來只要右手像鐵鎚那樣朝把柄一敲下，極細的針尖就會往那一點的深處咚地沉下去。只要這樣一切就結束了。

但有什麼阻止了她。青豆懸在空中的右拳不知怎麼無法就那樣敲下去，這樣一切就結束了，青豆想。只要一敲，我就可以把這個男人送進「那邊」去。然後若無其事地走出這個房間，改變面貌、換過名字，獲得別人的人格。我可以辦到。既不害怕，也沒有良心的苛責。這個男人毫無疑問應該一死。他一再做了很多卑鄙的事。不過她不知道爲什麼竟下不了手。讓她的手猶豫的是，止不住而執拗的懷疑之念。

事情進行得未免太簡單了，本能這樣告訴她。

沒有什麼道理，她只是知道。有什麼地方奇怪。有什麼事情不自然。摻雜各種要素的力量在青豆內部互相衝撞，互相內鬨。她在昏暗中臉強烈地扭曲。

「怎麼了？」男人開口說。「我在等啊。那最後的收尾。」

他這麼一說，青豆終於想到自己對那躊躇不前的原因了。這個男人知道。他知道我現在要對他做什麼。

「不必猶豫。」男人以平靜的聲音說。「沒關係。妳所想要的事情，也正是我所想要的事情。」

雷聲繼續響。但沒看到閃電。只聽到遠方砲聲般的轟隆聲。戰場還在遠方。男人繼續說：

「那才是完全的治療。妳非常仔細地爲我做了肌肉的拉筋伸展。我對那技術表示純粹的敬意。不過就像妳自己說的那樣，那只不過是對症療法而已。我的痛已經變成不斷絕生命的根源就無法解除了。只能到地下室去切掉總開關才行。妳正要爲我做這個。」

青豆左手拿著針，那尖端抵著脖子特別的一點，右手保持舉在空中的姿勢。既無法前進，也無法後退。

「我如果想阻止妳要做的事情，隨便都可以辦到。很簡單。」男人說。「請把右手放下看看。」

青豆依照他說的，想放下右手。然而卻動彈不得，右手像石像的手般凍結在空中。

「雖然不是我期望得到的，不過我擁有那樣的能力。啊，右手可以動了喔。這樣妳就又可以左右我的生命了。」

青豆發現右手又可以自由動了。她握緊手，然後張開。沒有不對勁。是像催眠術那樣的東西嗎？不過那力量眞強。

「我被賦予這樣的特殊力量。不過以回報來說，他們卻對我做各種強求。他們的欲求也就變成我的欲求。那欲求非常殘酷，而且不能抗拒。」

「他們？」青豆說。「那是指Little People嗎？」

「妳知道那個。很好。那麼說起來就比較快了。」

「我只知道名字。卻不知道Little People是什麼。」

「可能沒有人眞的知道Little People是什麼。」男人說。「人們所能知道的只有，他們是存在的這件事而已。妳讀過弗雷澤的《金枝》（The Golden Bough）嗎？」

「沒有。」

「這是一本耐人尋味的書。告訴我們很多事。在歷史上的某個時期，很久以前的古老時代，在世界上許多地方，規定王的任期終了時就要被殺。任期大約十年到十二年左右。任期結束後人們就會來，把他殘殺掉。那對共同體是必要的，王也主動接受這個行爲。那殺法必須是血淋淋而殘忍的。而且這樣被殺，帶給爲王者很大的名譽。爲什麼王必須被殺呢？因爲那個時代所謂的王是代表人們『聽聲音的人』。那樣的人主動擔任連接他們和我們的橋樑。而且經過一段時期之後，殺掉這『聽聲音的人』，對共同體來說是不可缺的事情。是爲了好好保持活在地上的人的意識，和Little People所發揮的力量的均衡。在古代的世界，統治、和聽神的聲音，是同義的事。不過當然這種習俗不知何時已經廢除了，王不再被殺，王位變成世俗甚至世襲的東西。就這樣，人們已經不再聽聲音了。」

青豆停在空中的右手一面無意識地一張一合，一面側耳傾聽著男人說的話。

男人繼續說：「他們過去用過各種名字，大多的情況，沒有名字。他們只是存在那裡而已。Little People這名字只是爲了方便叫而已。當時我女兒還把他們稱爲『小小人』。是她把他們帶來的。我把那名字改成『Little People』。因爲這樣比較好叫。」

「然後您就變成王了。」

男人從鼻子用力吸進一口氣，暫時把氣存在肺裡。然後再慢慢吐出來。「不是王。是變成『聽聲音的人』。」

「而現在，正希求被殘殺。」

「不，不需要殘殺。現在是一九八四年，這裡是大都市的正中央。不需要血淋淋的。只要能乾脆地奪走生命就行了。」

青豆搖搖頭放鬆身體的肌肉。針的尖端還抵在脖子的一點上，卻無論如何湧不起殺這個男人的心情。

青豆說：「您過去強暴了許多年幼的少女。十歲或不到的女孩子們。」

「沒錯。」男人說。「以一般的概念來說，要這樣理解也沒辦法。以世俗的法律來看我是個犯罪者。和尚未成熟的少女從事肉體上的性交。就算這並不是我所希求的。」

青豆只深深地嘆一口氣。體內繼續激烈的情感對抗，青豆不知道要如何才能鎭定下來。她的臉是扭曲的，她的左手和右手，似乎分別希求著不同的東西。

「我希望由妳來奪走我的生命。」男人說。「不管在任何意義上，我都不宜再活在這個世界上。爲了維持世界的平衡，我是個應該被抹消的人。」

「殺了您之後，世界會變成怎麼樣呢？」

「Little People會失去聽聲音的人。我還沒有繼承人。」

「怎麼會相信這種話呢？」青豆從嘴唇間吐出般地說：「您可能只是順勢套上理論，把骯髒的事情正當化而已的性變態者而已。一開始就沒有什麼Little People，沒有神的聲音，也沒有恩寵。您可能只是世間到處可見的，自命爲預言者或宗教家的卑劣騙徒而已。」

「有一個時鐘。」男人頭也沒抬地說。「在右邊的櫃子上。」

青豆看看右邊。那裡有一個高度及腰、曲線設計的櫃子，上面放著一個大理石製成的時鐘。看起來很重的樣子。

「請看著那個。眼睛不要離開。」

青豆依照吩咐，歪著頭一直注視著那個時鐘。在她的手指下，可以感覺到男人的全身肌肉硬得像石頭般緋緊。難以相信的強烈力量正凝聚其中。然後時鐘像呼應那力量般，浮起五公分左右，像躊躇著般一面細微地震動著，一面在空中固定位置，就那樣浮著十秒鐘。然後肌肉失去力量，時鐘發出沉重的聲音落在櫃子上。簡直像忽然想起地球有重力似地。

男人花很長時間，吐出深深疲憊的氣息。

「這種微小的事情，也需要很大的力氣。」他把體內所有的空氣吐完後這樣說。「壽命都會削減的程度。不過妳知道了吧。至少我並不是卑劣騙徒。」

青豆沒有回答。男人一面深呼吸，一面讓體力恢復。時鐘好像沒發生過什麼事似地，在矮櫃上繼續默默刻著時間。只有位置稍微斜了一點而已。秒針繞一圈之間青豆一直凝神注視著。

「您擁有特殊的能力。」青豆以乾乾的聲音說。

「就像妳看到的那樣。」

「確實在《卡拉馬助夫兄弟們》中出現過惡魔和基督的情節。」青豆說。「在荒野嚴格修行的基督，被惡魔要求顯示奇蹟。把石頭變成麵包。但基督沒有理會。因爲奇蹟是惡魔的誘惑。」

「我知道。我也讀過《卡拉馬助夫兄弟們》。對，當然正如妳所說的那樣。像這樣誇張的炫耀解決不了任何問題。不過有必要讓妳在有限的時間內了解。所以還是做給妳看了。」

青豆沉默。

「這個世界沒有絕對的善，也沒有絕對的惡。」男人說。「善惡並不是靜止不動的東西，而是經常隨場所和立場而持續改變的東西。一個善下一個瞬間可能轉變成惡。也有相反的情況。杜斯妥也夫斯基在

《卡拉馬助夫兄弟們》中所描寫的就是這樣的世界。重要的是，善和惡的平衡要維持下去。偏向一邊時，就很難維持現實的道德。對了，平衡本身就是善。我說爲了取得平衡不得不死，就是這個意思。」

「我感覺不到在這裡有殺你的必要。」青豆很乾脆地說。「你可能知道，我是打算殺你而到這裡來的。像你這種人不容許存在。無論如何都打算把你從這個世界殺掉。不過現在已經沒有那個打算了。看您正在非常痛苦，我知道那痛苦。你應該就這樣承受痛苦折磨，變得支離破碎地死掉。我已經沒有親手讓您安詳死去的心情了。」

男人依舊保持俯臥的姿勢輕輕點頭。「如果妳殺了我，我的人可能會繼續追捕妳。他們是狂熱的夥伴。擁有堅定的執拗力量。如果我不在了，教團可能失去向心力。不過組織這東西一旦形成之後，就開始擁有自己的生命了。」

青豆聽男人繼續趴著說話。

「妳的朋友做了壞事。」男人說。

「我的朋友？」

「戴手銬的女朋友啊。名字叫什麼來著？」

青豆心中突如其來的安靜來訪。已經沒有內心的掙扎。只有沉重的沉默籠罩著而已。

「中野步。」青豆說。

「事情變成那樣眞不幸。」

「您知道那件事嗎？」青豆以冷冷的聲音說。「是您殺了Ayumi嗎？」

「不，不是。不是我殺的。」

「那麼您爲什麼知道，Ayumi被誰殺掉的事情？」

「是調查員查出來的。」男人說。「是誰殺的不知道。只知道，妳的女警朋友在一個飯店裡，被人勒死了而已。」

青豆右手再度堅硬地握緊。「不過你說『妳的朋友做了壞事』。」

「我沒辦法阻止這種事情。不管誰殺了她。任何東西都是從最脆弱的部分最先被攻擊的。就像狼一樣，會選羊群中最弱的一隻開始追捕。」

「換句話說，Ayumi是我的脆弱部分嗎？」

男人沒有回答。

青豆閉上雙眼。「不過，爲什麼那孩子非要被殺不可呢？她是個非常好的孩子。也不會加害別人。爲什麼呢？因爲我牽涉到這件事？那麼只要毀掉我一個人就好了不是嗎？」

男人說：「他們無法毀掉妳。」

「爲什麼？」青豆問。「爲什麼他們無法毀掉我？」

「因爲妳已經成爲特別的存在了。」

「特別的存在？」青豆說。「怎麼樣的特別的存在？」

「妳不久就會發現吧。」

「不久？」

「時機到的時候。」

青豆的臉再一次歪起來。「我沒辦法理解您說的話。」

「以後就能理解了。」

青豆搖搖頭。「無論如何，他們現在無法攻擊我。所以就瞄準我周圍脆弱的部分。為了給我警告。要我別奪走您的生命。」

男人沉默。那是肯定的沉默。

「太過分了。」青豆說。然後搖頭。「殺了那孩子，也不能改變現實上的任何事情吧。」

「不，他們並不是殺人者。他們不會自己下手毀掉誰。殺妳朋友的，可能是她自己內在包含的東西。遲早會發生同樣的悲劇吧。她的人生包藏著危險。他們只是刺激了那裡而已。像變更計時器的設定那樣。」

計時器的設定？

「那孩子並不是電爐。是活生生的人哪。不管有沒有包藏危險，對我來說她都是重要的朋友。你們竟然這樣簡單地把生命剝奪掉。毫無意義，而且冷酷。」

「妳的憤怒是正當的。」男人說。「妳可以把那憤怒轉向我。」

青豆搖頭。「就算在這裡奪走你的命，Ayumi也回不來了。」

「不過這樣做，可以對Little People報一箭之仇。也就是說可以復仇。他們還不希望我死。我在這裡死掉的話會產生空白。至少在後繼者出現之前的暫時性空白。對他們來說很棘手。同時這對妳也有益。」

青豆說：「沒有比復仇代價更高，更無益的事，是誰說的？」

「邱吉爾。不過在我的記憶中，他是因爲大英帝國的預算不足所以才說出這樣的藉口。其中並不含有道義的意味。」

「管他什麼道義。不需要勞我動手，你的身體就會被莫名其妙的東西蠶食掉，被痛苦折磨死。對這點我沒有理由同情。就算世界喪失道義終於崩潰毀滅，那也不能怪我。」

男人再一次深深嘆息。「原來如此，妳說的我明白了。那麼這樣好嗎？來一種交易。如果妳在這裡幫我奪走我的命，我就幫妳救天吾的命。我還留有這樣的力量。」

「天吾？」青豆說。力量從身上消失。「你也知道這件事嗎？」

「我對妳的事情什麼都知道。我不是說過嗎？雖然是說幾乎都。」

「不過你不可能了解到那個地步吧。因爲天吾的名字一步都沒有走出過我的內心哪。」

「青豆小姐。」男人說。然後嘆了一口虛幻的氣。「所謂一步都沒有走出過內心的事情，在這個世界是不存在的。而且現在川奈天吾，應該說碰巧吧，對我們來說變成擁有不少意義的存在了。」

青豆說不出話來。

男人說：「不過正確說，那也並不是單純的偶然。你們兩個人的命運，並不是只順其自然地在這裡邂逅的。你們是應該進入而踏進這個世界的。而且因爲已經進來了，所以無論喜不喜歡，你們都會在這裡分別被賦予任務。」

「踏進這個世界？」

「對，這1Q84年。」

「1Q84年？」青豆說。臉再一次大大地扭曲。這不是我所發明的用語嗎？

「沒錯。是妳發明的用語。」男人好像讀出青豆的心似地說。「我只是借用了而已。」

1Q84年，青豆以嘴形說出那幾個字。

「所謂一步都沒有走出過內心的事情，在這個世界是不存在的。」領導以安靜的聲音重複說。

第12章　天吾

沒辦法用手指算的東西

雨開始下之前，天吾回到公寓。從車站到自己家他走得很快。傍晚的天空還看不見一片雲。既沒有要下雨的跡象，也沒有會打雷的跡象。看看周圍，沒有一個人帶傘。是一個令人想去棒球場一面喝生啤酒一面看球賽的舒服的夏末黃昏。不過他從稍早以前就對深繪里所說的話採取姑且聽之的心態。與其不相信不如相信好吧。天吾想。與其從理論不如憑經驗來說。

看看信箱，裡面有一封沒寫寄件人的商用信封。天吾當場拆開，確認內容。是他的活期存款帳號匯入1,627,534圓的通知。匯款人是「ＥＲＩ辦公室」。一定是小松創立的紙上公司。或是戎野老師匯入的。小松以前告訴過天吾：「《空氣蛹》的一部分版稅會付給你當謝禮。」這可能是那所謂的「一部分」吧。而且名目上一定是「協助費」或「調查費」之類的。天吾再確認一次金額後，放回匯款通知的信封，塞進口袋。

一百六十萬圓對天吾來說是相當大的金額（有生以來還沒有得到過這麼大的一筆金額），沒有特別高興，也不驚訝。現在這時候，金錢對天吾來說並不是那麼重要的問題。暫且有固定收入，靠那生活並沒有什麼困難。至少在現在這個時間點還沒有對未來的不安。然而大家都想給他一筆大錢。真是不可思議的世界。

不過以《空氣蛹》的改寫來說，被捲進這麼大的麻煩，報酬只有一百六十萬圓，覺得好像有點不划算。不過如果面對面問他「那麼多少才是適當的報酬」，天吾一定也答不出來。首先對於麻煩有適當價格嗎？也不太清楚。這個世界上沒辦法定價的麻煩，和沒有支付者的麻煩應該為數不少。《空氣蛹》似乎還在繼續熱賣，因此以後可能還會有追加款項匯入，不過匯入他的帳戶金額越增加，越可能會產生新的問題。接受越多報酬，表示天吾涉入《空氣蛹》的程度，以既成事實來說就越大。

他考慮明天一大早，就把這一百六十萬圓寄還給小松。這樣的話就可以迴避某種責任。心情大概也會輕鬆多了。總之具體留下拒絕接受報酬的事實。不過這樣他道義上的責任並沒有消失。他所做過的行為也沒有因此而正當化。在這裡所能得到的，只不過落得「有酌情考慮餘地」的程度而已。或相反，他的行為只顯得更可疑。可以說是，因為於心有愧所以才把錢退回。

在東想西想這些事情之間，頭開始痛起來。所以他不再煩惱那一百六十萬圓了。以後再慢慢考慮吧。錢不是生物，就那樣放著也不會逃掉。大概。

天吾一面走上公寓三樓的樓梯時一面想，眼前的問題是，自己的人生該如何重新站起來。到房總半島南端去見父親，大致可以確定他不是親生父親。也可以站在類似人生的新出發點上了。可能正是好機會。在這裡跟很多麻煩事切斷關係，人生重新來過也不錯。新的職場、新的地方、新的人際關係。就算還沒有能稱得上自信的東西。卻有應該可以過比以前多少符合道理的人生的預感。

不過在那之前還有必須整理的事情。總不能放下深繪里、小松和戎野老師，就這樣忽然消失到什麼地方去。當然對他們並沒有人情可言。也沒有道義上的責任。就像牛河說的那樣，關於這次的事情，天吾只有飽受被找麻煩的份。不過再怎麼說是半勉強被拖下水的，就算不知道背後的策略是什麼，現實上卻這樣涉入了。總不能說以後的事情我不再管了，各位請自己看著辦吧。從今以後無論要去哪裡，總要做個決斷，先把身邊的事情料理乾淨。要不然這應該是他嶄新的新人生可能從一開始就被污染了。

「污染」這個詞彙，讓天吾想起牛河。牛河啊，天吾一面嘆氣一面想。牛河握有關於天吾母親的資訊。也可以告訴他，他說。

如果您想知道的話，我可以把有關您母親的資訊全部交給您。以我的理解，您大概是在對您母親一無所知的情況下被扶養長大的。只是其中也可能含有算不上太愉快的資訊。

天吾對這連回應都沒有。因爲怎麼都不想從牛河口中聽到關於母親的事。一從牛河口中出來的同時，不管任何事情，都會變成被污染的資訊。不，不管是從誰的口中說出，天吾都不想聽到那資訊。有關母親的種種，如果能給他，也希望不是以部分資訊，而一定要以綜合性的「啓示」交給他才行。在一瞬之間可以一覽全貌，寬廣而鮮明的，換句話說必須是宇宙的全貌才行。

天吾當然不知道往後是否有一天，能得到這樣戲劇性的啓示。那樣的東西或許永遠不會來。不過這裡必須要有能夠和常年以來令他困惑，不講理地動搖他，繼續折磨他的那「白日夢」鮮明強烈的印象相抗衡，甚至凌駕、壓倒那個的夠規模的東西來臨。能得到這個，他才能完全被淨化。零零碎碎的資訊沒有任何幫助。

這是天吾走到三樓之間腦子裡轉著的事情。

天吾站在自己房間前面，從口袋掏出鑰匙，插進鑰匙孔旋轉。然後在打開門之前敲了三聲，隔一下又敲了第二次。然後才安靜地打開門。

深繪里坐在桌子前，用高玻璃杯喝著番茄汁。她穿著和來這裡時一樣的衣服。男用格子布襯衫，窄筒藍色牛仔褲。不過和早晨看見時，樣子顯得很不同。是因為——天吾花了一點時間才注意到——因為頭髮綁起來了。因而完全露出耳朵和頸根。好像剛剛才做好的，用柔軟的粉撲上了粉那樣，一對粉紅色的小巧耳朵就在那裡。那與其說是為了聽取現實的聲音，不如說是為了純粹從美的觀點所做成的耳朵。至少在天吾眼裡看來是這樣。然後那下面所連接的線條動人的纖細脖子，就像充分吸收陽光所生長的蔬菜那樣鮮豔光澤。以及，跟朝露和小瓢蟲會很搭配似的，清純無比的脖子。第一次看到頭髮梳起來的她，竟是如此近乎奇蹟的親密而美麗的光景。

天吾反手把門關上，卻一時就那樣佇立在門口。看到她所露出的耳朵和脖子，和看到其他女性的赤身裸體一樣，讓他心神動搖，深深迷惑。天吾簡直像發現尼羅河源流的祕密泉水的探險家那樣，一時說不出話來，瞇細眼睛眺望著深繪里的身影。手還搭在門把上。

「我剛剛沖過澡。」她轉向站在那裡的天吾，好像想起重要的大事似的以認真的聲音說。「用了你的洗髮精和潤絲精。」

天吾點頭。然後喘一口氣，好不容易手才從門把上鬆開，鎖上門。洗髮精和潤絲精？然後腳往前踏出，離開門口。

「後來電話有沒有響？」天吾問。

「一次也沒有。」深繪里說。然後輕輕搖頭。

天吾走到窗邊，把窗簾只拉開一條縫眺望窗外。從三樓窗戶看出去的風景並沒有改變。也看不到可疑的人影，沒有停著的可疑車子。只是和平常一樣不起眼的住宅區，不起眼的風景映入眼簾而已。枝枒歪斜的路樹覆蓋著灰色的灰塵，車道外的護欄有許多處凹陷，路邊停放著幾輛鏽蝕的腳踏車。牆上掛著「喝酒開車是通往毀滅人生的單行道」的警方標語（警方是不是有專門製作標語的單位？）。看來壞心眼的老人，正牽著好像頭腦不好的雜種狗散步。頭腦好像不好的女人，正開著醜陋的汽車。醜陋的電線桿，在空中拉著整人的電線。所謂世界這東西，是由定位於「悲慘」和「缺乏喜悅」之間的某種地方，分別帶著各種形狀的小世界，無限累積所成立的，這個事實正由窗外的風景暗示著。

不過另一方面，世界也存在著像深繪里的耳朵和脖子那樣，不容夾雜異議餘地的美麗風景。該相信哪一邊的存在才好呢？很難簡單判斷。天吾像脫序的大型犬那樣在喉嚨深處小聲哼著，然後拉上窗簾，回到他自己的小世界。

「戎野老師知道妳到這裡來嗎？」天吾問。

深繪里搖搖頭。老師不知道。

「妳不打算告訴他嗎？」

深繪里搖搖頭。「不能聯絡。」

「因為聯絡會有危險嗎？」

「電話可能被偷聽，信也可能送不到。」

「妳在這裡只有我知道？」

深繪里點頭。

「妳有帶要換的衣服，和這類東西來嗎？」

「只有一點點。」深繪里說。然後眼睛看一下自己帶來的帆布肩包。確實那裡裝不下太多東西。

「不過我沒關係。」這位少女說。

「妳如果沒關係，我當然也沒關係。」天吾說。

天吾走到廚房去用水壺燒開水。在茶壺放進紅茶茶葉。

「你的女朋友要來這裡。」深繪里問。

「她已經不來了。」天吾簡短地回答。

深繪里默默地注視著天吾的臉。

「暫時。」天吾補充道。

「那是因爲我。」深繪里問。

天吾搖頭。「我也不知道因爲誰。不過我想不是因爲妳。可能是因爲我吧。也可能有一點因爲她自己。」

「不過總之她已經不來這裡了。」

「沒錯。她已經不來這裡了。大概吧。所以妳可以一直住在這裡沒關係。」

深繪里對這件事一個人想了想。「那個人結婚了。」她問。

「是，結婚了，有兩個小孩。」

「那不是你的小孩。」

「當然不是我的小孩。認識我以前她已經有小孩了。」

「你喜歡她。」

「大概。」天吾說。在有限的條件下，天吾對自己補充道。

「她也喜歡你。」

「大概。某種程度。」

「有ㄒㄧㄥˋ ㄐㄧㄠ。」

天吾花了一點時間才想到ㄒㄧㄥˋ ㄐㄧㄠ這兩個字音是「性交」的意思。這怎麼想都不是深繪里會說出口的話。

「當然。她每星期來這裡不是爲了玩大富翁遊戲的。」

「大富翁遊戲。」她問。

「沒事。」天吾說。

「可是她已經不來這裡了。」

「至少，是這樣說的。說不會再來這裡了。」

「是那個人說的。」深繪里問。

「不，不是她直接說的。是她丈夫說的。說她已經失去了，不會再來我這裡了。」

「失去了。」

「我也不知道那具體上是什麼意思。問了也不告訴我。我問了很多，他回答很少。像不平等的貿易一樣。要喝紅茶嗎？」

深繪里點頭。

天吾把沸騰的水注入茶壺。蓋上蓋子等候適當時間過去。

「沒辦法。」深繪里說。

「是我回答得太少？還是她失去了這件事？」

深繪里沒回應這個。

天吾放棄地在兩個茶杯裡注入紅茶。「加糖？」

「一小匙。」深繪里說。

「檸檬或牛奶？」

深繪里搖頭。天吾在茶杯放進一茶匙砂糖，慢慢攪拌後，放在少女面前。自己拿起那杯什麼也沒放的紅茶，隔著桌子在對面坐下。

「喜歡性交。」深繪里問。

「喜歡跟女朋友性交嗎？」天吾試著改成普通的疑問句。

深繪里點頭。

「我想喜歡吧。」天吾說。「和自己喜歡的異性性交。大部分人都喜歡哪。」

而且，他在心裡想。她非常擅長。就像任何村子都有一個擅長灌溉的農夫一樣，她擅長性交。喜歡嘗試各種方式。

「她不來了很寂寞。」深繪里問。

「大概。」天吾說。然後喝一口紅茶。

「因為不能性交。」

「當然也有。」

深繪里暫時又從正面一直注視著天吾的臉。深繪里似乎對性交在想著什麼。但不用說，誰也不知道，她眞正在想什麼。

「肚子餓了嗎？」天吾問。

深繪里點頭。「從早上開始幾乎什麼也沒吃。」

「來做吃的吧。」天吾說。他自己從早上開始也幾乎什麼都沒吃，正感到餓。而且除了做吃的，暫時也想不到什麼事情可做。

天吾洗了米，按下電鍋開關，在飯煮好前，做了海帶芽和蔥的味噌湯，烤了竹筴魚乾，把豆腐從冰箱拿出來，以生薑調味。把蘿蔔磨成泥。把剩的青菜在鍋裡重新熱一下。加上蕪菁泡菜、酸梅乾。大個子的天吾一轉動起來，狹小的廚房顯得更狹小。但天吾自己並不覺得不方便。他長久以來已經習慣，有的東西就湊合著過日子。

「很抱歉只會做這種簡單東西。」天吾說。

深繪里在廚房仔細觀察天吾手法俐落的動作，然後又對煮出來排在餐桌上的食物，很有興趣地張望一番後說：「你很習慣做菜。」

「因爲一個人生活久了嘛。一個人快快做菜，一個人快快吃。已經習慣了。」

「經常都一個人吃飯。」

「是啊。很難得像這樣跟誰面對面一起吃飯。我跟那個女人每星期一次，在這裡一起吃中飯。不過跟誰一起吃晚飯，想想已經很久沒有了。」

「會緊張。」深繪里問。

天吾搖頭。「不，不緊張。只不過是晚飯而已。只覺得有點不可思議。」

「我經常都跟很多人一起吃飯。從小就跟大家一起共同生活。到老師家以後也跟各種人一起吃飯。因爲老師家經常有客人來。」

深繪里第一次從口中說出這麼多句子。

「不過你在隱居的房子裡一直一個人吃飯？」天吾問。

深繪里點頭。

「妳一直躲藏起來的房子，在什麼地方？」天吾問。

「很遠。是老師幫我準備的隱居房。」

「一個人都吃什麼樣的東西？」

「速食的東西。包裝好的東西。」深繪里說。「好久沒有吃這樣的飯了。」

深繪里以筷子尖端，慢慢把竹筴魚的骨頭挑開。把魚肉送進嘴裡，花時間慢慢咀嚼。像在吃非常稀奇的東西那樣。然後喝一口味噌湯，嚐一嚐味道，判斷一下什麼，接著把筷子放在桌上，開始尋思。

將近九點時，感覺好像聽到遠方有微小的雷鳴聲。窗簾打開一小縫看外面時，看得見完全暗下來的天空中，有形狀不祥的雲陸續流過去。

「正如妳所說的。雲的行進開始變得相當不穩定。」天吾閉上窗簾說。

「因爲Little People在騷動。」深繪里以認眞的表情說。

「Little People一騷動起來天氣都會發生變異嗎？」

「看情形。因爲天候這東西，終究是接受方式的問題。」

「接受方式的問題？」

深繪里搖搖頭。「我也不太清楚。」

天吾也不太清楚。對他來說，他覺得天候這東西好像總是獨立的客觀狀況似的。不過對這問題再追究下去，可能不會有結果。所以決定問別的事情。

「Little People是不是在對什麼生氣？」

「快要引發什麼了。」少女說。

「什麼樣的事情？」

深繪里搖搖頭。「馬上就會知道了。」

他們在流理台洗碗盤，把那擦乾放進餐具櫥，然後隔著桌子喝茶。這時很想喝啤酒，不過天吾想今天或許還是不要喝酒精類比較好。周圍的空氣中似乎散發著危險的氣息。萬一發生什麼時，還是盡量保持清醒好。

「早一點睡覺可能比較好。」深繪里說。然後像孟克的畫中出現在橋上吶喊的人那樣，雙手壓在臉頰上。不過她並沒有喊叫。只是睏了而已。

「好啊。妳睡床好了。我像上次那樣在那邊的沙發睡。」天吾說。「妳不用介意。我在哪裡都可以睡。」

這是事實。天吾在什麼樣的地方都可以立刻睡著。那甚至可以稱爲一種才能。

深繪里點點頭。沒表示什麼意見，看了天吾的臉一會兒。然後忽然用手摸一下剛做好的美麗耳朵。好像在確認耳朵還好好在那裡似地。「睡衣借我好嗎，我的沒帶來。」

天吾從臥室的衣櫥抽屜拿出備用睡衣交給深繪里。就是上次她在這裡過夜時，借她的同一套。藍色素面棉睡衣。那時洗過摺起來後就一直放著。天吾愼重起見把衣服拿到鼻子下聞聞看，沒有任何氣味。深繪里接過睡衣，到洗手間去換，回到餐桌來。頭髮現在已經放下。睡衣袖子和褲管部分像上次一樣折起來。

「還不到九點。」天吾看看牆上的時鐘說。「平常都這麼早睡嗎？」

深繪里搖搖頭。「今天特別。」

「因爲Little People在外面騷動？」

「不清楚。現在只是睏而已。」

「眼睛的確像很睏的樣子。」天吾承認。

「我躺在床上，你讀書或說故事給我聽。」深繪里問。

「好啊。」天吾說。「反正沒有別的事做。」

很悶熱的夜晚，不過深繪里上床後，就像要把外面的世界和自己的世界嚴密隔開般把被子拉到脖子下。上床後，她看來不知怎麼很像小孩。不會比十二歲大。窗外傳來的雷鳴聲變得比之前更大。好像就在附近開始落雷了似的。每次有落雷，窗玻璃就發出嘩啦嘩啦的震動聲。但不可思議的是卻沒看見閃電。漆黑的天空只有雷鳴響個不停。也沒有開始下雨的跡象。其中確實有某種不平衡。

「他們在看著我們。」深繪里說。

「妳是說Little People？」天吾說。

深繪里沒有回答。

「他們知道我們在這裡。」天吾說。

「當然知道。」深繪里說。

「他們要對我們做什麼呢?」

「什麼也不能對我們做。」

「那太好了。」天吾說。

「目前的階段。」

「目前的階段無法對我們出手。」天吾以無力的聲音複誦。「但不知道這種狀況能持續到什麼時候。」

「誰也不知道。」深繪里明確斷言。

「不過就算他們不能對我們怎麼樣,相對的,卻能對我們周圍的人做些什麼嗎?」天吾問。

「這種事情或許有可能。」

「可能會讓那些人遭遇很慘。」

深繪里暫時像在聽取水鬼的歌聲的水手那樣,認眞地瞇細眼睛。然後說:「看情形。」

「Little People可能對我的女朋友,使用了那種力量。爲了警告我。」

深繪里從棉被裡安靜地伸出手,抓了幾次剛做好的耳朵。然後把那手又再安靜縮回被子裡。「Little People能做的事情有限。」

天吾咬著嘴唇。然後說:「他們具體上能做什麼樣的事情?」

深繪里對這個想表達什麼意見,但改變主意放棄了。那意見沒說出口,又悄悄沉進原來的地方。不知道是什麼地方，總之是又深又暗的地方。

「妳說過Little People有智慧和力量。」

深繪里點點頭。

「不過他們也有極限。」

深繪里點點頭。

「因爲他們是住在森林深處的人，所以離開森林時能力就無法適度發揮。而且這個世界有可以對抗他們的智慧和力量的某種價值觀存在。是這樣嗎？」

深繪里沒有回答這個。可能問題太長了。

「妳和Little People見過面？」天吾問。

深繪里茫然地注視著天吾的臉。好像無法理解問題的用意似地。

「妳親眼看過他們的身影？」天吾重複問。

「有。」深繪里說。

「看過多少個Little People？」

「不知道。因爲那是沒辦法用手指算的東西。」

「但不是一個人。」

「有時會增加有時會減少。但不會只有一個人。」

「像妳在《空氣蛹》中描寫的那樣。」

深繪里點點頭。

天吾把以前就想問的問題乾脆說出口。「嘿，《空氣蛹》有多少是眞的發生的事呢？」

「眞的是什麼意思。」深繪里去掉問號地問。

天吾當然沒有答案。

雷在天上大聲響著。窗玻璃細細震動。然而還是沒有閃電。也沒聽到雨聲。天吾想起從前看過的潛水艇電影。魚雷一個接一個爆炸，艦身激烈搖晃。但人們躲在漆黑的鋼鐵箱子裡，從內側什麼也看不見。那裡只有不斷的聲音和震動而已。

「你要讀書還是說故事給我聽。」深繪里說。

「好啊。」天吾說。「不過我怎麼也想不起適合朗讀的書。有一本不在我手頭的書，上面有〈貓之村〉的故事，妳如果想聽，我倒可以說。」

「貓之村。」

「貓所支配的村子的故事。」

「我想聽。」

「不過以睡前來說，可能有一點恐怖。」

「沒關係。怎麼樣的故事我都可以睡著。」

天吾搬一張椅子到床邊來，坐在那裡，雙手手指交叉在膝蓋上，以雷鳴聲爲背景音開始講起〈貓之村〉的故事。那本短篇小說他在特快列車上讀過兩次，也在父親病房裡朗讀過一次。腦海中還記得大概的情節。並不是多複雜精緻的故事，也不是文字流麗的名家作品。所以天吾並不排斥適度加以改編。天吾一面把囉嗦的地方省略，再適度添加一些插曲，一面開始說那故事給深繪里聽。

本來不是多長的故事，但到說完爲止，卻比預料的花時間。因爲深繪里一有疑問就提出來問的關係。每次這樣天吾就中斷，仔細回答每個問題。說明村子的細部，貓的行動，主角的人品。如果那是書上沒有寫的事情——幾乎都是——就自己隨便編。就像在改寫《空氣蛹》的時候一樣。深繪里似乎被那〈貓之村〉的故事深深吸引的樣子。她的眼睛已經不再睏了。有時閉上眼，在腦子裡想像那貓之村的風景。然後睜開眼，催天吾繼續說。

他說完那故事之後，深繪里眼睛睜得大大的，筆直注視著天吾一會兒。就像貓把瞳孔張得全開，注視著黑暗中的什麼一樣。

「你到過貓之村嗎。」她好像在盤問天吾般說。

「我？」

「你到你的貓之村去。然後搭電車回來。」

「妳這樣感覺嗎？」

深繪里把夏季用的涼被一直拉到下顎爲止很肯定地點頭。

「確實正如妳所說的。」天吾說。「我到貓之村去，又搭電車回來了。」

「你做過ㄑㄩ ㄒㄧㄝˊ。」她問。

「ㄑㄩ ㄒㄧㄝˊ？」天吾說。驅邪？「不，我想還沒有。」

「那一定要做才行。」

「例如什麼樣的驅邪？」

深繪里沒有回答這個問題。「你去了貓之村就那樣沒做什麼不會有好事。」

天像被劈成兩半似地發出劇烈雷鳴般的轟然巨響。那聲音越來越大。深繪里在床上把身體縮起來。

「你過來抱我。」深繪里說。「我們兩個人必須一起去貓之村。」

「爲什麼?」

「Little People可能找到入口。」

「因爲沒有驅邪?」

「因爲我們兩個人是一個。」少女說。

第13章 青豆

如果沒有你的愛

「1Q84年。」青豆說。「我現在活在所謂1Q84年裡，這不是真的1984年。是這樣嗎？」

「要問什麼是眞的世界，是一個極困難的問題。」被稱爲領導的男人依舊俯臥著這樣說。「這終究會變成形而上的論點。不過這裡是眞的世界。不會錯。在這個世界所嚐到的痛，是眞的痛。這個世界所帶來的死，是眞的死。流的是眞的血。這並不是贗品的世界。也不是假想的世界。不是形而上的世界。這點我保證。不過這裡並不是你所知道的1984年。」

「像平行世界似的？」

男人輕微震動著肩膀笑了。「妳好像看多了科幻小說。不，不是。這裡不是什麼平行世界。那邊有1984年，這邊有分枝出來的1Q84年，兩邊並列進行著，不是這樣。1984年已經不存在於任何地方了。對妳，對我，到現在所謂時間就只有這個1Q84年，其他都不存在了。」

「我們進入這時間性中了。」

「沒錯。我們已經進來裡面了。或者說時間性已經進入我們的內側了。而且就我所理解的範圍，門只開向一邊。沒有回去的路。」

「從首都高速公路的太平梯下來時，這就發生了喔。」青豆說。

「首都高速公路？」

「在三軒茶屋附近。」青豆說。

「場所不管在哪裡都沒關係。」男人說。「對妳來說那是三軒茶屋。不過具體上的場所不是問題。在這裡不管怎樣，時間才是問題。說起來是鐵路道岔在那裡切換，世界變成了1Q84。」

青豆想像著幾個Little People正一起聯合力量，移動著鐵道路線轉轍裝置的光景。深夜，在青白色的月光下。

「而且在這1Q84年裡，天空浮著兩個月亮嗎？」她問。

「沒錯。浮著兩個月亮。那是把鐵軌切換過的記號。憑著這個才可能區別兩個世界。不過並不是這裡所有的人都看得見兩個月亮。不，幾乎大部分人都沒有留意到這個。換句話說，知道現在是1Q84年的人，人數很有限。」

「在這個世界的人，很多人沒有發現時間已經切換過了？」

「沒錯。對大部分人來說，這裡就是一點都不奇怪的，平常的世界。我說『這裡是眞的世界』，就是在這層意義上說的。」

「鐵路的道岔被切換了。」青豆說。「如果那道岔沒有被切換的話，我和您就不會像這樣在這裡相會。是這樣嗎？」

「唯有這點誰都不知道。這是或然率的問題。不過可能是這樣。」

「您所說的是嚴正的事實，或只是假設？」

「好問題。不過要區別這兩者卻是非常困難的事。妳看，不是有這樣的老歌歌詞嗎？Without your love, it's a honky-tonk parade.」男人小聲哼著旋律。「如果沒有你的愛，那只不過是廉價酒店的表演秀而已。妳知道這首歌嗎？」

「It's Only a Paper Moon。」

「對，1984年或1Q84年，原理上的由來是一樣的東西。妳如果不相信世界，或如果其中沒有愛的話，一切都是假的贗品。不管在哪一個世界，在什麼樣的世界，假設和事實的分隔線大多是眼睛看不見的。那條線只能用心眼來看。」

「是誰把鐵路的道岔切換了呢？」

「誰把鐵路的道岔切換了？這也是個困難的問題。原因和結果的理論法在這裡使不上力。」

「無論如何，由於某方面的意思我被運進1Q84年的世界。」青豆說。「不是根據我自己的意思。」

「沒錯。妳所搭乘的列車由於道岔被切換了，所以被運進這個世界來。」

「其中有牽涉到Little People嗎？」

「這個世界裡有Little People。至少在這個世界他們被稱為Little People。不過那個不一定經常擁有形體，擁有名字。」

青豆咬著嘴唇，思考這件事。然後說：「我覺得您的話好像有點矛盾。如果是Little People這東西把道岔切換了，把我運送到1Q84年來。可是，如果我在這裡要對您做的事情，是Little People所不希望的，那麼他們又為什麼非要特地把我送進這裡來不可呢？不如把我排除，不是更符合他們的利益嗎？」

「這要說明很不簡單。」男人以缺乏重音的聲音說。「不過妳的腦筋轉得很快。我想說還沒說的事情妳可能已經約略理解了。就像前面說過的那樣，對我們活著的世界最重要的，是善和惡的比例，要維持平衡。Little People這東西，或其中所有的某方面的意思，確實擁有很強的力量。不過他們越用力，對抗那個的力量也自動增強。這樣世界才繼續微妙地保持平衡。任何世界的原理都不變。我們像現在這樣被包含的1Q84年的世界也可以說完全一樣。Little People要開始發揮他們強大的力量時，反Little People的力量也會自動產生。而且那對抗的力矩，可能把妳引進這個1Q84年來。」

那巨大的軀體在藍色的瑜伽墊上，像被打撈到岸上來的鯨魚般躺著，男人大口呼吸著。

「話題如果沿著剛才鐵軌的比喻進行的話，會變成這樣。他們可以在鐵路的道岔把去向切換。結果列車進入這邊的路線。稱為1Q84年的路線。可是他們並不能識別、選擇每一個乘客。換句話說，他們所不希望的人可能也一起搭乘這班列車了。」

「未被邀請的乘客。」青豆說。

「沒錯。」

雷聲轟響。那聲音比剛才大多了。然而並沒有閃電的亮光。只聽到聲音而已。奇怪，青豆想。落雷這麼近，為什麼看不見閃電的亮光？也沒有下雨。

「到這裡妳可以明白嗎？」

「我在聽。」她已經把針尖從脖子上的一點移開。她很小心地把針的尖端朝向空中。現在必須集中精神在對方說的話上。

「有光的地方就必須要有影子，有影子的地方就必須要有光。榮格在一本書中說過沒有沒有光的影子，也沒有沒有影子的光，這樣的話。

「『影子，就像我們人類往正面向前走的存在一樣，是往橫向邪惡走的存在。我們越努力想成爲善良優越而完美的人，影子往橫向破壞的意思也越明確。人如果超過自己的能耐想成爲完美時，影子就會變成下地獄的惡魔。爲什麼呢？因爲在自然界，人要成爲超越自己的東西，罪過是和要成爲不如自己的東西一樣深的。』

「被稱爲Little People的東西是善還是惡，並不知道。那在某種意義上是超過我們的理解和定義範圍的東西。我們從很早的古時候就和他們一起活過來。從還沒有善惡存在的時候開始。從人們的意識還未明的時候開始。不過重要的是，無論他們是善是惡，是光是影，當他們要使用力量的時候，其中必然也會產生補償作用。在這種情況下，我在成爲Little People的代理人的幾乎同時，我的女兒則成爲反Little People作用的代理人似的存在。以這樣維持著平衡。」

「您的女兒？」

「是的。最初首先引入Little People的是我女兒。她那時候十歲。現在十七歲了。他們有一次在黑暗中出現，透過我女兒來到這裡。然後以我爲代理人。女兒成爲Perceiver＝知覺者，我則成爲Receiver＝接受者。我們似乎碰巧具備這樣的資質。無論如何，是他們發現了我們，不是我們發現了他們。」

「然後你強暴了自己的女兒。」

「交合了。」他說。「這用語比較接近實際狀況。而且我所交合的終究只是觀念上的女兒。所謂性交其實是一個多義詞。重點是我們合爲一體。Perceiver和Receiver，知覺者和接受者。」

青豆搖頭。「你所說的話我無法理解。你跟自己的女兒性交了嗎？沒有嗎？」

「這回答怎麼說，都是既Yes也No。」

「關於小翼也一樣嗎?」

「一樣。原理上一樣。」

「可是小翼的子宮卻眞的被破壞了。」

男人搖頭。「妳所看到的是觀念上的形體。不是實體。」

青豆跟不上對話的快速流動。她停頓一下,調整呼吸。然後說:

「觀念取得人的形體,走路逃脫,是這樣的意思嗎?」

「簡單說是。」

「我所看到的小翼不是實體?」

「所以她被回收了。」

「被回收?」青豆說。

「被回收,被治癒。她正接受著必要的治療。」

「我不相信你說的話。」青豆斷然說。

「這也沒辦法責備妳。」男人以不帶感情的聲音說。

青豆一時說不出話。然後問起別的問題。「藉著對自己的女兒觀念上多義性地侵犯,你成為Little People的代理人的同時,她為了造成補償作用,而離開了你身邊,成為敵對的存在。你所強調的,也就是這樣的事嗎?」

「沒錯。她因此而捨棄了自己的Daughter。」男人說。「不過這樣說妳一定無法理解是怎麼回事。」

「Daughter?」青豆說。

「那是像活著的影子般的東西。而且這裡又牽涉到另外一個人。以前跟我私交很好的老朋友。一個可以信賴的人。我把女兒託給那個朋友。不久前，妳所熟知的川奈天吾也牽涉進來了。天吾和我女兒，偶然被人介紹認識，組成一個team。」

時間在這裡忽然停止了似的。青豆無法找到適當的詞彙。她的身體僵硬著，靜靜等待時間再開始動起來。

男人繼續：「兩個人分別擁有互補的資質。天吾所缺乏的東西繪里子擁有，繪里子缺乏的東西天吾擁有。他們互補起來，合力完成一件事。而且那成果發揮了很大的影響力。在確立反Little People的動能這個邏輯上。」

「組成一個team？」

「兩個人並不是有戀愛關係或肉體關係。所以妳不用擔心。我是說，如果妳是在想這種事的話。繪里子不會跟誰戀愛。她——處於超越這種立場的地方。」

「兩個人共同完成一件事的成果是指什麼樣的事情，具體說的話？」

「要說明這個又需要拿出另一個比喻才行。說起來，兩個人就像建立了對抗病毒的抗體一樣的東西。如果把Little People的作用視為一種病毒的話，他們則製造出對抗那病毒的抗體，並散布出去。當然這是從單方面立場來看的比喻，如果從Little People的一方來看，則相對的兩個人成為病毒的帶原者。一切事物都是互相對照的鏡子。」

「這就是您所說的補償行為嗎？」

「是的。妳所愛的人，和我的女兒合力完成那件事。換句話說妳和天吾，在這個世界名副其實是接踵而來的。」

「不過你也說過這不是碰巧的。換句話說我是在某種有形的意思引導下來到這個世界的。是這樣嗎？」

「沒錯。妳是在有形的意思引導下，帶有目的來到這裡的。這個1Q84年的世界。不管妳和天吾是什麼形式的，在這裡會有關係，絕對不是偶然的產物。」

「那是什麼意思？什麼目的？」

「說明這個不是我的責任。」男人說。「很抱歉。」

「為什麼不能說明呢？」

「不是那意義無法說明。而是一旦用語言說明出來之後那意義就會立刻喪失掉。」

「那麼，我問別的問題。」青豆說。「為什麼一定要是我才行呢？」

「為什麼嗎？妳可能還不知道。」

青豆用力地搖幾次頭。「我不知道為什麼。完全不知道。」

「這是非常簡單的事。因為妳和天吾，互相強烈吸引著啊。」

青豆就那樣保持沉默好一陣子。感覺自己的額頭滲出微微的汗來。有一種眼睛看不見的薄膜，正覆蓋整個臉的感覺。

「正互相吸引。」她說。

「互相，非常強烈地。」

她心中湧起類似憤怒的情緒。甚至有輕微噁心的預感。「我無法相信這種事情。他應該不可能記得我。」

「不，天吾不但確實記得妳存在這個世界上，而且正需要妳。而且到現在爲止，除了妳以外一次也沒有愛過別的女人。」

青豆一時說不出話來。在那之間激烈的落雷，間隔短暫地繼續響著雷聲。雨也終於開始下起來。大滴雨滴開始強烈敲打著飯店房間的窗戶。然而那些聲音幾乎沒有傳進青豆耳裡。

男人說：「相不相信是妳的自由。不過妳最好相信。因爲這是不爭的事實。」

「已經二十年沒見面了，你說他還能記得我嗎？我們連話都沒有好好說過幾句。」

「在沒有人的小學教室裡，妳用力握住天吾的手。十歲的時候。要那樣做，應該是要鼓起所有的勇氣才能辦到的。」

青豆的臉激烈地扭曲起來。「爲什麼你會知道這樣的事情呢？」

男人沒有回答這個問題。「天吾絕對沒有忘記這件事情。而且一直在想著妳。現在也繼續在想妳的事情。妳最好相信。我知道很多事情。例如妳現在，自慰的時候也會想著天吾。腦子裡浮現他的身影。不是嗎？」

青豆半張著嘴巴，說不出話。只淺淺地呼吸著而已。

男人繼續說：「也不用感到羞恥。這是人的自然行爲。他也在做著一樣的事情。那樣的時候就想著妳。現在還是。」

「爲什麼你會……」

「爲什麼我會知道這種事情嗎？只要側耳傾聽就知道了。因爲聽聲音是我的工作。」

她想放聲笑出來，同時也想哭出來。不過這兩者都辦不到。她只能站在那中間發呆，無法往哪一邊移動重心，只是失去了語言。

「不用害怕。」男人說。

「害怕？」

「妳正在害怕。就像從前梵諦岡的人們害怕接受地動說那樣。對他們來說，並不是相信天動說是對的。只是怕接受了地動說之後所帶來的新情勢而已。只是怕爲了配合那個不得不重新調整自己的意識而已。正確說的話，基督教會到現在都還沒有公然接受地動說。妳也一樣。妳害怕不得不脫下到現在爲止長久以來一直穿著的堅固鎧甲。」

青豆雙手覆蓋著臉，抽噎了幾下。雖然不想這樣，卻一時無法忍住。她想讓這看起來像在笑。卻沒能辦到。

「說起來你們是搭同一班列車被運到這個世界來的。」男人以安靜的聲音說。「天吾和我女兒聯手起來建立了反Little People的作用機制，妳則以別的理由正要除掉我。換句話說，你們個別都在非常危險的地方，做著非常危險的事情。」

「某種意思要我們這樣做嗎？」

「可能。」

「到底爲什麼？」說出口之後，青豆才發現那是無意義的話。不會得到回答的問題。

「最該歡迎的解決方法，是你們在什麼地方相遇，手牽著手從這個世界走出去。」男人沒有回答問題地說。「不過這不是簡單的事。」

「不是簡單的事。」青豆無意識地重複著對方的話。

「很遺憾，以極保守的說法來說，不是簡單的事。老實說大概不可能。你們要對付的對象，不管用什麼名字稱呼，力量都非常猛。」

「於是——」青豆以乾乾的聲音說。然後乾咳一聲。她內心的混亂現在已經鎮定下來。現在還不是哭泣的時候。青豆想。「於是，您提出了建議。如果我能帶給您毫無痛苦的死，您可以回報我什麼。類似不同選擇的東西。」

「妳的領悟力很強。」男人依舊趴著說。「沒錯。我的建議是有關你和天吾的關係的選擇。可能不太愉快。不過至少在這裡有選擇餘地。」

「Little People怕失去我。」男人說。「因為對他們來說我的存在還有必要。我以他們的代理人來說是極有用的人。要找到能代替我的人並不簡單。而且在現在這個時點，我還沒有後繼者。要成為他們的代理人必須具備各種困難條件，而我是能夠滿足那所有條件的少數人。他們怕失去我。現在如果在這裡失去我，就會產生一時的空白。所以他們，正要妨礙妳奪走我的生命。他們希望我能再活一陣子。外面響著的雷聲就是他們憤怒的記號。不過他們無法直接對妳動手。只能傳給妳憤怒的警告而已。同樣的理由他們可能對妳的朋友，以巧妙的方法逼死她。而且他們可能就這樣，對天吾做出某種形式的波及危害。」

「波及危害？」

「天吾寫出Little People，和他們所作所為的故事。繪里子提供故事，天吾把那故事轉換成有力的文章。這就是兩個人的共同工作。那個故事發揮了對抗Little People力矩所及的抗體作用。那出版成書登上暢銷書排行榜。因此Little People一時之間，各種可能性都崩潰了，好幾種行動都被限制了。《空氣蛹》這書名妳聽過吧？」

青豆點頭。「在報紙上看過有關書的報導。還有出版社的廣告。書沒有讀。」

「《空氣蛹》實質上是天吾寫的。而且他現在正在寫有關自己的新故事。他在那裡，也就是兩個月亮的世界裡，發現了自己的故事。繪里子這個優越的Perceiver＝知覺者，在他心中開啓了那做爲抗體的故事。天吾似乎具有Receiver＝接受者的優越能力。把妳帶到這裡來的，換句話說，那車輛載妳來，可能也因爲他的那種能力。」

青豆在淡淡的昏暗中嚴肅地皺起臉來。不能不想辦法跟上話題。「換句話說，我是因爲天吾具有說故事的能力，借用您的語言來說是具有Receiver的能力，才被送進1Q84年這個不同世界來的嗎？」

「至少這是我目前的推測。」男人說。

青豆凝視著自己的雙手。那手指被眼淚沾溼了。

「這樣下去的話，天吾很可能會被殺。他現在，對Little People來說已是最危險的人物。而且這裡終究是眞正的世界。流著眞正的血，會帶來眞正的死。死當然是永遠的。」

青豆咬著嘴唇。

「請妳這樣想看看。」男人說。「妳如果在這裡把我殺了，從這個世界把我除掉。那麼Little People危害天吾的理由就消失了。因爲只要我這個路徑消滅的話，天吾和我女兒要如何妨害這路徑，對他們來說都已經不再構成威脅了。Little People會放下這個，到別的地方去找尋別的路徑。別種結構的路徑。那對他們來說將成爲最優先事項。這點妳能明白嗎？」

「理論上可以。」青豆說。

「不過另一方面我被殺的話，我所成立的組織卻不會放過妳。要揪出妳來可能會花一些時間。妳可能會改名換姓，改變住址，甚至連面貌也改變。雖然如此他們有一天可能還是會追捕到妳，嚴厲懲罰妳。這種嚴密而暴力性，無法回頭的組織是我們建立起來的。這是一種選擇。」

青豆把他的話在腦子裡整理一番。男人等這邏輯鑲進青豆的頭腦裡。

男人繼續。「相反地，如果妳在這裡沒有把我殺掉。妳就這樣乖乖退回去。我繼續活下去。那麼Little People爲了保護我這個代理人，可能會盡全力去除掉天吾。他所披著的防護罩還沒有那麼強。他們應該會找出弱點，用某種方法去破壞天吾。因爲他們不容許抗體再散布傳播。相對的妳的威脅則消失了，因此不再有理由處罰妳。這是另一種選擇。」

「這樣一來天吾將死，我將活。在這1Q84年的世界裡。」青豆總結男人所說的話。

「應該是。」男人說。

「不過沒有天吾存在的世界，我也沒有活的意義了。因爲我們已經永遠失去重逢的可能性了。」

「以妳的觀點來說，可能會變成這樣。」

青豆用力咬緊嘴唇，在腦子裡想像那樣的狀況。

「不過，這只是您這樣說而已。」她指出。「我爲什麼要相信你的說法，有什麼根據和證據之類的嗎？」

男人搖搖頭。「沒錯。正如妳說的那樣，沒有任何根據或證據。只是我這樣說而已。不過我所擁有的特殊力量妳剛才應該也目睹過了。那時鐘並沒有吊著繩子噢。而且是非常重的東西。妳可以走過去檢查看看。我說的話妳要不要接受，就看你的選擇。而且我們已經沒剩多少時間了。」

青豆瞄一眼櫃子上的時鐘。時鐘的針指著將近九點。時鐘放的位置錯開了一些。朝向奇怪的角度。因爲剛才被抬上空中，再落下的關係。

男人說：「在這1Q84年，現在這時候不可能同時救你們兩個人。只有兩個選擇。一個是妳死，天吾活下去。另一個可能是他死，妳活下去。二選一。眞不是愉快的選擇，我一開始就聲明過了。」

「不過除此之外沒有別的選擇嗎？」

男人搖頭。「現在這個時間點，只能從這兩者之中選擇一種。」

青豆把積在肺裡的空氣慢慢吐出來。

「我也覺得很過意不去。」男人說。「如果妳還留在1984年的話，應該不會被逼到必須做這樣選擇的地步。不過同時，如果還留在1984年的話，妳可能就無從知道天吾一直在想妳了。就因爲被運送到1Q84年來，無論如何，妳才知道這個事實。你們的心在某種意義上是結合在一起的事實。」

青豆閉上眼睛。她想不要哭。還不到哭的時候。

「天吾現在眞的需要我嗎？你可以斷言這話不是謊言嗎？」青豆這樣問。

「天吾到現在除了妳以外，沒有眞心愛過任何一個女人。這是毫無疑問的事實。」

「雖然如此，卻沒來找我。」

「妳也沒有尋找他的行蹤。不是嗎？」

青豆閉上眼睛，一瞬之間回顧漫長的歲月，一眼望盡。就像登上高丘，從陡峭的懸崖上眺望眼底的海峽那樣。她可以感覺到海的氣味。可以聽到深沉的風聲。

她說：「我們在更久以前，就應該鼓起勇氣互相找尋對方的。那樣我們在原來的世界也許就可以在一起了。」

「以假設來說是這樣。」男人說。「不過在1984年的世界，妳應該想都不會這樣想。原因和結果就那樣以扭曲的形式連結在一塊。那扭曲無論經過多少世界的重疊都無法解除。」

眼淚從青豆眼裡湧出來。她爲自己過去所失去的東西而哭。爲自己即將失去的東西而哭。然後終於——到底哭了多久——到了不能再哭的極限。就像感情碰到看不見的牆壁一樣，眼淚在這裡流盡了。

「好吧。」青豆說。「沒有確實根據。什麼也無法證明。細節不太能理解。不過雖然如此，我好像還是不得不接受您的提議。我會照您所希望的，把您從這個世界消滅。給您沒有痛苦的瞬間死去。爲了讓天吾活下去。」

「跟我做交易的意思。」

「是的。我們在做一場交易。」

「妳可能會死。」男人說。「妳會被追捕遭到處罰。那處罰方式很可能非常殘酷。他們是狂熱的人。」

「沒關係。」

「因爲妳有愛。」

青豆點頭。

「如果沒有愛，一切都只是廉價酒店的表演秀而已。」男人說。「就像歌詞所唱的那樣。」

「如果我殺了你，天吾眞的能活下去嗎？」

男人暫時之間沉默不語。然後說：「天吾會活下去。妳可以相信我的話。這不會錯，是和我的生命交換所可以獲得的東西。」

「還有我的生命。」青豆說。

「也有只能用生命才能換得的事情。」男人說。

青豆雙手用力握緊。「不過說眞的，我很想能活著和天吾合而爲一。」

沉默暫時降臨房間。雷鳴在那之間也沒有轟響。一切都靜止下來。

「如果可能我也想讓妳這樣。」男人以安靜的聲音說。「以我來說。不過很遺憾，沒有這樣的選擇餘地。在1984年沒有，在1Q84年也沒有。分別以不同層面的意味。」

「在1984年，我和天吾所走的路連相交都沒有。是這意思嗎？」

「正如妳所說的。你們兩個人完全沒有關係。可能一面在思念著彼此，一面就那樣孤獨地老去吧。」

「不過在1Q84年，至少我，可以知道自己爲了他而死去。」

男人什麼也沒說，大大地呼吸。

「我想請你告訴我一件事。」青豆說。

「如果是我能告訴妳的事。」男人依舊趴著說。

「天吾會不會有某種機會，而知道我是爲他而死的，或者什麼都不知道就結束了？」

男人思考著這個問題好一會兒。「這可能要依妳而定。」

「依我而定。」青豆說。而且臉稍微歪一下。「那是什麼意思？」

男人安靜地搖頭。「妳必須穿過沉重的試煉。當妳穿過那個的時候，應該就看得見事情該有的姿態了。除此以外的事情我也說不上。不實際死看看，就不會知道所謂死是怎麼一回事，正確的情況誰也不知道。」

青豆拿起毛巾仔細地把臉上的眼淚擦掉後，把放在地上的細長冰錐拿起來，再檢查一次纖細的尖端有沒有缺失。然後用右手的指尖，找出剛才找到的脖子後面的致命點。她腦子裡已經刻進那位置，立刻就找到。青豆用指尖輕輕壓著那一點，測度手的反應，再一次確認自己的直覺沒錯。然後慢慢深呼吸幾次，調整心臟的跳動，讓神經鎮定。頭腦必須清空才行。她把對天吾的掛念暫時從腦子裡清除。把一切憎恨、憤怒、困惑、慈悲的心情封印到別的地方。不容許失敗。意識必須集中在死本身上才行。光線的焦點清楚地聚焦在一點。

「把工作結束掉吧。」青豆以安穩的聲音說。「我必須把您從這個世界排除。」

「然後我就可以脫離一切被賦予的痛苦了。」

「一切的痛，Little People，變形的世界，各種假設……還有愛。」

「沒錯。還有愛。」男人好像在對自己說似的。「我也有我愛的人們。好吧，我們各自把工作結束掉。青豆小姐，妳是個能力非凡的人。我知道。」

「您也是。」青豆說。她的聲音已經帶有賜死者不可思議的透明度。「您恐怕也是一位能力非常強的優秀人物。應該有不殺您就行的世界的。」

「那樣的世界已經不見了。」男人說。那成爲他口中說出的最後一句話。

那樣的世界已經不見了。

青豆的針尖，抵在脖子上那微妙的一點。集中意識調整角度。並把右手拳頭抬到空中。她屏住呼吸，安靜等候信號。什麼都不要想了，她想。我們各自完成自己的工作，只是這麼回事而已。沒有必要想什麼。也沒有必要聽說明。只要等信號就好。拳頭像岩石般堅硬，心空如缺。

沒有閃電的落雷在窗外更加激烈地轟響。雨啪啦啪啦打在窗戶上。那時候他們在太古的洞窟裡。陰暗潮濕，洞頂低低的洞窟。陰暗的獸群和精靈圍著那入口。她周圍的光和影在極短的瞬間合而為一。遠方的海峽，無名的風一口氣吹過。那是信號。配合著那信號，青豆的拳頭短促扎實地落下。

一切在無聲中結束。獸群和聖靈深深吐氣，解除包圍，回到失去心的森林深處去。

第14章 天吾 收到的包裹

「過來抱著我。」深繪里說。「必須兩個人一起再到貓之村去一趟才行。」

「抱妳？」天吾說。

「不想抱我。」深繪里不加問號地問。

「不，不是這樣，只是——我不太懂，那是什麼意思。」

「ㄑㄩ ㄒㄧㄝˊ呀。」她以缺乏抑揚頓挫的聲音這樣告知。「過來抱著我。你也換睡衣把燈關掉。」

天吾照著她說的那樣把臥室天花板的燈關掉。脫掉衣服，拿出自己的睡衣，穿起來。這睡衣最近是什麼時候洗的，天吾一面換一面想。從想不起來看來，可能相當久了。不過幸虧沒有汗味。天吾本來就不太會流汗。體味也不強。話雖這麼說，睡衣還是應該更頻繁地洗才好，天吾反省著。在這不確定的人生，不知道什麼時候會發生什麼事情。勤快地把睡衣先洗好，也是方法之一。

他上了床，戰戰兢兢地伸出手臂抱住深繪里的身體。深繪里把頭放在天吾的右手臂上。然後就那樣，像準備冬眠的動物那樣安靜不動。她的身體溫暖，柔軟得無防備的地步。不過沒有流汗。

雷鳴變得更猛烈。現在雨也開始下起來了。雨像被瘋狂激怒般一直橫掃窗戶敲打玻璃。空氣濕濕黏黏的，可以感覺到世界正朝向黑暗的末日步步逼近的跡象。發生諾亞洪水的時候，可能就是這種感覺。如果是這樣，在這猛烈的雷雨中，犀牛的公母一對，獅子的公母一對，錦蛇的公母一對，都擠在狹小的方舟上，一定是相當令人氣餒的事。個別生活習慣相當不同，傳達想法的手段也很有限，體臭想必也相當嚴重。

公母一對這個詞語，讓天吾想起Sonny & Cher男女二重唱。不過讓身爲人類的公母一對代表登上諾亞方舟恐怕不能算是妥當的選擇。就算不至於說不適當，不過以代表來說，應該還有其他更適當的一對。

天吾在床上，抱著穿天吾睡衣的深繪里，心情感覺很奇怪。甚至覺得像抱著自己的一部分似的。像抱著血肉相連，體味共有，意識相通的東西似的。

天吾想像著他們自己取代Sonny & Cher，被選爲公母一對，送上諾亞方舟的情形。不過就算這樣，似乎也不能算是適當的人類代表。就拿我們在床上這樣抱著的事情本身，怎麼想都不能算是適當的。這樣一想時，天吾心情無法鎮定下來。他把腦袋切換過來，想像Sonny & Cher在方舟上，和錦蛇的公母一對和睦相處的情景。雖然是完全沒有意義的想像，不過這樣一來身體的緊張倒是稍微舒緩了一些。

深繪里被天吾抱著，什麼也沒說。身體不動，也沒開口。天吾也什麼都沒說。在床上抱著深繪里，天吾幾乎沒有感覺到性慾這東西。對天吾來說，所謂性慾，基本上是溝通方法的延長線上的東西。所以在沒有溝通可能性的地方尋求性慾，對他來說是很難稱爲適當的行爲。而且深繪里所求的不是他的性慾，他也大致理解。天吾被求的是別的什麼東西——只是不太知道那是什麼。

不過不管目的是什麼，自己手臂中抱著十七歲美少女的身體，這件事本身並不是令人不愉快的事。她的耳朵偶爾碰觸到他的臉頰。她所吐出的溫暖氣息吹在他的脖子上。她的乳房，比起苗條的身體則大得驚人，而且結實。在胃的正上方一帶，可以感覺到那密實感。而且她的肌膚有一股美好的香氣。只有成長中的肉體才能發出的，特別的生命香氣。像帶著朝露的盛夏花朵般的香氣。小學生的時候，清晨去做廣播體操時，在路上常常聞到那樣的香氣。

但願不要勃起，天吾想。如果勃起的話，從位置關係來說她應該會立刻知道。那樣一來，就很尷尬了。就算不是被直接的性慾所驅使，有時也會發生勃起的現象，這種事情對一個十七歲少女該用什麼語言和文字才能適當說明呢？不過幸虧現在還沒有勃起。也沒有那徵兆。不要再想氣味了。腦筋必須盡量轉向和性沒關係的事項才行，天吾想。

他又再想了一陣子Sonny & Cher和公母一對錦蛇交流的事情。他們有共通話題嗎？如果有的話，那是什麼樣的事情？在那裡可以唱歌嗎？終於關於暴風雨中的方舟的想像用盡之後，腦子裡開始做起三位數和三位數的乘法計算。他和年長的女朋友做愛時，常常做這個。這樣做可以延遲射精的瞬間（她對射精的瞬間要求極其嚴格）。天吾不知道，那對收斂勃起是否也能發揮效果。不過總比什麼也不做好吧。總要做點什麼。

「變硬也沒關係。」深繪里好像看透他的心似地說。

「沒關係？」

「那不是壞事。」

「不是壞事。」天吾重複著她的話。簡直像接受性教育的小學生那樣，天吾想。勃起絕對不是可恥的事，也不是壞事。不過當然不能不選擇時間和場合。

「那麼，那個，已經開始ㄑㄩ ㄒㄧㄝˊ了嗎？」天吾為了改變話題而問。

深繪里沒有回答這個。她小巧美麗的耳朵，依然在隆隆的雷聲中聽取著什麼似的。天吾知道這個。所以他決定不再多說。天吾不再繼續做三位數乘三位數的計算。如果深繪里說變硬也沒關係的話，那麼變硬就算了，天吾想。不過不管怎麼樣，他的陰莖並沒有任何勃起的徵兆。那現在還安靜地橫躺在安寧的泥地裡。

「我喜歡你的雞雞喲。」年長的女朋友說。「形狀和顏色和大小。」

「我並沒有多喜歡。」天吾說。

「為什麼？」她把天吾沒有勃起的陰莖，像處理睡著的寵物那樣放在手掌上，一面量著那重量一面問。

「不知道。」天吾說。「大概因為不是自己選擇的吧。」

「怪人。」她說。「想法好奇怪。」

好久以前的事了。諾亞大洪水發生以前的事。大概。

深繪里安靜而溫暖的氣息，一面保持一定的節奏，一面吹向天吾的頸根。天吾在電子鐘微弱的綠色光線中，或終於偶爾開始閃起的閃電中，看見她的耳朵。那耳朵看來就像柔軟的祕密洞窟般。如果這個少女是自己的戀人的話，他大概會在那上面親吻好幾次都不厭倦吧，天吾想。可能一面做愛，進入她裡面，一面親吻那耳朵，輕輕地咬，用舌頭舔，往那上面吐氣，聞聞那氣味吧。並不是現在想這樣做。只是，如果她是自己的戀人的話一定會這樣做，基於純粹的假設，所作的情境想像而已。倫理上沒有值得羞恥的地方——大概。

不過不管這在倫理上成不成問題，他都不該去想這種事情。天吾的陰莖好像背後被用手指咚咚地敲一敲，從泥地裡安穩的睡眠中醒過來似的。打了一個呵欠，慢慢抬起頭來，徐徐增加硬度。然後，簡直像帆船受到西北方向吹來確實的順風而揚起的風帆那樣，終於達到毫無保留的完全勃起。結果，天吾變硬的陰莖不管怎麼樣，就抵著深繪里的腰部一帶了。天吾在心中深深嘆一口氣。自從年長的女朋友消失之後，他已經一個月以上沒有做愛了。可能因為這樣。應該繼續思考三位數乘法計算的。

「不用在意。」深繪里說。「因為變硬是ㄗˋㄖㄢˊ的事情。」

「謝謝。」天吾說。「不過Little People可能正在從什麼地方看著。」

「光是看著也不能怎麼樣。」

「那就太好了。」天吾以不鎮靜的聲音說。「不過一想到被看著，還是會有點介意。」

雷聲再度像要撕裂舊窗簾般把天空劈成兩半，雷鳴強烈地震動窗玻璃。他們好像真的想打破玻璃似的。或許玻璃不久真的會破裂也不一定。雖然是相當堅固的鋁框窗戶，但那樣猛烈的震動持續下去的話，可能也無法耐得住。粗大堅硬的雨滴像射鹿的散彈般，繼續啪搭啪搭地敲打著窗玻璃。

「雷從剛才就好像幾乎沒有離開了。」天吾說。「平常雷聲不會持續這樣久的。」

深繪里仰望著天花板。「暫時哪裡也不會去。」

「暫時是多久？」

深繪里沒有回答。天吾抱著沒有得到答案的問題，和無處可去的勃起，戰戰兢兢繼續抱著深繪里的身體。

「要再到貓之村一趟。」深繪里說。「所以不能不睡覺。」

「可是，睡得著嗎？雷聲這麼響，而且才九點多。」天吾懷疑說。

他在腦子裡試著排數學算式。有關既長又複雜的算式問題，但那已經知道解答了。現在被賦予的課題是，能以多快、多短的路徑到達那解答。他的腦筋迅速地轉動。那純粹是壓榨頭腦。然而即使這樣，也沒辦法讓勃起收斂下來。反而覺得硬度越來越增強了。

「可以睡覺。」深繪里說。

正如她所說的。仍然下著猛烈的雨，建築物被雷鳴撼動包圍著，天吾雖然懷著不安的心和堅硬的勃起，還是在不知不覺中沉入睡眠。雖然實在覺得不可能……。

一切都一片混沌，在入睡前他想。必須想辦法找出最短距離的解答才行。時間是被限定的。而且發下來的考卷空格太小。時鐘正滴答滴答，規律地刻著時間。

一回神時，他已經全身赤裸。而且深繪里也是赤裸的。完全赤裸。身上什麼都沒有穿。她的乳房漂亮地畫出渾圓的半球形。無可挑剔的半球形。乳頭不太大。還很柔軟，正在安靜摸索著即將來臨的完成形。只有乳房很大。已經完全成熟了。而且不知怎麼看起來好像幾乎沒有受到重力的影響似的。兩個乳頭美麗地朝向上面。像在希求陽光的蔓性植物的新芽那樣。其次天吾注意到的是，她沒有陰毛。本來應該有陰毛的地方，只露出光滑的白皙皮膚。皮膚之白更強調出那無防備。她的腳張開著，因此可以看見那深處的性器。和耳朵一樣，看起來就像是剛剛才製造出來的東西。那可能實際上就是剛剛才製造出來的也不一定。剛剛出品的耳朵，和剛剛出品的女性性器非常相似，天吾想。那看起來都像朝向宇宙，很注意地傾聽著什麼似的。像是在聽遠方響著的微弱鈴聲般的聲音。

他在床上仰臥著，臉朝天花板。深繪里跨騎在他上面般。天吾還繼續勃起。雷也還在繼續響。雷聲到底要響到什麼時候？雷這樣一直響，天空現在可能已經被震得片片寸斷了。恐怕誰也沒辦法再修復了。

我睡著了，天吾想起來。在勃起的狀態中睡著了。而現在還在硬邦邦地勃起。睡著之間也一直持續勃起嗎？或者，這是一度收斂之後，重新站起來的勃起呢？就像「第二次某內閣」那樣。而且我到底睡了多久？不，這種事情無所謂，天吾想。總之（不管有中斷或沒有）現在還這樣繼續勃起，看不出有任何收斂的跡象。Sonny & Cher，三位數的乘法計算，複雜算式對那收斂都毫無幫助。

「沒關係。」深繪里說。她的腳張開著，把那剛出品的性器壓往他的腹部。看不出對那感到羞恥的樣子。「變硬不是壞事。」她說。

「我的身體沒辦法好好動。」天吾說。這是眞的。他努力想起身，但連一根手指都舉不起來。身體有感覺。可以感覺到深繪里身體的重量。也感覺到自己堅硬地勃起。但他的身體好像被什麼固定住了似的，沉重地僵硬著。

「有必要動。因爲這是我的身體。」天吾說。

「沒有ㄅㄧˋ ㄧㄠˋ動。」深繪里說。

深繪里對這個沒有說什麼。

天吾連自己所說的話到底有沒有以正常的聲音震動空氣，都無法確定。感覺不到嘴巴周圍的肌肉依照意圖動作、話語在那裡成形的眞實感。他想說的話，雖然好像傳達給深繪里了。但兩個人的溝通，好像在收訊不良的長途電話中對話那樣模模糊糊。至少沒有必要聽的話，深繪里不聽也可以。但天吾卻不行。

「不用擔心。」深繪里說。然後身體慢慢往下挪。那動作的意思很明顯。她的眼睛裡閃著從來沒見過的神色。

那樣剛出品的小巧性器，實在難以想像他的成人陰莖能進得去。太大，也太硬了。應該會很痛。然而一留神時，他已經完完全全進入深繪里的裡面了。並沒有像抵抗的抵抗。深繪里讓那插入時，臉色變都沒變一下。只有呼吸有點亂，乳房上下的節奏在五秒或六秒之間微妙地變化而已。除此之外，一切都很自然，很平常，像日常的一部分那樣。

深繪里深深接受天吾，天吾深深被深繪里接受，就那樣安靜不動。天吾的身體依然無法動彈，深繪里閉著眼睛，在天吾上面像避雷針那樣直立著身體，停止動作。嘴巴輕輕半張開，看得見嘴唇像細小波紋般正輕微抖動著。那在空中摸索著想形成什麼話語。但除此之外沒有其他動作。她好像以那樣的體態在等著什麼發生似的。

深深的無力感抓住了天吾。現在即將發生什麼事，卻不知道那是什麼，也不能憑自己的意志控制那個。身體沒有感覺。也動彈不得。但陰莖卻有感覺。不，那與其說是感覺，不如說可能比較接近觀念。不管怎麼樣那個正告知他正進入深繪里的裡面的事實。正告知他勃起是完全的。不戴保險套可以嗎？天吾不安起來。要是懷孕就麻煩了。年長的女朋友對懷孕也非常嚴格地避免。天吾已經習慣那嚴格了。

他試著思考其他事情，但實際上什麼都無法思考。他處於混沌的狀態中。在那混沌中時間彷彿停止了般。但時間不可能停止。這種事情原理上不會發生。可能只是變得不均勻而已。把時間拉長來看，時間以一定的速度前進。這是不會錯的。但如果取出某個特定部位來看，那卻有可能變成不平均。處在那樣的時間的局部性緩慢中，事物的順序和或然率等等幾乎變成沒有任何價值了。

「天吾君。」深繪里說。她第一次用這種稱呼法。「天吾君。」她反覆這樣喚著。好像在練習外語的單字發音般。爲什麼忽然叫我的名字呢？天吾覺得不可思議。然後深繪里慢慢起身向前，臉靠近他，在天吾的嘴唇上接吻。本來半開的嘴唇大大地張開，將她柔軟的舌頭伸進天吾口中。散發著美好香味的舌頭。不成語言的語言，舌頭在那裡執拗地探尋著刻在語言中的祕密編碼。天吾的舌頭也在無意識之間回應著那動作。簡直就像剛剛從冬眠中睡醒的兩條年輕的蛇，憑著彼此的氣味在春天的草原上互相纏繞，互相貪慾一般。

然後深繪里伸出右手，握住天吾的左手。用力握緊，像要包進去般，她握住天吾的手。小小的指甲吃進他的手掌。然後激烈的接吻結束，身體抬起來。「閉上眼睛。」

天吾依她說的那樣閉上雙眼。一閉上眼睛，就出現一個有深度，而昏暗的空間。景深非常深。看起來似乎一直延伸到地球的中心那樣。在那空間裡射進令人想到薄暮的微光。在很長很長的一天過後終於降臨的，令人懷念的溫柔的薄暮。看得見無數像細小切片般的東西，浮在那光中。可能是灰塵。可能是花粉。或其他什麼東西。然後，那深度終於慢慢拉近。光轉亮了，漸漸開始看得見周圍的東西了。

一留神時他十歲，在小學的教室裡。那是眞正的時間，眞正的場所。眞正的光線，眞正的十歲時的他自己。他實際吸進那裡的空氣，可以聞到上了透明漆的木材氣味。可以聞到板擦上沾著的粉筆氣味。教室裡只有他和那個少女兩個人而已。看不見其他小孩的蹤影。她迅速而大膽地抓住這樣的偶然機會。或者她一直在等待著那樣的機會來臨也不一定。無論如何，少女站在那裡，伸出右手緊緊握著天吾的左手。她的瞳孔凝神注視著天吾的眼睛。

口中乾乾渴渴的。一切的滋潤都從這裡消失了。因爲發生得太突然，他不知道該做什麼，該說什麼才好。只有站在那裡，握著少女的手。終於腰的深處有輕微，但深沉的隱約疼痛。這是過去所沒有經驗過的感覺。像聽得見從遠方傳來的海鳴那樣的疼痛。和這同時，現實的聲音也傳進耳裡。從敞開的窗戶飛進來孩子們的喊叫聲。踢足球的聲音。球棒敲到壘球的聲音。低年級女生在告狀的高亢叫聲。笛子不流利地練習著〈夏日最後玫瑰〉的合奏。這是放學後。

他想以同樣的力量回握少女的手。手卻使不上勁。一來是少女的力氣太大。但同時，也因爲天吾的身體變得無法隨意動彈。爲什麼呢？連一根手指都動不了。簡直像被緊緊綁住了似的。

時間好像停止了，天吾想。天吾安靜地呼吸，側耳傾聽著自己的呼吸。海鳴還在持續著。一留神時，現實的聲音已經完全消失。而腰部深處的疼痛，轉移成更限定的別種形式。其中混合著獨特的麻痺。那麻痺變成細細的粉末般混入鮮紅熾熱的血液裡，藉著不停跳動的心臟所提供的風箱的力量，順著血管誠實地送達全身。在胸中形成緊密的小朵雲般的東西。那轉變成呼吸的節奏，讓心臟的跳動變得更堅強。

天吾想，總有一天，很久以後，自己應該會理解這次發生的事情的意義和目的。因此有必要先把這個瞬間盡量正確地、明瞭地保存在意識之中。現在的他只是一個擅長數學的，十歲少年而已。新的門扉就在眼前，然而不知道門裡面有什麼在等著自己。既無力又無知，感情上正混亂，也相當害怕。自己也知道。而少女現在，也沒有期待在這裡被理解。她所希求的，只有把自己的感情確實地傳達給天吾，只有這樣而已。那就像裝在小巧堅固的盒子裡，用清潔的包裝紙包起來，再用細帶子緊緊繫好。她把那樣的包裹親手交給了天吾。

那包裹沒有必要現在在這裡打開，少女在無言中這樣說。等時候到了再開就行了。你現在只要收著這個就行了。

她已經知道很多事情，天吾想。他還不知道。在那新的領域她擁有主導權。在那裡有新的規則，有新的目標和新的動力。天吾什麼都不知道。她卻知道。

少女終於放開握著天吾左手的右手，什麼也沒說，也沒回頭，就快步跑出教室。只有天吾一個人被留在偌大的教室裡。從敞開的窗戶聽得見孩子們的聲音。

下一個瞬間，天吾知道自己正在射精。激烈的射精持續一陣子。強勁地釋出許多精液。到底往哪裡射精呢？天吾以混亂的腦袋想。在小學放學後的教室裡這樣射精並不適合。被人看見就傷腦筋了。不過那裡已經不是小學的教室了。一留神時，天吾正在深繪里的裡面，對著她的子宮射精。並不想做這種事情。卻停不下來。一切都是在他的手所無法到達的地方進行的。

「不用擔心。」深繪里稍後以她平常的平板聲音說。「我不會ㄏㄨㄞˊ ㄩㄣˋ。因爲我沒有月經。」

天吾睜開眼睛看見深繪里。她還跨在天吾身上，俯視著他。她那一對形狀美妙的乳房就在他的眼前。那乳房重複著穩定而規律的呼吸。

這是去貓之村嗎？天吾想問。所謂貓之村到底是什麼樣的地方？想試著實際說出這話來。然而嘴巴的肌肉卻絲毫不動。

「這是ㄅㄧˋ ㄧㄠˋ的事情。」深繪里好像能讀天吾的心似地說。那是簡潔的回答。而且也不成任何答案。就像平常那樣。

天吾再閉一次眼睛。他去那裡，射精，然後又回到這裡來。這是現實的射精，所釋出的是現實的精液。如果深繪里說這是ㄅㄧˋ ㄧㄠˋ的事情的話，那麼大概就是必要的事情吧。天吾的肉體還麻痺著，還失去感覺。而且射精後的疲憊感，像薄膜般包住他的身體。

長久之間深繪里一直保持那樣的姿勢，像吸蜜的昆蟲般，有效地搾完天吾最後的精液。名副其實地一滴不留。然後從天吾的陰莖安靜地抽離，什麼也沒說地下床，走進浴室。一留神時，雷聲已經停止。猛烈的雨不知何時已經停了。那樣執拗地逗留在公寓頂上的雷雲，已經消失無蹤了。周遭非現實地靜悄悄的。只輕微聽到浴室裡深繪里正在淋浴的聲音而已。天吾一直望著天花板，等著肉體原來的感覺回來。射精後還持續勃起，不過硬度似乎的確減少了。

他的心還有一部分留在那小學的教室裡。他的左手上，還鮮明地留下少女手指的觸感。手雖然無法舉起來，但左手掌上應該還鮮明地留下指甲的痕跡。心臟的跳動還留下些許興奮的痕跡。胸中緊密的雲雖然消失了，然而代替的是就在貼近心臟的虛構部分正訴說著令人舒服的隱約疼痛。

青豆，天吾想。

非要見到青豆不可，天吾想。非要找出她來不可。這樣明白的事情，爲什麼到現在爲止都沒有想到呢？她遞給了我重要的包裹。我爲什麼沒有打開，就那樣丟在一邊呢？他想搖搖頭。但頭還無法搖動。肉體還沒有從麻痺中復原。

過一會兒深繪里回到臥室來。她用浴巾裹著身體，暫時坐在床邊。

「Little People已經不再騷動了。」她說。簡直像在做前線戰況報告的冷靜而能幹的斥候兵那樣。並在空中以指尖滑溜地畫一個小圓。就像文藝復興時期的義大利畫家在畫教堂的壁畫那樣，美麗而完全的圓。沒有開始，也沒有結束的圓。那圓暫時浮在空中。「已經結束了。」

這樣說完，少女把身上裹著的浴巾褪去，全身赤裸，暫時就那樣一絲不掛地站在那裡。像要在不動的空氣中，讓留有溼氣的身體，安靜地自然乾燥那樣。那是非常美麗的一景。光滑的乳房，和沒有陰毛的下腹部。

然後彎下腰撿起掉落地上的睡衣，沒穿內衣就直接穿上。扣上釦子，繫上腰帶。天吾在昏暗中恍惚地眺望著那樣子。簡直像目擊昆蟲的蛻變過程那樣。天吾的睡衣對她太大，但她似乎很適應那寬大。然後深繪里滑溜溜地鑽進床上，在狹窄的床上確定自己的位置，把頭搭在天吾肩上。他赤裸的肩上，可以感覺到她小巧耳朵的形狀。喉頭可以感覺到那溫暖的呼吸。身體的麻痺配合著那個，像時間到了自然退潮般逐漸遠去。

空中還留有溼氣，但那已經不是黏答答令人不快的溼氣了。窗外的蟲開始叫起來，勃起現在已經完全收斂，他的陰莖正準備再度沉進安寧的泥中。事物像沿著該有的階段循環，終於完成了一個周期那樣。空中畫出一個完美的圓。動物們從方舟上下來，在懷念的陸地上散開。所有公母一對的動物都分別回到所屬的地方。

「該睡覺了。」她說。「非常深地。」

非常深地熟睡，天吾想。睡覺，然後醒來。到了明天，到底會是什麼樣的世界？

「那是誰也不知道的。」深繪里讀他的心說。

第15章　青豆

幽靈出現的時間終於要開始了

青豆從衣櫥裡拿出備用毯子，蓋住男人龐大的身軀。然後再用手指按一次脖子，確認過動脈的跳動已經完全消失。那被稱爲「領導」的人物已經移動到別的世界。不知道那是什麼樣的世界。不過確定不是1Q84年。而且在這邊的世界，他已經變成被稱爲「死者」的存在了。連微弱的聲音都沒發出，簡直像感覺到寒氣般身體瞬間微微抽動一下而已，那個男人跨過了分隔生與死的分水嶺。一滴血也沒出。現在他已經從一切痛苦中解放出來，俯臥在藍色瑜伽墊上無聲地死亡。她的工作就像平常那樣快速、確實。

青豆把針尖插進軟木栓，放進硬盒子。收進健身袋。從塑膠化妝包拿出海克勒&寇奇手槍，插進運動褲的腰帶。安全裝置已經解除，子彈送進彈膛。抵在背脊的金屬堅硬的觸感讓她鬆一口氣。走到窗邊去拉上厚厚的窗簾，讓房間再度暗下來。

然後提起健身袋，走向房門。手搭在門把上回過頭，再看一眼黑暗中俯臥著的巨大男人的身影。看來只像是熟睡著。就像第一眼看到時那樣。這個世界上只有青豆一個人知道他已經喪命了。不，大概Little People也知道。所以他們才會停止雷鳴。因爲知道事到如今再發出那樣的警告也沒有用了。他們所選出的代理人生命已經斷絕了。

青豆打開門，一面側開眼睛一面踏進明亮的房間。不出聲地悄悄關上房門。和尙頭坐在沙發上喝著咖啡。桌上放著客房服務點來的咖啡壺，和裝有三明治的大托盤。三明治只減少一半。旁邊放著兩個尙未用過的咖啡杯。馬尾巴在門邊擺著的洛可可風椅子上，和剛才一樣挺直背坐著。兩個人似乎都長久保持一樣的姿勢，在無言中度過時間似的。房間裡散發著這種保存著的空氣。

青豆進入客廳後，和尙頭把手上的咖啡杯放回碟子，安靜站起來。

「結束了。」青豆說。「現在正在睡覺。我想花了相當長的時間。他肌肉的負擔也太大了。就讓他好好睡吧。」

「正在睡嗎？」

「睡得很熟。」青豆說。

和尙頭直直地看著青豆的臉。直探視到她的眼睛深處。然後像在檢查有沒有改變似的把視線慢慢往下移到腳尖爲止，再抬起眼睛看臉。

「這是很正常的事情嗎？」

「很多人在肌肉的強烈緊張解除之後，會因此陷入熟睡。並不是特別的事情。」

和尙頭走到隔開客廳和臥室的門口，安靜地轉動門把，把門打開一小縫探視一下。爲了萬一發生什麼狀況時可以立刻掏出手槍，青豆把右手插在運動褲的腰間。男人探視過情況十秒鐘左右，終於收回臉，關上門。

「大概會睡多久？」他問青豆。「總不能就那樣讓他睡在地上。」

「兩小時左右應該會醒來。在那之前請盡量讓他保持那樣的姿勢。」

和尚頭看看手錶，確認時間。然後輕輕點頭。

「知道了。暫時讓他保持那樣。」和尚頭說。「妳要沖個澡嗎？」

「不用沖澡。不過請讓我再換一次衣服。」

「當然。請用化妝室。」

青豆可能的話也不必換衣服，只想早一刻離開這個房間。不過爲了不讓對方懷疑。來的時候既然換過衣服。回去的時候還是有必要同樣地換衣服。她到浴室去脫下運動衣褲。脫下汗溼的內衣褲，用浴巾擦過身上的汗之後，換上新的內衣褲。然後穿上原來穿的棉長褲和白襯衫。手槍藏進長褲的腰帶下，從外面看不見地夾著。各個角度動一動身體，確認動作看不出不自然的地方。用肥皀洗過臉，拿梳子梳過頭髮。然後朝著洗臉台的大鏡子，從各個角度使勁皺起臉，爲了放鬆因緊張而僵硬的肌肉。這樣做一陣子之後恢復了平常的臉色。長久持續皺著眉臉之後，要想起平常的臉是什麼樣子還花了點時間。不過試了幾次沒成效之後，總算找到安定的模樣。青豆睨著鏡子，仔細檢查那張臉。沒問題，她想。是平常的臉。甚至可以面帶微笑了。手不抖。視線也確實。恢復成平常冷靜的青豆小姐。

不過和尚頭剛才一直注視著從臥室剛出來時的她的臉。他也許看到眼淚的痕跡了。因爲她哭了很久，所以應該留下些許形跡。這麼一想青豆心情不安起來。爲什麼做肌肉的伸展時非要流淚不可呢？對方可能覺得奇怪。可能懷疑會不會發生什麼異樣的事情？然後他可能打開臥室的門，重新去確認領導的樣子，發現他的心臟已經停止了……。

青豆把手放在腰後，確認手槍的把手。一定要鎭定才行，她想。不可以害怕。一害怕就會在臉上顯現出來，那會讓對方起疑心。

她一面想到最惡劣的狀況，左手一面提起健身袋，小心地走出浴室。右手可以立刻伸出拿槍。不過房間裡並沒有異樣。和尚頭雙手交抱地站在房間正中央，瞇著眼睛正在思考什麼。馬尾巴依然坐在門口的椅子上，冷靜地觀察著房間裡。他像轟炸機的機關槍手那樣，擁有一對安靜的眼睛。習慣孤獨地，一直看著藍天。眼睛已經染成天空的顏色。「累了吧。」和尚頭說。「要不要喝一杯咖啡？吃一點三明治？」

青豆說：「謝謝。不過不用。剛做完工作肚子不餓。一小時後才會漸漸有一點食慾。」

和尚頭點點頭。然後從上衣暗袋拿出一個厚厚的信封，在手上確認過那重量之後，才交給青豆。

男人說：「很失禮，不過應該比談的價錢加了許多。就像剛才向您報告過的那樣，這次的事情還請務必對外保密。」

「封口費是嗎？」青豆開玩笑地說。

「給您多添一些麻煩，的意思。」男人仍然沒微笑地說。

「這跟金額無關我會嚴格保守祕密。這也是我工作的一部分。事情不會對外洩漏。」青豆說。然後收到的信封就那樣放進健身袋裡。「需不需要收據？」

和尚頭搖搖頭。「不用。這是只限於我們之間的事。妳也沒有必要把這個申報爲收入。」

青豆默默點頭。

「相當費力吧？」和尚頭試探地問道。

「比平常費力。」她說。

「因爲不是一般人。」

「好像是這樣。」

「無可代替的寶貴的人。」他說。「而且長久以來一直受到強烈的肉體痛苦所折磨。換句話說，他一身承擔了我們的苦和痛。那樣的痛如果能減輕一點就好了，這是我們的願望。」

「因爲不知道根本原因，所以很難明確地說。」青豆一面選擇用語一面說。「不過我想痛應該是減輕一些了。」

和尚頭點頭。「看起來，妳好像也消耗了不少體力。」

「可能是這樣。」她說。

在青豆和和尚頭談話之間，馬尾巴坐在門邊，無言地觀察著房間裡。臉不動，只有眼睛動著。完全看不出表情的變化。也不知道兩個人的談話有沒有進入他的耳裡。孤獨、沉默，在在都小心注意。在雲間尋找著敵人的戰鬥機微小的機影。那最初看來只有芥子粒一般小。

青豆有點猶豫之後，問和尚頭：「恕我多管閒事，不過請問喝咖啡和吃火腿三明治，會不會違反教團的戒律？」

和尚頭轉過頭，看看桌上擺著咖啡壺和三明治的托盤。然後嘴唇稍微浮現類似微笑的表情。

「我們的教團並沒有那麼嚴格的戒律。酒和菸大致上是禁止的。性方面某種程度也有限制。不過對食物比較自由。平常只吃比較簡單的東西，但咖啡和三明治都沒有禁止。」

青豆沒有發表意見，只點點頭。

「因爲收了很多人，所以當然需要某種程度的戒律。不過如果眼光過於專注在固定的形式，會迷失本來的目的。戒律和教義終究只是順勢而爲的東西。重要的不是框框，而是裡面的東西。」

「而且領導會在當中傳授內容是嗎？」

「是的。他可以聽到我們的耳朵所聽不到的聲音。是很特別的人。」和尚頭再一次看青豆的眼睛。然後說：「今天辛苦妳了。雨也正好停了。」

「剛才好大的雷聲啊。」青豆說。

「非常大。」和尚頭說。不過看起來他對雷和雨並沒有特別興趣似的。

青豆點點頭提著健身袋，走向門口。

「請等一下。」和尚頭從後面叫住她。聲音尖銳。

青豆在房間中央站住，轉身回頭。心臟發出尖銳乾脆的聲音。她右手若無其事地放在腰間。

「瑜伽墊子。」那個年輕男子說。「妳忘記帶走瑜伽墊子。還鋪在臥室的地上。」

青豆微笑。「他現在正在上面熟睡，總不能把身體移開拿走。如果不介意就送給你們。並不是貴重的東西，而且已經用舊了。如果不需要就丟掉好了。」

和尚頭考慮了一下，終於點頭。「辛苦了。」他說。

青豆走近門口時，馬尾巴從椅子上站起來，爲她開門。然後輕輕點頭。這個人始終一句話也沒開口，青豆想。她點頭答禮。正要從他面前通過。

然而那一瞬間，暴力性念頭像強烈的電流般貫穿青豆的皮膚。馬尾巴的手忽然伸出來，要抓住她的右腕。那應該是非常迅速而確實的動作。快得可以抓住空中的蒼蠅。如此活生生的瞬間跡象。青豆全身肌肉僵住。起雞皮疙瘩，心臟停了一拍。呼吸窒息，冰蟲爬過背脊。意識曝曬在強烈的白熱光下。在這裡如果被這個男人抓住右腕的話，手沒辦法拔槍。那樣一來我就沒有勝算了。這個男人感覺到我做了什麼。憑直覺認知到這個房間裡發生了什麼。雖然不知道是什麼，卻是非常不妥的事。他的本能告訴他：「非逮住這個女人不可。」把她扳倒在地，全力以體重制服，先把肩膀關節往外扯。直覺這樣命令他，不過那終究只是直覺而已。沒有確實證據。如果只是錯覺的話，處境就非常尷尬了。他強烈地猶豫，然後終於放棄。下判斷和指示的畢竟是和尚頭，他沒有這個資格。他拼命壓制住右手的衝動，放鬆肩膀的力量。青豆可以清楚感覺到馬尾巴的意識在那一秒或兩秒之間所通過的一連串過程。

青豆踏上鋪著地毯的走廊。頭也不回地朝向電梯，淡然地走過那筆直的走廊。馬尾巴似乎把頭伸出門外，以眼睛追逐著她的動作。青豆的背持續感覺到，那銳利如刀的視線。全身肌肉雖然非常不自在，卻絕對不回頭。不能回頭。轉過走廊轉角，才總算鬆一口氣。但還不能安心。不知道接下來會發生什麼。她按了電梯下樓的按鈕，在等電梯來之前（等了近乎一輩子的時間），手繞到後面握著手槍的把手。如果馬尾巴改變心意從後面追來的話，可以隨時拔槍。在他那強壯的手抓住自己的身體之前，必須毫不猶豫地射擊對方。或毫不猶豫地射擊自己。該選擇哪一邊？青豆還無法判斷。可能到最後都無法判斷。

不過沒有人從後面追來。飯店的走廊依然靜悄悄的。電梯門發出叮一聲開了，青豆走進去。按了大廳的樓層，等門關上。然後一面咬著嘴唇一面睨著樓層數的顯示。走出電梯，穿過寬廣的大廳，在門外坐上候客計程車。雨已經完全停了，但車子簡直像穿過水中而來似的全身滴著水滴。到新宿西口，青豆說。計程車開動離開飯店後，她身上積存的空氣才大大地往外吐出來。然後閉上眼睛，讓腦袋放空。暫時什麼都不想想了。

感到強烈的噁心。有一股胃裡的東西全部湧上喉頭似的感覺。不過總算壓回去。按下按鈕讓車窗半開，把潮溼的夜晚空氣吸進肺的深處。身體靠在椅背，深呼吸幾次。口中有不祥的氣味。體內有什麼開始腐敗般的氣味。

她忽然想起往棉長褲口袋裡探尋，發現裡面有兩片口香糖。用輕微顫抖的手剝開包裝紙，送進口中慢慢嚼起來。薄荷口香糖。好懷念的香氣。那總算好好地安撫了神經。在動著下顎之間，口中討厭的氣味也逐漸淡掉了。並不是我體內有什麼眞的在腐敗。只是恐懼讓我變怪了而已。

不過總之這樣一切都結束了，青豆想。我已經不必再殺人了。而且我做了正確的事。青豆對自己這樣說。那個男人被殺是當然的，是應得的報應，我只是做了該做的事而已。而且——雖然是碰巧的——他本人也強烈要求被殺。我依照對方的希望讓他安詳地死去。沒有做錯事。只是違法而已。

不過不管怎麼對自己這樣說，內心深處還是無法接受。她剛剛才把一個不尋常的人親手殺掉。還清楚記得，銳利的針尖無聲地沉進那個男人的脖子的觸感。那有不尋常的手感。讓青豆的心相當亂。她攤開兩隻手掌望了一會兒。有什麼不一樣。和平常完全不一樣。但看不出到底是怎麼個不一樣。

如果相信那個男人說的話，她所殺害的是一個預言者。神的聲音的託付者。不過那聲音的主人不是神。可能是Little People。預言者同時也是王，王被殺是命中注定的。換句話說她是命運所派來的刺客。而且由於她以暴力消除了那王者兼預言者的存在，世界的善惡才得以保持平衡。結果，她必須死去。不過那時候她做了一個交易。由於她殺害了那個男人，實際上也放棄了自己的生命，天吾的命因此將得救。那是交易的條件。如果相信那個男人所說的話。

不過青豆基本上不能不相信他說的話。他既不是狂熱信徒，而且即將死的人是不會說謊的。而且最重要的，是他的話有說服力。像巨大的錨那樣具有沉重的說服力。所有的船都擁有大小和重量相應的錨。無論他做過多可怕的事，那個男人確實是令人聯想到大船的人。青豆不得不承認。

她不讓司機看見地把海克勒&寇奇手槍從腰帶拔出，開啓安全裝置收進化妝包。五百公克左右堅固、致命的重量從她身上解除。

「剛才的雷聲好厲害啊。雨也好大。」司機說。

「雷聲？」青豆說。那感覺像很久以前發生的事情似的。雖然是才三十分鐘前的事。這麼說來雷是響過。「是啊。好響亮的雷聲。」

「氣象預告上完全沒提到這種事。還說一整天都會是好天氣呢。」

她腦筋轉著。該說點什麼才好。但話無法順利浮現。大腦的反應好像變遲鈍了似的。她說：「因爲氣象預告不準。」

司機從後視鏡瞄一眼青豆。可能說話的方式有一點不自然吧。司機說：「聽說路上積水，流進地下鐵赤坂見附的車站裡，鐵軌都泡水了。因爲在狹小的地區集中降雨的關係。銀座線和丸之內線暫時停止行駛。剛才廣播的新聞報導這樣說。」

由於下了大豪雨，地下鐵停止行駛。這對我的行動會造成什麼樣的影響嗎？腦袋要趕快轉才行。我要到新宿車站去，從投幣式置物櫃拿出旅行袋和側背包。然後打電話給Tamaru，聽取指示。如果那是必須從新宿搭乘丸之內線的話，事情可能就有點麻煩了。能用來逃脫的時間只有兩小時。過了兩小時，他們就會對領導沒有醒來感到可疑，應該會走進隔壁房間去看看樣子，發現那個男人已經斷氣了。他們會立刻開始行動。

「丸之內線還沒開始動嗎？」青豆問司機。

「不知道動了沒有。要不要聽廣播的新聞報導？」

「好啊，麻煩你。」

根據領導的說法，是Little People把那雷雨帶來的。他們在赤坂見附附近的狹窄地方集中降下豪雨，因此造成地下鐵停駛。青豆搖搖頭。其中也許有什麼企圖。事情不一定能照計畫順利進行。

司機把廣播調到ＮＨＫ。正在播音樂節目。一九六〇年代後半流行的，日本歌手唱的民謠特集。青豆小時候在廣播上聽過這些歌還模糊記得，但完全不覺得懷念。心中反而湧起不快的感覺。那些曲子讓她想起的，都是一些不想憶起的往事。忍著聽了一會兒那節目，怎麼等都沒有關於地下鐵行駛狀況的新聞。

「對不起。不必了，請把廣播關掉。」青豆說。「總之還是到新宿車站去看情形好了。」

司機把廣播關掉。「新宿車站，一定人擠人喏。」他說。

新宿車站果然如預料地非常擁擠。在新宿車站轉乘至國鐵的丸之內線停駛，因此造成人潮混亂，擠滿了來來往往的人。雖然已經過了下班回家的尖峰時段，但要推開擁擠的人潮往前走都十分困難。

青豆終於擠到投幣式置物櫃的地方，領出側背包和人造皮的黑色旅行袋，旅行袋裡放著從出租保險箱取出來的現金。她從健身袋拿出幾件物品，分別改放進側背包和旅行袋。從和尚頭領到的現金信封袋，裝了手槍的塑膠化妝包。放著冰錐的硬盒子。已經不需要的Nike健身袋則放進旁邊的置物櫃裡，投了百圓硬幣鎖起來。並不打算收回。裡面沒有任何能追查出她身分的東西。

她提著旅行袋在車站裡繞著走，找公共電話。所有的公共電話都擠滿了人。等著打電話說：「由於電車停駛所以會晚到家」的人大排長龍。青豆輕輕皺起眉頭。看來Little People不讓我輕易逃跑的樣子。根據領導的說法，他們無法直接對我下手。但可以用別的手段從我無法防備的地方阻擾我的行動。

青豆放棄排隊打電話，離開車站稍微走一點路，看見一家喫茶店，進去點了冰咖啡。店裡的粉紅色公共電話有人在用，幸而沒有人排隊。她站在中年女人背後，一直安靜等著她的長話結束。女人不悅地頻頻瞄著青豆，繼續說了五分鐘左右終於放棄地掛斷電話。

青豆把所有的銅板都投進電話裡，按了記憶中的號碼。鈴聲響了三次，然後是告知：「現在不在家，有事請在訊號聲之後留言。」的答錄機機械化的聲音。

聽到訊號聲，青豆朝向聽筒說：「嘿，Tamaru桑，如果你在的話請接聽好嗎？」

聽筒被拿起來。「在這裡。」Tamaru說。

「幸好。」青豆說。

Tamaru從那聲音中，似乎聽出和平常不一樣的迫切感。「沒問題嗎？」他問。

「到目前為止。」

「工作順利嗎？」

青豆說：「深深睡著了。不能再深的深。」

「原來如此。」Tamaru說。好像打心裡鬆一口氣，從聲音中滲出那感覺。這對向來感情不外露的Tamaru來說很稀奇。「我會這樣轉告。她聽了一定會安心吧。」

「不過事情並不簡單。」

「我知道。不過工作完成了。」

「總算是。」青豆說。「這個電話安全嗎？」

「用特別的線路。可以不用擔心。」

「從新宿車站的投幣式置物櫃拿出旅行用的行李了。接下來呢？」

「還有多少時間？」

「一個半小時。」青豆說。她簡單地說明狀況。再一個半小時兩個貼身警衛就會到隔壁房間檢查，應該會發現領導已經停止呼吸。

「有一個半小時的話很夠了。」Tamaru說。

「如果發現的話，他們會立刻報警嗎？」

「這就不知道了。昨天警察才剛進去教團本部搜查過。現在還在偵訊階段，還沒進行眞正的搜索，這時候如果教祖忽然意外死亡，可能會變相當麻煩。」

「換句話說不會對外公開，可能會自行私下處理是嗎？」

「他們對這種事會冷靜處理。明天看報紙就知道怎麼樣。他們有沒有把教祖的死訊告知警察。我不喜歡賭博。不過如果不得不押一邊，我會賭不告知。」

「會不會認爲是自然死亡？」

「眼睛看起來無法判斷。如果沒有經過精密的司法解剖，也不知道是自然死或遭到殺害。不過無論如何，他們首先應該會想聽妳怎麼說。因爲妳是最後一個見到活著的領導的人。而且如果知道妳已經搬出住處，消失無蹤的話，當然會類推那不是自然死的。」

「於是他們會開始尋找我的去向，全力追捕。」

「應該沒錯。」Tamaru說。

「能夠巧妙地消失蹤影嗎？」

「我們擬有計畫。縝密的計畫。只要照這計畫非常小心而耐心行動的話，誰都不會發現。最糟糕的是膽怯。」

「我會努力。」青豆說。

「要繼續努力。速戰速決，爭取時間的幫助。妳是個很小心，耐力也很強的人。只要照平常那樣做就行了。」

青豆說：「赤坂一帶下了豪雨，地下鐵都停了。」

「我知道。」Tamaru說。「不過不用擔心。沒有安排使用地下鐵。現在開始搭計程車，到都內的庇護所去。」

「都內？不是說要去某個遠方嗎？」

「當然要去遠方。」Tamaru慢慢說給她聽似地說。「不過在那之前有必要做幾個準備。必須換名字和改變容貌。而且這次是很費力的工作。妳的心情一定還在亢奮狀態。這樣的時候慌慌張張行動，也不能成什麼好事。不如暫時藏身在那庇護所裡。沒問題，我們會好好支援妳。」

「那在哪裡？」

「高圓寺。」Tamaru說。

高圓寺，青豆想。然後以指甲尖端輕輕敲著門牙。對高圓寺完全不熟。

Tamaru說出住址和大樓的名字。青豆像平常那樣不用筆記，一切都刻進腦子裡。

「高圓寺的南口。環狀七號線附近。房間號碼三〇三。入口的鎖按二八三一門就會自動打開。」

Tamaru停了一下。三〇三和二八三一，青豆在腦子裡重複。

「鑰匙用膠帶貼在玄關踏墊的內側。房間裡目前生活所需的東西都準備齊全了，暫時可以不用外出。我會跟妳聯絡。鈴聲響三次掛斷，二十秒後再重打。最好不要從那邊聯絡。」

「了解。」青豆說。

「他們很強悍嗎？」Tamaru問。

「旁邊的兩個人看來功夫底子不錯。也有一點讓人發冷的地方。不過不算專業。跟你比程度算差。」

「像我這種人很少。」

「如果很多可能就麻煩了。」

「也許。」Tamaru說。

青豆提著行李走向車站的計程車乘車處。那裡也是大排長龍。地下鐵似乎尚未恢復行駛。不過總之不得不在那裡排隊，耐心等候輪到自己。因爲沒有選擇餘地。

混在面帶焦躁神色的許多上班族之間一面等候計程車的順序到來，她在腦子裡一面反覆背誦著庇護所的地址、大樓名稱和房間號碼，自動門鎖的解除密碼和Tamaru的電話號碼。像修行僧坐在山頂的岩石上，唱誦著重要經文那樣。青豆本來對自己的記憶力就很有自信。這樣程度的資訊可以毫不費力地背起來。不過對現在的她來說，這些數字都是救命索。只要忘記或記錯了一個，要活下去就會變得很難了。不得不深深刻進腦子裡去。

她終於坐進計程車時，距離留下領導的屍體走出房間，大約已經過了一小時。到這裡爲止，花了預定時間的將近兩倍。可能是Little People爭取到那時間的。在赤坂降下集中豪雨，讓地下鐵停駛，打亂了人們回家的腳步，造成新宿車站擁擠，計程車不夠，拖延青豆的行動。這樣一來讓她的神經一點一點地開始綳緊起來。快要失去冷靜了。不，這些可能只是偶然的巧合而已。可能只是碰巧變成這樣的。可能只是我在害怕根本不存在的Little People的影子而已。

青豆告訴司機要去的地方之後，便深深靠在椅背上閉起眼睛。那穿著深色西裝的二人組現在這時候，應該一面確認著手錶的時刻，一面在等待教祖醒來。青豆想像著那模樣。和尚頭邊喝著咖啡，邊想著各種事。思考是他的任務。思考並判斷。領導睡得太安靜了，他可能在懷疑。領導平常都不發出聲音深深安靜地睡。不打鼾也不發出鼻息。雖然如此，平常總是會有什麼動靜。那個女人說會熟睡兩小時。爲了讓肌肉復元，必須讓他安靜休息。才經過一小時。不過有什麼擾亂他的神經。可能過去確認一下樣子比較好。他正猶豫著該怎麼辦才好。

不過眞正危險的是馬尾巴。青豆還鮮明地記得，走出房間時馬尾巴瞬間所顯示的暴力跡象。這個男人雖然沉默卻擁有敏銳的第六感。可能也擅長格鬥。功夫可能比預料好得多。以青豆的武術功力可能對付不了他。連拔槍時間都不給她也不一定。不過幸虧他還不是專家。從直覺到採取行動之前，還讓理性發揮作用。已經習慣接受別人的指示。和Tamaru不同。如果是Tamaru，可能會先把對方制伏，讓對方無力抵抗之後才來思考。一開始就會行動，相信直覺，把理論性判斷移到後面。他知道瞬間的猶豫有時就會太遲了。

想起當時的情況時，腋下還冒出微微的汗來。她無言地搖搖頭。我很幸運。至少沒有在現場被活逮。現在開始不得不多加小心。就像Tamaru說的那樣。要非常注意，非常耐心比什麼都重要。一不小心的瞬間，危機就會降臨。

計程車司機是一位說話客氣的中年男人。他拿出地圖來，把車子停下，計費錶停止，親切地查號碼，幫她找到那棟大樓。青豆道過謝下了計程車。是一棟六層樓雅致的新建住宅大樓。位於住宅區正中央。入口沒看見人影。青豆按了二八三一自動鎖解除碼，玄關的自動門開了，搭乾淨而狹窄的電梯上到三樓。走出電梯，先確認太平梯的位置。然後在門外玄關踏墊內側拿到用膠帶固定的鑰匙，用那個進入房間。打開玄關門時入口燈光設計成自動亮起來。房間裡有一股新建築物特有的氣味。擺設的家具和電器用品也全都是嶄新的，看不出用過的痕跡。一定是剛從紙箱裡拿出來，拆掉塑膠包裝的。那些家具和電器用品，看起來就像設計師為了布置大廈樣品屋，而全套統一買齊的。設計簡單，極具實用性，但感覺不到生活的氣息。

入口的左手邊是餐廳兼客廳。有走廊、洗手間、浴室，後面有兩間房間。一間臥室放著queen size的床。寢具都鋪好了。窗戶的百葉簾關閉著。打開面臨道路的窗戶時，環狀七號線的交通噪音就像遠方的海鳴般傳來。關起來時幾乎什麼都聽不見。客廳外有一個小陽台，從那裡隔一條小路可以俯瞰一個小公園。有鞦韆、溜滑梯、沙坑，還有公共廁所。高高的水銀燈亮得不自然地照出周遭。巨大的櫸樹枝葉往周圍張開。房子在三樓，但因近鄰沒有高建築物，因此不必在意別人的視線。

青豆想起才剛搬出來的，自由之丘自己公寓的房間。陳舊的建築，說不上有多乾淨，有時還會出現蟑螂，牆壁也薄。實在不算是多讓人迷戀的地方。不過現在倒感覺很懷念。在這一塵不染的嶄新房子裡，覺得自己彷彿變成一個記憶和個性被剝奪的匿名人似的了。

打開冰箱，門扉的地方冰著四罐海尼根啤酒。青豆拉開一罐喝了一口。打開二十一吋電視，坐在那前面看新聞。關於打雷和集中豪雨的報導。赤坂見附車站內積水，丸之內線和銀座線停駛，成爲重點新聞被報導出來。路面溢出的水像瀑布般流進車站的樓梯。穿著雨衣的站員們，在車站入口堆著沙袋，但那怎麼看都已經太遲了。地下鐵仍然停駛，不知道什麼時候才能復原。電視播報員拿出麥克風，聽取下班要回家卻回不了的人的意見。有人抱怨：「早上的氣象預告還說今天一整天都會晴朗。」

新聞看到最後，「先驅」領導者死亡的消息當然還沒被報出。那二人組，應該會在鄰室等經過兩小時。然後才會知道眞相。她從旅行袋裡拿出化妝包來，掏出海克勒&寇奇手槍，放在餐桌上。被放在新餐桌上的德國製自動手槍，看起來非常粗魯而沉默。而且從頭到尾黑黑的。不過幸虧這樣，這完全無個性的房間似乎產生了一個聚焦點。青豆嘀咕著：「有自動手槍的風景。」簡直像繪畫的主題般。不管怎麼樣，現在開始我一定要把這傢伙寸步不離地貼身帶著。必須隨時都能立即伸手掏出。不管射誰，或射自己。

巨大的冰箱裡，準備了萬一需要可以半個月足不出戶的食物。蔬菜和水果，立刻可以吃的幾種加工食品。冷凍庫裡有各種肉類、魚和麵包凍得硬邦邦的。甚至還有冰淇淋。食品架上排列著各種調理包、罐頭和調味料。有米和麵。也有大量礦泉水。並準備了紅白葡萄酒各兩瓶。不知道是誰準備的，不過設想得很周到。一時想不到還缺什麼。

感覺有點餓了，因此她拿出卡門貝爾乳酪，把那切成片夾餅乾一起吃。乳酪吃了一半，又把一根洋芹菜好好洗乾淨，沾美乃滋，整根嚼起來。

然後她依序打開放在臥室的衣櫃抽屜看看。最上面放著睡衣和薄浴袍。還裝在塑膠袋裡的新品。眞是準備周到。其次的抽屜裡有三組T恤和短襪，絲襪、內衣褲。都是配合家具設計的白色簡單款式，也全都還包在塑膠袋裡。可能是和給庇護所的女孩子們一樣的東西吧。料子雖然好，卻散發著有點「配給品」的意味。

洗手間有洗髮精、潤絲精、面霜、化妝水。她所需要的東西都備齊了。因爲青豆平常幾乎不化妝，所以需要的化妝品很有限。也有牙刷、牙間刷和牙膏。有梳子、棉花棒、剃刀、小剪子，並周到地備妥了生理用品。衛生紙、面紙存量都豐富。浴巾和毛巾整齊摺好，疊在櫥子裡。一切都用心地準備齊全。

打開衣櫥看看。說不定裡面有合她尺寸的洋裝，和整排合她尺寸的鞋子。如果那是Armani和Ferragamo就更沒話說了。不過和預料的相反，衣櫥裡是空的。不管怎麼樣還不至於做到那樣。他們心裡明白到什麼程度算周到，從什麼地方開始算過分。就像《大亨小傳》中傑．蓋茨比的圖書室一樣。齊備了眞正的書籍。但不到書頁翻開的地步。在這裡的期間，應該沒有需要外出服的狀況。不需要的東西他們不準備。衣架則準備了很多。

青豆把旅行袋中帶來的衣服拿出來，一件件確認過沒有皺摺之後掛在那衣架上。她知道別這樣做，把衣服一直留在旅行袋裡，對逃走中的人隨時應變比較方便。不過青豆在這個世界上最討厭的事情，就是穿有皺摺的衣服。

青豆想，我還是沒辦法當一個徹底冷靜的職業犯罪者。眞是的，在這種節骨眼上還在乎什麼衣服的皺摺。然後忽然想起有一次跟Ayumi談過的話。

「把現鈔藏在睡覺的床墊底下，危險的時候把那抓起來就從窗戶逃走。」

「對，對，就是這樣。」Ayumi說，彈響手指。「就像史提夫．麥昆在《亡命大煞星》的電影裡那樣。鈔票和手槍。我喜歡這個。」

其實並不是那麼快樂的生活喔，青豆對著牆壁說。

然後青豆到浴室去脫掉身上的衣服，淋了浴。讓熱水把留在身上討厭的汗沖掉。走出浴室，坐在廚房櫃台前，一面用毛巾擦著濕頭髮，一面又喝了一口剩下的罐裝啤酒。

今天一整天好幾件事情都確實地往前進展了，青豆想。齒輪發出咯吱的聲音前進一格。已經往前進的齒輪是不會倒退回來的。這是世界的規則。

青豆把槍拿起來，上下倒轉，槍口朝上地伸進口中。抵在牙齒前端的鋼鐵觸感非常堅硬而冰冷。有一點潤滑油的氣味。只要這樣射穿腦袋就行了。撥開擊槌，扣下扳機。這樣一切就太簡單地結束了。沒有必要想什麼。也不必到處逃。

青豆對自己將死並不覺得害怕。我死去，天吾活下來。他以後會在1Q84年，在有兩個月亮的世界繼續活下去。不過在那裡我卻不含在內。我在這個世界不會遇到他。不管世界如何重疊，我都不會遇到他。至少領導是這樣說的。

青豆重新慢慢地放眼探視房間裡。簡直就是樣品屋，她想。乾淨而有統一感，必要的東西一應俱全。然而卻沒有個性而陌生，只是個紙糊的模型而已。如果我要在這樣的地方死去的話，那應該不能算是多愉快的死法。不過就算舞台背景換一個喜歡的，這個世界就真的有所謂心情愉快的死法這東西存在嗎？而且試想起來，我們所活著的世界本身終究也只像個巨大的樣品屋。走進去，在那裡坐下來，喝口茶，眺望一下窗外的風景，時間到了，道一聲謝走出去。在那裡的一切家具都是湊合的假東西而已。連掛在窗戶上的月亮可能都是紙糊的模型。

不過我愛天吾，青豆想。也小聲說出口。我愛天吾。這並不是廉價酒店的表演秀。如果把1Q84

年切下去，也是會流血的現實世界。痛終究是痛，恐怖終究是恐怖。掛在天空的月亮並不是紙糊的月亮。是眞正的月亮。眞正的一對月亮。而且在這個世界，我爲了天吾主動接受死。這讓誰都不能說是假的。

青豆看看牆上掛著的圓型掛鐘。Braun百靈公司設計的簡單造型，和同樣德國製的海克勒&寇奇（Heckler & Koch）很搭配。除了那掛鐘之外這房間的牆上沒有掛任何東西。時鐘的針已經繞過十點。那二人組差不多要發現領導屍體的時刻了。

大倉飯店的優雅套房的臥室裡，一個男人呼吸停止了。身軀龐大的，不尋常的男人。他已經移到那邊的世界去了。不管是誰用什麼方法都已經無法把他拉回這邊的世界了。

然後幽靈出現的時間終於要開始了。

第16章 天吾

簡直像幽靈船一樣

到了明天，到底會是什麼樣的世界？

「這誰也不知道。」深繪里說。

然而天吾醒來的世界，和前一夜睡著時的世界比起來看不出有什麼特別的變化。枕邊的時鐘指著六點多。窗外完全亮了。空氣清新澄澈，光從窗簾縫隙中像楔子般射進來。夏天似乎也終於接近尾聲了。聽得見鳥尖銳鮮明的啼聲。昨天那場猛烈的雷雨感覺像幻覺一般。或像發生在遙遠的過去，某個陌生地方的事情一般。

一覺醒來，天吾腦子裡首先浮現的是，深繪里會不會在夜間消失蹤影。不過這位少女還在他身邊，像冬眠中的小動物那樣熟睡著。睡容美好，細柔的黑髮散在白皙的臉頰上，形成複雜的花紋。耳朵藏在頭髮裡看不見。聽得見微弱的熟睡鼻息。天吾暫時望著房間的天花板，傾聽著那像小風箱般的鼻息聲。

他還清楚記得昨夜射精的感覺。一想到自己在這個少女體內眞的射出精液時，他的腦子就非常混亂。而且是很多精液。到了早上看起來，那就像猛烈的雷雨般，感覺不像是現實中所發生的事情。簡直就像是夢中的體驗。十幾歲的時候，體驗過幾次夢遺。作了眞實的春夢，在夢中射精，因此醒過來。發生的事情全都是夢，只有射精是眞的。以感覺來說很像那個。

不過那卻不是夢遺。他確實在深繪里體內射精沒錯。在她的引導下把他的陰莖引進她自己體內，有效率地搾取精液。他只是順從著做而已。當時他的身體完全麻痺，一根手指都無法動彈。而且天吾自己以爲是在小學的教室裡射精的。不過深繪里卻說，無論做什麼都不用擔心會懷孕，因爲她沒有月經。他不太明白，這種事情眞的會發生。不過卻眞的發生了。在現實的世界，以現實的事情。大概。

他起床，換了衣服，走到廚房去燒開水，泡咖啡。準備邊泡咖啡，邊整理腦子。就像在整理書桌抽屜的東西那樣。但沒辦法好好整理。只把幾樣東西的位置更換過而已。原來放橡皮擦的地方，改放迴紋針，原來放迴紋針的地方，改放削鉛筆機，原來放削鉛筆機的地方，改放橡皮擦。只是把一種形式的混亂，變成另一種形式而已。

喝了新的咖啡，到洗手間去一面聽著FM收音機播出的巴洛克音樂節目，一面刮鬍子。德國作曲家泰勒曼（Georg Philipp Telemann）爲各種獨奏樂器所作的組曲。和平常一樣的動作。在廚房泡咖啡，喝了咖啡，一面聽收音機的《獻給您巴洛克音樂》節目一面刮鬍子。只有曲目每天變換而已。昨天確實是法國作曲家拉摩（Jean-Philippe Rameau）的鍵琴音樂。

解說者說：

十八世紀前半以作曲家身分在歐洲各地獲得極高評價的泰勒曼，進入十九世紀之後因為產量太多，因此作品開始被人們輕視。不過那並不是泰勒曼的問題。而是歐洲社會的結構改變了，音樂作曲的目的也隨著起了很大的變化，造成這種評價的逆轉。

這是新的世界嗎？他想。

重新環視周圍的風景看看。還是沒有發現什麼改變。現在還看不到輕視者的身影。不過無論如何，都必須刮鬍子。不管世界變了或沒變。都沒有人會代替他刮鬍子。只能靠自己的手來刮。

刮完鬍子之後，烤了吐司抹了奶油吃，又喝了一杯咖啡。到臥室去看看深繪里的情況，好像睡得很熟，身體動也沒動一下。姿勢和剛才一樣沒有改變。頭髮在臉頰上形成同樣的花紋。鼻息也和剛才一樣安詳。

暫時沒有預定要做什麼。補習班沒有課。沒有誰要來訪，也不打算去找誰。今天一整天，要做什麼是他的自由。天吾面對廚房的桌子繼續寫小說。用鋼筆，在稿紙上塡字。就像平常那樣他立刻集中精神在那作業上。意識的頻道一切換，其他事情就立刻從視野中消失。

深繪里在九點以前醒來。她脫下睡衣，穿上天吾的T恤。傑夫．貝克巡迴日本時的T恤，他到千倉去看父親時穿的那件。一對乳房就清楚地浮現在那裡。毫無疑問地讓天吾想起昨夜射精的感覺。就像某個年號會令人想起歷史事件那樣。

FM收音機播出法國管風琴大師杜普瑞（Marcel Dupré）的風琴曲。天吾停下筆來不再寫小說，去幫她做早餐。深繪里喝了伯爵茶，吃了吐司抹草莓果醬。她簡直像林布蘭在畫衣服的摺紋時那樣，很小心地花時間在吐司上抹果醬。

「妳的書到底賣了多少？」天吾問。

「你是說《空氣蛹》。」深繪里問。

「對。」

「不知道。」深繪里說。然後輕輕皺眉。「非常多。」

對她來說數字並不是多重要的因素，天吾想。她的「非常多」的形容法，讓人聯想到遼闊的原野上所生長的一望無際的苜蓿。苜蓿所顯示的終究只是「多」的概念，誰都不會去數那數目。

「很多人正在讀《空氣蛹》。」天吾說。

深繪里什麼也沒說，只檢查著果醬抹得怎麼樣了。

「我必須跟小松見面。盡量趁早一點的機會。」天吾隔著桌子一面看著深繪里的臉說。她的臉上就像平常那樣沒有顯示任何表情。「妳見過小松吧？」

「記者招待會的時候。」

「談過話嗎？」

深繪里只輕輕搖頭。表示幾乎沒有談過。

可以清清楚楚地想像到當時的情景。小松像平常那樣以驚人的速度，把所想的事情——或沒怎麼想的事情——滔滔不絕地說出來，她在那之間幾乎沒開口。也沒怎麼聽對方說的話。小松也不介意這個。如果有人問請具體舉出一組「無緣契合的人的組合」範本時，推舉小松和深繪里就對了。

天吾說：「很久沒有跟小松先生見面了。他也沒跟我聯絡。他最近可能也很忙吧。由於《空氣蛹》暢銷起來，所以很多事情亂了陣腳。不過很多問題也該認眞談一談了。難得妳也在這裡。正是好機會。要不要一起去見他？」

「三個人。」

「嗯。這樣談比較快吧。」

深繪里考慮了一下。或想像著什麼。然後說：「沒關係。如果可能的話。」

如果可能的話，天吾在腦子裡複誦一遍。

「妳想也許不可能。」天吾戰戰兢兢地問。

深繪里沒回答。

「如果可能的話，就跟他見面。這樣沒關係嗎？」

「見面要做什麼。」

「見面要做什麼嗎？」天吾反覆這問題。「首先還他錢。改寫《空氣蛹》的報酬，我上次收到一筆匯到我銀行戶頭的錢。不過我不想收那種東西。我改寫《空氣蛹》並不覺得後悔。那個工作對我產生了刺激，把我引導往好的方向。自己說有點不好意思，不過我覺得寫得不錯。事實上，評價高，書也暢銷。接下這工作本身我想並沒有錯。只是我沒有想到事情會弄得這麼大。當然接下的是我，自己確實也該負責任。不過總之我並不打算接受這報酬。」

深繪里做了一個像輕輕聳肩的動作。

天吾說：「確實像妳說的那樣。我這樣做，事態可能一點都沒有改變。不過以我來說，我想先把自己的立場弄清楚。」

「對誰。」

「主要是對我自己。」天吾聲音有點變小地說。

深繪里拿起果醬的瓶蓋來，像在看稀奇的東西般盯著瞧。

「不過，可能太遲了。」天吾說。

深繪里對這個什麼也沒回應。

一點過後打電話到小松的公司時（小松上午不上班），接電話的女人說，小松這幾天休假沒到公司。不過除此之外的事情她也不知道。或者就算知道什麼，也不打算告訴天吾的樣子。天吾拜託她，把電話轉給他認識的另一位編輯。天吾曾用筆名為那個男人編的月刊寫過專欄似的稿子。那個編輯比天吾大兩三歲，也因為是同一所大學畢業的，對天吾印象還不錯。

「小松先生已經休息一星期沒來上班了。」那位編輯說。「第三天，他本人打電話來說身體不舒服所以想休息一陣子。然後就沒來上班了。出版部的同事都很傷腦筋。因為小松先生是《空氣蛹》的責任編輯，那本書的事情他都一手包辦。小松先生雖然是負責雜誌的，不過他不理權責分際，全部包攬，不讓別人插手。所以現在一休息，其他人實在無法應付。不過，如果是身體不舒服也只能說沒辦法了。」

「是哪裡不舒服呢？」

「不知道。他只說不舒服。說完就掛電話了。從此完全沒聯絡。有事情想問他，打電話到家裡也打不通。一直是電話答錄機。我正傷腦筋呢。」

「小松先生沒有家人嗎？」

「他一個人住。本來有太太和一個小孩，不過應該是離婚很久了。他自己什麼都不說，所以詳細情形並不清楚，只聽說是這樣。」

「不管怎麼樣休息一星期只聯絡過一次也很奇怪吧。」

「不過你也知道，他不是一個能憑常識判斷的人。」

天吾仍然握著聽筒想了一下。然後說：「確實不知道他會做出什麼事來。脫離社會常軌，也有很任性的一面。不過就我所知，他對工作不是不負責任的人。《空氣蛹》這麼暢銷的時候，不管身體多不舒服，也不至於把工作中途丟下不管，不太跟公司聯絡。不可能這樣吧，不會這麼過分才對。」

「說得也是。」那位編輯同意說。「可能到他家去一趟，確認一下情況比較好。因爲深繪里失蹤所牽涉到『先驅』情況的混亂也有關係，她的行蹤還不清楚。可能發生了什麼事。小松先生總不會裝病休息，把深繪里藏到什麼地方去吧。」

天吾沉默著。不能說出自己眼前深繪里本人正在用棉花棒清著耳朵。

「不只這件事情而已，關於那本書，總覺得有什麼地方不對勁。書賣得好固然好，卻有一點無法釋然。不只是我而已。公司裡很多人都這樣感覺。……不過天吾找小松有什麼事嗎？」

「不，沒什麼特別的事。只是有一陣子沒聯絡了，不知道他怎麼樣了而已。」

「他最近相當忙。可能是這個壓力太大了也有關係。總之《空氣蛹》是我們公司創立以來最暢銷的作品。今年的獎金有希望了。天吾有沒有讀過那本書？」

「當然投稿來的時候就讀了。」

「這麼說來確實也是。你是負責讀初審稿的。」

「寫得很好的有趣小說。」

「是啊，內容確實很好喔，是有一讀的價值。」

天吾從那說法中聽出不祥的意味。「可是怎麼樣呢？」

「這是類似編輯的第六感。寫得非常好。這點確實沒錯。不過有點寫得好過頭了。以一個十七歲的新手作家來說。何況作者目前行蹤不明。編輯也聯絡不上。而且就像從前沒有任何人搭乘的幽靈船那樣，只有書在暢銷的海面上一帆風順地，筆直往前行駛。」

天吾發出曖昧的聲音。

對方繼續說：「可怕，而神祕，事情太順利了。這個話只能在這裡講，公司裡也有人悄悄談論推測小松可能對作品動了不少手腳。那就超出常識範圍了。我想不可能吧，如果那樣的話，我們就抱著危險的炸彈了。」

「說不定只是幸運碰巧重疊在一起而已。」

「就算是這樣，也不會一直順利下去。」那位編輯說。

天吾道過謝掛上電話。

天吾放下聽筒之後對深繪里說：「從一星期前小松就請假沒去公司上班了。聯絡不上。」

深繪里什麼也沒說。

「我周圍好像有很多人一一消失無蹤。」天吾說。

深繪里還是什麼也沒說。

天吾忽然想起人的表皮細胞每天會各喪失四千萬個的事實。那些會失去、剝落、化為眼睛看不見的細小灰塵消失到空中去。我們對這個世界來說或許是像表皮細胞似的東西也不一定。如果眞是這樣的話，有人某一天忽然消失到哪裡去也不奇怪。

「說不定下一個就輪到我了。」天吾說。

深繪里輕微搖頭。「你不會消失。」

「爲什麼我不會消失？」

「因爲ㄑㄩ　ㄍㄨㄛˋ　ㄒㄧㄝˊ了。」

天吾對這個想了幾秒鐘。不過當然沒有結論。一開始就知道是怎麼想都沒有用的。雖然如此還是不可能完全不努力去想。

「不管怎麼樣，現在沒辦法立刻見到小松。」天吾說。「也沒辦法把錢還回去。」

「錢不是問題。」深繪里說。

「那麼，到底什麼是問題呢？」天吾試著問看看。

當然沒有答案回應。

天吾依照昨夜所下的決心，決定尋找青豆的行蹤。花一天時間專心找應該至少可以得到什麼線索。但實際試做起來，才知道事情沒有預料的簡單。他把深繪里留在屋子裡（告訴她好幾次「無論誰來都不要開門」），到電信總局去。那裡齊備有日本全國的電話簿，可以閱覽。他從東京二十三區的電話簿開始一一翻閱，尋找青豆的名字。就算不是她本人，也應該有親戚住在什麼地方。可以問他們青豆的消息。

但每一本電話簿都找不到姓青豆的人。天吾把範圍擴大到全東京。還是一個人也找不到。然後搜索範圍擴大到整個關東圈。包括千葉縣、神奈川縣、埼玉縣……到這裡精力和時間就耗盡了。由於盯著電話簿的細小文字的關係，眼睛深處痛了起來。

想到有幾個可能性。

(1)她住在北海道的歌志內市郊外。

(2)她結婚了改隨夫姓「伊藤」。

(3)她爲了保護隱私而不在電話簿上刊登名字。

(4)她在兩年前春天得了惡性流行性感冒死了。

除此以外應該還有太多可能性。光憑電話簿太有限。總不能查遍日本全國的電話簿。要查到北海道可能要到下個月去了。必須找到其他方法才行。

天吾買了電話卡走進電話局的公共電話亭，打電話到他們畢業的市川市小學，說想聯絡同學會的事，請代查青豆所登記的住址。親切而且顯得空閒的女職員幫他查了畢業生名冊。但因青豆五年級時中途轉學，所以不是畢業生。因此畢業生名冊上沒有登出名字，也不知道現在的地址。不過可以查出當時搬遷的地址。想知道嗎？

想知道，天吾說。

天吾把那地址和電話號碼記錄下來。東京都足立區的地址，聯絡人是「田崎孝司」。她那時候似乎離開雙親的家。一定發生了什麼事吧。天吾雖然想著大概不行，還是打了那個電話看看。果然不出所料那個電話號碼已經不再使用了。畢竟是二十年前的事了。打電話到查號台，告知地址和田崎孝司的名字，回覆說這個名字沒有登記電話。

然後天吾也試著想查證人會總部的電話號碼。但怎麼查，電話簿上都沒有刊登他們的聯絡處。無論是「洪水前」或「證人會」，或和那類似的名字，都沒有登記。工商用電話簿的「宗教團體」項下也找不到。天吾在苦戰惡鬥之後，終於得到一個結論，就是他們可能不希望任何人跟他們聯絡。

這樣想就奇怪了。他們隨自己高興隨時找上門來。不管你這邊是正在烤舒芙蕾也好，正拿著銲槍銲東西也好，正在洗頭髮也好，正在調教小鼴鼠也好，正在思考二次函數也好，他們都會隨時按門鈴，或敲門，笑咪咪地勸誘說：「要不要一起學習聖經？」對方來找你可以。可是你（如果沒有成爲信徒的話）卻不能自由地去找他們。想問一個簡單問題都不行。要說不方便也眞不方便。

不過假定查出電話號碼聯絡上了，從他們那防衛的堅固看來，實在很難想像他們會應這邊的請求，親切地提供每一個信徒的相關資訊。以他們的觀點來看，或許有必須加強防衛的理由吧。由於那極端奇怪的教義的關係，由於信仰執著的關係，世上有很多人討厭他們，疏遠他們。曾經發生過幾次社會問題，結果近乎受到迫害。像這樣要保護自己的團體對抗絕不算善意的外面世界，可能已經成爲他們的習性之一了。

無論如何，在這裡搜索青豆的途徑暫時被封閉了。其他還有什麼搜索方法嗎？天吾一時還想不到。青豆是相當罕見的姓。聽過一次就不會忘記。不過想追尋一個擁有那姓的人的足跡，卻轉眼之間就會碰壁。

或許直接到處向證人會的信徒打聽會比較快。向總部正面詢問，可能會被懷疑什麼而不肯告知，但個人私底下問身邊的信徒，對方還可能親切地告訴你。不過天吾沒有認識任何一個證人會的信徒。而且試想一想將近這十年來，一次也沒有被證人會信徒拜訪過。爲什麼希望他們來的時候卻不來，只有不要他們來的時候才偏偏來呢？

也可以在報紙上刊登三行小廣告。「青豆小姐，請速聯絡。川奈」好蠢的文字。而且就算她看到這廣告，天吾也不認爲青豆會特地跟他聯絡。如果提高警戒就完了。川奈說起來也不是很常見的姓。不過天吾實在不覺得青豆還記得自己的姓名。川奈——是誰？總之她才不會跟我聯絡呢。何況有誰會去看報紙的三行廣告？

然後也有委託大徵信社尋找的辦法。他們應該很習慣這種尋人的事。擁有各種尋人手段和關係。如果有適當線索，可能轉眼之間就能幫你找到。費用應該也不會太高。不過這或許最好保留當最後手段，天吾想。先靠自己的腳尋找看看。自己到底能做什麼？覺得應該再動一動腦筋比較好。

周遭已經昏暗下來才回到家，深繪里坐在地板上一個人聽著唱片。是年長的女朋友留下來的古老爵士唱片。房間地板上到處散著艾靈頓公爵、班尼．固德曼、比莉．哈樂黛（Billie Holiday）等人的唱片封套。那時候轉盤上轉著的是，路易斯．阿姆斯壯的歌 *"Chantez-Les Bas"*。令人印象深刻的歌。一聽到這歌，天吾就想起年長的女朋友。在做愛和做愛之間，兩個人經常聽這張唱片。這曲子最後的部分，楚米．楊長號的部分吹得非常熱烈起勁，忘記照約定好的，獨奏要到這裡停止，最後還多演奏了八小節。「你聽，這裡。」她說明。唱片的一面結束後，赤裸著身子走下床，到隔壁房間去把唱片翻面當然是天吾的任務。他很懷念地想起那件事。這種關係當然不覺得會永久維持下去。不過也沒想到會是這樣唐突的結束法。

看到深繪里認眞地聽著安田恭子留下的唱片的模樣，覺得很不可思議。她皺著眉，集中精神，看起來好像想從那古老時代的音樂中聽取什麼音樂以外的東西似的。或凝神注視，彷彿想從那聲響中看出什麼影子似的。

「喜歡這張唱片嗎？」

「聽了好幾次。」深繪里說。「沒關係嗎。」

「當然沒關係。不過一個人聽不會無聊嗎？」

深繪里輕輕搖搖頭。「有想事情。」

天吾想問深繪里，對於昨天夜裡，兩個人在雷雨交加中所發生的事情。爲什麼會做那樣的事情？天吾不認爲深繪里對自己會產生性慾。所以那應該是在和性慾沒有關係的基礎上所發生的行爲。那麼，那到底意味著什麼？

不過這種事情如果當面問，他不認爲會得到適當的回答。而且在這樣和平而安穩的九月的夜晚，對天吾來說也提不起這心情，從當面突然提出這樣的話題。那是在黑暗的時刻在黑暗的場所，一面在強烈的雷聲包圍下，一面悄悄進行的行爲。在日常生活中提出來時，含義可能會變質也不一定。

「妳沒有月經嗎？」天吾從別的角度試著問。從可以用Yes和No回答的地方開始試試看。

「沒有。」深繪里簡潔地回答。

「出生以來一次也沒有？」

「一次也沒有。」

「這可能不是我該開口的事情，不過妳已經十七歲，卻一次也沒有來過月經，我覺得很不尋常。」

深繪里微微地聳肩。

「有沒有爲這個去看過醫生？」

深繪里搖頭。「去了也沒有用。」

「爲什麼沒有用？」

深繪里也沒有回答這個。好像沒有聽到天吾的問題似的。她的耳朵可能有分辨問題適當、不適當的特別瓣膜，就像半人魚的鰓蓋那樣，會視需要而張開或閉起。

「Little People也跟這件事有關嗎？」天吾問。

還是沒有回答。

天吾嘆一口氣。天吾想不到還能提出什麼接近的問題，可以弄清楚昨夜發生的事。細小而模糊的路到這裡就斷了，前面是深深的森林。他確認腳下的路，環視周圍一圈，仰頭看天。這就是和深繪里談話時的問題。所有的路都一定會在什麼地方中斷掉。如果是吉利亞克人的話，也許沒有路了他們還是能繼續往前走。但天吾卻沒辦法。

「我現在在找一個人。」天吾脫口說出。「一個女人。」

向深繪里說出這種事情也不能怎麼樣。他很清楚。不過天吾想對誰說出來。不管是誰都好，關於自己對青豆的想法，他想出聲說出來。要不然，他覺得青豆又會離開自己到更遠的地方去。

「已經二十年沒見面了。最後見面是十歲的時候。她跟我同年。我們是小學的同班同學。我用各種方法調查過，但沒辦法找到她的足跡。」

唱片播完了。深繪里把唱片從轉盤上拿起來，瞇著眼睛聞了幾次那塑膠的氣味。然後小心指紋不要留在唱盤上收進紙袋裡，再把那紙袋收進唱片封套裡。簡直像把快睡著的小貓移到貓床上那樣輕巧，充滿慈愛。

「你想見她。」深繪里不加問號地問。

「因爲她對我來說是擁有重要意義的人。」

「二十年來一直在找她。」深繪里問。

「不，不是這樣。」天吾說。而且在尋找這話該怎麼繼續之間，雙手的手指在桌上交叉。「老實說，我今天才開始找。」

深繪里露出不太明白的表情。

「今天。」她說。

「這麼重要的對象，爲什麼到今天爲止一次都沒有找過呢？」天吾代替深繪里說。「很好的問題。」

深繪里默默看著天吾的臉。

天吾把腦子裡的想法整理了一遍。然後才說：「我大概繞了很長的路吧。那個姓青豆的女孩子──該怎麼說才好呢──長久以來一直不變地在我的意識的中心。對我這個存在來說扮演著一個重要而具分量的角色。雖然如此，但好像正因爲在太中心了，反而沒辦法完全掌握那意義。」

深繪里一直看著天吾的臉。這位少女到底有沒有理解一點他所說的話，從臉上表情看不出來。不過那都無所謂。天吾有一半是對自己說的。

「不過我終於明白。她既不是概念，不是象徵，也不是比喻。而是擁有溫度的肉體，和躍動的心靈的眞實存在。而且那溫度和躍動，應該是我所不能失去的東西。我花了二十年時間才了解這樣理所當然的事情。我思考事情比較慢，雖然如此也花了太長的時間了。說不定已經來不及了。」

深繪里還跪在地板上，身體挺得筆直。隔著Jeff Beck巡迴演唱的T恤下，乳頭的形狀完全清楚地浮現。

「青豆。」深繪里說。

「對。字就是青色的豆子。非常少見的姓。」

「你想見她。」深繪里不加問號地問。

深繪里一面咬著下嘴唇，一面想著什麼。然後抬起臉來，深思熟慮地說：「她可能就在附近也不一定。」

第17章　青豆

取出老鼠

清晨七點的電視新聞中大幅地報導，地下鐵赤坂見附車站裡淹水的消息，卻沒有提到關於大倉飯店套房內「先驅」領導者的死訊。NHK新聞播報完畢之後，她轉到其他頻道，看了幾家電視台的新聞。但每個節目，都沒有對世界報出那個大男人無痛的死亡。

他們把屍體藏起來了，青豆一面皺起臉來一面想。這十分可能，Tamaru事先就這樣預告過。不過這種事情竟然能實際執行，青豆不太能相信。他們可能會用什麼方法，把領導的屍體搬出大倉飯店的套房，把他放在車上運出去呢？那樣龐大的男人。屍體一定相當重。而且飯店裡有許多房客和工作人員。各個地方都設有許多防盜攝影鏡頭密切監視著。要如何才能在不引人注目之下，把屍體運到飯店的地下停車場？

無論如何他們大概會在半夜裡就把遺體運回山梨縣山中的教團本部不會錯。可能在那裡開會討論，領導的屍體該如何處理。至少他們應該不會向警察正式通報他的死訊。一旦隱藏起來的東西，就必須繼續隱藏到底。

那猛烈的局部雷雨，和那雷雨所帶來的混亂，可能會讓他們的行動比較容易進行。總之他們會避免對外揭露事件。幸虧平常領導就幾乎不在人前露面。他的存在和行動本來就包在謎裡。所以就算他忽然失去蹤影，他的消失暫時應該還不會引起人們注意。他死掉——或被殺——的事實只有在一小撮人之間以祕密被保守著。

青豆當然不知道，他們以後打算以什麼形式，以及如何塡補因領導的死所產生的空白。不過他們應該會盡力去做。爲了讓組織繼續運作下去。就像那個男人說的那樣，領導者不在了組織還是能就那樣存續下去，繼續動下去。誰會繼承領導的位子呢？不過那是跟青豆無關的問題。她被賦予的工作是殺掉領導，並不是要摧毀一個宗教團體。

她想起穿深色西裝的二人組貼身保鑣的事。和尚頭和馬尾巴。他們回到教團之後，會不會因爲領導在自己眼前輕易被殺而被追究責任？青豆想像，兩個人會被賦予追查並處置——或逮捕——她的使命。「無論如何一定要把那個女人找出來。在那之前不用回來。」他們接到這樣的命令。有可能。他們近在眼前地看過青豆的臉。功夫也強，正燃燒著復仇心。很適合當追捕者。而且教團的幹部們，也必須找出青豆的背後有誰在支持。

她吃了一個蘋果當早餐，幾乎沒有食慾。她手上，還留有在那個男人脖子上打進針尖時的觸感。她右手拿著小刀一面削蘋果皮，一面感覺到體內輕微的震顫。這是以前一次也沒有感覺過的震顫。不管殺了誰，只要睡一個晚上那記憶大多都會消失掉。當然奪走一個人的生命絕對不是一件愉快的事。不過反正對方都是沒有生存價値的男人。與其產生對人的憐憫反倒先湧起厭惡的感覺。但這次不同。光以事實來看，那個男人到目前所做的事可能是違背人倫的行爲。不過他本身在許多意義上來說卻是個不尋常的人。那不尋常，至少有一部分，感覺好像是超越善惡基準的東西。而且斷絕他的生命，也是一件不尋常的事。事後留下一種奇怪的手感。不尋常的手感。

他所留下的東西是「約定」。青豆想了一下之後得到這樣的結論。這約定的重量，在她手中以記號留下來。青豆了解這點。這個記號可能永遠都不會從她手中消失。

上午九點過後電話來了。是Tamaru打的。鈴聲響三次掛斷，過二十秒後鈴聲再響。

「他們果然沒有報警。」Tamaru說。「電視新聞沒有報出來。報紙上也沒有刊登。」

「不過死掉是確實的喔。」

「這點當然知道。領導死掉了沒錯，採取了幾個行動。他們已經從飯店抽身。半夜有幾個人從都內的分部被召集過來。大概是爲了不讓別人看到他們處理屍體。他們對這種作業很熟練。而且有毛玻璃的S系賓士車，和窗戶塗黑的TOYOTA Hiace休旅車，在深夜一點左右從飯店停車場開出。兩輛都是山梨的車牌號碼。天亮前應該就會到達『先驅』本部。前天警察才進去搜查過，不過並沒有正式大搜，而且警察作業完畢早就退出去了。教團裡有像樣的焚化爐。如果把屍體放進去的話，骨頭都不會留一根。可以乾乾淨淨地化爲煙。」

「好可怕噢。」

「是啊，惡劣的傢伙們。領導死了，組織本身可能暫時還會繼續不變地運作著。就像頭被切掉，身體還無所謂繼續動的蛇一樣。就算沒有頭，也確實知道該往哪個方向前進。以後的事情很難說。不久以後會死掉也不一定。或長出新的頭也不一定。」

「那個男人很不尋常。」

Tamaru對這點沒有特別意見。

「和過去完全不一樣。」青豆說。

Tamaru在揣測青豆話裡的意思。然後說：「和過去不同這件事，我也可以想像。不過我們還是想一想從今以後的事情比較好。要盡量實際一點。要不然無法活下去。」

青豆想說什麼，卻說不出口。她的身體還沒停止震顫。

「夫人說想跟妳說話。」Tamaru說。「妳能說嗎？」

「當然。」青豆說。

老婦人來聽電話。從她的聲音中也可以感覺出有安心的音色。

「我很感謝妳。口頭上無法表達的程度。妳這次也完美地完成工作了。」

「謝謝。不過我想再也無法做同樣的事了。」青豆說。

「我知道。太勉強妳了。妳能平安回來我眞高興。我不打算再拜託你做這種事。這次就結束了。我已經幫妳準備好安身的地方。妳不用擔任何心。請在那個庇護所等待時機。在這之間可以把妳要轉移到新生活的準備做好。」

青豆道過謝。

「暫時有沒有什麼不完善的地方？如果有就請說。我會讓Tamaru立刻安排。」

「不，看起來這裡需要的東西都一應俱全。」

老婦人輕咳一聲。「妳聽我說，不管如何請牢牢記住這件事。我們做了完全正確的事。我們處罰了那個男人所犯下的罪行，防止以後再發生這種事。阻止更多犧牲者出現。妳不需要介意任何事。」

「他也說了一樣的話。」

「他？」

「『先驅』的領導。我昨天晚上處理掉的男人。」

老婦人沉默了五秒左右。然後說：「他知道嗎？」

「是的，那個男人知道我是要去處理他的。明知道這樣還答應我去。他其實是在期待死的來臨。他的身體已經受到嚴重的損傷，正緩慢，卻無可避免地朝向死亡邁進中。我只是讓那時間稍微提早，讓飽受激烈痛苦摧殘的身體得到安息而已。」

老婦人聽了似乎真的十分驚訝。又再暫時說不出話來。對老婦人來說這是很稀奇的。

「那個男人——」老婦人說。然後尋找著適當的用語。「對於自己所做的行爲，自願接受處罰是嗎？」

「他只希望能早一刻結束那充滿痛苦的人生。」

「而且在覺悟之下讓妳把自己殺掉。」

「正是這樣。」

關於領導和她之間所交換的條件，青豆閉口不提。爲了讓天吾繼續活在這個世界，自己必須死去才行——這是只有那個男人和青豆之間所交換的密約。不能對別人公開。

青豆說：「那個男人所做的事情是脫離常軌的異常事情，所以被殺也是不得已的。不過他不是一個普通人，至少是擁有特別的什麼的人。這是可以確定的。」

「特別的什麼？」老婦人說。

「我無法清楚說明。」青豆說。「那既是特殊的能力和資質，同時也是沉重的負擔。而且那似乎正從他肉體的內部侵蝕著他。」

「是那特別的什麼驅使他採取異常行動的嗎？」

「可能是。」

「不管怎麼樣妳讓那個結束了。」

「沒錯。」青豆以乾乾的聲音說。

青豆以左手拿著聽筒，張開還留下死的感覺的右手，望著手掌。青豆無法理解，和少女們發生多重意義的交合是怎麼回事。這當然也無法對老婦人說明。

「就像每次那樣，看起來算是自然死，不過他們可能不會認爲那是自然死。順其自然來推測，應該會認爲我以某種形式和領導的死有關。而且正如您所知道的，他的死到目前爲止還沒有報警。」

「不管他們接下來會採取什麼行動，我們都會盡全力保護妳的安全。」老婦人說。「他們有他們的組織。不過我們也有堅強的人脈關係和雄厚的資金。而且妳是小心又聰明的人。不會讓對方得逞。」

「還沒找到小翼吧？」青豆問。

「還不知道行蹤。以我的想法，應該是在教團裡。因爲除此之外沒有其他地方可去。現在這時候還沒有辦法把那孩子找回來。不過領導死了，教團應該一團亂。或許可以利用這混亂，設法把那孩子救出來。不管怎麼樣一定要保護那孩子才行。」

領導說那庇護所裡的小翼不是實體。還說她只是觀念的一種形式而已，那已經被回收了。不過那種事情現在不可能告訴老婦人。那是什麼意思，其實青豆還沒眞正了解。不過她還記得在空中浮起來的大理石時鐘的事。那是在她眼前眞正發生的事。

青豆說：「我要在這個庇護所躲幾天左右呢？」

「妳就想大約四天到一星期之間吧。在那之後會給妳新的名字和環境，移到某個遙遠的地方去。妳如果到那裡安定下來以後，爲了往後的安全起見，我們不得不斷絕接觸。有一陣子無法跟妳見面。以我的年齡來想，說不定沒有機會再見了。我也想過幾次，或許不該把妳拉進這麼麻煩的事情中。那就不會像這樣失去妳了。不過——」

老婦人一時語塞。青豆默默等她繼續。

「——不過我並不後悔。一切可能都像宿命般。不可能不把妳捲進來。我沒有選擇。有一股很強的力量在作用著，那一直在推動著我。事情變成這樣我覺得對妳很過意不去。」

「不過代替的是，我們共有了什麼。別的任何人都無法共有的那種重要東西。在其他地方所得不到的東西。」

「妳說得沒錯。」老婦人說。

「共有那個，對我是必要的事情。」

「謝謝。妳能這樣說，我總算多少得救了。」

無法再和老婦人見面，對青豆來說還是很難過的事。她是青豆所得到的少數聯繫的結之一。她和外面世界勉強聯繫的結。

「好好保重。」青豆說。

「妳才更要好好保重。」老婦人說。「要盡可能過得幸福喔。」

「如果可能的話。」青豆說。幸福這東西向來是離青豆最遠的東西之一。

Tamaru接過電話。

「到目前爲止，還沒有用過那個吧。」
「還沒有。」
「最好盡量不要用。」
「我會注意符合你的期望。」青豆說。
停頓一會兒，然後Tamaru說：
「上次跟妳說過，我是在北海道深山裡的孤兒院長大的吧。」
「跟雙親分散了，從樺太撤退到北海道來，然後進了那裡。」
「那個孤兒院裡有一個比我小兩歲的孩子。是和黑人的混血兒。和青森縣三澤一帶的空軍基地的軍人所生的孩子。母親不知道是誰，大概是妓女或酒吧女之類的。出生不久就被母親拋棄，被送到那裡去。體格比我高大，不過頭腦相當遲鈍。當然經常被旁邊的人欺負。何況膚色也不同啊。這種情況妳知道嗎？」
「嗯。」
「我因爲也不是日本人，所以很自然的，就接下了保護他的任務。我們說起來，處境很類似。從樺太撤退的朝鮮人，和黑人跟妓女的混血兒。是出身階級最低的。不過也因此經過鍛鍊，變得強悍起來。然而那傢伙卻沒辦法變強。如果沒去理他的話一定已經死掉了。在那裡要不是頭腦靈活轉得快，就是要打架很強悍，這兩者之一，否則在那種環境是沒辦法生存下去的。」
青豆默默聽著他說。
「那傢伙讓他做什麼都不行。沒有一件事情做得好的。衣服釦子都扣不好，自己的屁股都擦不乾淨。不過只有雕刻卻非常厲害。只要有幾把雕刻刀和木頭，轉眼之間就刻出不得了的木雕。也不需要畫任何草圖，腦子裡啪一下就浮現影象，就那樣正確地雕出立體作品來。雕得非常精細，栩栩如生。算是某方面的天才喲。眞了不得。」

「學者症候群。」

「啊，對。我也是後來才知道的。就是所謂的學者症候群。有人會得到這種不尋常的能力。不過當時誰也不知道有這種事情。還被認爲是智能障礙。他頭腦反應雖然遲鈍，手卻很巧，是個擅長木雕的孩子。尤其不知道爲什麼只雕刻老鼠。只要是老鼠就雕得很出色。從任何角度看都簡直像活的一樣喔。不過除了老鼠以外他什麼都不雕。大家想讓他雕其他什麼動物。像馬，或熊之類的。爲了這個還特地帶他到動物園去。可是這傢伙對其他動物卻一點也不感興趣。所以大家才放棄，讓他光雕老鼠。隨便他高興怎麼樣。這傢伙雕了大大小小、各式各樣、各種姿態的老鼠喔。要說不可思議也眞不可思議。因爲，孤兒院裡根本就沒有老鼠啊。太冷了，也沒有任何東西可吃。那家孤兒院連對老鼠來說都太窮了。爲什麼這樣執著呢？誰也無法理解。……不管怎麼說，他所雕的老鼠，開始成爲小小的話題，上了地方報紙，也出現幾個想買那老鼠的人。於是孤兒院的院長，一個天主教的神父，把那木雕老鼠放在某個民俗藝品店賣給觀光客。應該賣得一點小錢，當然那錢一毛也不會回到他手上。怎麼用的不清楚，可能是孤兒院上面的人隨便用在什麼上了吧。那傢伙只要給他雕刻刀和木頭，就可以在工作室一直雕老鼠。不過可以免除辛苦的農事勞動，在那之間只要獨自雕老鼠就好了，光這一點也該算是幸運了吧。」

「後來那個人怎麼樣了？」

「誰曉得，不知道怎麼樣了。我十四歲時逃出孤兒院，然後就一直一個人活到現在。那時我立刻搭上接駁船到本州來，從此以後，沒有踏上過北海道。我最後看到他時，那傢伙也正彎身在工作台上勤快地雕著老鼠。那樣的時候你說什麼他都聽不進耳裡去。所以我連再見都沒說。如果平安活著的話，現在可能還在什麼地方繼續雕著老鼠吧。因為除此之外他是什麼都不會的傢伙啊。」

青豆默默等他繼續說。

「我現在也常常想起他。孤兒院的生活很慘。糧食不足，經常餓肚子，冬天冷得要命。勞動過度苛刻，高年級欺負低年級得可凶了。不過他對那裡的生活好像並不覺得難過似的。只要拿起雕刻刀，一個人雕著老鼠就好像很幸福的樣子。如果把他的雕刻刀拿走，他也曾經陷入半瘋狂狀態，除此之外，他其實是個很乖的傢伙。不會給任何人添麻煩。只會默默雕老鼠。木頭拿在手上盯著瞧半天，看是什麼樣的老鼠，以什麼樣的姿態躲在裡面，那傢伙看得出來喲。要看出這個之前相當花時間。不過一旦看出來之後，剩下的就是揮動雕刻刀把老鼠從木頭裡取出來而已。那傢伙常常這樣說喔。『把老鼠取出來。』而且那被取出來的老鼠，看起來真的像馬上就要動起來似的。換句話說，那傢伙是把被關在木頭裡的想像的老鼠一直不斷地解放出來。」

「而你則保護那個少年。」

「是啊，並不是希望那樣做，而是結果變成那樣的立場。那是我的任務。一旦被賦予某種任務之後，不管發生什麼事情，都只能盡忠職守。這是場所的規則。因此我就遵守那規則。例如有哪個傢伙惡作劇把他的雕刻刀拿走的話，我就會出來把那個人打倒。就算比我高年級，比我個子高大，對方不只一個人，都沒關係，總之把他們打倒。當然有時相反也會被打倒。好幾次這樣。不過勝負不是問題。不管打倒，或被打倒，我都一定會幫他把雕刻刀搶回來。這點最重要。妳懂嗎？」

「我想我懂。」青豆說。「不過結果，你還是拋棄了那孩子。」

「我不得不一個人活下去，也不能永遠在他身邊照顧他。我沒有這個餘裕。當然。」

青豆再一次張開右手，凝視著那手。

「我看過幾次，你手上拿著小木雕老鼠，就是那個孩子雕的嗎？」

「噢，是啊。他給了我一隻小的。我從孤兒院逃出來時把它帶出來。現在還帶著。」

「嘿，Tamaru先生，爲什麼今天告訴我這件事呢？我覺得你不是那種沒什麼用意就隨便談自己事的人。」

「我想說的事情之一是，我現在還常常想起他。」Tamaru說。「並不是想再見他一次之類的。並沒有想見他。現在見了面也沒話說吧。只是啊，他目不斜視地從木頭裡『取出』老鼠的光景，在我腦子裡還非常鮮明地留著，那對我來說已經成爲重要的情景之一。那教給我某種事情。或正要告訴我什麼。人要活下去必須擁有這種東西。語言無法適當說明卻擁有意義的情景。有些時候我們是爲了要好好說明那什麼而活著的。我這樣想。」

「你是說那會成爲我們活下去的根據似的東西嗎？」

「或許。」

「我也有這樣的情景。」

「那妳一定要好好珍惜。」

「我會珍惜。」青豆說。

「我還想說的另外一件事情是，我會盡量保護妳。如果有需要我去打倒的對象，不管是誰，我都會去把他打倒。不管勝負如何，都不會在中途丟下妳不管。」

「謝謝。」

有數秒間安穩的沉默。

「暫時不要走出屋外去喲。要想到只要踏出外面一步就是叢林。好嗎？」

「知道了。」青豆說。

然後掛上電話。把聽筒放回去之後，青豆才發現自己剛才非常用力地握緊聽筒。

Tamaru想傳達給我的，大概是我現在是他們所屬的家庭中不可或缺的一員，一旦結緣之後那聯繫的結就不會斷，這樣的訊息。青豆這樣想。我們說起來是以相似的血結合著的。由於送了這個訊息過來，青豆很感謝Tamaru。他可能知道對青豆來說現在是最苦的時期。正因為把她當成家庭的一份子，所以他才會把自己的祕密點點滴滴地告訴她。

不過想到這樣的密切關係，居然要透過所謂暴力的形式才能結成時，青豆心情開始難過起來。違背法律，殺了幾個人，現在又處於被人追捕，可能被殺的詭異狀況。我們的心情才像這樣互相深深地結合。不過，如果其中沒有殺人這樣的行為介入的話，這種關係到底有沒有可能建立？不站在違法的立場，能結下信賴關係嗎？應該很難。

一面喝茶一面看電視新聞。已經沒有關於赤坂見附車站淹水的報導了。過了一夜水退了，地下鐵一恢復運行，那樣的新聞就變成過去的事了。至於有關「先驅」領導的死，還沒有到被世人知道的地步。知道這件事的只不過是一小撮人而已。青豆想像高熱焚燒爐正燒著那個大男人的屍體。Tamaru說一根骨頭都不會留下。和恩寵及痛苦都無關，一切都將化為煙融入初秋的空氣裡去。青豆腦子裡，可以浮現那煙和那天空。

倒有暢銷書《空氣蛹》的作者，十七歲少女行蹤不明的新聞。「深繪里」即深田繪里子，已經兩個多月去向不明了。警察接受監護人的搜索申請，正愼重地對她的行蹤進行調查。目前事態尙未明朗。主播這樣報導。書店店頭《空氣蛹》堆積如山的影像被播映出來。書店牆上貼著那位漂亮少女照片的海報。年輕女店員對著電視台的麥克風說話。「書現在也還非常暢銷。我自己也買來讀過。是一本充滿豐富想像力的有趣小說。希望能快一點知道深繪里小姐的行蹤。」

這則新聞並沒有特別提到深田繪里子和宗教法人「先驅」的關係。和宗教團體牽連上之後，媒體就提高警戒。

總之深田繪里子如今行蹤不明。她十歲時，被身爲父親的男人侵犯。如果照他的說法，是他們做了多重意義的交合。而且透過那個行爲，把Little People導入他裡面。他是怎麼說的？對了，他說是成爲Perceiver＝知覺者，和Receiver＝接受者。深田繪里子是「知覺者」，她父親是「接受者」。而且那個男人開始聽得見特別的聲音。他成爲Little People的代理人，成爲「先驅」這個宗教團體的教祖般的人物。後來她離開了教團。然後現在成爲「反Little People」的主力，和天吾合爲一組，寫出小說《空氣蛹》，成爲暢銷書。而現在，她又因爲某種原因而失蹤。警察正在搜查她的行蹤。

另一方面我昨夜，將教團「先驅」的領導者，深田繪里子的父親，用特製的冰錐殺害。教團的信眾將他的屍體運出飯店，祕密「處理」掉。如果深田繪里子知道父親死了，會怎麼接受呢？青豆無法想像。那就算是本人所希望的死，是沒有痛苦、可以說是慈悲的死，總之我還是把一個人的生命親手斷送掉。人的生命雖然是孤獨成立的東西，卻不孤立。那生命和別的生命在某個地方是聯繫著的。關於這點我可能不得不負起某種形式的責任才對。

天吾也和這一連串的事件有很深的關連。把我們聯繫在一起的是深田父女的存在。「知覺者」和「接受者」。天吾現在在什麼地方？在做什麼？深田繪里子的失蹤和他有關嗎？兩個人現在也還一起行動嗎？當然電視新聞完全沒有報導天吾的命運如何。連他是《空氣蛹》實質作者的事，現在似乎也沒有人知道。不過我卻知道。

看起來我們的距離正在逐漸拉近。天吾和我因爲某種原因被送進這個世界，就像被大漩渦捲進來那樣，彼此相向地接近中。那可能是致命的漩渦。不過根據領導的暗示，不是在致命的地方我們不會邂逅。就像擁有暴力性的某種純粹結合一樣。

她深呼吸了一下。然後伸手拿起放在桌上的海克勒&寇奇手槍，確認那堅硬的觸感。把槍口插進自己口中，想像她的手指扣動扳機的瞬間。

一隻大烏鴉突然飛到陽台來，停在扶手上，以嘹亮的聲音短促地啼幾聲。青豆和烏鴉暫時，透過玻璃窗互相觀察彼此的模樣。烏鴉一面轉動著位於臉兩側閃閃發光的大眼睛，一面窺視房間裡青豆的動作。看來像在推測她手中拿著那槍的意思似的。烏鴉是頭腦聰明的動物。牠們了解那鐵塊具有重要的意義。不知道爲什麼，但是他們知道。

然後烏鴉和來的時候一樣，唐突地展開翅膀不知飛到哪裡去了。該看的東西看到了似的感覺。烏鴉不見了之後，青豆站起來關掉電視，嘆一口氣。然後祈禱那隻烏鴉不是Little People的間諜。

青豆在地毯上像平常那樣做著伸展運動。一小時，她激烈地運動肌肉。與該有的疼痛共處，度過時間。將全身肌肉依照順序一一點名，詳細而嚴格地盤問。那些肌肉的名字、功能和性質，都已經細細地刻在青豆的腦子裡。她不會放過任何一個。流了很多汗，充分活動呼吸器官和心臟，將意識的頻道切換過。青豆傾聽血液的流動，接收內臟發出的無言訊息。臉上肌肉一面像做百面相那樣大大動著，一面咀嚼著那些訊息。

然後她去沖澡，把汗流掉。踩上體重機，確定沒有大改變。站在鏡子前，確認乳房大小和陰毛形狀沒有改變，把臉大大地扭曲。這是日常早晨的儀式。

走出洗手間，青豆穿上方便活動的針織運動衫褲。並為了消磨時間，決定再一次盤點房間裡的東西。首先從廚房開始做起。那裡到底準備了什麼樣的食品，齊備了什麼樣的餐具和烹調用具？她把那些一一記入腦子裡。這些食品的存貨該以什麼順序來調理，怎麼吃才好？大概擬了計畫。根據她的估計，如果一步都沒踏出這個房子，至少可以不餓肚子生活十天。如果刻意節省一點大概也能撐到兩星期。食物準備得如此充裕。

其次仔細檢查生活雜貨的存量。衛生紙、面紙、清潔劑、垃圾袋。樣樣不缺。一切都非常用心地買齊了。可能是女性負責準備的。可以看出熟練的主婦般細心的地方。三十歲的健康單身女性要在這裡一個人短期生活，要為她準備多少什麼，都計算得詳細而周密。這是男人所辦不到的。如果是細心而觀察入微的同性戀男人或許有可能。

臥室的寢具櫃裡，床單、毛毯、被套和枕頭全套準備齊全。全都散發著新品寢具的氣味。當然全都是白色素面的。完全沒什麼裝飾性。在這裡不需要情趣和個性。

客廳放著電視、錄放影機和小型音響設備。備有電唱機和卡式錄音機。與窗戶相對的牆上，放著高度及腰的木製邊櫃，屈身打開門時，看見裡面排列著二十本左右的書。不知道是誰放的，不過大概設想到青豆潛伏在這裡的期間可能會無聊吧。很周到。書都是精裝本新書，沒有翻過的痕跡。大概看一眼書名，是以最近造成話題的新書爲主。可能是從大型書店堆放新書的平台上選出來的，雖然如此似乎還是可以看出選擇的標準。雖然可能談不上品味，不過卻有標準。小說類和非小說類大約各半。這選擇中也包含了《空氣蛹》在內。

青豆輕輕點頭拿起那本書，在客廳沙發上坐下來。柔和的陽光照在沙發上。不厚的書。很輕，字體也大。她看看封面，看看上面印著的深繪里的作者名字，放在手掌上掂掂重量，讀讀書腰上的宣傳文案。然後聞聞書的味道。有新書特有的氣味。這本書上雖然沒有印出名字，卻包含了天吾的存在。印刷在上面的文章是透過天吾的身體完成的文章。她讓心情靜下來之後，開始翻開第一頁。

茶杯和海克勒&寇奇放在她伸手可及的地方。

第18章 天吾

沉默而孤獨的衛星

「她可能就在這附近也不一定。」深繪里一面咬著下唇一面認眞地考慮了一會兒之後這樣說。

天吾手指重新在桌上交叉，注視著深繪里的眼睛。「在這附近？也就是在高圓寺的意思嗎？」

「從這裡走路可以到的地方。」

天吾很想追問，妳爲什麼會知道這種事情？不過這種問題就算問了可能也不會得到答案。天吾也可以預測到這個。她要的是可以用Yes和No回答的實際性問題。

「換句話說在這附近找的話，就可以遇到青豆嗎？」天吾問。

深繪里搖頭。「光是到處走也見不到。」

「她雖然在從這裡走路就可以到的地方，但光是到處走也找不到她。是這樣嗎？」

「因爲她躲起來了。」

「躲起來？」

「像受傷的貓那樣。」

天吾腦子裡浮現青豆縮著身體，躲在某個發霉的屋簷下的情景。「爲什麼？她在躲誰嗎？」他問。

當然，不會有答案。

「不過妳說躲起來，也就是說她正處於危機狀況中嗎？」天吾問。

「ㄨㄟˊ ㄐㄧ ㄓㄨㄤˋ ㄎㄨㄤˋ。」深繪里重複著天吾說的話。然後現出小孩看到苦藥放在眼前時的臉色。是不中意那用語的意思嗎？

「例如被誰追著之類的？」天吾說。

深繪里頭稍稍歪一下。表示不知道。「不過不會一直在這附近。」

「時間有限。」

「有限。」

「不過她像受傷的貓那樣一直靜靜地躲在什麼地方，所以不會在這附近到處亂晃。」

「不會這樣做。」這位美少女斷然說。

「換句話說，我要在某個特別的地方找才行。」

深繪里點頭。

「那是什麼樣的特別地方呢？」天吾問。

不用說，得不到答案。

「關於她，能想得起幾件事。」深繪里隔一段時間之後才這樣說。「有的事可能有幫助。」

「有幫助。」天吾說。「想起有關她的什麼事情，就可能得到關於她藏身地方的提示嗎？」

她沒有回答只是輕輕聳肩。其中應該含有肯定的意味。

「謝謝。」天吾道謝。

深繪里像滿足的貓那樣輕輕點頭。

天吾在廚房準備晚餐。深繪里從唱片架上認眞地選著唱片。雖然並沒有很多唱片，不過她卻花時間選。經過一番思考後才抽出滾石的舊唱片，放在轉盤上，放下唱針。高中時候向誰借的，不知道爲什麼就那樣一直沒還人家的唱片。很久沒聽了。

天吾一面聽著 *"Mother's Little Helper"* 和 *"Lady Jane"*，一面用火腿、香菇，和糙米做西式炒飯，煮了豆腐海帶芽味噌湯。燙花椰菜，淋上事先做好的咖哩醬。也作了四季豆和洋蔥的蔬菜沙拉。做菜對天吾來說並不覺得棘手。他習慣邊做菜邊想事情。關於日常的問題，關於數學的問題，關於小說，或關於形而上的命題。站在廚房動著手時，比什麼也不做的時候更能照順序順利地思考事情。不過不管怎麼想，都想不起深繪里所說的「特別地方」是什麼樣的地方。本來就是沒有順序的事情，想給它順序也只是徒勞無功。能到達的地方很有限。

兩個人隔桌面對面吃晚餐。沒談什麼稱得上對話的內容。他們就像迎接倦怠期的夫妻那樣，一面默默把菜往口中送，一面各自想著別的事情。或什麼也沒有想。尤其深繪里的情況很難看出那差別來。吃過飯天吾喝咖啡，深繪里從冰箱拿出布丁來吃。她不管吃什麼表情都不變。看起來腦子裡好像只想著咀嚼的事。

天吾坐在工作桌前，依照深繪里的暗示，努力回想有關青豆的什麼事情。

關於她，能想得起幾件事。有的事可能有幫助。

但天吾沒有辦法集中精神做這個。滾石的另一張唱片正在播放。*"Little Red Rooster"*，米克．傑格正熱中於芝加哥藍調時的演奏。不錯。不過並不是爲正在認眞挖掘回憶的人設想所創作的音樂。滾石合唱團這個樂團幾乎沒有這樣體貼。他想有必要找一個安靜的地方可以一個人安靜地想。

「我出去一下。」天吾說。

深繪里一面看著手上拿的滾石合唱團的唱片封套，一面無所謂地點頭。

「誰來了都不要開門喔。」天吾說。

天吾身穿長袖深藍T恤，折痕已經完全消失的卡其布長褲，運動鞋，往車站走了一會兒，走進快到車站前一家叫「麥頭」的店。然後點了生啤酒。這是一家賣酒和輕食的店。這家店很小，進來二十個左右的客人就要客滿了。以前來過幾次。接近深夜時有不少年輕客人，會熱鬧起來。七點到八點的時間客人比較少，靜靜的感覺不錯。一個人坐在角落的位子，適合一面喝啤酒一面讀書。椅子坐起來也舒服。店名是怎麼來的？有什麼意思？不清楚。也可以問店員的，不過不擅長跟不認識的人閒聊。而且不知道店名的由來，也沒什麼妨礙。總之那家擁有「麥頭」名字的店，相當舒服感覺不錯。

幸虧店裡沒放音樂。天吾在靠窗的桌位坐下，喝Carlsberg生啤酒，一面嚼著小缽裡的綜合核果，一面回想青豆的事。想起青豆的身影，等於他自己又一次重回到十歲的少年。也等於再一次體驗他人生中的一個轉捩點。十歲的時候他被青豆緊緊握住手，在那之後他開始拒絕跟父親去到處收ＮＨＫ的收訊費。不久後體驗到清楚的勃起和遺精。那是對天吾來說人生的一個轉機。當然就算手沒有被青豆握過，那轉變應該也會來臨。或遲或早。不過青豆給了他鼓勵，促成那樣的轉變。就像從背後悄悄推他一把似的。

他把左手掌張開來注視了很久。十歲的少女握住這隻手，把我內在的什麼大大地改變了。爲什麼會發生那樣的事情，沒辦法以道理說明。不過兩個人當時以極自然的形式互相了解，互相接受。幾乎奇蹟式地，徹頭徹尾。這樣的事情在人生中不可能發生幾次。不，有人甚至可能連一次都沒發生過。不過在那個時間點，天吾還沒有能夠充分理解，那是具有多麼決定性意義的事情。不，不只是那時候而已。一直到最近爲止，都還沒有眞正理解其中所含的意義。他只是在心裡模糊地繼續藏著對那個少女的印象而已。

她三十歲了，現在可能外表也相當不同了。個子長高了，胸部隆起了，髮型當然應該也變了。如果她脫離了證人會的話，可能也會適度化妝。現在可能穿著昂貴的服裝。青豆身上穿著Calvin Klein的套裝，穿著高跟鞋，意氣風發地走在路上的姿態，天吾不太想像得出。不過當然這種事情也有可能。人會成長，而且所謂成長就等於完成變化的意思。說不定她現在就在這店裡，而自己卻沒有留意到也不一定。

他一面舉起啤酒杯喝，一面重新環視周圍一圈。她就在附近。距離就在走路可以到達的地方。深繪里這樣說。而天吾就這樣聽進深繪里的話。如果她這樣說，可能就是這樣。

然而店裡除了天吾之外，只有像大學生的年輕情侶相鄰坐在吧檯，互相貼著額頭，專注而親密地說著什麼而已。看著他們兩人，天吾發覺很久沒有感到這樣深的寂寞了。在這個世界上他覺得自己是孤獨的。我跟誰都沒有聯繫。

天吾輕輕閉上眼睛，集中意識，腦子裡再一次浮現小學教室的情景。昨夜在猛烈的雷雨中跟深繪里交合時，他也閉上眼睛造訪那個地方。非常眞實、非常具象。因此他的記憶好像被更新得比平常更鮮明了似的。好像上面蓋著的灰塵被夜晚的雨沖洗乾淨了似的。

不安、期待和畏怯，分散在空曠教室的每個角落裡，像膽小的小動物般悄悄躲藏在各種事物中。數學算式沒擦乾淨的黑板，折斷了變短的粉筆，日曬褪色的便宜窗簾，講台花瓶中插的花（花名不記得了），牆上用圖釘固定的孩子們畫的畫，講台背後掛著的世界地圖，地板打蠟的氣味，風吹動著的窗簾，窗外傳來的歡呼聲——那裡所有的情景，天吾可以非常清楚地在腦子裡再現出來。可以一一以眼睛巡視其中所包含的預兆、企圖和謎題下去。

手被青豆握著的數十秒之間，天吾的眼睛看到許多東西，那影像簡直就像照相機那樣正確地烙印在視網膜上，那成爲支持他，在充滿痛苦的十幾歲繼續活下去的，基本情景之一。那情景經常伴隨著少女手指的強烈觸感。她的右手，對一面痛苦掙扎一面成長爲大人的天吾，經常不變地帶給他勇氣。沒問題，你有我在，那隻手這樣告訴他。

你並不孤獨。

她一直躲藏著，深繪里說。像受傷的貓那樣。

試想一想眞是不可思議的相遇。深繪里也躲藏在這裡。一步也不能從天吾的房子去到外面。在這東京的一角有兩個女人同樣躲藏起來。在逃避著什麼。兩個都是和天吾有很深關係的女人。其中是不是有什麼共通的因素？或者只是偶然的巧合而已？

當然不會有答案。只是漫無目的地發出疑問而已。太多的疑問，太少的答案。每次都這樣。

啤酒喝完之後，年輕的男店員走來，問他要不要其他什麼東西。天吾遲疑一下後，點了波本威士忌加冰塊並追加一份綜合核果。波本只有Four Roses的，這個可以嗎？沒關係，天吾說。什麼都可以。然後再想著青豆。從店裡的料理區散發出烤披薩餅的香味。

青豆到底在躲誰？或者在逃避司法當局的追捕嗎？天吾想。不過天吾無法想像她會成爲犯罪者。她到底犯了什麼罪？不，那不是警察。不管是誰爲了什麼，在追青豆，應該是和法律無關的人。

說不定，和追深繪里的是同一夥人，天吾忽然想到。Little People？但爲什麼，Little People爲什麼非追青豆不可呢？

可是假定眞的是他們在追青豆的話，那扮演重要角色的搞不好就是我這個人也不一定。爲什麼自己非要變成那形勢所趨的重要角色不可呢？天吾當然無法理解。不過假定有連結深繪里和青豆這兩個女人的重要因素的話，那除了天吾自己之外不可能有別人。在自己也不太明白之間，我可能已經使用某種力量，將青豆吸引到自己的附近來了。

某種力量？

他注視著自己的雙手。眞的不知道。我到底什麼地方有那樣的力量？

加冰塊的Four Roses送來了。新的核果缽也送來了。他喝了一口Four Roses，抓起幾顆綜合核果放在掌心，像骰子般輕輕搖晃。

不管怎麼樣，青豆在這個地區的某個地方。從這裡走路可以到的距離。深繪里這樣說。而且我相信。要問爲什麼也傷腦筋，但總之相信。但到底要怎麼做才能找出青豆藏身在哪裡呢？要找出過著普通社會生活的人都不簡單。何況要找的是刻意躲藏起來的人，當然就更麻煩了。到處去大聲喊叫她的名字行嗎？不行，就算這樣做她也不會毫不在乎地走出來。反而只會引人注目，讓她暴露在更危險的境地而已。

應該還有什麼該想到而還沒想到的事情，天吾想。

「關於她，能想得起幾件事。有的事可能有幫助。」深繪里說。但是在她說出這話之前，關於青豆的什麼重要事項，自己是不是有一兩件遺漏了沒想起來呢？天吾一直有這種感覺。那就像鞋子裡的小石頭那樣，常常讓他感到不安。雖然模糊，但很眞切。

天吾像在擦黑板般把意識完全更新，試著再一次重新挖掘記憶。關於青豆，關於自己，關於環繞兩個人周圍的事物，像漁夫收網般撈起柔軟的底層泥土。把一件件事物仔細地順序回想。不過畢竟是二十年前發生的事了。當時的情景不管記得多鮮明，能具體回想得起的事情畢竟很有限。

雖然如此，天吾不得不找出來，在那裡有過什麼，還有到現在為止疏忽了什麼。而且是現在立刻。要不然，以後可能再也無法找到在這個地區某個地方的青豆了。如果相信深繪里所說的話，那麼，時間有限。而且有什麼在追她。

他決定試著回想視線看看。青豆當時有在看什麼嗎？還有天吾自己有在看什麼嗎？沿著時間流向和視線的動向回想看看吧。

這個少女一面緊握著天吾的手，一面筆直地看著天吾的臉。她的視線沒有移開一瞬。天吾剛開始，完全無法理解她行爲的用意，好像要求說明似的看著對方的眼睛。這一定是有什麼誤會。或搞錯了吧。天吾這樣想。然而既沒有誤會，也沒有搞錯。他知道的是，這個少女的瞳孔深深地澄清透底。他從來沒看過一雙這樣不含雜質的清澄眼睛。一面清澈透明，一面像看不見底的深深泉水一樣。長久注視著時，自己好像會被吸進去似的。所以像要逃離對方的眼睛般把視線移開。不可能不移開。

他首先眺望腳下的木頭地板，眺望不見人影的教室入口，然後稍微轉過頭看窗外。在那之間青豆的視線依然沒有動搖。她就那樣凝視著正在看著窗外的天吾的眼睛。他的皮膚可以熱辣辣地感覺到那視線。而且她的手指依然以不變的力量緊緊握著天吾的左手。那握力沒有絲毫動搖，也沒有一點猶豫。她毫不畏怯。她沒有任何必須畏怯的東西。而且想透過手指傳達那樣的心情給天吾。

因爲是在掃除以後，所以爲了空氣流通而把窗戶大大地打開，白色窗簾緩緩地隨風飄揚。那遠方天空遼闊。已經十二月了但還沒有多冷。天空高朗的地方飄浮著白雲。還留有晚秋餘韻的筆直白雲。看來好像剛剛才用毛刷刷過那樣。然後那裡還有什麼。什麼浮在那雲的下方。太陽？不，不是。那不是太陽。

天吾停止呼吸，手指抵在太陽穴想窺探記憶的更深處。沿著眼看著即將斷掉的意識的細線前進。

對了，那裡有月亮。

離黃昏還有一段時間，那裡卻輕輕飄浮著月亮。四分之三大的月亮。天色還這麼明亮，卻看得見這麼大而鮮明的月亮啊，天吾很佩服。還記得這件事。那無感覺的灰色岩塊，簡直像眼睛看不見的線懸掛著似的，無聊地浮在天空偏低的地方。那裡散發著某種人工的氛圍。猛一看，好像是爲了演戲用的小道具所製作的月亮。不過不用說那是眞的月亮。當然。誰都不會在眞的天空特地閒得無聊去懸掛一個假月亮。

一留神時，青豆已經不再看天吾的眼睛了。她的視線轉向他所看著的相同方向。青豆也和他一樣，注視著浮在那裡的白晝的月亮。一面緊緊握著天吾的手，臉上一面露出非常認眞的表情。天吾再看一次她的眼睛。她的瞳孔已經沒有剛才那樣清澈了。那終究只是一時的，種類特殊的清澈透明法。不過代替的是現在那裡看得見堅硬的結晶般的東西。既明艷，同時又含有霜般嚴謹的東西。那到底意味著什麼，天吾無法掌握。

少女終於明白地下定決心的樣子。唐突地放開握著的手，一轉身背向天吾，一句話也沒說，就快步離開教室。一次也沒有回頭，把天吾留在深深的空白中離去。

天吾張開眼睛停止意識的集中，深深吐一口氣，然後喝一口波本威士忌。品嚐那越過喉嚨，從食道滑下的感覺。然後再一次吸入空氣，吐出來。已經看不見青豆的身影了。她背轉身，走出教室外。並從他的人生中消失蹤影。

從此經過二十年。

是月亮，天吾想。

我那時候看到月亮。而且青豆也同樣看到月亮。浮在下午三點半還很亮的天空。顏色像灰色的岩塊。沉默而孤獨的衛星。兩個人並肩看著那月亮。不過那到底意味著什麼？月亮會把我引導到青豆所在的地方的意思嗎？

青豆那時候或許悄悄地，把某種心意託給月亮了也不一定，天吾忽然想。她和月亮之間，也許結下某種類似密約的東西。她向著月亮的視線，導出那樣的想像，帶有驚人的眞摯。

當時青豆對月亮交出了什麼，當然無從知道。不過月亮給了她的東西，天吾大致可以想像到。那可能是純粹的孤獨和靜謐。那是月亮可以給人的最佳東西。

天吾結了帳走出「麥頭」。然後抬頭看天空。沒看見月亮。天空很晴朗，月亮應該出現在某處。不過從周圍被建築物圍繞的路上，無法看到那蹤影。他的手一直插在口袋裡，爲了找月亮從一條路走到另一條路。想走到視野開闊的地方，但高圓寺卻不容易找到這樣的地方。是個要找稍微有點斜坡的地方都難的平坦土地。也沒有稍微高一點的場所。如果能登上可以瞭望四周的大樓屋頂也好，附近卻看不見可以登上屋頂的合適大樓。

不過在漫無目的地走著之間，天吾想起附近有一個兒童公園。散步途中曾經經過那前面。雖然不是很大的公園，但裡面確實應該有溜滑梯。只要爬上那裡，可能就可以稍微瞭望天空了。雖然不是很高，但視野總比在地面多少好一點吧。他朝那公園的方向走。手錶的針指著將近八點。

公園裡沒有人影。正中央高高立著一柱水銀燈，光線照亮公園的每個角落。有一棵很大的櫸樹。樹葉還很茂密。有幾棵比較矮的樹，有飲水處，有長椅，有鞦韆，有溜滑梯。也有公共廁所，但天黑之後區公所職員好像就來上鎖了。可能要避免流浪漢逗留吧。白天裡，有年輕母親們帶著還沒上幼稚園的小孩來，一面讓孩子們遊戲一面熱鬧地閒話家常。天吾看過幾次那樣的光景。不過天黑以後，幾乎沒有人造訪。

天吾爬上溜滑梯頂端，站在那裡仰望夜空。公園北側有一棟新建的六樓大廈。以前沒有那樣的樓房。大概是最近才剛落成的。那棟建築物像牆壁般把北側的天空擋住了。不過除此之外的方向只有低矮的房子。天吾環視周圍一圈，在西南方向發現了月亮的蹤影。月亮浮在獨棟兩層樓老房子的屋頂上。月亮有四分之三大。和二十年前一樣，天吾想。完全一樣的大小，一樣的形狀。偶然的一致。大概。

不過浮在初秋夜空的月亮清晰明亮，擁有這個季節特有的內省的溫暖。和浮在十二月午後三點半天空的月亮印象相當不同。那安穩的自然的光，療癒鎮定人們的心。像清澈的水流，優雅的樹葉的婆娑，療癒鎮定人們的心一樣。

天吾一直站在溜滑梯的頂端，長久仰望著月亮。從環狀七號線的方向，傳來各種尺寸輪胎的聲音所混合成的類似海鳴的聲音。那聲音讓天吾忽然想起，父親所在的千葉海邊的療養院。

都市世俗的燈光，像平常那樣擦去星星的蹤影。天空雖然晴朗，卻只能看見幾顆特別亮的星星，淡淡地分散在一些地方而已。雖然如此只有月亮還是可以清晰地看見。月亮對燈光、噪音、污染的空氣都沒有一句怨言，依然規矩地浮在那裡。只要睜大眼睛，也可以辨認出那巨大的隕石坑和山谷所形成的奇妙影子。在專注地眺望著月亮的光輝之間，天吾心中從古代所承繼下來的記憶般的東西被喚起了。從人類得到火和器具和語言之前開始，月亮已經不變地站在人類這邊。以上天賦予的燈火，有時照亮黑暗的世界，有時安撫人們恐懼的心。那定時的圓缺帶給人們時間的觀念。對月亮這樣無償的慈悲的感謝之念，從大多的地方黑暗已經被放逐的現在，似乎還強烈地烙印在人類的遺傳因子中。以集體的溫暖記憶。

試想起來，已經很久沒有這樣仔細地眺望月亮了啊，天吾想。上一次抬頭仰望月亮是什麼時候的事了？在都會中匆匆忙忙過日子時，總變成光看腳下活著似的。連抬頭看夜空的事都忘記了。

然後天吾從稍微離開那月亮的天空一角，發現還有一個月亮浮著。剛開始，他以爲那是眼睛的錯覺。或光線所形成的某種幻覺。但不管看幾次，上面依然有兩個擁有清晰輪廓的月亮。他一時目瞪口呆地楞住了，只是呆呆眺望著那個方向。自己在看著什麼，意識無法確定。輪廓和實體無法適當重疊爲一。就像觀念和語言無法結合時那樣。

另一個月亮？

閉上眼睛，用雙手的手掌上下搓著臉頰的肌肉。我到底怎麼了？天吾想。並沒有喝多少酒。他安靜地吸氣，安靜地吐氣。確定自己的意識是處於清楚的狀態。閉上眼睛在黑暗中再度確認，自己是誰，現在在哪裡做著什麼。一九八四年九月，川奈天吾，杉並區高圓寺，兒童公園，正仰望著浮在夜空的月亮。不會錯。

然後安靜地睜開眼睛，再一次仰望天空。以冷靜的心情，小心仔細看。但那裡依然浮著兩個月亮。

不是錯覺。有兩個月亮。天吾就那樣長久用力握著右手的拳頭。

月亮依舊沉默。但已經不再孤獨。

第19章 青豆 Daughter醒來的時候

《空氣蛹》雖然採取奇幻故事的形式，但基本上是容易閱讀的小說。那是以模仿十歲少女說話語氣的文體所寫成的。沒有困難的用字，沒有牽強的邏輯，沒有囉嗦的說明，也沒有精雕細琢的形容。故事從頭到尾，由少女敘述。她的用語容易明白，很簡潔，很多情景聽在耳裡很舒服，雖然如此幾乎什麼也沒有說明。只是把她自己眼睛所看見的，依序流暢地說出來而已。並沒有站定下來，思考：「現在到底發生了什麼事？」「這是什麼意思？」她以緩慢，但適度的腳步一直往前走。讀者隨著那視線，跟著少女的腳步走下去。非常自然。然後忽然一留神時，他們已經進入另一個世界了。不是這裡的世界。是Little People在製作著空氣蛹的世界。

青豆讀了最初的十頁左右，首先對那文體留下深刻印象。如果這文體是天吾創作出來的話。他確實具有寫文章的才華。青豆所知道的天吾一開始是以數學天才被大家認識的。被稱為神童。連大人都不太能解出來的困難數學問題他都能輕易解出。其他學科的成績，雖然沒有數學出色，但也都很好。無論讓他做什麼都有其他小孩難以企及的地方。身材高大，運動也萬能。卻不記得他文章也寫得很好。可能當時這種才華，隱藏在數學的陰影下，不太引人注目吧。

或許天吾只是把她的口氣照樣轉換成文章而已。他自己的創意並沒有太影響到文體上。不過她覺得不只是這樣而已。那文章猛一看非常簡單而不介意，仔細閱讀，卻知道那是經過相當周到的計算，和調整的。沒有一個部分寫得過度，同時，必要的事情又全部都寫到了。形容性用語雖然盡量收斂，但描寫精確而色彩豐富。最重要的是文章令人感覺到具有優越的音調般的東西。即使不出聲讀，讀者還是可以聽到其中的深遠聲響。不像是十七歲少女能夠流利自然地寫出的文章。

青豆確定了這一點之後，接下來更細心注意地往前讀下去。

主角是十歲的少女。她屬於山中的一個小「聚落」。她的父親和母親，也在那個「聚落」裡過著共同生活。沒有兄弟姊妹。少女出生後不久就被帶到這個地方來，因此對外面的世界幾乎一無所知。家庭成員三個人各自忙著日課，不太有機會面對面悠閒談天，雖然如此還是很親密。白天少女到當地的小學去上學，雙親主要從事農業。只要有空閒時間，孩子們也會幫忙田裡的工作。

在「聚落」裡生活的大人，討厭外面世界的生活方式。認爲自己所住的世界，是浮在ㄗ ㄅㄣˇ ㄓㄨˇ ㄧˋ海上的美麗孤島，和堡壘。他們有事沒事就這樣講。少女不知道什麼是ㄗ ㄅㄣˇ ㄓㄨˇ ㄧˋ（有時也用ㄨˋ ㄓˊ ㄓㄨˇ ㄧˋ稱呼）。只是從大人提到那用語時可以聽出輕蔑的意味來看，那好像是違反自然和正義的，不正的事物。爲了保持自己身體和想法的清潔，盡量不要跟外面的世界接觸，少女被這樣教導。要不然的話心會被污染。

「聚落」是由約五十個比較年輕的男女所組成的，但大概分成兩組。一組是以ㄍㄜˊ ㄇㄧㄥˋ爲目標的團體，一組是以ㄏㄜˊ ㄆㄧㄥˊ爲目標的團體。她的雙親算是屬於後者。父親是在那裡的人中最年長的，從「聚落」成立的時候以來就擔任核心的角色。

不用說，十歲的少女對於那樣的兩者對立的結構無法以理論來說明。也不太了解革命與和平的不同。革命是形狀有一點尖銳的想法，和平是形狀有一點圓的想法，只有這樣的印象。說到想法，是分別擁有形狀、擁有色調的。而且也會像月亮一樣變圓變缺。她所知道的是只有這種程度的事情。

少女不太清楚「聚落」是怎麼成立的。只知道將近十年前，她剛出生不久社會發生過很大的變動，人們捨棄了都會生活，移到孤立的山中村子裡來。她對都會也知道不多。沒有搭過電車，也沒有搭過電梯。沒有看過比三層樓更高的建築物。不知道的事情太多。她所能理解的，只有眼睛看得見手摸得到的身邊事物而已。

雖然如此，少女的低角度視線和沒有修飾的語氣，還是將那稱爲「聚落」的小社區的結構和風景，以及住在那裡的人的生活方式和想法，很自然而栩栩如生地描寫出來。

想法雖然不同，但住在那裡的人懷有強烈的連帶感。他們共同擁有遠離ㄗㄣˇㄓˇㄧˋ生活是好事的想法，即使想法的形狀和色調多少不和諧，也不得不肩並肩地在一起，因爲他們非常了解不這樣的話自己就無法活下去了。生活過得很節儉。人們每日不休息地勞動，種菜，和鄰近的人以物易物，多餘的農產品賣出去，盡量避免使用大量生產的製品，在自然中營生。他們不得不使用的電器產品，是從什麼地方的資源回收場撿來修理的，他們所穿的衣服幾乎都是從哪裡送來的舊衣服。

像這樣雖然純樸，卻很嚴格的日常生活，有人無法適應而離開「聚落」，也有人慕名而來，加入行列。新加入的人，比離開的人多得多。因此「聚落」的人口也漸漸增加。這是可喜的趨勢。他們所住的廢村裡，還有很多只要稍加整理就可以住人的廢屋，也還有很多可以耕種的農田。能增加勞動的人手當然非常歡迎。

那裡有八到十個小孩。多半是在「聚落」裡出生的孩子，年紀最大的，就是這位主角少女。孩子們在當地的小學上學。大家一起走到學校去，一起放學。孩子們不能不上當地的學校。那是法律規定的。而且和當地的人保持友好關係，也是為了社區生存不可或缺的，這是「聚落」的創始者們的想法。但另一方面，本地的孩子卻覺得「聚落」來的孩子討人厭而疏遠他們，或欺負他們，因此「聚落」的孩子大致上都一起行動。孩子們聚在一起以保護自己。避免身體上的傷害，或心理上的污染。

除此之外，「聚落」中也設立了自己的學校，大人輪流教孩子功課。他們大多都受過高等教育，也有不少人具有教師資格，因此並不是難事。他們自己編自己的教科書，可以教基本的讀書寫字，和算數。教化學、物理、生物的基本知識。也教世界歷史。世界有ㄗㄣˇ ㄓㄨˇ ㄧˋ和ㄍㄨㄥˋ ㄔㄢˇ ㄓㄨˇ ㄧˋ兩個系統，彼此互相憎恨。但兩邊都各有很深的問題，世界大體上正朝不良的方向進展。ㄍㄨㄥˋ ㄔㄢˇ ㄓㄨˇ ㄧˋ本來是擁有崇高理想的優越思想，但由於出現自私的政治家，中途走上錯誤路線而扭曲了形狀。少女看過一張「自私的政治家」的相片。鼻子很大，留著黑黑的大鬍子的男人，讓她聯想到惡魔的國王。

「聚落」裡沒有電視，收音機只在特別的場合才能聽。報紙和雜誌也受到限制。被認為必要的新聞，會在「集會所」晚餐席上以口頭傳達。對發布的每一則新聞，集會的人會以歡呼或不贊成的噓聲顯示反應。噓聲要比歡呼聲的次數多得多。那是對少女來說唯一的媒體體驗。少女從出生以來沒有看過電影。也沒有看過漫畫。只被准許聽古典音樂。集會所有音響設備，不知道是誰整套帶進來的，有很多唱片。自由時間在那裡可以聽到布拉姆斯的交響曲、舒曼的鋼琴曲、巴哈的鍵盤音樂、宗教音樂。那對少女來說成為寶貴的，而且幾乎也是唯一的娛樂。

有一天，少女受到處罰。她那星期，接到命令每天早晚要照顧幾隻山羊，但因爲忙著做學校的習題和其他日課，一時疏忽忘記了。第二天早晨，最老的眼睛看不見的山羊被發現已經變冷死掉了。她被處罰要離開「聚落」十天。

這隻山羊在人們的心目中是被視爲具有特別意義的山羊。年紀已經很大了，而且疾病——不知道是什麼樣的病——正伸出爪子緊緊抓住牠瘦弱的身體。不管有誰照顧或不照顧，那隻山羊都沒有希望復元。死去只是時間遲早的問題。話雖如此，少女所犯的罪並不會因此減輕。不只是山羊的死這件事本身而已，被交付的職務她怠忽職守才是問題。隔離算是「聚落」中最重大的處罰之一。

少女和死掉的眼睛看不見的山羊，一起被關在老舊的泥土倉庫裡。那倉庫被稱爲「反省屋」。違反「聚落」規則的人，對自己所犯的罪被給予反省的機會。在接受隔離處罰期間，誰也不許跟她說話。少女必須忍耐完全沉默的十天。只給她最低限度的水和食物，倉庫裡又暗又冷，陰陰溼溼的。而且有死山羊的臭味。門從外面上鎖，房間角落放著方便用的桶子。牆壁高處有一個小窗戶，陽光和月光會從那裡照進來。只要沒有被雲遮住，還可以看見幾顆星星。除此之外沒有其他燈光。她躺在木板床上鋪著的硬床墊上，裹著兩條舊毛毯，一面發抖一面過夜。雖然已經四月了，山上的夜晚還是很冷。周遭暗下來以後，死掉的山羊被星光照射下閃閃發光。那很可怕，少女沒辦法睡覺。

第三天晚上，山羊嘴巴大大地張開。那嘴巴從內側被推開。然後從那裡接連走出小小的人來。全部六個人。剛出來時高度只有十公分左右，但在地面站定之後，他們就像雨後的蘑菇伸長那樣急速變大。話雖這麼說，頂多也只有六十公分。然後自己說他們叫做「Little People」。

像《白雪公主和七矮人》那樣，少女想。小時候父親曾經讀過這個故事給她聽。可是那樣的話就少一個人。

「如果妳覺得七個人好的話，我們也可以是七個人。」低聲的Little People說。他們好像能讀出少女的心。然後重新數一下看看，他們已經不是六個人而是變成七個人了。不過少女對這件事並不覺得奇怪。Little People從山羊口中出來的時候，世界的規則已經跟著改變。從此以後發生什麼都不奇怪了。

「你們爲什麼會從死掉的ㄕㄢ ㄧㄤˊ口中出來。」少女問。她發現自己的聲音聽起來很奇怪。說法也和平常不一樣。可能因爲三天沒有開口跟人說話的關係。

「因爲山羊的口成爲通路了。」沙啞聲的Little People說。「我們在出來以前，也沒有發現那是死掉的山羊。」

尖銳聲的Little People說：「我們一點都不在乎。是山羊也好，鯨魚也好，豌豆也好。只要那是通路就好。」

「妳開了一條通路。所以我們試走看看。心想到底會通到哪裡？」低聲的Little People說。

「我開了一條ㄊㄨㄥ ㄌㄨˋ。」少女說。聽起來依然不是自己的聲音。

「爲我們做了好事。」小聲的Little People說。

幾個人發出同意的聲音。

「來做空氣蛹玩好嗎？」男高音的Little People說。

「既然來到這裡了。」男中音說。

「空氣蛹。」少女問。

「從空氣中抽取絲，用那個做一個巢。把那個漸漸做大起來。」低聲的說。

「那是給誰住的巢。」少女問。
「以後就會知道。」男中音說。
「出來了就知道啊。」低音的說。
「啊哈——」另外一個Little People也湊熱鬧。
「我也可以幫忙。」少女問。
「不用說當然。」沙啞聲說。
「妳爲我們做了好事。一起做看看吧。」男中音的Little People說。
從空氣中抽取絲，一旦習慣以後並不太困難。因爲少女的手很巧，所以立刻就上手了。仔細看時，空氣中浮著各種絲。只要想看，就看得見。
「對，就是這樣，這樣就可以喲。」小聲的Little People說。
「妳是個很聰明的女孩。記性很好。」尖銳聲的說。他們穿著同樣的衣服，臉長得一樣，只有聲音卻個個清楚地不同。
Little People所穿的衣服，是到處可見的普通衣服。這樣說雖然很奇怪，不過除此之外沒辦法形容。眼睛一旦轉開，已經完全想不起他們穿的是什麼樣的衣服了。他們臉的長相也可以這麼說，那相貌沒有好壞。就是普普通通到處可見的長相。而且眼睛一旦轉開，已經完全想不起來，他們長成什麼樣的相貌了。頭髮也一樣。既不長，也不短。那只是頭髮而已。而且他們也沒有所謂氣味這東西。
黎明來臨，雞開始啼叫，東方的天空亮了起來時，七個Little People停下工作，一個個伸懶腰。然後把做著的白色空氣蛹——大小還只有小白兔那樣的程度——藏在房間的角落裡。可能爲了避免讓送飯的人發現。

「早晨來了。」小聲的Little People說。

「夜晚結束了。」低音的說。

各種聲音的人這樣齊全地聚在一起，如果組一個合唱團就好了，少女想。

「我們不唱歌。」男中音Little People說。

「啊哈——」湊熱鬧角色的Little People說。

Little People像原來出來的時候一樣，個子縮小成十公分左右，排隊走進死掉的山羊口中。

「今天晚上還會再來喲。」小聲的Little People，在山羊的口從內側關閉之前小聲對少女說。「我們的事情不可以對任何人說。」

「我們的事如果對誰說了，會發生很不好的事情噢。」沙啞聲爲了愼重起見補上一句。

「啊哈——」湊熱鬧的說。

「我不會告訴任何人。」少女說。

而且這種事就算說出來，一定誰也不相信。少女常常因爲把腦子裡浮現的想法說出口，而遭到大人斥責。人們說她分不出現實和想像的區別。她的想法的形狀和色調，和其他人好像相當不同。而少女還不太能理解，自己什麼地方不行呢？不過總之Little People的事情最好不要告訴任何人。

Little People消失，山羊的嘴再度閉起之後，少女在他們把空氣蛹藏起來的那一帶找了很久，但怎麼也找不到。他們非常懂得怎麼藏匿。在這麼狹小的空間裡，怎麼找都找不到。到底藏到什麼地方去了呢？

後來少女就裹起毛毯睡覺。好久沒有睡得這麼安穩了。沒有作夢，也沒有中途醒來。她充分享受那深深的睡眠。

白天的時候山羊仍然死著。身體僵硬，混濁的眼睛像玻璃珠那樣。但天黑之後，倉庫裡黑暗降臨，眼睛受到星光照射開始閃閃發光。然後像受到那光的引導般山羊的嘴巴就啪地張開來，Little People就從那裡走出來。這次從一開始就是七個人。

「開始繼續昨天的工作吧。」沙啞聲的Little People說。

剩下的六個人個個發出同意的聲音。

七個Little People和少女在蛹的周圍圍成一圈坐下，繼續那工作。從空氣中抽出白色絲線，用那個製作著蛹。他們幾乎沒有開口，只默默地努力工作。專心地動著手時，也沒留意到夜晚的寒氣了。時間在不知不覺中過去。既不會無聊，也沒有感覺到睏。蛹一點一點眼看著漸漸變大起來。

「要做多大。」少女在接近黎明時這樣問。她想知道自己被關在這倉庫的十天裡，這工作能不能結束。

「盡可能大啊。」尖銳聲的Little People回答。

「到一個地步，自然會裂開。」男高音很快樂地說。

「然後會有什麼出來。」男中音以有力的聲音說。

「什麼樣的東西。」少女問。

「有什麼會出來。」小聲的說。

「快樂地期待那個出來。」低音的Little People說。

「啊哈——」湊熱鬧的Little People鼓譟地說。

「啊哈——」剩下的六個人齊聲附和。

小說的文體散發著不可思議的獨特灰暗。青豆發現到這點稍微皺起臉來。這是奇幻童話般的故事。但那腳底下卻有眼睛看不見的暗流寬闊地流著。在沒有修飾的簡潔用語中，青豆可以聽出那不祥的聲響。裡面含有暗示某種病即將來臨似的陰鬱。那是讓人的精神從內心靜靜腐蝕下去的致命的病。而且把那病帶來的東西，就是像合唱團般的七個Little People。這裡面無疑含有某種不健全的東西，青豆想。而且在他們的聲音中，青豆不知道為什麼可以聽出，宿命性地接近自己的東西。

青豆從書本抬起頭來，想起領導在臨死前提到有關Little People的事。

「我們從很久以前就和他們一起共生到現在。從善惡這東西還沒存在的時候開始。從人們的意識還未明的時候開始。」

青豆繼續讀著故事。

Little People和少女繼續工作，幾天後空氣蛹已經大約像大型狗那麼大了。

「明天我的處罰將結束，我會從這裡出去。」黑夜將盡天色快亮時，少女對Little People這樣說。

七個Little People默默地傾聽著她的發言。

「所以已經沒辦法一起製作空氣蛹了。」

「那真遺憾。」男高音的Little People以實際上真的很遺憾般的聲音說。

「因為有妳在，所以對我們幫助很大。」男中音的Little People說。

聲音尖銳的Little People說：「不過蛹大體上快要完成了。再增加一點就可以用了。」Little People們排在旁邊，以測量尺寸的眼光，眺望著目前爲止所完成的空氣蛹。

「還剩下一點點。」沙啞聲的Little People，像單調的船頭歌的首席歌者那樣帶頭說。

「啊哈——」湊熱鬧的角色忙鼓譟。

「啊哈——」其他的六個人齊聲附和。

十天的隔離處罰結束了，少女回到「聚落」中。再度過起遵守許多規則的團體生活。沒有一個人獨處的時間了。當然也不能和Little People一起製作空氣蛹。她每天晚上睡覺以前，就會想像圍著空氣蛹坐著，讓那蛹繼續變大的七個Little People的身影。她變得無法去想其他事情了。甚至感覺那空氣蛹好像實際上整個進入她的腦子裡了。

空氣蛹的內部到底有什麼？時候到了空氣蛹啪地裂開時，會有什麼從裡面現身呢？少女非常想知道。自己不能親眼看見那場面實在太遺憾了。因爲製作空氣蛹時自己也幫了很多忙，我也應該有資格在現場看著啊。甚至認眞想到要不要乾脆再犯一次什麼罪接受隔離，就能回到倉庫中去。不過也許辛辛苦苦那樣做，Little People也不會再出現在倉庫了也不一定。死掉的山羊已經被運走，埋在什麼地方了。那眼睛也不會在星光照射下閃閃發光了。

故事述說著少女在公社裡的日常生活。規律的日課、規定的勞動，她身爲最年長的小孩，要指導和照顧比較小的孩子。樸素的飲食。睡前的一段時間雙親讀故事給她聽。有空的時候就聽古典音樂。過著沒有污染的生活。

Little People來到少女的夢中。他們在喜歡的時候可以進入人類的夢中。他們邀請少女說，空氣蛹快裂開了所以要不要來看。等天黑後，不要讓別人看見，帶著蠟燭到倉庫來。

少女壓制不住好奇心。從床上起來，帶著預先準備的蠟燭，躡著腳步走到倉庫去。裡面沒有任何人。只有空氣蛹悄悄放在床上。空氣蛹比最後一次看到的時候大了一圈。全長大約一公尺三十公分到四十公分。而且整個發出淡淡的光。輪廓畫出美麗的曲線，正中央一帶形成漂亮的微凹。那是空氣蛹還小的時候所沒有的。Little People自從那以後似乎相當勤奮地工作。然後蛹開始裂開了。縱向有一道整齊的裂痕。少女彎下腰從那縫隙往裡面窺探。

少女發現，在蛹裡面的居然是少女自己。她看著蛹裡面赤裸躺著的自己的姿態。她的分身在那裡閉著眼睛仰臥著。似乎沒有意識。也沒有呼吸。簡直像個大娃娃般。

「在那裡的是妳的Daughter（女兒）。」沙啞聲的Little People說。然後乾咳一聲。回頭一看，不知道什麼時候七個Little People已經出現，在後面排成扇形站著。

「Daughter。」少女自動地重複那個詞。

「然後妳被稱爲Mother（母親）。」低音的說。

「Mother和Daughter。」少女反覆說。

「Daughter將擔任Mother的代理。」尖銳聲的Little People說。

「我分成兩個人。」少女問。

「不是這樣。」男高音的Little People說。「並不是妳分成兩個人。妳從頭到腳還是原來的妳。不用擔心。Daughter終究只是Mother內心的影子而已。那個的具體化東西。」

「她什麼時候會醒來。」

「快了，時間一到就會。」男中音的Little People說。

「這個Daughter身爲我內心的影子要做什麼。」少女問。

「扮演Perceiver＝知覺者的角色。」小聲的悄悄說。

「Perceiver。」少女說。

「知覺者。」沙啞聲的說。

「把知覺的事情傳達給Receiver＝接受者。」尖銳聲的說。

「換句話說Daughter會成爲我們的通路。」男高音的Little People說。

「代替山羊。」少女問。

「死掉的山羊只不過是暫時的通路。」低音的Little People說。「要把我們所住的地方和這裡結合，需要一個活的Daughter。當作Perceiver＝知覺者。」

「Mother要做什麼。」少女問。

「Mother要在Daughter附近。」尖銳聲的說。

「Daughter什麼時候會醒來。」少女問。

「兩天後或三天後。」男高音說。

「這兩者之一。」小聲的Little People說。

「妳要好好照顧Daughter喔。」男中音說。「因爲是妳的Daughter。」

「沒有Mother的照顧，Daughter會不完全。很難久活。」尖銳聲的說。

「如果失去Daughter的話，Mother就會失去內心的影子。」男高音說。

「失去內心的影子的Mother會怎麼樣。」少女問。

他們面面相覷。誰也無法回答那問題。

「Daughter醒來的時候，天空的月亮會變成兩個。」沙啞聲的說。

「兩個月亮映照內心的影子。」男中音說。

「月亮會變成兩個。」少女自動地複誦。

「那是記號噢。妳要好好注意看天空。」小聲的悄悄說。

「注意看天空。」小聲的慎重起見又說。「數月亮。」

「啊哈——」湊熱鬧的角色忙鼓譟。

「啊哈——」剩下的六個人齊聲附和。

少女逃走。

那裡有錯誤的東西，有不對的東西。有很大的歪斜的東西。那是違反自然的事情。少女知道這個。她不知道Little People在追求什麼。但是空氣蛹中所收著的自己的身影令少女戰慄。她無法忍受和活著會動的自己的分身一起生活。必須逃出這裡才行。而且要盡快。趁著Daughter還沒醒來的時候。浮在天空的月亮還沒變成兩個之前。

「聚落」裡禁止個人擁有現金。但她父親曾經悄悄給過她一萬圓鈔票和一點零錢。「藏起來不要讓人發現。」父親對少女說。並交給她一張寫有姓名、住址和電話號碼的紙條。「如果必須逃出去的話，可以用這個錢買車票搭電車，到這裡去。」

父親或許把「聚落」未來可能發生什麼不好的事情先放在心裡。少女毫不猶豫。而且迅速採取行動。連和雙親告別的時間都沒有。

少女從埋在地下的瓶子裡，拿出一萬圓鈔票和零錢和紙條。在小學的課堂上，說不舒服要到保健室去便離開教室，就那樣走出學校。上了開來的巴士搭到車站去。在窗口遞出一萬圓鈔票，買了到高尾車站的票。把找的零錢收起來。對她來說買車票、拿回找的錢、搭電車，都是有生以來的第一次。不過這流程父親已經仔細地教過她了，她腦子裡記得該採取什麼樣的行動。

她依照紙條上所寫的指示，在中央線的高尾站下了電車，從公共電話打了交代給她的號碼。打電話的對象，是父親的老朋友，一個日本畫家。比父親年長十歲左右，和女兒兩個人住在高尾山附近的山中。妻子不久前過世了，有一個名字叫核桃，比少女小一歲的女兒。他接到電話立刻趕到車站來，溫暖地迎接這位從「聚落」逃出來的少女。

被接到畫家的家翌日，從房間的窗戶仰望天空時，少女發現月亮已經增加成兩個。在平常的月亮旁邊，第二個比較小的月亮，像快乾癟的豆子那樣浮著。Daughter醒過來了，少女想。兩個月亮映照著內心的影子。少女的心在顫抖。世界完成改變了。而且即將發生什麼事。

雙親沒有來聯絡。「聚落」中，人們可能沒有發現少女逃走了。因爲少女的分身Daughter留下來了。看起來一模一樣，普通人一定分不出來。但是她的雙親當然應該知道Daughter不是少女本人，只是她的分身而已。也知道那只是代替她留下來的替身，實體已經從「聚落」這個公社逃出去了。會去的地方也只有一個。雖然如此，雙親卻一次也沒有聯絡這邊。這或許是雙親要她繼續留在外面的無言的訊息也不一定。

她有時去學校有時沒去。新的外面的世界，和少女生長的「聚落」的世界太不一樣了。規則不同、目的不同、使用的語言也不同。所以在那裡很難交到朋友。她無法適應學校生活。

不過中學的時候，她跟一個男孩子感情很好。他的名字叫Tooru。Tooru個子很小，瘦瘦的。臉長得像猴子那樣有幾道深深的皺紋。好像小時候生過什麼重病，無法從事激烈運動。脊椎也有點彎。休息時間經常會離開大家，一個人讀書。他也沒有朋友。他太小、太醜了。少女午休時間會坐到他旁邊，對他說話。問他在讀什麼書。他把讀著的書，出聲讀出來給她聽。少女喜歡他的聲音。雖然是小而沙啞的聲音，她卻能聽得很清楚。那聲音所說的故事讓少女著迷。Tooru簡直像讀詩那樣把散文優美地朗讀出來。她午休時間，開始經常都和他一起度過。靜靜地側耳傾聽他所讀的故事。

但不久之後她就失去Tooru了。Little People把他從少女身邊奪走了。

有一天晚上Tooru的房間裡出現了空氣蛹。在Tooru睡覺的時候，Little People把那空氣蛹一天一天做大起來。Little People每天夜晚透過夢中讓少女看到那情景。但少女無法停止那作業。蛹終於大到十分夠大時，縱向裂開。和少女的情況一樣。但那蛹裡面卻是三條黑色的大蛇。三條蛇彼此緊緊糾纏在一起，看起來像會永遠糾結在一起的樣子。那些蛇對自己的不得自由非常生氣。而且牠們拚命掙扎著想甩開彼此的身體，但越掙扎事態卻越惡化。Little People讓少女看見那生物。叫做Tooru的少年在那旁邊，什麼也不知道地繼續睡覺。那是只有少女的眼睛才看得見的東西。

幾天後，少年突然發病，被送到遠方的療養院去。那是什麼樣的病，沒有對外公開。無論如何，

Tooru可能不會再回到學校來了。她已經失去他了。

少女領悟到那是Little People給她的訊息。他們似乎無法對身爲Mother的少女直接動手的樣子。但代替的卻是能危害、毀滅她身邊的人。並不是對誰都有用。證據是對她的保護者日本畫家，和他的女兒核桃並不能動手。他們會選擇最弱的部分當餌。他們從少年的意識深處拉出三條黑色的蛇，讓牠們從夢中醒來。藉著毀滅少年，對少女發出警告，想辦法把少女帶回Daughter身邊。他們告訴她會變成這樣，說起來也是因爲妳的關係。

少女又再變孤獨了。她再也不去學校。跟誰感情好，會讓對方陷入危險。這是活在兩個月亮下的意思。她知道了。

少女終於下定決心開始製作自己的空氣蛹。她可以辦到。Little People說他們是順著通路，從他們的地方來的。那麼自己應該也可以沿著通路反向回推找到那個地方。如果去到那裡的話應該就可以解開祕密，自己爲什麼會在這裡？Mother和Daughter意味著什麼？或許可以救出已經失去的Tooru也不一定。少女開始製作通路。只要從空氣中抽取絲線，紡出蛹來就行了。會很花時間。但只要花時間就可以。

雖然如此有時候她還是會很不解。混亂抓住她。我眞的是Mother嗎？我會不會在什麼地方跟Daughter對調了呢？越想她越失去信心。我該如何證明我就是實體呢？

故事在她正要打開那通路的門的地方象徵性地結束了。那門扉的深處發生了什麼，並沒有寫出來。可能那是尚未發生的事吧。

Daughter，青豆想。領導在死以前口中也提過這個用語。女兒爲了建立反Little People的作用，留下自己的Daughter逃亡了，他說。那可能是眞的發生的事情。而且看見兩個月亮的不只有自己一個人。

不過那個歸那個，青豆覺得好像明白了這本小說爲什麼會被人們接受，會有這麼多人閱讀了。當然作者是十七歲的美少女，這件事在某種層面可能也發揮了作用。不過光靠這個不可能成爲暢銷書。生動而確切的描寫，無疑成爲這本小說的魅力。讀者可以透過少女的視線鮮明地看到，包圍著少女的世界。那雖然是有關處於特殊環境下的少女的，非現實的寫實故事，但其中有自然能喚起人們共鳴的東西。可能是喚起潛意識的什麼吧。所以能吸引讀者繼續翻頁讀下去。

在那樣的文學的美質中，天吾的貢獻應該很大，但總不能一直在這上面佩服。她必須把焦點對準Little People出場的部分，仔細閱讀這個故事才行。這對青豆來說，是賭上人的生死的極實際的故事。就像說明書一樣的東西。她不得不從這裡面去獲得必要的知識和know-how。她不得不盡可能更詳細、更具體地去讀取自己被捲進的世界的意義。

《空氣蛹》並不是像世上一般人所想的那樣，是從一個十七歲少女的腦子裡所創作出來的大膽奇幻故事。雖然名字改變了，但裡頭所描寫的事物，大半是那位少女親身經歷過的毫無疑問的現實——青豆這樣確信。深繪里把她所體驗的事情盡可能正確地，寫下來當成紀錄。爲了把那被隱藏的祕密向世界廣爲公開顯示。爲了把Little People的存在，和他們所做的事情讓更多人知道。

她所留下的Daughter，很可能成爲Little People的通路，把他們導向身爲領導的少女的父親，把那個男人變成Receiver＝接受者。並把已經成爲不必存在的「黎明」逼進血淋淋的自我毀滅的道路，把留下來的「先驅」轉變成精明而先進，且具有排他性的宗教團體。那對Little People來說可能是最舒服而方便的良好環境。

深繪里的Daughter沒有Mother的照顧能否順利地長久活下去？Little People說過，沒有Mother照顧的Daughter很難長久活下去。而以Mother來說，失去了內心的影子繼續活著又會怎麼樣呢？

少女逃出之後，Little People的手中，可能又以同樣的手法，在「先驅」裡製作出幾個新的Daughter。Little People的目的，應該是爲了讓來往的通路更寬廣更安定。就像增加道路的車道一樣。於是好幾個Daughter就成爲Little People的Perceiver＝知覺者，扮演起女巫的角色。小翼也是其中的一個。和領導發生性關係的，不是少女們的實體，而是她們的分身。如果這樣想的話，也就可以理解領導說的「多重意義的交合」的說法了。也能說得通爲什麼小翼的眼睛非常呆板直視而沒有深度，和幾乎不能開口說話。至於身爲Daughter的小翼又爲什麼和如何逃出教團的？這原因還不清楚。不過不管怎麼說，她可能被放進空氣蛹裡，回收到Mother身邊去了。狗被血淋淋殺死是Little People所發出的警告。和Tooru的情況一樣。

那些Daughter雖然想懷領導的孩子。但不是實體的她們沒有月經。雖然如此，據領導所言她們依然殷切地盼望能懷孕。爲什麼呢？

青豆搖搖頭。還有好多不明白的事情。

青豆想把這件事立刻轉告老婦人。說，那個男人所強暴的，或許只是少女們的影子而已。我們或許沒有必要特地去殺害那個男人。

不過即使這樣說明了，當然她可能也不會輕易相信。那種心情青豆也了解。老婦人，不，凡是頭腦正常的人，猛然接觸到什麼Little People啦、Mother、Daughter、空氣蛹啦，這種事情以事實被提出來時，應該都不能立刻接受。因爲對於頭腦正常的人來說，這些東西都是只會在小說裡出現的虛構情節而已。就像無法相信《愛麗絲夢遊仙境》中的撲克牌女王，和帶懷錶的兔子是實際存在的一樣。

不過青豆實際上一直親眼看到天上浮著兩個新舊月亮。她一直在那兩個月亮的月光下眞實地過著生活。肌膚一直感受著那不正的引力。而且在飯店的一個黑暗房間裡，自己親手殺害了被稱爲領導的人物。在他脖子背後的穴點插入磨得無比尖銳的細針時不祥的手感，還清清楚楚留在手掌上。那感覺讓她的皮膚現在都還激烈地起雞皮疙瘩。而且在那稍前，她也親眼目睹領導讓沉重的時鐘懸空浮起五公分左右。那既不是錯覺，也不是魔術。那是只能照著接受的冷靜而透徹的事實。

就那樣Little People實質上開始支配「先驅」這個公社。他們透過那支配最終想得到什麼？青豆不知道。那或許是超越善惡的事物。不過《空氣蛹》的少女主角，憑直覺認識到那是不正的事情，她試著展開反擊。捨棄了自己的Daughter逃離那個公社，如果借用領導的形容，是爲了保持世界的平衡試著建立「反Little People的力矩」。她將追溯Little People所來自的通路，進入他們所來自的地方。故事成爲她的乘載物。而天吾成爲她的搭檔，幫助她建立那個故事。天吾本人當時應該沒有理解自己所作所爲的意義。或許現在也還沒理解。

無論如何，《空氣蛹》的故事成爲巨大的鑰匙。

一切都從這個故事開始。

然而在這個故事裡我到底能補上哪個空缺位置呢？

自從在那塞車的首都高速道路的太平梯，一面聽著楊納傑克的《小交響曲》一面走下梯子的時點開始，我就被強拉進這個天空浮著大小兩個月亮的世界，這充滿了謎的「1Q84年」。其中到底有什麼含意呢？

她閉上眼睛，開始尋思。

我可能已經被拉進，深繪里和天吾所建立的「反Little People力矩」的通路裡了。是那力矩把我運送到這一邊來的。沒有其他可能可想了。而且我在這個故事裡所扮演的也絕對不是一個小角色。不，或許可以稱爲主要人物之一也不一定。

青豆環視四周。換句話說，我已經置身於天吾所建立的故事中了，青豆想。某種意義上我已經在他體內。她發現了這件事。換句話說我在那神殿中。

從前，在電視上看過一部老科幻電影。片名忘記了。科學家們把自己的身體縮小到只有顯微鏡才能看見的地步，坐上像潛水艇般的乘載物（那也同樣縮小了）進入患者的血管裡，通過血管進入腦中，進行平常無法辦到的複雜外科手術的故事。情況可能和那個相似。我進入天吾的血管中，巡視他的身體。一面和爲了排除侵入的異物（就是我）而大舉湧上來的白血球激烈戰鬥，一面朝目標的病根前進。而且由於我在大倉飯店的一個房間裡殺害了「領導」，可能那病根就成功地「削除」了。

這樣一想，青豆的心情才能多少開始溫暖起來。我完成了被賦予的使命。那毫無疑問是困難的使命。感覺也相當恐怖。不過我能在雷聲隆隆中冷靜，而且毫無漏洞地完成工作。可能在天吾的面前。她爲那件事感到自豪。

然後如果再拿血液的比喻更深入探究下去的話，我可能會成爲完成任務的老舊廢物，即將被收進靜脈，不久應該就會被排出體外了。這是身體系統的規則。無法逃出這個命運。不過那也沒關係呀，青豆想。我現在，正在天吾裡面。被他的體溫包著，被他的跳動引導著。被他的理論和他的規則引導著。而且可能被他的文體引導著。這是多麼美好的事情啊。在他體內這樣被包含著的事情。

青豆坐在地板上閉著眼睛。把書頁拿到鼻子前面，吸進那上面的氣味。紙的氣味、油墨的氣味。安靜地委身於其中所有的流動。側耳傾聽天吾心臟的跳動。

這就是王國啊，她想。

我已經完成赴死的準備了。隨時都可以走。

第20章 天吾

海象和瘋狂的帽子先生

沒錯。月亮有兩個。

一個是從以前就一直有的原來的月亮，另一個是小得多的綠色的月亮。那形狀比原來的月亮歪，亮度也差一點。看起來像是在路上被硬塞過來，不受任何人歡迎的，貧窮而醜陋的遠房親戚的孩子那樣。不過卻不容擺脫地存在那裡。既不是幻想，也不是眼睛的錯覺。那是以具備實體和輪廓的天體，確實浮在那裡的。既不是飛機，不是飛行船，也不是人造衛星。不是誰開玩笑所製作的紙糊造型裝飾物。毫無疑問是岩塊。像經過深思熟慮後的標點符號那樣，或像宿命所賦予的黑痣那樣，在無言中不動搖地，自我定位在夜空的一個定點。

天吾像在挑戰般，長久凝視著那新的月亮。視線沒有避開。連眨眼都幾乎沒有。但無論如何長久凝視，那都絲毫沒有動搖一下。始終保持沉默，懷著頑石的心盤踞在天空的那個定點。

天吾將握緊的右手拳頭鬆開，幾乎無意識地輕輕搖頭。這不就和《空氣蛹》一樣了嗎？他想。天空有兩個月亮並排浮著的世界。Daughter出生的時候，月亮會變成兩個。

「那是記號喔。妳要注意看天空。」Little People對少女說。

那文章是天吾寫的。接受小松的建議，對那新的月亮盡可能詳細而具體地描寫。那是他最著力去寫的部分。而且新的月亮的形狀幾乎是天吾自己想的。

小松說：「天吾，你這樣想看看。讀者對只有浮著一個月亮的天空，以前看過無數次了。但應該沒看過天空浮著兩個並排的月亮。幾乎所有的讀者以前都沒有看過的東西，要帶進小說裡時，就有必要盡量詳細而確實地描寫。」

眞是有道理的意見。

天吾依然抬頭看著天空，再短暫地搖一次頭。那新加入的月亮，眞是完全擁有天吾所想到並描寫出來的大小和形狀。連比喻的文字都幾乎一模一樣。

天吾想，這種事情不可能發生。什麼樣的現實會模仿比喻呢？「這種事情不可能發生。」他試著實際說出聲。聲音不太出得來。他的喉嚨像跑完長距離之後那樣乾乾地渴。怎麼想都不可能有這種事情。那是虛擬的小說世界。現實上不存在的世界。那是深繪里對薊每天晚上所說的故事，天吾把那整理潤飾成文章的奇幻故事的世界。

這麼說——天吾自問——難道這裡是小說的世界嗎？說不定我，由於某種原因而離開了現實世界，進入《空氣蛹》的世界了嗎？就像掉進兔子洞的愛麗絲那樣。或者現實世界配合著《空氣蛹》的故事，完全一模一樣地改造過了嗎？原來的世界——只有一個月亮的以前熟悉的世界——已經不再存在了嗎？在那裡Little People的力量，還以某種形式關連著嗎？

他環視周圍想得到答案。但觸目所及只是非常普通的都會住宅區的風景。看不見一點不同的地方，不尋常的地方。到處都沒有撲克牌女王、海象、瘋狂的帽子先生。包圍著他的只有，無人的沙坑和鞦韆，散發著冰冷光線的水銀燈，枝葉茂密伸展的大櫸樹，上鎖的公共廁所，六層樓建築的新大廈（只有四戶亮著燈），區公所的布告板，印著可口可樂商標的自動販賣機，違規停車的舊型綠色Volkswagen Golf車，電線桿和電線，遠方看得見的原色霓虹燈，這些東西而已。和平常一樣的噪音，和平常一樣的燈光。天吾在這高圓寺一帶住了七年之久。並不是因爲特別喜歡而住的。只因碰巧在離車站不太遠的地方，找到了房租便宜的公寓，才搬過來住。上班通車方便，搬家也麻煩，所以就那樣繼續住下來了而已。不過只有風景是確實看慣的。如果有哪裡不一樣的話立刻就會發現。

到底從什麼時候開始，月亮數目增加了？那是天吾所無法判斷的事情。說不定從幾年前開始月亮就已經變成兩個了，只是天吾一直沒有注意到而已。他同樣疏忽的事情還有很多。不太看報紙，也不看電視。大家都知道只有他不知道的事情，多得數也數不清。說不定是剛剛發生了什麼事，月亮變成兩個的。可以問問周圍的人。對不起，我想請教一下很奇怪的問題，也許您知道，什麼時候開始月亮變成兩個？不過天吾身邊一個人也沒有。名副其實連一隻貓都沒看見。

不，不是沒有人。有人就在附近，用鐵鎚在牆壁上釘釘子。咚咚咚咚，的聲音不斷地傳過來。相當硬的牆壁，相當硬的釘子。在這種時間到底是誰在敲什麼釘子呢？天吾覺得不可思議地轉頭看看四周，卻看不見像那樣的牆壁。也看不見釘釘子的人影。

過一會兒，才知道那是他心臟跳動的聲音。他的心臟受到腎上腺素的刺激，把急遽增量的血液，發出刺耳的聲音送出體內。

兩個月亮的模樣，給天吾帶來像眼前發黑般的輕微暈眩。一時彷彿失去了平衡感。他在溜滑梯頂端坐下來，倚靠在扶手上，閉上眼睛忍耐著。感覺周圍的引力似乎輕微起了變化。某些地方潮水漲潮，某些地方潮水退潮。人們在 insane 精神異常和 lunatic 滿月瘋狂之間，面無表情地來來往往。

天吾在那暈眩中，忽然注意到自己已經很久沒有被母親的幻象所侵襲了。還是嬰兒的他正在睡覺的旁邊，穿著白色長襯裙的母親正讓年輕男人吸著乳頭的影像，他已經很久沒看見了。甚至已經完全忘記，那樣的幻影常年煩惱著他的事情了。最後一次看到那幻影是什麼時候呢？想不太起來了。可能是開始寫新小說的前後吧。不知道爲什麼，但母親的亡靈似乎以那個爲分界，已經不再在他的周圍徘徊了。

不過代替的是現在，天吾坐在高圓寺的兒童公園的溜滑梯上，眺望著浮在天空的一對月亮。莫名其妙的新世界，像嘩啦嘩啦逼近的暗水那樣，把他的周圍無聲地包圍起來。可能是一個新的麻煩，把一個舊的麻煩趕出去了吧。一個舊的熟悉的謎，被一個新的新鮮的謎取代了。天吾這樣想。不過並不是特別帶著諷刺這樣想的。而且對那個也沒有湧起想提出異議的心情。現在在這裡的新世界，不管是擁有什麼由來的世界，自己恐怕也不得不就那樣默默接受。他不認爲有由他選擇的餘地。以前的世界也一樣，沒有選擇餘地。同樣的事情。首先，他自問，如果有異議，到底要向誰提出才好呢？

心臟依然繼續發出乾而生硬的聲音。但暈眩感已經漸漸減輕。天吾耳邊一面聽見那心臟的聲音，頭一面靠在溜滑梯的扶手上，仰望著高圓寺的天空上浮著的兩個月亮。非常奇妙的風景。加上新的月亮的，新的世界。一切都不確定，到處是多重意義的。只有一件事可以斷言，天吾想。從現在開始不管自己身上發生什麼樣的事情，可能都無法把這兩個月亮並排浮現的風景，當成見慣的平常事物來眺望。這種事情可能永遠不會有。

青豆那時候到底和月亮定下了什麼樣的密約?天吾想。然後想起眺望著白天的月亮的青豆，那無比認眞的眼睛。她那時候到底對月亮獻出了什麼?

而我從現在開始到底會變成怎麼樣?

那是在放學後的教室裡一面被青豆握著手，十歲的天吾一直在尋思的事情。面臨巨大的門扉，一個畏怯的少年。然後現在依然，和當時尋思著同樣的事情。同樣不安，同樣畏怯，同樣顫抖。面臨著更巨大的新門扉。而且他面前一樣浮著月亮。只是那數目增加到兩個。

青豆到底在哪裡?

他從溜滑梯上再度環視周圍。但到處都看不到他想找的東西。他把左手在眼前張開，努力想看出那上面有什麼暗示。但手掌上，和平常一樣只有刻著幾道深深的紋路而已。那在水銀燈沒有深度的光線下，看起來就像被留在火星表面的水路痕跡似的。但那水路並沒有告訴他任何事情。那大手向他顯示的，只有天吾從十歲以來已經走過相當長的路程，走到這裡來了，這樣程度的事情。到這高圓寺的小兒童公園的溜滑梯上。還有天空有兩個月亮並排浮著。

青豆到底在哪裡?天吾再一次問自己。她到底藏身哪裡呢?

「她可能就在附近。」深繪里說。「從這裡走路可以到的地方。」

應該近在身邊的青豆，也在看著這兩個月亮嗎?

應該正在看著，天吾想。當然沒有根據。不過他有強得不可思議的堅信。他現在正在看著的同樣東西，她一定也正在看著不會錯。天吾用力握緊左手。用那敲了幾次溜滑梯的地上。到手背痛起來爲止。

所以我們更不能不重逢，天吾想。從這裡走路可以到的附近某個地方。青豆在被誰追逐之下，正像受傷的小貓那樣躲在那裡。而且找到她的時間是有限的。但那是哪裡呢？天吾完全不知道。

「啊哈——」湊熱鬧的角色猛鼓譟。

「啊哈——」剩下的六個人齊聲附合。

第21章 青豆

怎麼辦才好呢？

那一夜，青豆爲了看月亮，穿著灰色針織運動衫和拖鞋走到陽臺。手上拿著一杯可可。很久沒想到要喝可可了。在櫥子裡發現有Van Houten的可可粉罐頭，看著之間突然想喝可可起來。沒有一片雲的晴朗西南方天空，清晰地浮著兩個月亮。大的月亮和小的月亮。她沒有嘆氣，代替的是喉嚨深處發出小聲的吟聲。自從空氣蛹生出Daughter，月亮就變成兩個。而1984年就變成1Q84年。舊的世界消失，已經無法回去那裡了。

她在陽台上擺著的庭園椅上坐下，小口小口地喝著熱可可，瞇細眼睛一面看著兩個月亮，一面努力回憶舊世界。不過現在的她想得起來的，只有留在公寓房間的橡膠樹盆栽而已。那現在不知道在哪裡？Tamaru有沒有像在電話上答應過的那樣，幫她照顧那盆盆栽呢？沒問題。不用擔心，青豆說給自己聽。Tamaru是會遵守約定的男人。如果必要，他可能也會毫不猶豫地殺死妳。不過就算是那樣，他應該也會繼續照顧妳留下的橡膠樹。

可是爲什麼那樣在乎那棵橡膠樹呢？

留下盆栽離開房子以前，青豆根本沒怎麼想過，橡膠樹的事。那眞的是一棵不起眼的橡膠樹。色澤不好，看起來就沒精神。定價一千八百圓，但拿到收銀台時，對方二話不說就自動降價成一千五百圓。如果有討價還價的話可能可以更便宜。一定是賣很久都賣不出去的。抱著那盆盆栽回到家的時候，她一直很後悔自己一時衝動買了那樣的東西。那是看起來很不起眼的橡膠樹，體積大、笨重，又不容易拿，但不管怎麼說總是一個有生命的東西。

有生以來第一次，她想擁有什麼有生命的東西。無論是寵物也好盆栽也好，她都既沒有買過，沒有人送過，也沒有撿到過。這棵橡膠樹對她來說，是和有生命的東西一起生活的第一次體驗。

在老婦人家的客廳，看到她為小翼在夜市買的紅色小金魚，青豆自己也想要那樣的金魚。非常強烈地這樣想。眼睛都無法離開那金魚的地步。為什麼會忽然這樣想呢？也許很羨慕小翼吧。從來沒有人在夜市買過什麼給青豆，一次都沒有。連帶她去夜市都沒有過。父母是證人會的忠實信徒，對教人聖經無比熱心，卻藐視、避諱世俗所有的節慶。

因此青豆決定到自由之丘車站附近的折扣店去，自己買金魚。如果沒有誰會為她買金魚和金魚缸的話，就只能自己出門去買了。那也不錯啊，她想。我已經是三十歲的大人了，一個人住在自己的房間。銀行保險箱裡的鈔票像磚塊般堆積著。買金魚只是小事一樁，不必顧忌誰。

可是到了寵物賣場，看見水槽裡一面擺動著蕾絲般的鰭一面游泳的眞金魚就在眼前時，青豆卻無法買下手了。金魚看起來雖然像是小小的，缺乏自我和省察的不思考的魚，但怎麼說總是一條完整的生命。付錢把在那裡的生命，買來做為自己個人的東西，她覺得好像不太恰當。那讓她想起自己幼小時候的模樣。被關在狹小的玻璃缸裡，哪裡也去不成的無力存在。金魚自己看來並不介意這種事。實際上可能也不介意。可能也沒有特別想去哪裡。但對青豆來說，卻非常在意。

在老婦人家的客廳看到的時候，完全沒有感覺到那種事情。魚也非常優雅，非常快樂地在玻璃缸裡游著。夏天的光在水中搖曳。和金魚一起生活，感覺似乎很美好。那應該會爲她的生活多少帶來滋潤。但在站前折扣店的寵物賣場，金魚的姿態卻只讓青豆感覺呼吸困難。青豆看了一下水槽中的小魚群之後，咬緊嘴唇。不行。我實在沒辦法養金魚。

那時候，眼睛看到放在店裡角落的橡膠樹。那被推到最不醒目的角落，像被遺棄的孤兒般身體縮在那裡。至少在青豆眼裡顯得像那樣。沒有光澤，形狀也很不平衡。但她沒有多加考慮，就買下來了。不是因爲喜歡而買。只是不買受不了而買。事實上，帶回家放在房間裡之後，除了偶爾澆水的時候之外，幾乎沒有看過幾眼。

然而一旦把那留下來之後，想到再也看不到時，青豆不知道爲什麼卻對那棵橡膠樹擔心得不得了。就像心煩氣躁，想叫出來時常常會做的那樣，她的臉大大地皺起來。整個臉上的肌肉都拉扯到接近極限的地步。然後她的臉變成像別人的臉那樣。她把臉皺到不能再皺的地步，往各種角度扭曲過之後，才終於恢復原來的臉。

爲什麼這麼在乎那棵橡膠樹呢？

無論如何，Tamaru一定會幫我珍惜地對待那棵橡膠樹。比我自己更細心，更負責地照顧。他習慣照顧有生命的東西，習慣愛惜牠們。跟我不一樣。他把狗當自己的分身般對待。老婦人家的植物，他只要有空也會巡視庭園檢查細微的地方。在孤兒院裡的時候，挺身保護能力不好而比自己小的少年。青豆想，我就沒辦法做到這種事情。我沒有那個餘裕去承擔別人的生命。光是忍受自己一個人的生命的重量，忍受自己的孤獨，就已經快受不了了。

孤獨這字眼，讓青豆想起Ayumi的事。

Ayumi被陌生男人，在賓館床上用手銬銬住，以暴力侵犯，用浴袍腰帶勒死。以青豆所知，犯人還沒有被逮捕。Ayumi有家人，也有同事。但她還是孤獨的。孤獨到不得不以這樣殘酷的死法死去。而我卻無法回應她的要求。她曾經向我求過什麼。不會錯。但我有我不得不保護的祕密，和孤獨。無論如何無法和Ayumi分享的那種祕密，和孤獨。她爲什麼那麼湊巧非向我來尋求心的交流不可呢？這個世界應該要多少人都有啊。

閉上眼睛，腦子裡浮現空蕩蕩的公寓房間裡，留下來的橡膠樹盆栽的模樣。

為什麼這麼在乎那棵橡膠樹呢？

然後青豆哭了一陣子。到底怎麼了，青豆一面搖頭一面想，最近我哭太多了。她根本不想哭的。一面想那不像樣的橡膠樹，我爲什麼非流淚不可呢？卻無法抑止眼淚的湧出。她抖著肩膀哭。我已經什麼也沒留下了。連一棵難看的橡膠樹都沒留下。有一點價值的東西都一一消失了。一切都從我身邊離去了。除了天吾的記憶的溫度之外。

不能再哭了，她告訴自己。我是這樣在天吾之中啊。就像《聯合縮小軍》中的科學家那樣——對了那部電影的片名是《聯合縮小軍》（Fantastic Voyage）。因爲想起片名的關係，青豆總算心情好轉一點了。她不再哭泣。眼淚流得再多，都無法解決事情。必須重新恢復成又酷又堅強的青豆小姐才行。

是誰這樣要求的？

是我這樣要求的。

於是她環視周圍。天上還浮著兩個月亮。

「那是記號喔。不妨注意看天空。」一個Little People說。是那個小聲的Little People。

「啊哈——」湊熱鬧的忙鼓譟。

這時候青豆忽然發現。現在這樣仰望月亮的人，並不是只有自己一個人。看得見馬路對面的那個兒童公園裡有一個年輕男人的身影。他坐在溜滑梯頂端，注視著和她相同的方向。那個男人和我一樣目睹兩個月亮。青豆憑直覺知道這個。沒錯。他和我正在看著同樣的東西。他也看得見那個啊。這個世界有兩個月亮。但並不是活在這個世界的所有人都看得見兩個月亮，領導這樣說。

但那個高大的年輕男人毫無疑問，正在看著浮在天空的一對月亮。不管賭什麼都行，我知道這點。他坐在那裡，看著黃色的大月亮，和長了青苔般綠色歪斜的小月亮。而且他看起來好像在尋思著，兩個月亮並排存在那裡的意思。那個男人難道也是，不經意地漂流到這個1Q84年新世界來的人之一嗎？而且或許對這個世界的意義還無法掌握而正在困惑中。一定是這樣沒錯。所以才不得不登上夜晚公園的溜滑梯上，一個人獨自注視著月亮，在腦子裡排列出所有的可能性，和所有的假設，仔細地檢討。

不，或許不是這樣。那個男人，或許是爲了搜尋我而來到這裡的「先驅」的追蹤者之一也不一定。

一想到這裡，心臟的跳動立刻加快，嘰的耳鳴就開始了。青豆右手下意識地，尋找插在腰帶上的自動手槍。她的手使勁握緊那堅硬的槍把。

但怎麼看，那個男人的樣子中都感覺不到那種迫切的氛圍。也看不出暴力的氣息。他只是一個人坐在溜滑梯頂端，頭倚靠著扶手，筆直仰望著浮在天空的兩個月亮，耽溺於長久的省察中而已。青豆在三樓陽台，他在那下面。青豆坐在庭園椅上，從不透明的塑膠遮板和金屬扶手的縫隙間，俯瞰那個男人。即使對方仰望這邊，從對面應該也看不見青豆的身影。何況那個男人只著迷地仰望著天空，腦子裡似乎絲毫沒有閃過一點，自己可能正被什麼地方的誰注視著的想法。

她放下心，靜靜地吐出胸中憋著的一口氣。手指的力道也放鬆了，手從槍把鬆開，以同樣的姿勢繼續觀察那個男人。從青豆的位置，只能看到他的側臉。公園的水銀燈從高處把他的身體姿態明亮地照出來。是個高個子的男人。肩膀幅度也寬。看來很硬的頭髮剪短，穿著長袖T恤。袖子折到手肘。雖然稱不上英俊，但容貌感覺良好而實在。頭的形狀也不錯。就算上一點年紀髮量稍微薄一點一定也還很帥。

然後青豆突然明白了。

那就是天吾。

不可能有這種事情，青豆想。她短短地、斷然地搖幾次頭。一定是完全搞錯了。再怎麼樣都不可發生這麼稱心如意的事情。她無法正常呼吸。身體系統開始混亂。內心和行爲無法聯繫起來。她想非再一次仔細瞧瞧那個男人不可。然而不知道爲什麼眼睛無法對焦。由於某種作用，左右的視力似乎突然有了很大的差異。她下意識地把臉大大地扭曲起來。

怎麼辦才好？

她從庭園椅站起來，無意義地環視周圍。然後忽然想到客廳的邊櫃裡放著Nikon的小型望遠鏡，於是進去拿。手拿著望遠鏡急忙回到陽台，看溜滑梯上。年輕男人還在那裡。保持和剛才一樣的姿勢。側面朝向這邊，仰望著天空。她以顫抖的手指對著望遠鏡的焦點，側面近在眼前。呼吸停止，集中精神。沒錯。

他就是天吾。就算經過二十年的歲月，青豆還是知道。那個人除了天吾之外沒有別人。

青豆最驚訝的是，天吾看起來和十歲的時候幾乎沒有改變。好像十歲的少年，就那樣原樣變成三十歲了似的。不是說還有孩子氣。當然身體遠遠長大了，脖子變粗了，容貌也變成熟了。表情顯出深度。放在膝蓋上的手也變得大而有力了。和二十年前在小學的教室裡，她所握的手相當不同。不過雖然如此，那軀體所散發出來的氣氛，卻還保持天吾十歲時的樣子。結實穩重而有厚度的身體，帶給她自然的溫暖和深深的安心感。她好想把臉頰靠在他的胸膛。非常強烈地想。青豆很高興地想起這件事。而且他坐在兒童公園的溜滑梯上仰望著天空，正在認真地注視著和她所注視的同樣的東西。兩個月亮。對，我們看得見同樣的東西。

怎麼辦才好？

怎麼辦才好？青豆不知道。她把望遠鏡放在膝蓋上，雙手使勁握緊。到了指甲都深深陷入留下明顯痕跡的地步。握緊的拳頭開始細細地顫抖起來。

怎麼辦才好？

她聽著自己粗重的呼吸聲。她的身體在不知不覺間，好像從正中央分裂成兩半似的。一半的自己正要接受天吾就在眼前的事實。而另一半，則拒絕接受這個事實，正要把那推開到某個看不見的地方去，認定沒有這回事。朝正與反的兩股拉扯力量，在她心中激烈交戰。兩邊都各自朝自己的目標激烈地拉扯著她。全身肌肉都撕裂了，關節都散了，骨頭都碎了似的。

青豆想立刻跑到公園去，爬上溜滑梯，和在那裡的天吾說話。但該說什麼才好呢？不知道嘴巴的肌肉該怎麼動。雖然如此她還是可以擠出什麼話來。我的名字叫青豆，二十年前在市川的小學教室裡握過你的手。你還記得我嗎？

這樣說就可以嗎？

應該還有其他好一點的說法。

另外一個她命令她：「就這樣一直躲在陽台吧。」妳已經什麼事也不能做了。不是嗎？妳昨天晚上，已經跟領導做過交易。妳要以捨棄自己的性命，救天吾。讓他繼續活在這個世界。那是交易的條件啊。契約已經訂下了。妳自己同意把領導送進那邊的世界，並獻上自己的生命。現在再跟天吾見面談過去的往事，又能怎麼樣呢？而且如果他不記得妳，或只記得妳是那個「經常唸可怕禱文的不像樣的女孩子」，妳又能怎麼樣呢？如果那樣的話，妳又將懷著什麼樣的心情死去呢？

想到這裡，她的身體僵硬，細細地顫抖。她變得無法抑制那顫抖了。就像嚴重感冒時的惡寒那樣。好像要凍進身體的核心那樣。她用雙臂抱緊自己的身體，在那惡寒中就那樣顫抖一陣子。不過在那之間，眼睛依然沒有離開坐在溜滑梯上仰望著天空的天吾。就怕眼睛一離開，他就會消失到什麼地方去。

她想讓天吾的手臂擁抱。想讓他的大手愛撫身體。想讓全身感受到他的溫暖。想讓他撫摸全身的每一個地方。想讓他溫暖自己。希望他能把我身體核心的寒氣驅逐出去。然後進入我的裡面，盡情地攪拌。像用湯匙攪拌可可粉那樣，慢慢地攪拌到底。如果能那樣的話，就算當場立刻死去都沒關係。眞的。

不，眞的是那樣嗎？青豆想。如果是那樣的話，我可能就不想死了。可能會想永遠永遠和他在一起。死的決心就像受到朝日照射的朝露般，立刻蒸發消失掉也不一定。或者想把他殺掉也不一定。用海克勒&

寇奇手槍先射殺他，然後再射穿自己的腦漿也不一定。到時候會發生什麼，自己會做出什麼，簡直無法預測。

怎麼辦才好？

怎麼辦才好？她無法判斷。呼吸變得急促起來。各種想法交替湧現，又錯身離去。無法理出一個頭緒。什麼是對的，什麼是錯的？她只知道一件事情。她想現在立刻在這裡讓他那粗壯的手臂擁抱。以後的事情，是以後的事情。那就讓不管是神或惡魔自己去決定算了。

青豆下定決心。走進洗手間，用毛巾把臉上留下的淚痕擦掉。對著鏡子快速整理頭髮。這張不得要領亂七八糟的臉，眼睛是紅腫的。穿的衣服也邋遢。褪色的針織運動衫褲，腰帶上插著九毫米的自動手槍，背上形成奇怪的隆起。這不是要去見一個二十年間一直思念的對象該有的模樣。爲什麼不換上稍微像樣一點的衣服？但現在什麼都沒辦法。沒時間換衣服了。她沒穿襪子就套上運動鞋，門也沒鎖，就從公寓的太平梯跑下三樓。越過馬路，跑進沒有人跡的公園，來到溜滑梯的地方。但天吾的身影已經不在那裡了。在水銀燈的人工光線照射下溜滑梯上空無一人。比月亮的背面更暗更冷，空蕩蕩的。

那難道是錯覺嗎？

不，不是，不是什麼錯覺。她一面喘著氣一面這樣想。天吾在稍早之前還在那裡。不會錯。她爬上溜滑梯，站在那裡環視周圍一圈。到處都看不到人影。不過他應該還沒有走多遠。短短幾分鐘前他還在這裡。頂多四或五分鐘前才離開。現在用跑的還追得上的距離。

但青豆回頭想。她幾乎極力制止自己。不，不行，沒辦法。而且不知道他往什麼方向走。她不想在夜晚的高圓寺街頭漫無目標地到處奔跑，尋找天吾的行蹤。那不是我該採取的行動。就在青豆坐在陽台的庭園椅上猶豫再猶豫不知道該怎麼辦才好之間，天吾已經走下溜滑梯，不知走到什麼地方去了。試想起來這就是我被賦予的命運。我太猶豫了，一直猶豫，一時失去判斷力，在那之間天吾就離去了。那就是發生在我身上的事情。

以結果來說這樣就好了。青豆這樣告訴自己。這應該是最正確的事。至少我遇到天吾了。隔著一條路看到他的身影，讓身體因可能被他的手臂擁抱而震顫。就算只有幾分鐘，我還是能以全身品嚐到那激烈的喜悅和期待。她閉上眼睛，握緊溜滑梯的扶手，咬緊嘴唇。

青豆和天吾採取同樣的姿勢，在溜滑梯頂上坐下來，仰望西南方的天空。那上面浮著大小兩個月亮。然後往公寓三樓的陽台看看。房間的燈亮著。她剛才還從那個房間的陽台，注視著在這裡的天吾。那個陽台上，似乎還殘留著散發著她深深的猶豫。

1Q84年，那是這個世界被賦予的名稱。我從半年前進入這個世界，然後現在，正要出去。在沒有意圖之下來到，在有意圖之下正準備離開。我走掉之後，天吾還會留在這裡。對天吾來說這是什麼樣的世界？我當然不知道。也沒辦法看到最後。不過沒關係。我正準備爲他而死。我無法爲自己而生。這種可能性我已經事先就被剝奪了。不過代替的是，可以爲他而死。這樣就好了。我可以帶著微笑死去了。

沒有說謊。

青豆盡量努力去感覺，溜滑梯頂上天吾所留下的氣息。一點點也好。但那裡已經沒有留下任何溫度了。帶有秋季預感的晚風，穿過櫸樹的枝葉之間，正把在那裡的所有痕跡都吹散消除。雖然如此青豆還是一直坐在那裡，仰望著兩個並排的月亮。身上浴著那缺乏感情的奇妙月光。各種各類的聲音混合成的都會噪音，化爲通奏低音包圍著她。她想到首都高速公路的太平梯上張著網的小小蜘蛛。那蜘蛛現在還活著繼續張著網嗎？

她微笑了。

我已經準備好了，她這樣想。

不過在那之前，還有一個地方不能不去。

第22章　天吾
只要天空浮著兩個月亮

走下溜滑梯，走出兒童公園，天吾漫無目的地走在街上。從一條路徘徊到另一條路。幾乎沒有留意到自己走在哪裡。一面走著一面努力把腦子裡毫無頭緒的想法，盡量理清輪廓。然而無論多麼努力，都已經無法正常思考。因爲在溜滑梯上已經把太多各種事情，一次想完了。關於增加成兩個的月亮、關於血緣這件事，關於人生的新出發點，關於伴隨著暈眩的白日夢，關於深繪里和《空氣蛹》，關於應該潛藏在這附近的青豆。他腦子裡混雜著許多想法，精神集中力已經接近極限。如果可能，眞想就這樣倒在床上沉沉熟睡。其他的事等明天早晨，醒過來再想就行了。現在再想什麼，都不可能想到。

天吾回到屋裡，深繪里坐在天吾的工作桌前，用袖珍型小刀認眞地削鉛筆。天吾經常在鉛筆筒裡放著十枝左右的鉛筆，現在那數目增加到二十枝左右。她把那些鉛筆削得漂亮到令人佩服的地步。天吾從來沒看過削得這麼漂亮的鉛筆。尖端像縫針般尖銳。

「有電話。」她一面用手指試著鉛筆尖的程度一面說。「從千倉打來的。」

「我說過不要接電話的。」

「因爲是很重要的電話。」

從鈴聲能知道是重要的電話嗎？

「什麼樣的事情？」天吾問。

「沒說是什麼事。」

「但那是從千倉療養院打來的電話對嗎？」

「要這邊打去。」

「說要這邊打電話過去嗎？」

「說晚了也沒關係在今天之內打。」

天吾嘆一口氣。「不知道對方的號碼。」

「我知道。」

她記住號碼了。天吾把那號碼記在便條紙上。然後看看時鐘。八點半。

「電話是幾點左右打來的？」

「不久前。」

天吾到廚房去喝了一玻璃杯水。雙手支在流理台邊閉上眼睛，確定腦袋總算能轉動之後，走到電話前面撥了那號碼。說不定父親已經過世了。至少那是生死交關的事情不會錯。除非有相當重大的事情，否則他們不會在這種夜晚的時間特地打電話給天吾。

電話是女人接的。天吾報了自己的姓名，說剛才那邊有打來，所以現在回電話。

「川奈先生的公子嗎？」對方說。

「是的。」天吾說。

「前幾天在這邊見過。」那個女人說。

眼前浮現戴著金邊眼鏡的中年護士的臉。名字想不起來。

他簡單地打招呼。「聽說剛才您打電話來。」

「是的。現在我把電話轉給負責的醫師，請您直接跟他說。」

天吾依然把聽筒抵著耳朵，等電話轉接。對方一直不來接。〈山腰上的家〉（Home on the Range）單調的旋律近乎永遠地不斷播著。天吾閉上眼睛，回想那房總海岸邊療養院的風景。層層重疊的茂密松林，穿過林間的海風。不停翻湧的太平洋海浪。不見訪客蹤影的悠閒大廳。推過走廊的移動床輪子發出的聲音。日曬過的窗簾。燙得筆挺的白色護士服。淡而無味的餐廳咖啡。

醫師終於來接電話。

「啊，讓您久等了對不起。因為剛才接到其他病房的緊急呼叫。」

「請不用掛心。」天吾說。然後試著回想主治醫師的樣貌。但仔細想想，自己連一次都沒見過這位醫師。腦袋還不太能動。「那麼，我父親有什麼狀況嗎？」

醫師稍微停頓一下說：「並不是今天有什麼特別的狀況，只是，從前一陣子開始就慢性地處於不太好的狀態。很難說明，不過您的父親處於昏睡狀態。」

「昏睡狀態。」天吾說。

「一直深深熟睡。」

「換句話說是沒有意識嗎？」

「是的。」

天吾尋思。腦袋必須想辦法動起來。「我父親是得了什麼病，所以陷入昏睡狀態嗎？」

「正確說不是這樣。」醫師頗爲難地說。

天吾等著。

「電話上很難說明，也沒有哪裡特別不好。例如得了什麼癌症、或肺炎等確切名稱的病。如果以醫學來說的話，看不出可以判別的症狀。不知道原因是什麼，不過以您父親的情況，維持身體生命的自然力眼看著水位正在降低。但因爲原因不明，所以也找不到治療方法。雖然繼續在打點滴，補充營養，但那畢竟是治標性的。不是根本辦法。」

「我可以坦白問嗎？」

「當然。」醫師說。

「我父親，是不是活不久了？」

「這種狀態持續下去的話，那個可能性很高。」

「是像老衰的樣子嗎？」

醫師在電話中發出曖昧的聲音。「您的父親才六十多歲。還不是老衰的年齡。而且基本上算健康。除了失智之外，也沒有發現其他的病。定期實施的體力測驗結果相當好。看不出任何有問題的地方。」

醫師在這裡一時停下。然後繼續說：

「不過……對了，這幾天看樣子，就像您所說的，可能有類似老衰的現象。身體機能整體下降，活下去的意志似乎薄弱下來了。這通常是八十歲後半才會出現的症狀。到了那樣的年齡，可以看出對繼續活下去已經感到疲倦，於是放棄努力維持生命的例子。但爲什麼六十多歲的川奈先生，會出現和那同樣的現象，我現在也不太能理解。」

天吾咬著嘴唇，稍微思考。

「什麼時候開始昏睡的？」天吾問。

「三天前。」醫師說。

「三天來完全沒有醒來嗎？」

「一次也沒有。」

「而且生命的跡象正逐漸減弱中。」

醫師說：「雖然不是急遽地，不過就像剛才說過的那樣，生命力的數值水位正逐漸，而且眼看著下降中。就像列車逐漸降低速度快要停下時那樣。」

「還有多少時間？」

「沒辦法說得準。不過以這樣的狀態持續的話，最糟糕的情況，可能大約一星期左右。」醫師說。

天吾把聽筒換邊拿，再一次咬嘴唇。

「我明天會到那邊去。」天吾說。「就算沒有接到電話，我也正想近日要過去那邊。不過幸虧您打電話來。謝謝。」

醫師聽了似乎鬆一口氣。「請過來吧。我想盡量早一點來見面比較好。也許沒辦法說話，不過您能來的話，您父親一定也會很高興。」

「可是他沒有意識吧？」

「沒有意識。」

「會痛嗎？」

「現在不會痛。應該不會才對。這是不幸中的大幸。只是熟睡而已。」

「謝謝您打電話來。」天吾道謝。

「川奈先生。」醫師說。「您的父親，怎麼說呢，是非常不需要別人照顧的人。沒有給任何人添過麻煩。」

「從以前就是這樣的人。」天吾說。然後再一次謝過醫師，才掛斷電話。

天吾把咖啡熱了，回到桌子在深繪里對面坐下來喝。

「明天要出門。」深繪里問天吾。

天吾點頭。「明天一早必須搭電車，再到貓之村去。」

「到貓之村去。」深繪里面無表情地說。

「妳在這裡等。」天吾問。跟深繪里一起生活後，已習慣沒有問號的問法了。

「我在這裡等。」

「我一個人到貓之村去。」天吾說。然後喝一口咖啡。接著忽然想到問她：「想喝什麼。」

「如果有白葡萄酒的話。」

天吾打開冰箱找白葡萄酒。看見不久前在打折時買回來的Chardonnay藏在後面。商標上畫有野生的山豬。打開瓶塞，注入葡萄酒杯放在深繪里面前。接著稍微猶豫之後，也注入自己的玻璃杯。確實心情上與其喝咖啡不如更想喝葡萄酒。葡萄酒有點過冰，太甜了些，不過酒精讓天吾的心情稍微鎮定下來。

「你明天要去貓之村。」少女重複著。

「早上搭早班電車。」天吾說。

喝著白葡萄酒時，天吾想起隔著桌子面對面的這位十七歲美少女的體內，有自己射出的精液。才昨天晚上的事情，感覺上卻像是發生在久遠的過去的事。甚至像歷史上的事件那樣。不過那時候的感覺還清清楚楚留在他體內。

「月亮的數目增加了。」天吾一面慢慢轉動著手中的玻璃杯，一面像告白般告訴她。「剛才看天空，月亮已經變兩個了。黃色的大月亮，和綠色的小月亮。可能以前就一直這樣了。不過我以前沒注意到。剛才才終於知道。」

關於月亮的數目增加這件事，深繪里並沒有表示感想。聽到這個消息，看不出她覺得驚訝。表情完全沒有改變。甚至稍微聳肩都沒有。那對她來說似乎也不是特別新鮮的新聞。

「我想雖然不用說，不過天上浮著兩個月亮，和《空氣蛹》中所出現的世界是一樣的。」天吾說。「而且新的月亮就像我所描寫的那個模樣。大小和顏色也一樣。」

深繪里只是沉默著。對於沒有必要回答的問題，她不會回答。

「爲什麼會發生這種事情？爲什麼能發生這種事情？」

還是沒有回答。

天吾乾脆率直地問：「換句話說，就是我們已經進入了《空氣蛹》中所描寫的世界了嗎？」

深繪里暫時小心地檢查著雙手指甲的形狀。然後說：「因爲我們兩個人合寫了書。」

天吾把玻璃杯放在桌上。然後問深繪里：「我和妳兩個人合寫出《空氣蛹》，然後把那出版了。完成共同工作。然後那本書成爲暢銷書，把Little People和Mother和Daughter相關的資訊傳播到世界去。所以結果，我們一起進入了這個新的改變的世界。是這樣嗎？」

「你擔任Receiver＝接受者的角色。」

「我擔任Receiver＝接受者的角色。」天吾重複。「確實我在《空氣蛹》中寫了關於Receiver＝接受者的事。不過我並不太知道那是怎麼回事。Receiver＝接受者具體上到底要扮演什麼樣的角色？」

深繪里輕輕搖頭。表示無法說明。

不說明就不明白的事情，是說明了也不會明白的事情。父親這樣說過。

「我們最好在一起。」深繪里說。「在那個人發現以前。」

天吾暫時默默看著深繪里的臉。想讀取那臉上所表達的東西。但那上面並沒有浮現任何表情。就像平常那樣。然後他無意識地把頭轉向旁邊，看窗外。但看不見月亮。只看見電線桿，和糾纏著的醜陋電線而已。

天吾說：「要接受Receiver＝接受者的角色，需要什麼特殊的資質嗎？」

深繪里輕輕點著下顎。表示需要。

「不過《空氣蛹》本來是妳的故事。是妳從零開始建立起來的故事。從妳內部出來的故事。我只是碰巧接受委託把那整理成文章的形式而已。單純只是技術者。」

「因爲我們兩個人合寫了書。」深繪里重複和前面一樣的話。

天吾下意識地用指尖按著太陽穴。「從那時候開始，我在不知情之下開始扮演起Receiver的角色嗎？」

「在那之前。」深繪里說。並用右手的食指指著自己，然後再指天吾。「我是知覺者，你是接受者。」

「Perceiver和Receiver。」天吾改用正確的用語說。「換句話說由妳知覺，由我接受。是這樣嗎？」

深繪里短短地點頭。

天吾稍微歪著臉。「換句話說妳知道我擁有Receiver，或接受者的資質，所以才會把《空氣蛹》交給我改寫。把妳所知覺的事情，透過我變成書的形式。是這樣嗎？」

沒有回答。

天吾把歪著的臉復元。然後一面看著深繪里的眼睛一面說：「雖然還無法確定具體的時間點，我可能從那前後開始就進入這有兩個月亮的世界了。只是以前一直沒有留意到。因爲夜裡一次都沒有看過月亮。沒有留意到月亮的數目增加了。一定是這樣吧？」

深繪里只保持沉默。那沉默像細粉般，悄悄漂浮在空中。那是從特殊的空間出現的蛾群，剛剛才撒出的粉末。天吾眺望了一會兒那粉末在空中描出的形狀。天吾感覺自己簡直像變成前天的晚報了似的。資訊日日在更新。只有他沒有被人告知那資訊。

「原因和結果好像亂得毫無章法。」天吾轉換心情說。「已經分不清哪邊是先哪邊是後的順序了。不過不管怎麼樣，總之我們進入這個新世界了。」

深繪里抬起頭，注視天吾的眼睛。也許是心理作用，那瞳孔中可以輕微看見類似溫柔的光似的東西。

「不管怎麼樣，已經沒有原來的世界了。」天吾說。

深繪里輕輕聳聳肩。「我們要在這裡活下去。」

「在有兩個月亮的世界？」

深繪里沒有回答。這位美麗的十七歲少女，嘴唇堅硬地抿成一直線，從正面注視天吾的眼睛。和青豆在放學後的教室裡，注視著十歲的天吾的眼睛一樣。其中有很強很深的意識的集中。被深繪里這樣注視著時，天吾覺得自己好像快變成石頭了。變成石頭，就那樣快變成新的月亮了似的。形狀歪斜的小月亮。過一會兒深繪里的視線終於和緩下來。然後舉起右手，指尖輕輕按在太陽穴上。像要讀取自己心中的祕密想法那樣。

「你去找過人了。」少女問。

「對。」

「可是沒找到。」

「沒找到。」天吾說。

沒找到青豆。但代替的是發現了月亮變成兩個。那是因爲依照深繪里的暗示挖掘自己的記憶底層，結果想到要看月亮的關係。

少女的視線只稍微和緩，拿起葡萄酒杯。口中暫時含著葡萄酒，像吸露水的昆蟲那樣珍惜地喝進去。

天吾說：「妳說她藏身在什麼地方。如果這樣，就沒有那麼容易發現了。」

「不用擔心。」少女說。

「我可以不用擔心。」天吾又重複對方的話。

深繪里深深點頭。

「換句話說，我可以找到她嗎？」

「她會找到你。」少女以安靜的聲音說。像吹過柔軟草原的風般的聲音。

「在這高圓寺一帶。」

深繪里歪著頭。表示不知道。「在某個地方。」她說。

「這個世界的某個地方。」天吾說。

深繪里輕輕點頭。「只要天上浮著兩個月亮。」

「似乎只能相信妳說的。」考慮一會兒之後天吾放棄地說。

「我是知覺者你是接受者。」深繪里深思熟慮地說。

「妳是知覺者我是接受者。」天吾把人稱換過重新說。

深繪里點頭。

所以我們才會交合吧，天吾想問深繪里。在昨夜那場猛烈的雷雨中，那到底意味著什麼。但是沒有問。那應該是不適當的問題。而且反正不會有答案。天吾知道。不說明就不明白的事情，是說明了也不會明白的事情。父親在什麼地方說過這話。

「妳是知覺者，我是接受者。」天吾再重複一次。「和改寫《空氣蛹》時一樣。」

深繪里搖搖頭。並把頭髮撥到後面，露出小而美麗的一隻耳朵。像立起發信器的天線那樣。

「不一樣。」深繪里說。「你變了。」

「我變了。」天吾重複說。

深繪里點頭。

「我變怎麼樣了？」

深繪里注視著手上的葡萄酒杯良久。好像裡面看得見什麼重要的東西似的。

「到貓之村去就知道了。」那個美少女說。然後耳朵就那樣繼續露出，喝了一口白葡萄酒。

第23章 青豆

讓老虎爲您的車加油

早晨六點過後青豆醒來。美麗而晴朗的早晨。用咖啡機煮了咖啡，烤了吐司吃。也做了白煮蛋。看了電視新聞，確定「先驅」領導的死訊還沒有被報出來。他們沒有報警，也沒有告訴外人，他們可能悄悄地把屍體處理掉了。那樣的話也沒關係。並不是特別重要的問題。死掉的人不管怎麼處理，還是死掉的人。死掉的事實不會改變。

八點淋了浴，對著洗手間的鏡子仔細梳頭，擦上看得出又像看不出程度的淡淡口紅。穿上絲襪。把衣櫥裡掛著的白色絲襯衫穿上，穿起Junko Shimada（島田順子）設計的時尚套裝。一面搖擺扭動幾次身體，讓加了鋼絲和襯墊的胸罩更服貼合身，一面想到乳房再大一點就好了。過去也和現在一樣，在鏡子前應該想過七萬兩千次左右了。不過沒關係。什麼事要想幾次，畢竟是我的自由。這麼一來就算變成第七萬兩千零一次了，又有什麼不行？至少在自己還活著的時候，可以在自己喜歡的時候以喜歡的方式盡量想自己要想的事情。不讓任何人抱怨。然後她穿上Charles Jourdan的高跟鞋。

青豆站在玄關掛的等身大鏡子前，確認那服裝沒有一點瑕疵。她對著鏡子輕輕抬起一邊肩膀，她想自己難道不像出現在《天羅地網》（The Thomas Crown Affair, 1968）裡的費．唐娜薇嗎？她在那部電影中，飾演像刀子般冷徹的保險公司調查員。冷酷而性感，穿上班套裝非常搭配。當然青豆看起來並不像費・唐娜薇，不過氣質有幾分接近。至少，不是沒有。只有一流的專業人員才可能散發的特殊氣質。何況她的側背包裡還放著冷硬的自動手槍。

她戴上小副的Ray-Ban太陽眼鏡，走出房子。走進大樓對面的兒童公園，站在昨夜天吾坐過的溜滑梯前，腦海中重現當時的情景。從現在開始往前推十二小時左右，真實的天吾就在那裡——離我所在的地方只隔一條小路。他一個人在那裡安靜坐著，久久仰望著月亮。和她所看到的同樣的兩個月亮。

能像這樣遇到天吾，對青豆來說簡直近乎奇蹟。也是某種啓示。有什麼事情把天吾送到她的眼前來。而且那事情似乎大大地改變了她身體的組織。青豆從早晨醒來時開始，全身就一直感覺到那不停的咯吱作響。他在我眼前現身，再離去。既無法跟他說話，也無法碰觸到他的肌膚。但在那短短的時間內，他已經在我身上完成許多變化。名副其實像用湯匙攪拌可可那樣，把我的心和身體大大地攪拌過了。直到內臟和子宮深處。

青豆在那裡站了五分鐘左右，一手放在溜滑梯的階梯上，臉一面微微皺起來，高跟鞋的細跟輕輕踢著地面。她確認著心和身體的攪拌情況，品味著那感覺。然後下定決心離開公園，走出大馬路招了計程車。

「先到用賀去，然後上首都高速公路三號到池尻出口前一點。」她告訴司機。

當然司機被搞糊塗了。

「小姐，這樣，妳最後的目的地到底是想去哪裡？」他以有點悠閒的聲音問。

「池尻出口。可以這麼說。」

「那麼，要到池尻的話，從這裡直接去要近得多了。先到用賀去要繞很遠的路，而且早晨這個時段，三號的上行路段也很塞車，塞得很嚴重。幾乎無法前進。這跟今天是星期三一樣是不會錯的事情。」

「塞車也沒關係。今天不管是星期四星期五或天皇誕生日，什麼日都沒關係。總之請你從用賀上首都高速公路。時間我有的是。」

司機大約三十歲出頭。瘦瘦的、膚色白皙、臉形細長。看起來像是小心翼翼的草食動物一般。像復活節島上的巨石像那樣下顎往前突出。他從後視鏡看著青豆的臉。想從她的表情讀取自己所面對的對象，只是純粹頭腦一時糊塗了，還是遇到什麼麻煩的普通人。

青豆從包包掏出錢包來，抽出一張看來像剛剛才印好的嶄新一萬圓鈔票，遞到司機的鼻子前。

「不用找錢。也不用收據。」青豆簡短地說。「所以你不必多說，就照我講的開。先到用賀去，從那裡上首都高速公路到池尻。就算塞車，這些車資應該夠了吧。」

「那當然是綽綽有餘的。」雖然如此司機還是懷疑地問：「可是小姐，妳要上首都高速公路有什麼特別的事情嗎？」

青豆把一萬圓鈔票，像旗子般左右揮動著。「如果不去，就讓我下車，我去找別輛計程車，要不要去快點決定好嗎？」

司機皺起眉頭十秒鐘左右，看著那一萬圓鈔票。然後下定決心拿了那鈔票。照著光確認那是不是真鈔後，放進工作用的包包。

「明白了。走吧，首都高三號。不過真的，塞車塞得令人受不了噢。而且用賀和池尻之間沒有出口。

也沒有公共廁所。所以如果想上廁所的話，就請趁現在先上吧。」

「沒問題，就這樣請立刻出發。」

司機穿過複雜的住宅區道路接到環狀八號。然後經過那擁塞的道路朝用賀前進。在那之間兩個人一句話也沒說。司機一直在聽著新聞廣播節目。青豆專心想自己的事。來到首都高入口前時，司機把收音機的音量降低，問青豆。

「抱歉也許多管閒事，可以請問小姐，是做什麼特殊工作的嗎？」

「保險公司的調查員。」青豆毫不遲疑地說。

「保險公司的調查員。」司機好像嚐到從來沒吃過的東西時那樣，口中很小心地重複著那幾個字。

「爲保險金的詐領事件找證據。」青豆說。

「哦？」司機很佩服似地說。「那保險金詐欺什麼的，跟首都高三號有某種關係嗎？」

「是的。」

「簡直像那部電影嘛。」

「哪部電影？」

「很久以前的電影。史提夫·麥昆主演的。嗯，片名忘記了。」

「《天羅地網》。」青豆說。

「對對，就是。費·唐娜薇演保險公司的調查員。她是竊盜保險的專家。而麥昆是大富豪，卻爲了興趣而犯罪。一部很有意思的電影。高中時候看的。好喜歡那音樂喲。好動聽。」

「米榭・李葛蘭（Michel Legrand）配樂。」

司機小聲哼出一開頭的四小節。然後他看一眼鏡子，再一次仔細觀察上面映出的青豆的臉。

「小姐，這麼說來，妳的氣質跟當時的費・唐娜薇有一點像喔。」

「謝謝。」青豆說。爲了隱藏嘴角不禁漾起的微笑，需要一點努力。

首都高速公路三號線上行方向，正如司機預言的那樣非常塞車。從入口進去前進不到一百公尺就已經開始塞了。像登在塞車樣本簿上那麼了不起的塞法。不過這也正是青豆所期待的事。同樣的服裝、同樣的道路、同樣的塞法。計程車的收音機沒有播出楊納傑克的《小交響曲》有點遺憾。汽車音響的音質也沒有那輛TOYOTA的CROWN Royal Saloon所裝的那樣高品質也很遺憾。不過如果這樣希望就叫希望過頭了。

計程車一面被夾在卡車之間，一面緩慢前進。在一個地方停很久，然後像想到似的又只前進一點。旁邊車道上低溫貨運卡車的年輕司機，在停止前進的時候一直認眞地讀著漫畫雜誌。奶油色TOYOTA Corona Mark II車上的中年夫婦兩個人都臉色難看，直視前方，一次也沒開口。可能沒話可說。或者因爲說了什麼而變成那樣。青豆深深靠在椅背上落入沉思，計程車司機專心傾聽著廣播節目。

好不容易才開到有「駒澤」標誌的地方，像蝸牛爬行般朝三軒茶屋前進。青豆有時抬起頭來，眺望窗外的風景。這地方也將是最後一次看到了。我將到遙遠的地方去。不過就算這樣想，對東京這地方也無法湧起懷念不捨的情感。沿著高速公路的建築物全都是醜陋的，被汽車廢氣污染得黑黑的，到處掛滿誇張的廣告看板。看著這樣的光景心情就沉重起來。人們爲什麼非要特地製造出這樣令人傷心的地方不可呢？雖然不是說，世界的每個角落都非要美美的不行。不過也不必弄到這麼醜的地步吧？

不久終於似曾相識的地方進入青豆的視野。就是當時從計程車上下車的地方。來歷不簡單的中年司機，告訴青豆那裡有太平梯。道路前方看得見Esso石油的巨大廣告看板。老虎笑咪咪的，拿著加油槍。和當時一樣的看板。

讓老虎爲您的車加油。

青豆突然發現喉嚨很渴。她乾咳一聲。手伸進包包裡拿出檸檬口味的止咳糖。放一粒在口中，把糖果盒放回包包。順便在包包裡，用力握緊海克勒&寇奇的槍把。在手中確認那硬度和重量。對，這樣就好，青豆想。然後車子稍微往前進。

「請移到左邊的車道。」青豆對司機說。

「可是右邊不是還在前進嗎？」司機語氣溫和地抗議。「而且池尻的出口在右側，所以現在在這裡移到左邊的話等一下就麻煩了。」

青豆不接受抗議。「沒關係，移到左邊。」

「如果妳這樣說的話。」司機似乎放棄地說。

他從車窗伸出手向後面的低溫貨運卡車打手勢，確定對方看到之後，插入對方的鼻子前般進入左車道。從那裡前進大約五十公尺左右時，車子又一起停下來。

「我要在這裡下車，請開門。」

「下車？」計程車司機嚇一跳地說。「妳說下車，在這裡嗎？」

「對，在這裡下。因爲在這裡有事。」

「可是，小姐，這是首都高的正中央喔。很危險的，而且下去也到不了任何地方啊。」

「前面一點有太平梯所以沒問題。」

「太平梯。」司機搖搖頭。「那種東西，我不知道有沒有。不過如果公司知道我在這種地方放客人下車的話，我就糟糕了。會被首都高的管理公司罵。請不要這樣好嗎？」

「不過，因爲有原因無論如何都必須在這裡下。」青豆這樣說，從錢包再拿出一張一萬圓鈔票來，用手指叮地彈一下遞給司機。「很抱歉提出無理要求，這是添麻煩費。所以請默默在這裡讓我下車。拜託。」

司機沒有收那一萬圓鈔票。放棄似地拉起手邊的把手，後方左側車門自動打開。

「錢不需要。剛才給的已經夠了。不過請眞的要小心喔。首都高連路肩都沒有，人走在那樣的地方，不管多塞車還是相當危險的。」

「謝謝。」青豆說。下了車後，咚咚地敲著副駕駛座的窗戶讓司機把玻璃窗降下。然後身體伸進去般，把那一萬圓鈔票塞進司機手裡。

「沒關係請收下。不要介意。因爲錢多得很。」

司機交互看著那鈔票和青豆的臉。

青豆說：「如果你因爲我的事而被警察或公司說了什麼，就說是被用手槍抵著威脅的。所以沒辦法。那樣的話人家就不會怪你了。」

司機好像沒聽懂她說的意思。錢多得是？被用手槍威脅？不過還是收下一萬圓鈔票。可能害怕因爲拒收會發生什麼意外吧。

和上次一樣，她穿過側壁和左車道的車子之間，往澀谷方向走。那距離有五十公尺左右。人們從車子裡以難以相信的眼光盯著她的姿態。但青豆不理會這個，就像站在巴黎時裝發表會的伸展台上的模特兒那樣，背挺得筆直邁開大步堂堂往前走。風飄動著她的頭髮。空空的對向車道上高速通過的大型車，搧動般搖晃著路面。Esso石油的看板逐漸大起來，青豆終於跋涉到那個緊急停車空間。

周邊的風景和上次來的時候沒有改變。有鐵柵欄，旁邊有放著緊急電話的黃色盒子。

這是1Q84年的出發點，青豆想。用這裡的太平梯，走到下面的二四六號道路時，屬於我的世界就切換掉了。所以我想再一次走下這個階梯看看。上次走下這個階梯時是四月初，我穿著米白色外套。現在才九月初，要穿外套還太熱。不過除了外套之外，我穿著和當時完全一樣的服裝。和在澀谷的飯店，殺掉那個從事和石油相關工作的差勁男人時相同的服裝。Junko Shimada設計的套裝，Charles Jourdan的高跟鞋。白色襯衫。絲襪，襯鋼絲的白色胸罩。我把迷你裙撩起來翻過鐵柵欄，從這裡走下太平梯。

想再做一次同樣的事情。這無論如何純粹是出於好奇心使然。我只是想知道和那時候在同樣的地方，穿同樣的服裝，做同樣的事情，會發生什麼事。不是想得救。死並不特別可怕。時候到了我不會猶豫。我可以面帶微笑地死去。但是青豆想知道事情的源由，不想在不明究理之下，死得不明不白。自己能試的事情想盡量試試看。如果不行再放棄就好了。不過到最後的最後，能做的事我還是會去做。這是我的生活哲學。

青豆從鐵柵欄探身出去尋找太平梯。然而那裡並沒有太平梯。

看幾次都一樣。太平梯消失了。

青豆咬著嘴唇，歪著臉。

沒有搞錯地方。確實是這個緊急用的停車空間。周遭的風景也一樣，Esso的廣告看板就在眼前。在1984年的世界裡，太平梯就存在這裡。像那個奇怪的計程車司機所說的那樣，青豆很容易就找到那梯子。並翻越柵欄，走下梯子。但在1Q84年的世界太平梯卻已經不存在了。

出口被封閉了。

青豆把歪著的臉擺正，很注意地環視周圍，再一次仰望那幅Esso的廣告看板。老虎手上拿著加油槍，尾巴朝上捲起，一面朝這邊使著眼色，一面快樂地微笑著。好像在說這樣就幸福無比，絕對沒有比這更滿足的事情了似的。

當然，青豆想。

對，這種事情從一開始就知道了。在大倉飯店的套房裡，在她的手下死去之前，領導也清楚地這樣說過。他說，沒有從1Q84年回到1984年的路。進入那個世界的門只有往單向開。

雖然如此，青豆還是非要用自己的雙眼親自確認這個事實不可。這是她的天性。於是她確認過那事實了。完畢。證明結束。Q.E.D.。

青豆倚靠在鐵柵欄上，仰望天空。無可挑剔的天氣。深藍的背景上，飄著幾絲筆直細長的雲。可以看穿到很遠的天空。好像不是都會的天空。可是到處都看不到月亮。月亮到哪兒去了呢？算了。月亮是月亮。我是我。我們有各自不同的生活方式，各自不同的安排。

如果是費．唐娜薇的話，此刻可能會掏出細長的香菸，酷酷地用打火機的尖端點火。優雅地瞇細眼睛。但青豆沒抽菸，既沒帶香菸也沒帶打火機。她的包包裡有的只有檸檬口味的止咳糖。加上，鋼鐵製的九毫米自動手槍，和到目前爲止打進過幾個男人脖子後的特製冰錐。可能全都是比香菸更致命的。

她望一眼塞車中的車陣。人們都從各自的車上熱切地望著青豆。當然。要親眼目睹走在首都高速公路上的一般市民的身影，並不是那麼經常有的事情。如果是年輕女性的話就更不用說了。何況還穿著迷你裙，細跟高跟鞋，綠色太陽眼鏡，嘴角帶著微笑。不看才怪。

路上停著的車子大半是大貨車。將各種物資從各種地方運進東京。他們可能徹夜開車來的。而現在，被捲進早晨宿命性的塞車潮中。司機們正感到無聊、厭煩、疲倦。眞想泡個熱水澡、刮個鬍子、躺下來睡一覺。他們所希望的事情原來只有這個。他們像望著罕見的珍奇動物那樣，只是恍惚地望著青豆的身姿。要積極去介入其中做點什麼，則未免太疲倦了。

在那樣的許多大貨車之間，就像被捲入粗魯的犀牛群中的優雅羚羊那樣，混進一輛銀色的Mercedes-Benz。好像是剛買的新車。那美麗的車體光輝地反射著剛升起的朝陽。車輪的轂蓋也搭配車體顏色。駕駛座的玻璃窗降下來，穿著品味高的中年女性一直望著這邊。戴著Givenchy的太陽眼鏡。也看得見放在方向盤上的手。戒指閃閃發光。

她看來就很親切的樣子。而且好像在爲青豆擔心。在高速公路上一個穿著有品味的年輕女性，到底在做什麼呢？發生了什麼事情呢？她這樣懷疑著。好像想出聲招呼青豆似的。如果拜託她的話說不定願意讓她搭便車到什麼地方。

青豆摘下戴著的Ray-Ban，放進上衣的胸前口袋。在耀眼的朝陽下一面瞇細眼睛，一面用手指頻頻揉著鼻子兩側留下的眼鏡痕跡。用舌尖舔一下乾燥的嘴唇。微微有口紅的味道。仰望晴朗的天空，然後爲愼重起見看了一次腳下。

她打開側背包，開始慢慢拿出海克勒&寇奇手槍。把包包咚地掉落地上，空出雙手。用左手解開槍的安全裝置，拉下滑套，讓子彈上膛。這一連串動作迅速、確實。發出舒服的聲響。她輕輕揮動手，確認槍的重量。槍本身重四八〇公克，再加上七發子彈的重量。沒問題，子彈確實裝好了。她可以感覺出那重量的不同。

青豆抿得筆直的嘴角又再浮現微笑。人們盯著青豆那樣的動作。看見她從包包拿出手槍，也沒有任何人吃驚。至少沒有讓驚訝顯露臉上。可能不認爲是眞的槍。不過這是眞槍喔，青豆想。

然後青豆把槍把朝上，槍口伸進口中。槍口筆直朝向大腦。意識所寄宿的灰色迷宮。

不需要思考禱文，自動就出來了。槍口一直對著口中，她快速地唸出。她在唸什麼，誰也沒聽清楚。不過沒關係。只要神聽見就行了。幼小的青豆幾乎無法理解，自己口中唸著的句子的內容。但那一連串文字，已經嵌進她身體的核心了。在學校的營養午餐前也一定非祈禱不可。一個人孤獨，但大聲地唸出。不必顧慮周圍人們好奇的眼光和嘲笑。重要的是，神在看著妳。誰都逃不了祂的眼光。

Big Brother 在看著你。

天上的主啊。願人都尊祢的名為聖，願祢的王國降臨。請饒恕我們的許多罪過。請賜福我們微小的每一步。阿門。

握著嶄新賓士車方向盤的容貌姣好的中年女性，還一直注視著青豆的臉。她——周圍的其他人也一樣——好像不太明白青豆手中拿著的槍的意義似的。如果能理解的話，她應該會把眼光從我身上轉開。青豆這樣想。因爲如果腦漿飛濺的景象就在眼前發生的話，今天的午餐和晚餐可能都會吃不下。所以我不出惡言，請把眼光轉開，青豆對她無言地說。我不是在刷牙。而是把海克勒&寇奇手槍插進嘴巴。祈禱也唸完了。應該明白是什麼意思了吧。

這是我的忠告。重要的忠告。把眼光轉開，什麼也別看，開著妳那輛剛剛出廠的銀色賓士車，就那樣回家去吧。回到妳親愛的丈夫和孩子們在等候妳的漂亮的家，繼續過妳安穩的生活。這不是像妳這樣的人應該看的事情。這是眞正的醜陋的手槍。這裡裝有七發醜陋的九毫米子彈。而且就像契訶夫說過的那樣，故事中一旦有手槍出場，那就非要在某個地方發射不可。那是所謂故事這東西的意義。

不過那個中年女性，無論如何眼睛都不離開青豆。青豆放棄地輕輕搖頭。很抱歉不能再等了。時間到了。秀差不多要開場了。

讓老虎爲你的車加油。

「啊哈——」湊熱鬧的角色猛鼓譟。

「啊哈——」剩下的六個人齊聲附和。

「天吾！」青豆說。然後手指用力扣動扳機。

第24章 天吾

趁著還有溫度

天吾搭上午從東京站開出的特快車，往館山出發。在館山轉每站停車的普通車，來到千倉。美麗晴朗的早晨。沒有風，海上也幾乎看不見什麼浪。夏天已經遠去，短袖襯衫上添一件薄棉夾克剛剛好。海水浴的客人蹤影消失的海邊村莊，比預料中悠閒，看不見什麼人影。好像真的變成貓之村了似的，天吾想。

在車站前簡單用過餐，再搭計程車。到療養院時已經一點多了。和上次同一位中年護士在服務台迎接天吾。就是昨天晚上接電話的女士。田村護士。她還記得天吾的臉，比第一次的時候稍微親切一點。甚至稍微面帶微笑了。天吾這次穿了比較得體的服裝，可能多少也有影響。

她先帶天吾到餐廳，端出咖啡來。「請在這裡等一下。醫師稍後就到。」她說。十分鐘左右之後主治醫師，一面用毛巾擦著手一面走過來。粗硬的頭髮開始混有些白髮，年齡大約五十歲上下。好像正在做什麼工作，沒穿白袍。穿著灰色汗衫，和成套的灰色吸汗長褲，舊慢跑鞋，體格很好，看起來與其說是療養院的醫師，不如說是從職棒二軍怎麼也升不上去的大學體育系的教練似的。

醫師說的話，和昨天晚上在電話上說的大致相同。很遺憾現在這時候，醫學上幾乎沒辦法幫得上忙，醫師很遺憾地說。從表情和用語來看，他的心情像是真的。

「只能由兒子對父親開口說話，鼓勵鼓勵他，讓他湧起活下去的慾望，其他好像沒有別的辦法了。」

「我說的話父親能聽得見嗎？」天吾問。

醫師一面喝著微溫的日本茶一面臉色爲難。「老實說，我也不知道。你父親處於昏睡狀態。叫他時身體也完全沒有反應。不過就算深深的昏睡狀態，有人還是可以聽見周圍人的說話聲音，也有人可以理解那內容。」

「可是看起來分不出那差別吧。」

「分不出來。」

「我可以在這裡待到傍晚六點半左右。」天吾說。「在那之間我會在父親身邊，試著盡量跟他說話。」

「如果有什麼反應的話請告訴我。」醫師說。「我會在附近。」

年輕的護士，帶天吾到父親沉睡的房間。她的名牌上寫著「安達」。父親被移到新棟的單人房。這是重度患者的那棟樓。齒輪已經又往前進了一格。從這裡再往前就沒地方可以移了。狹小細長，冷漠無趣的房間，床就占掉了將近房間面積的一半空間。窗外具有防風功能的松林廣闊地延伸。茂密的松林看來像是將那療養院和有生氣的現實世界分隔的巨大隔牆般。護士出去之後，只剩下天吾和面向天花板昏睡著的父親兩個人。他在床邊放著的木製小凳上坐下來，看著父親的臉。

床的枕邊放著點滴用的架子，點滴袋裡的液體正從管子送進手腕的血管。尿道也插著尿管。不過看起來排尿量少得驚人。父親比上個月見到時，看來又縮小了一圈。肉完全削掉的臉頰和下顎，大約長出兩天份的白鬍子。本來眼睛就比較深陷的，那深陷又比以前更深了。甚至令人想到有必要用什麼專門的工具，把眼球從那洞穴中拉出到前面來的地步。兩眼的眼皮在那深穴中，像車庫捲門拉下了般堅固地閉著，嘴巴微微半張著。聽不見呼吸聲，但耳朵湊近時可以感覺到空氣的輕微波動。那裡正在祕密進行著維持最低限度的生命水準的活動。

對天吾來說，可以非常真實地感受到，昨天夜裡的電話中醫師口中所說「就像列車逐漸降低速度朝向停止時那樣」的說法。父親這班列車正在緩緩降低速度，等待慣性到達盡頭，在什麼也沒有的空曠平原的正中央即將安靜停止。唯一值得安慰的，是車內，已經都沒有乘客了。列車即使就這樣停止，也沒有人會抱怨。

非說一點什麼話不可，天吾想。不過要說什麼，如何說，以什麼樣的聲音說才好？天吾不知道。即使想說，腦海裡也完全浮不出有意義的話。

「爸爸。」他暫且小聲耳語般說。但接下來的話卻接不上。

他從小凳子上站起來，走到窗邊，眺望草坪整理得很好的庭園，和松林上方廣闊延伸的高空。很大的天線上停著一隻烏鴉，身上一面承受著陽光，一面思慮深沉地睥睨著周遭。床的枕邊放著附有鬧鐘的電晶體收音機。父親對那些機能都不再需要了。

「我是天吾。剛從東京來。聽得見我的聲音嗎？」他還站在窗邊，以俯視父親的樣子說。完全沒有反應。他所發出的聲音瞬間震動了空氣之後，便不留形跡地被吸進牢牢盤踞在房間裡的空白中去了。

這個男人準備死去，天吾想。只要看那深陷的眼睛，就知道。他已經決心結束生命了。然後閉上眼睛，落入深深的睡眠。不管跟他說什麼，不管怎麼鼓勵他，大概都不可能推翻那決心了吧。在醫學上看來還活著。但對這個男人來說人生已經終了。而且在他心中已經沒有殘留任何想努力延長生命的理由和意志了。天吾能做的，只有尊重父親的希望，讓他安靜安心地死去而已。這個男人的臉上表情非常安穩。現在似乎完全感覺不到痛苦的樣子。就像醫師在電話上說的那樣，那是唯一值得安慰的。

雖然如此天吾還是不得不對父親說一點什麼。有一點是因爲那是跟醫師約定過的事。醫師好像是以一個爲人父母者般的心情照顧著父親的。另外一點是，還有——想不到完全吻合的表達法——禮貌上的問題。天吾已經很久沒有好好跟父親說話了。連日常對話都沒有好好交談。最後談話大概是初中生的時候。在那之後天吾幾乎沒有再走進家裡，就算有事回家也盡量避免和父親照面。

但這個男人現在，正持續陷入深深的昏睡狀態，在他眼前靜悄悄地準備死去。事實上等於已經講白了自己不是天吾的眞正父親，因此肩膀上的重擔終於可以卸下，看起來也有點鬆一口氣的樣子。我們各自都卸下了肩上的重擔。在到達極限之前。

就算沒有血緣關係，但在戶籍上把天吾當親生兒子，並照顧他到能夠自力更生爲止的就是這個男人。有這樣的恩情。這一路自己是怎麼活過來的，是想著什麼活著的，應該有義務把這些向他做一個報告。天吾這樣想。不，不能說是義務，這終究是禮貌上的問題。和所說的話有沒有進入對方耳裡，和那有沒有什麼用處，都沒有關係。

天吾再一次在床邊的矮凳子上坐下來，開始述說他到目前爲止的人生的梗概。從高中入學，搬出家裡住進柔道社的宿舍過團體生活開始說起。從那時候開始他的生活，和父親的生活幾乎失去一切交集，兩個人彼此都變成處於完全和對方無關的狀態。那樣巨大的空白也許應該盡量塡滿比較好。

然而天吾對於高中時代的生活，覺得沒有什麼值得一提的事情。他進入千葉縣內以柔道強著名的私立高中。本來可以輕鬆進入程度更好的高中的，不過這所高中所提出的條件最好。除了免學費的優惠之外，還備有供三餐的宿舍。天吾成爲該校柔道社的核心選手，在練習的空檔讀書（不必特別用功，在那個學校就可以輕鬆保持頂尖級的成績），放假時就和社團的同學們一起去做苦力勞動的打工賺一點零用錢。可以做的事情很多，總之每天過著從早到晚被時間追著跑的日子。關於三年的高中生活，除了忙碌之外，也沒有什麼特別値得一提的事。既沒有特別快樂的事，也沒有特別親的朋友。學校的校規很多，完全無法隨心所欲做自己喜歡的事。和柔道社的同伴雖然隨性地配合大家來往著，但基本上並不投合。老實說，天吾從來沒有眞正熱衷地投入柔道這種競技中。只是爲了能自力更生地活下去有必要在柔道上留下好成績，因此爲了不讓周圍的人失望，而認眞練習而已。那與其說是一種運動不如說是爲了求生存的現實性的方便手段。甚至可以說是一種工作。眞想早一刻從這樣的地方畢業。一面想過更正常的生活，他一面度過高中三年。

但進了大學之後他還繼續參加柔道社。基本上過著和高中一樣的生活。因爲只要繼續參加柔道社的活動，就可以住進宿舍，不愁睡覺的地方和吃的問題（不過只是最低水準）。雖然領獎學金，但光靠獎學金實在無法生活。所以有必要繼續參加柔道社。當然主修數學。因爲稍加用功了，所以在大學成績也很好，指導教授還勸他進研究所。不過隨著升上三、四年級，天吾心中已經急速喪失對研究數學這門學問的熱情。雖然依舊喜歡數學本身，但無論如何不想把那研究當成職業。跟柔道的情況一樣。以業餘愛好者來參與固然很好，但要一輩子投入其中則沒有那個資質和意願。自己也知道。

對數學的關心變淡了，大學畢業又迫在眼前，繼續學柔道的理由消失之後，天吾完全不知道以後要做什麼，該往什麼路走才好。他的人生好像失去中心了似的。雖然本來就是沒有目標的人生，不過以前別人對他有所期待和要求，爲回應那個，他的人生也就忙得團團轉。然而那要求和期待一旦消失之後，就沒留下任何值得一提的東西了。沒有人生的目的。沒有一個親密的朋友。他被留在像風停了般的靜謐中，對任何事情都無法好好集中精神。

在唸大學的時候有幾個女朋友，也有性經驗。天吾在一般的定義上不算英俊，也沒有社交個性，說話並不特別有趣。經常爲錢傷腦筋，對穿著並不虛榮。但就像某種植物的氣味會吸引蛾接近那樣，天吾能夠吸引某種女性接近。而且相當強烈。

二十歲的時候（和對學問上的數學開始失去興趣幾乎同時期）他發現這個事實。自己即使什麼都不做，也一定有女性會關心他並接近。她們想被他粗壯的手臂擁抱。或者至少，被這樣做不會抗拒。剛開始他還不太理解這樣的結構，感到相當困惑，但終於學會了類似竅門的東西，可以開始巧妙地運用那能力了。而且從此以後，天吾幾乎開始不愁缺少女性了。但他自己對那樣的女性，並沒有積極懷有戀愛的感情。只是跟她們交往，擁有肉體關係而已。只是彼此塡滿空白而已。要說不可思議也很不可思議，對於深受他吸引的女性，他從來沒有一次眞心被對方強烈吸引過。

天吾把這些經過，對著沒有意識的父親說。剛開始一面選擇用語一面慢慢說，不久就開始順暢起來，最後帶著若干熱情說了。關於性的問題他也盡量坦白。天吾想，現在也沒有什麼可羞恥的了。父親的姿勢沒有改變，依舊仰臥著繼續深深的睡眠。呼吸也沒有改變。

快三點時護士走過來，換過點滴液的袋子，也把積多的尿袋換新，量過體溫。體格結實的三十幾歲的護士。胸部很大。名牌寫著「大村」。頭髮緊密地束起來，上面插著原子筆。

「有沒有什麼變化？」她用那原子筆在紙夾的表格中一面記錄數字，一面問天吾。

「沒有。一直在睡覺。」天吾說。

「如果有什麼，請按那個按鈕。」她指著垂在枕頭邊的呼叫按鈕。然後把原子筆再插進頭髮裡。

「知道了。」

護士出去一會兒之後，門上有短短的敲門聲，戴眼鏡的田村護士從門口露臉。

「要不要吃東西。到餐廳去可以吃一點什麼。」

「謝謝。不過肚子還不餓。」天吾說。

「您父親的情況怎麼樣？」

天吾點頭。「我一直跟他說話。不過不知道他聽得見或聽不見。」

「對他說話是好事。」她說。然後好像鼓勵似地微笑。「沒問題，您父親一定聽得見。」

她把門悄悄帶上。狹小的病房裡，又只剩下天吾和父親兩個人。

天吾繼續說。

大學畢業，在東京都內的補習班上班，開始教數學。他並不是眾所寄望的數學神童，也不是前途有望的柔道選手。只是補習班的講師。不過這樣天吾很高興。他在那裡終於可以喘一口氣。有生以來第一次，不必顧慮別人，可以自己一個人過自由的生活了。

他終於開始寫小說。寫了幾個作品，去投稿出版社的新人獎。不久認識一位叫小松的有怪癖的編輯，交給他一個叫做深繪里（深田繪里子）的十七歲少女所寫的《空氣蛹》的改寫工作。深繪里雖然創作了故事，卻沒有寫文章的能力，所以天吾接下那份工作。他把那工作做得很好，作品得到文學雜誌的新人獎，印成書，造成大暢銷。《空氣蛹》變得太過於話題性了，被評審委員敬而遠之，沒有能夠得到芥川獎，不過借小松的坦白形容的話，書暢銷到「不需要那種東西」的地步。

天吾沒有自信，自己說的事情有沒有傳進父親耳裡。就算有傳進耳朵，也無法知道他能否理解。既沒有反應，也沒有感覺。而且就算他理解了，也不知道父親對那種事情有沒有興趣。或許只覺得「好煩」也不一定。別人的人生怎麼樣都無所謂，還是讓我就這樣繼續清靜地睡覺吧，也許他這樣想。不過以天吾來說，總之只能把腦子裡浮現的事情繼續說出來。在這狹小的病房面對面，也想不起其他事情可做。

父親依然輕微動一下都沒有。他那一對眼睛，在黑暗的深穴底下堅硬地閉著。看起來也像開始下雪，洞口被白白地堵住，只是在靜靜地等待著似的。

「我現在還不能算順利，不過如果可能我想靠寫作生活下去。不是靠改寫別人的作品，而是把自己想寫的東西以自己想寫的方式寫出來。寫文章，尤其是寫小說，我想是適合我的個性的。有想做的事情是一件好事。我心裡也終於產生了這樣的想法。我寫出來的東西雖然還沒標上名字印刷出來，不過可能以後會吧。自己說有點不妥，不過我想以寫的方面來說，我的能力絕對不差。也有編輯肯定我。這方面我倒不太擔心。」

而且我好像具有接受者的資質，可能應該這樣補充說明。總之，甚至在現實上都被拉進自己所寫的小說的世界裡去了。不過這麼麻煩的事情總不能在這裡開始說。那又是另一回事了。他決定改變話題。

「對我來說最沉痛的事情，我想是過去我沒辦法認眞愛誰。有生以來，我從來沒有無條件地喜歡過一個人。從來沒有爲了這個對象可以拋棄自己的心情。一次也沒有。」

天吾一面這樣說，一面想，眼前這個窮酸樣的老人的人生過程中，有沒有眞心愛過誰呢？或許他是認眞愛天吾的母親的。所以才能在明知沒有血緣的情況下，把幼小的天吾當自己的孩子般扶養長大。如果是這樣的話，他在精神上就過著比天吾更充實的人生了。

「不過有一個例外，有一個女孩子的事我還記得很清楚。那是在市川讀小學三年級和四年級時的同班同學。對，是二十年前的事了。我被那個女孩子非常強烈地吸引。一直想著那個女孩子，現在還經常想。不過我跟那個女孩子幾乎沒有說過話。她中途就轉學，從此也沒有再見過。不過最近因爲一件事情，我開始想要找找看她的行蹤，終於留意到自己需要她。想跟她見面談各種事情。但終究找不到那個女孩的行蹤。我應該從更早以前就開始找的。那樣事情可能就會簡單一點。」

天吾在這裡暫時沉默下來。並等自己到現在爲止所說的事情在父親的頭腦裡安頓下來。與其這麼說，不如說等那些事情在他自己的頭腦裡安頓下來。然後再繼續說：

「是的，我對這種事情非常膽小。例如沒有去查自己的戶籍也是同樣的原因。母親眞的去世了嗎？如果想查的話應該很簡單就查得到。只要去區公所看紀錄立刻就知道了。實際上也好幾次想去查。也眞的走到區公所了。不過我總是沒辦法申請文件。害怕事實在自己眼前攤開來。害怕自己會親手對那個採取衝動的反應。所以一直等著有一天順其自然地，在某種契機下自然明白過來。」

天吾嘆一口氣。

「先不提那件事，我應該早一點開始找那個女孩子的。繞了好大一圈。不過我很難付諸行動。我，該怎麼說才好呢？我內心的問題就是很膽小。這是致命的問題點。」

天吾從矮凳上站起來，走到窗邊，眺望松林。風停了。也聽不見海鳴。一隻大貓走在庭園。從腹部下垂的情況來看，是懷孕的樣子。貓在樹根的地方躺下，張開腳開始舔著肚子。

他還倚靠著窗邊，轉頭對父親說：

「不過和那不同的是，我的人生最近好像終於有了變化。我有這種感覺。老實說，我長久以來覺得很恨父親。從小時候開始，就覺得自己不應該生活在那樣淒慘狹小的地方，心想自己應該適合生活在更好的環境。覺得被這樣對待是不太公平的。同班同學看起來都過著很幸福、很滿足的生活。比我能力和資質都差的同學，卻過著我所無法比的輕鬆快樂的生活。那時候眞希望如果您不是我的父親就好了。這一定是某種錯誤，您不是我的親生父親，我經常這樣想像。我們應該沒有血緣關係。」

天吾再看一次窗外，看見貓的身影。貓不知道自己被看著，還泰然自若地舔著那隆起的肚子。天吾一面看貓一面繼續說：

「我現在已經不再想那種事了。已經不再那樣想了。我現在認爲自己處於合適的環境，擁有適合自己的父親了。我沒說謊。照實說的話，就是我以前是個無聊的人，以前是個沒有價値的人。在某種意義上，是自己一直在糟蹋自己。我到現在才明白過來。小時候的我確實是個數學神童。自己也覺得那是不簡單的才能。大家都對我另眼看待，寵愛有加。不過那個終究是，無法發展到某個有意義地步的才能。那是只限於那裡有的而已。我從小就身材高大、柔道很強。在縣比賽時經常得到好成績。但是進到更寬廣的世界時，比我強的柔道選手要多少有多少。在大學就沒有被選爲全國大會的代表選手。我因此深受打擊，有一段時期變得不知道自己是什麼了。不過這是當然的事。因爲實際上就什麼都不是。」

天吾打開自己帶來的礦泉水，喝了一口。然後又在矮凳上坐下來。

「上次也說過了，我很感謝您。我想我不是您眞正的孩子。幾乎可以這樣確信。而對於您能夠扶養沒有血緣關係的我，我很感謝。一個男人要獨自扶養小孩應該不簡單。帶著我去到處收NHK的收訊費，現在想起來都覺得很厭煩，心很痛。只是討厭的記憶而已。不過那對您來說，是除此之外想不到其他可以和我溝通的手段吧。該怎麼說才好呢？那是對您來說做得最好的事情。是您和社會唯一有交集般的情況。一定是想讓我看到那工作現場吧。到現在我可以明白了。當然可能也含有帶著小孩比較容易收到錢的打算在內。不過應該不只是那樣而已。」

天吾再停頓一下，讓自己所說的事情逐漸進入父親的腦子裡。並在那之間整理自己的想法。

「不過小時候當然不懂那樣的事情。只覺得羞恥、難過而已。星期天同班同學正在快樂玩耍時，自己卻必須跟您到處去收費。每到星期天就討厭得不得了。不過現在某種程度已經可以了解了。我不敢說您所做的事情是正確的。但我的心卻受傷了。那對小孩來說是太辛苦了。不過那是已經過去的事情。現在可以不用在意了。而且我覺得也因爲這樣自己變得比較強悍了。要在這個世界活下去不是輕鬆的事。我親身學到這件事。」

天吾攤開雙手，看了手掌一會兒。

「我以後也會想辦法好好活下去。可能比以前更好，我想我可以不用再無謂地繞路活下去了。爸爸從今以後想怎麼樣，我不知道。也許想就這樣安靜地，一直睡在這裡也不一定。不想再醒來。如果您想那樣的話，就那樣做吧。如果您希望那樣的話，我也無法打攪您。只能讓您好好的睡。不過那個歸那個，面對著您我想還是先把這些話說出來。我到目前爲止所做的事情。我現在所想的事情。您可能並沒有想聽這些。如果是這樣的話，給您添麻煩了我覺得很抱歉。不過不管怎麼樣，已經沒有可說的事情了。我覺得說了比較好的事情，大概都說了。不再吵您了。接下來您可以好好地睡了。」

五點過後頭髮上插著原子筆的大村護士又來了，檢查點滴的狀況。這次沒有量體溫。

「有沒有什麼變化？」

「沒有什麼特別的變化。只是繼續在睡覺。」天吾說。

護士點點頭。「醫師過一會兒會來。川奈先生，今天可以在這裡留到幾點左右？」

天吾看看手錶。「我想搭傍晚七點前的電車。所以可以留到六點半左右。」

護士在表格上登記完畢後，又把原子筆插回頭髮裡。

「我從中午過後就一直跟他說話。不過他好像什麼也聽不見。」天吾說。

護士說：「我們在接受護理教育時，學到一件事情。就是明朗的話可以明朗地震動耳鼓膜。明朗的話有明朗的震動。無論那內容對方能不能理解，鼓膜都可以物理性地明朗震動。所以我們不管患者聽得見或聽不見，總之都要對他們大聲說出明朗的事情，老師這樣教我們。因為不管理論怎麼樣，這是一定有用的事情，憑經驗我也這樣覺得。」

天吾對這個想了一下。「謝謝。」天吾說。大村護士輕輕點點頭，快步走出房間。

天吾和父親從此以後保持長久的沉默。天吾已經沒有話可說了。不過沉默並不會不舒服。午後的陽光漸漸變淡，周遭散發著黃昏夕暮的氣息。最後的日照在房間裡，無聲中悄悄地移動著。

天吾忽然想到，有兩個月亮的事情有沒有告訴父親？好像還沒有說。天吾現在活在天空浮著兩個月亮的世界。天吾想說：「那看幾次都覺得是非常不可思議的風景噢。」不過他覺得現在在這裡提到這種事情大概也不能怎麼樣吧。天空不管有幾個月亮，父親可能都無所謂了。那是天吾從今以後必須一個人面對的問題。

而且在這個世界（或那個世界）月亮只有一個，或有兩個，或有三個，結果天吾這個人都只有一個。有什麼不同呢？不管在哪裡，天吾都只是天吾。擁有特有的問題，擁有特有的資質，同樣的那個人而已。對，事情的重點不在月亮。在他自己本身。

三十分鐘左右之後大村護士再度出現，她的頭髮上不知道爲什麼已經沒有插原子筆了。原子筆到哪兒去了？不知怎麼很在意這件事。兩個男職員推著輪床一起出現。兩個都身材矮胖，膚色略黑。而且完全不開口。看起來也有點像外國人。

「川奈先生，我們必須帶您的父親去檢查室。在那之間您可以在這裡等候嗎？」護士說。

天吾看一下手錶。「是不是有哪裡情況不好？」

護士搖搖頭。「不，不是這樣。因爲這個房間沒有檢查的儀器，所以要搬到那邊去而已。不是特別的事情。檢查之後醫師應該有話跟您說。」

「明白了。我在這裡等。」

「到餐廳有熱茶可以喝。不妨休息一下啊。」

「謝謝。」天吾說。

兩個男人把父親瘦弱的身體，連帶點滴管子，一起輕輕抱起來移到輪床上。兩個人帶著點滴架一起把床推到走廊上。手法非常俐落。而且依然始終沒有說話。

「不會花太久時間。」護士說。

然而父親卻很久都沒回來。從窗戶射進來的光線漸漸轉弱。但天吾沒有開房間的燈。因爲覺得開燈的話，在那裡的某種重要東西就會受到損傷似的。床上父親的身體留下凹痕。父親應該沒有多少體重了，還是把那清楚的形體留下痕跡。在望著那凹痕之間，天吾開始感覺到自己好像一個人孤零零地被留在這個世界了。甚至覺得一旦天黑之後，黎明會不會不再來臨？

他在小凳子上坐下，周遭一面被染成夕暮將臨的顏色，天吾一面保持同樣的姿勢長久落入沉思。然後忽然，想到自己其實什麼也沒有想。只是把身體沉入漫無目的的空白中而已。他慢慢從凳子上站起來，走到洗手間去方便。也用冷水洗了一把臉。用手巾擦臉，在鏡子裡照自己的臉看看。想起護士說的話，到下面的餐廳喝熱的日本茶。

消磨了二十分鐘左右回到房間時，父親還沒有被送回來。但代替的，是在父親所留下的床凹痕上，放著一個沒見過的白色物體。

那全長約有一公尺四十或五十公分，畫出美麗而光滑的曲線。猛一看類似花生殼的形狀，表面覆蓋著柔軟而短的羽毛般的東西。而且那羽毛發出微微的，沒有不均勻斑點的光滑的光輝。在一刻刻暗下來的房間裡，淡淡的帶有青色的光薄薄地包著那個物體。簡直像塡滿父親所留下的個人暫時性空間般，床上靜悄悄地躺著那個。天吾在門口停下腳步，手還留在門把上注視著那不可思議的物體一會兒。他的嘴唇想動，話語卻出不來。

這到底是什麼？天吾佇立在那裡瞇起眼睛，問自己。為什麼把這樣的東西放在這裡代替父親呢？看一眼就知道這不是醫師或護士帶進來的東西。那周圍散發著超越現實位相關係的，某種特殊的空氣。

然後天吾猛然發現。是空氣蛹。

天吾這還是第一次看到空氣蛹。在《空氣蛹》的小說裡他詳細地用文章描寫，但當然沒有親眼見過實物，也沒有想到那是實際存在的東西。但眼前在這裡的，正是他在腦子裡所想像，並描寫出來的一樣的空氣蛹。胃裡有被金屬配件擰緊的強烈既視感。總之天吾走進房間，把門關上。最好不要讓別人看見。然後把口中積的唾液吞進去。喉嚨深處發出不自然的聲音。

天吾慢慢靠近床，隔著一公尺左右的距離，仔細用心觀察那空氣蛹的模樣。並確認那就和天吾寫小說時所描繪的空氣蛹完全一樣的形狀。他在以文章描寫「空氣蛹」的形狀之前，先用鉛筆簡單畫出素描。把自己心中有的印象化為視覺形體。再把那轉換成文章。在《空氣蛹》改稿工作進行之間，他一直把那張畫用圖釘釘在書桌前的牆上。那形狀與其說是蛹，不如說更接近繭。不過對深繪里來說（還有對天吾來說）那是只能以「空氣蛹」的名字來稱呼的東西。

當時空氣蛹的外表特徵，許多都是天吾自己創作、附加的。例如中央部分優美的凹入，兩端加上隆起的裝飾性圓瘤。這些都是天吾想到的。深繪里在原創的「說話」中沒有提到。對深繪里來說所謂空氣蛹始終就是空氣蛹，換句話說是介於具象和概念中間的東西，似乎沒有感覺到有把那個用語言形容出來的必要。因此天吾不得不自己思考那詳細的形狀。而且現在天吾所目擊的空氣蛹，中央部分確實有凹入的曲線，兩端則附有美麗的圓瘤。

這和我素描畫出、文章寫出的空氣蛹一模一樣啊，天吾想。和浮在天上的月亮的情況一樣。他化為文章的形狀，不知道爲什麼連細部都照樣變成現實的東西。原因和結果錯綜顚倒了。

四肢的神經有扭曲般的奇怪感覺，皮膚起雞皮疙瘩。這裡的世界到哪裡是現實的，從哪裡是虛構的，已經分不清了。到底到什麼地方是深繪里的東西，從什麼地方開始是天吾的東西？還有從什麼地方開始是「我們」的東西？

蛹的最上面部分朝著縱向，正裂開一條縫。空氣蛹現在好像要分成兩半似的。上面出現兩公分左右的縫隙。彎身探看時，好像可以看出裡面有什麼東西。不過天吾沒有這個勇氣。他在床邊的凳子上坐下，肩膀一面微微上下動著調整呼吸，一面凝視著空氣蛹。那白色蛹一面發出淡淡的光，一面在那裡安靜不動。那就像被交付的數學題目般，安靜等待天吾的接近。

空氣蛹裡到底有什麼？

那個到底想讓他看見什麼？

在《空氣蛹》裡，少女主角在那裡看見了自己的分身。Daughter。然後少女留下了Daughter，一個人逃出公社。但天吾的空氣蛹（那可能是他自己的空氣蛹，天吾直覺地判斷），到底有什麼在裡面？那是善的東西？還是惡的東西？而且到底是誰把這空氣蛹送進這裡來的？

天吾很清楚，自己被要求採取行動。但無論如何還沒有足夠的勇氣，站起來去探望蛹的內側。天吾在害怕。那蛹裡面的什麼東西，可能會傷害自己。可能會大爲改變自己的人生。想到這裡，坐在小凳子上的天吾，身體像無處可逃的人那樣僵硬起來。在那裡的是，讓他沒有去調查父母的戶籍，讓他沒有去尋找青豆行蹤的同一種畏懼。爲自己所準備的空氣蛹裡面有什麼？他不想知道。如果能不知道就過去的話，他希望能放過他。如果可能，他想立刻從這個房間出走，就那樣搭上電車回東京去。而且閉上眼睛、塞住耳朵，逃進只有自己的小小世界去。

但是天吾也知道，那樣不行。如果沒有目睹那裡面東西的模樣就這樣離開這裡的話，我一定會一輩子後悔。眼睛躲開了那什麼，我一定會永遠無法饒恕自己。

天吾長久坐在那凳子上，不知道該怎麼辦才好。既不能往前進，也不能往後退。雙手交叉抱著膝蓋，注視著床上的空氣蛹，不時逃避地轉眼眺望窗外。太陽已經西沉，淡淡的夕暮餘暉緩緩包圍著松林。依舊沒有風。也聽不見海浪聲。不可思議的安靜。而且房間隨著黑暗的加深，那白色物體所發出的光也變得更亮，更鮮明了。天吾可以感覺到那個本身像是活著的東西似的。那裡有生命的安穩光輝，有固有的溫暖有祕密的聲響。

天吾終於下定決心從凳子上站起來，彎身到床上。不可能就這樣逃走。不能永遠像小孩那樣，從眼前有的東西掉頭避開地活下去。唯有知道眞相，才能爲人帶來正確的力量。那不管是什麼樣的眞相。

空氣蛹的裂縫還和剛才一樣不變地在那裡。那縫隙沒有比之前大也沒有比之前小。瞇細眼睛從縫隙往裡面窺探，但看不到裡面有什麼。裡面是暗的，中間好像覆蓋著薄膜的樣子。天吾調整呼吸，確定指尖沒有顫抖。然後把手伸進那兩公分的空間裡，像打開往兩邊開的門扉時那樣，慢慢往左右推開。沒有遇到抵抗，也沒有聲音，輕鬆地開了。簡直像一直在等候著他的手來揭開似的。

現在空氣蛹自己所發出的光，像雪光般從內部柔和地映照出來。就算稱不上十分亮的光度，也能認出裡面東西的模樣了。

天吾看出在裡面的，是美麗的十歲少女。

少女沉睡著。穿著看來像睡衣般沒有裝飾的素簡白色連身洋裝，小巧的雙手重疊放在平坦的胸上。那是誰呢？天吾看一眼就知道了。清瘦的臉，嘴唇像用尺畫出來般的一直線。形狀美好而光滑的額頭上，披著筆直剪齊的瀏海。像在求著什麼似地悄悄朝向空中的小鼻子。兩側的頰骨有幾分往橫向伸展。眼瞼閉著，但張開時會出現什麼樣的一對眼睛，他知道。沒有理由不知道。這二十年間，他一直在心裡懷著那個少女的倩影活著過來的。

青豆，天吾脫口而出。

少女深深地睡著。好像無比深沉的自然睡眠。呼吸也只有非常微弱而已。她的心臟只有人的耳朵所無法傳到的不可靠的跳動而已。她身上似乎沒有足以抬起眼瞼的力氣。時候還沒到。她的意識不在這裡，還在某個遙遠的地方。雖然如此，天吾口中的話語還是可以輕微震動少女的耳鼓膜。那是她的名字。

青豆在遙遠的地方聽到那呼喚的聲音。天吾，她想。也清楚地這樣說出口。但是那話語，沒有讓空氣蛹中少女的嘴唇動起來。因而也無法傳到天吾的耳裡。

天吾像靈魂被奪走的人那樣，只是一面淺淺地重複著呼吸，一面不厭倦地注視著少女的臉。少女的臉看起來非常安詳。看不出絲毫悲哀或痛苦或不安的影子。看來小小的薄唇好像現在就要悄悄動起來，說出某種有意義的話似的。那眼瞼好像立刻就要張開似的。天吾眞心祈禱能夠這樣。雖然沒有正確的祈禱文，他的心卻在空中紡出無形的祈禱，但看不出少女有從睡眠中醒來的跡象。

青豆，天吾試著再呼喚一次。

有好多話非向青豆說不可。也有非向她傳達不可的心情。他在漫長的歲月中一直懷著那個活著過來。但現在在這裡天吾能做的，只有在口中呼喚名字而已。

青豆，他呼喚著。

然後鼓起勇氣伸出手，觸摸空氣蛹中躺著的少女的手。把自己成人的大手輕輕重疊在那小手上。那小手以前，曾經緊緊握住十歲的天吾的手。那手直接來找他，帶給他鼓勵。在淡淡的光內側睡著的少女的手上，毫無疑問有生命的溫度。青豆特地到這裡來爲他傳達那暖意。天吾這樣想。那是她二十年前，在那教室裡遞給他包裹的意思。他終於可以打開那包裹，親眼看到那內容了。

青豆，天吾說。我⋯⋯一定會找到妳。

空氣蛹的光輝緩緩失去，像被吸進夕暮的黑暗中般消失了，少女青豆的姿影也同樣消失之後，那是不是現實上發生的事情變得無法適當判斷之後，天吾的手指上依然留下那小手的觸感，和親密的溫度。

那可能永遠不會消失。天吾在往東京的特快車上這樣想。過去的二十年間，天吾伴隨著那少女的手所留下的觸感的記憶活著過來。從今以後應該也可以同樣地，和這新的溫度一起活下去。

特快車沿著緊鄰山的海岸線，畫出一道大大的曲線時，看得見天空並排浮著兩個月亮。在安靜的海上，他們清楚地浮著。大的黃色月亮，和小的綠色月亮。輪廓始終鮮明，然而無法掌握距離感。受到那光照射的海面的小波浪，像破碎散落的玻璃片般神祕地閃著光。列車經過兩個月亮之後，隨著轉彎的曲線在窗外緩緩移動，那細碎的光點留下無言的暗示，終於從視野中消失。

看不見月亮之後，溫度再度回到胸口。那就像旅人的前方看得見的小燈火那樣，雖然微弱卻能夠傳達約定的確實溫度。

從現在開始要活在這個世界，天吾閉起眼睛想著。他還不知道，那是基於什麼樣的原理動著的，什麼樣結構的世界。也無法預測，在那裡今後將會發生什麼。不過那都沒關係。不必害怕。就算有什麼在等著，他也要在這兩個月亮的世界活下去，繼續找出該走的路來。只要不忘記這溫度，只要不失去這個心。

他那樣閉著眼睛好一陣子。終於張開眼睛，注視著窗外初秋夜晚的黑暗。已經看不見海了。

去找青豆吧，天吾重新下定決心。不管發生什麼，不管那是什麼樣的世界，不管她變成誰。

（BOOK 2 終）

本作品中，也使用了一九八四年當時還沒有的語句。

藍小說叢書 953

1Q84 Book 2

作　者—村上春樹
譯　者—賴明珠
副總編輯—葉美瑤
責任編輯—邱淑鈴
校　對—哈　庫、邱淑鈴、賴明珠
美術設計—鄭宇斌
企　劃—丘　光、黃千芳
董事長
發行人—孫思照
總經理—莫昭平
總編輯—林馨琴
出版者—時報文化出版企業股份有限公司
10803台北市和平西路三段二四〇號三樓
發行專線—（〇二）二三〇六—六八四二
讀者服務專線—〇八〇〇—二三一—七〇五・（〇二）二三〇四—七一〇三
讀者服務傳真—（〇二）二三〇四—六八五八
郵撥—一九三四四七二四時報文化出版公司
信箱—台北郵政七九～九九信箱
時報悅讀網—http://www.readingtimes.com.tw
電子郵件信箱—liter@readingtimes.com.tw
法律顧問—理律法律事務所　陳長文律師、李念祖律師
印　刷—盈昌印刷有限公司
初版一刷—二〇〇九年十一月九日
平裝本定價—新台幣三五〇元
精裝本定價—新台幣四〇〇元
⊙行政院新聞局局版北市業字第八〇號

1Q84 Book 2
by Haruki Murakami

Originally published in Japan by SHINCHOSHA Publishing Co., Ltd., Tokyo.
Chinese (in complex character only) translation rights arranged with
Haruki Murakami, Japan
through THE SAKAI AGENCY and BARDON-CHINESE MEDIA AGENCY.

ISBN 978-957-13-5102-5（平裝）
ISBN 978-957-13-5105-6（精裝）
Printed in Taiwan

國家圖書館出版品預行編目資料

1Q84 / 村上春樹著；賴明珠譯. -- 初版. -- 臺北市：時報文化, 2009.11
冊；　公分. --（藍小說；952-953）
譯自：1Q84 Book1, Book2
ISBN 978-957-13-5100-1（1套：平裝）. --
ISBN 978-957-13-5101-8（第1冊：平裝）. --
ISBN 978-957-13-5102-5（第2冊：平裝）. --
ISBN 978-957-13-5103-2（1套：精裝）. --
ISBN 978-957-13-5104-9（第1冊：精裝）. --
ISBN 978-957-13-5105-6（第2冊：精裝）

861.57　　98016410